U0755675

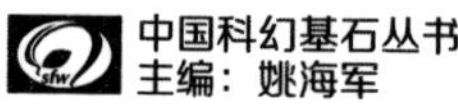
sfw
中国科幻基石丛书
主编：姚海军

关妖精的瓶子

——夏笳科幻佳作选

夏 笳 著

四川出版集团 四川科学技术出版社

图书在版编目(CIP)数据

关妖精的瓶子 / 夏笳著. -- 成都：四川科学技术出版社，2012.10(2018.11 重印)
ISBN 978-7-5364-7454-3

Ⅰ.①关… Ⅱ.①夏… Ⅲ.①科学幻想小说－小说集
－中国－当代 Ⅳ.①I247.7

中国版本图书馆 CIP 数据核字(2012)第 157669 号

中国科幻基石丛书

关妖精的瓶子——夏笳科幻佳作选

出 品 人　钱丹凝
丛书主编　姚海军
著　　者　夏　笳
责任编辑　宋　齐　杨　枫
封面设计　亚　壬
版面设计　漆　龙
绘　　图　亚　壬
责任出版　欧晓春
出版发行　四川科学技术出版社
　　　　　四川省成都市槐树街 2 号 出版大厦　邮政编码：610031
成品尺寸　147mm×208mm
印　　张　13.75
字　　数　270 千
插　　页　2
印　　刷　四川省南方印务有限公司
版　　次　2012 年 10 月成都第一版
印　　次　2018 年 11 月成都第二次印刷
定　　价　32.00 元
ISBN 978-7-5364-7454-3

写在“基石”之前

■姚海军

“基石”是个平实的词，不够“炫”，却能够准确传达我们对构建中的中国科幻繁华巨厦的情感与信心，因此，我们用它来作为这套原创丛书的名字。

最近十年，是科幻创作飞速发展的十年。王晋康、刘慈欣、何宏伟、韩松等一大批科幻作家发表了大量深受读者喜爱、极具开拓与探索价值的科幻佳作。科幻文学的龙头期刊更是从一本传统的《科幻世界》，发展壮大成为涵盖各个读者层的系列刊物。与此同时，科幻文学的市场环境也有了改善，省会级城市的大型书店里终于有了属于科幻的领地。

仍然有人经常问及中国科幻与美国科幻的差距，但现在的答案已与十年前不同。在很多作品上（它们不再是那种毫无文学技巧与色彩、想象力拘谨的幼稚故事），这种比较已经变成了人家的牛排之于我们的土豆牛肉。差距是明显的——更准确地说，应该是“差别”——却已经无法再为它们排个名次。口味问题有了实际意义，这正是我们的科幻走向成熟的标志。

与美国科幻的差距，实际上是市场化程度的差距。美国科幻从期刊到图书到影视再到游戏和玩具，已经形成了一条完整的产业链，动力十足；而我们的图书出版却仍然处于这样一种局面：读者的阅读需求不能满足的同时，出版者却感叹于科幻书那区区几千册的销量。结果，我们基本上只有为热爱而创作的科幻作家，鲜有为版税而创作的科幻作家。这不是有责任心的出版人所乐于看到的现状。

科幻世界作为我国最有影响力的专业科幻出版机构，一直致力于对中国科幻的全方位推动。科幻图书出版是其中的重点之一。中国科幻需要长远眼光，需要一种务实精神，需要引入更市场化的手段，因而我们着眼于远景，而着手之处则在于一块块“基石”。

需要特别说明的是，对于基石，我们并没有什么限定。因为，要建一座大厦需要各种各样的石料。

对于那样一座大厦，我们满怀期待。

目　录

CONTENTS

关妖精的瓶子

詹姆斯·C. 麦克斯韦先生虽然是一位严谨的物理学家，但在面对各种超自然现象时却相当能沉得住气——这或许要多亏了他的妻子多年来对于一切民间传说的兴趣爱好。

眼下不速之客正坐在壁炉旁边，样子多少有点寒酸。经过主人的再三请求，他才勉强摘下头上那顶又厚又皱的暗绿色尖顶帽放在膝盖上揉捏着，露出汗涔涔的额头和那双标志性的尖耳朵。

“抱歉，失陪一下。”麦克斯韦先生说着，起身离开了客厅，这时，麦克斯韦夫人正端着咖啡站在走廊尽头。

“那就是传说中的妖精？”她好奇地问。

“至少他自己是这么说的。”

“个头倒挺大的。”玛丽评价道，“就是样子好像不太中用。”

的确，那个坐在壁炉旁的……（该怎么称呼呢，东西？）完全没有任何可以称作威严、神奇甚至是可怕的仪容——裹着一件满是尘土的破旧外套，浑似一位刚从玉米地里钻出来的农场工人。尽管他确实是像传说中那样，嘭的一声，伴随着一阵烟雾凭空出现在麦克斯韦先生的实验室里的。

“我猜这是谁在跟我开玩笑。”麦克斯韦先生耸耸肩，“尽管不明白是怎么做到的。”

“不过你还是小心点，人不可貌相，更何况妖精呢。”玛丽说道，语气中却听不出什么担忧之意。他们一起回到了客厅。

喝下一杯热乎乎的黑咖啡后，妖精看上去放松了一些，于是，麦克斯韦先生重新挑起话题。

“龙……抱歉，这位先生，您一开始说您的全名是？”

“科鲁耐里亚斯·古斯塔夫·龙佩尔斯迪尔钦[①]。”妖精回答道，表情几乎有点儿不好意思，“这是后来人家给我起的名字，一个非常古老的德国姓氏。”

“是的，是的，先生，不过还是让我们继续吧，我记得刚才我们谈到阿基米德。”

“对，他是我的第一个主人，实话说吧，一个不折不扣的老疯子。”妖精板着脸说，“我被他使唤了几十年，造了不知道多少乱七八糟的东西，罗马兵进叙拉古的前一天晚上，他招呼都不打就把我封到石板里面，一封就是一百多年哪。”[②]说到这里，妖精的眼眶居然有点湿润了，他连忙用长满毛的手背胡乱抹了两下。

麦克斯韦先生清了清嗓子，“我明白，不过您还没说你们当时打的什么赌呢。”

“打赌？哦，是的……太久啦，我……我记不清了。”妖精一边结结巴

---

①这确实是一个作者本人拼凑的、非常古老的德国姓氏。其中，龙佩尔斯迪尔钦这个姓源于《格林童话》的矮子精，故事中的矮子精让王后猜他的姓，如果猜不出就要把她的孩子抱走。

②当罗马军队攻陷叙拉古城冲进阿基米德的房间时，他正坐在地上埋头做几何题，并且对士兵说：“不要踩坏我的圆。”于是，那名愤怒的罗马士兵拔出短剑杀死了他。妖精所叙述的事情即发生在叙拉古沦陷的前一夜。

巴地回答，一边低头揉捏他的破帽子，“其实那件事儿从开头就注定是我吃亏，您也知道他是个多么难缠的老头。”

“好吧，那么您又是怎么从法拉第先生的实验笔记里冒出来的呢？”

“这个说起来话可长，中间经历了好多事儿哪，您要是知道了我那一串儿主人的名字准能猜到是怎么个过程，我也不跟您在这儿废话。”妖精抬起头，用一种近乎哀怨的眼神望着他，“总之你们这些搞物理的没几个正常人，就拿那位法拉第先生来说吧，我那天正帮他缠线圈缠得好好的，他就突然跟我来一句：‘你跟着我已经够久了吧，也该歇歇了。’连声道别都没有，就这么着拿个本子把我封起来，然后我就稀里糊涂地到了您这儿。千真万确，跟了他这么久，除了线圈就是线圈，连一个铜板也没想起来向他要过。”

麦克斯韦先生刚想对此事发表一下评论，因为，众所周知，法拉第先生是他的老师，但玛丽仪态万方地出现在门口。

“詹，要留这位先生吃晚饭吗？”

妖精顿时坐立不安起来，“不……不用麻烦了，先生，太太，我想我们还是尽快把事儿办了吧。”他从口袋里摸索出一卷油腻腻的羊皮纸，因为年代久远而残缺不全。

麦克斯韦先生展开细细地看，妖精在旁边继续说：“总的来说就是这么回事儿，咱们俩打个赌，我输了，就供您差遣；要是您输了，您的灵魂和一切财产就归我，而我就从此自由了。”

“一定得这么办？”玛丽斜过身子问道。

“老规矩啦，太太，几千年来大家都是这么办的，您大概多少听说过。”

“和妖精打赌未必是件有利可图的事。”麦克斯韦先生抬起头，“你能带给我什么？”

“很多。”妖精伸出毛茸茸的爪子，亮闪闪的金币从掌心里冒出来，他故意让它们叮叮当当地落在地上，“财富、权势、地位，只要是你所要求的。”

麦克斯韦先生好奇地望着他的手掌，“不管怎么说，这似乎是个机会……”他喃喃自语道，“好吧，玛丽，我们迟会儿再开饭，现在先拿支笔来。”

打赌的规则是这样的：麦克斯韦先生提出一个难题，如果妖精在二十四小时内无法解决，胜利就归麦克斯韦先生，否则就是妖精赢得一切。当然，前提条件是这个难题必须得是有某个确定答案的。

“不能拿些不清不楚的问题来难为我，先生，您让我绕着美洲大陆跑一圈都成，别问我能不能出个自己都回答不了的难题。”①麦克斯韦先生表示接受。

“这事儿怕没那么容易，亲爱的。”麦克斯韦夫人心中多少有点忐忑不安，“你怎么能有把握赢过妖精呢？”

“听我说，玛丽。”麦克斯韦先生小心地压低声音，“我仔细看过契约书了，猜猜最有趣的是什么？那一长串签名：伽利略、牛顿、哥白尼……几乎我所知道的物理学家都在上面，齐全得可以编进百科全书了。这倒不稀奇，可是你想想看，几千年来，从没听说这上面的哪个人是因为和妖精订了什么契约而输掉性命的，我想我还不至于是第一个。”

玛丽迅速地眨眨眼睛。

“可怜的妖精。”她叹出一口气，“你打算怎么为难他？”

“试试看吧，其实我也没有什么把握。”

就在妖精把他汗涔涔的尖顶帽揉到一百零八次的时候，麦克斯韦夫人带着和蔼可亲的微笑把他请进丈夫的实验室，顺便小心翼翼地从他手里抢救出饱经蹂躏的帽子挂到衣帽架上，这时候麦克斯韦先生正在对初具雏形的仪器设备进行进一步调试。

“我想这样就可以了。”麦克斯韦先生将塞有橡胶塞的一端从水槽里取出来②，说道，“来吧，这边是入口。”

---

①这实际上是一个悖论，无论从任何角度都无法解决。古希腊的智者学派喜欢研究悖论，妖精一定吃过他们的亏。

②这是用来检验容器密封性能的简易方法，利用手掌的温度对容器加热，将它放在水里，看有没有气泡漏出来。

打赌的规则是这样的：麦克斯韦先生提出一个难题，如果妖精在二十四小时内无法解决，胜利就归麦克斯韦先生，否则就是妖精赢得一切。

妖精用近乎绝望的眼神看着这堆闪闪发光的玻璃器皿，它的主体是一个两端有橡胶塞的大玻璃瓶子，里面装有一些无色的液体，瓶子中间被一道竖直的玻璃隔片隔成两半。

“你要把我关进去？”妖精有气无力地问。

“不错，让我们来看看你能不能找到出来的办法。”麦克斯韦先生回答道，“这将是一次很有意义的实验。”

妖精站在空瓶子的一头犹豫了一阵，带着听天由命的神情缩小身躯钻进瓶子里，随着一阵响动，瓶口被塞住了。

他飘浮在空气里向四周张望着，玻璃瓶壁展开一个圆滑的弧度，将外面的景物扭曲成了奇怪的模样，麦克斯韦先生及夫人正在向里面好奇地张望。

直接出去是不可能的。众所周知，在任何一个童话里，一个妖精再怎么神通广大，只要被人关进了玻璃瓶就再也别想出去。（这个奇怪的事实或许说明了妖精的变身能力是有限度的，否则他就可以缩到原子级别，然后从二氧化硅巨大整齐的网格中优哉游哉地钻出去。①）显然，麦克斯韦先生是将这一点考虑进这个有趣的实验中的。哦不，差点忘了，这是一场生死攸关的赌博。

那么，要出去只有一个办法，一个由实验者事先设计好的，唯一的方法。

平心而论，妖精科鲁耐里亚斯·古斯塔夫·龙佩尔斯迪尔钦确实具有相当良好的科学头脑，或者，至少是在长达几千年与物理学家的相处中多少学会了一些科学的思维方式。最初的沮丧情绪逐渐平息之后，他开始尝试着把自己缩得更小，然后仔细地检查玻璃瓶的每一寸内壁。

当麦克斯韦先生和夫人喝过一杯咖啡、进入实验室观察进展时，妖精重新把自己变到肉眼可见的尺度，表情颇有一些沮丧。

“我在中间的玻璃隔片上发现了两个小孔，比气体分子大不了多少。”

①二氧化硅的晶体结构是呈立体的蜂巢形状的，每两个硅原子间的共价键上接一个氧原子。不过严格说来，玻璃并不是由纯净的二氧化硅所组成的，而是包含了很多杂质。

他宣布，“不过，这里面的空气真是糟糕，我觉得头有点晕。”[①]

“当然，瓶子里有乙醚。”麦克斯韦先生略带歉意地回答，“这是出于实验目的的考虑。”

妖精挠挠毛茸茸的后脑勺。

“我想我很快就能明白你的意思。”说完，他又变得看不见了。

当他们走出实验室时，麦克斯韦夫人像少女般调皮地眨了眨眼睛，说道：“我开始认为你赢定了，亲爱的，不过这没什么了不起，一个渔夫都能做得比你好。[②]可以的话我倒想听听其中的奥妙。”

“事实上，我想看看他有没有可能将冷热气体分开，换句话说，速度快的和速度慢的，这里涉及减熵的问题。”麦克斯韦先生回答道，“你知道，热力学第二定律规定，能量不可能无代价地由低能物体转向高能物体，换一种说法，物体内部的无序程度，也就是熵，永远只能朝着增加的方向变化。就是为什么一团炽热的气体能够自由扩散，而要把它压缩回原来的状态就得靠外界对它做功的原因。玫瑰凋谢，人会渐渐成长并老去，而宇宙最终会变成一团稀薄均匀的气体，不再有星星燃烧，一切一切都是热力学第二定律在起作用。”[③]

“听上去太让人伤心了。”玛丽握着他的手低声说道，“我不喜欢这个定律。”

“还好，它不是我总结出来的。”麦克斯韦先生温柔地笑笑，“但是我想这并不绝对，如果有个跟气体分子差不多大小、心灵手巧的妖精在一团气

---

①乙醚蒸气在医学上可以用作麻醉气体，但在这里主要运用了它容易在低温下汽化的特性。

②出自《一千零一夜》中《渔夫和魔鬼》的故事。或许有人会问，既然一个普通的渔夫就能把魔鬼骗回到瓶子里去，麦克斯韦先生又何苦搞得这么麻烦呢？必须承认，这是整个故事里最大的硬伤。

③前一句话是热力学第二定律的开尔文表述，即热量不可能无条件地转化为功，后一句话是克劳修斯表述，这两种表述是完全等价的。“熵”是热力学中用来描述物质内部无序程度的物理量，当冷热气体相互扩散后，熵会等于这两种气体各自熵的和。根据热力学第二定律，熵应该是永远增加的，因此扩散、生长、腐烂等等过程都不可逆。

体中间把着门，让速度快的分子进入一边，而速度慢的分子进入另一边的话，经过足够长的时间，气体将自动分成冷热两个部分。结果呢？整个系统的熵会减小，这个不讨人喜欢的定律失效了。”

“有可能吗？”玛丽睁大眼睛问道。

“只是个假设，我从来没想过能有机会用实验证实一下。理论上第二定律是不可推翻的，瞧，我们的身家性命都押在这个定律上呢。”

“这真让人心里有点不舒服。”

麦克斯韦先生微笑着搂过夫人的肩膀，在她额头上轻吻一下，“你先去睡吧，亲爱的，我想继续观察一小会儿。”

一个小时后他再去看的时候，发现妖精已经抓住了诀窍。

“我缩小到了所能达到的极限，那些空气分子就像一些疯狂的小弹珠一样飞来飞去。”[①] 妖精气喘吁吁地说道，“我在想，如果能控制通过小孔的分子，只让速度快的进入这一边，就会使这边的温度升高，让乙醚液体受热挥发，变成气体把塞子推开，这样我就能出去啦！”[②]

“看来你真的知道不少东西呢。”麦克斯韦先生赞许道，“加油干吧，可能的话，顺便帮忙记录一下那些朝你飞过来的小分子速度，或许我能借此

---

① 指气体分子在不停地做剧烈的热运动。

② 这里涉及了文章题目的含义——“麦克斯韦妖”的概念。这是热学史上一个相当有趣且引起很多争论的话题，最初是由麦克斯韦本人提出的。热力学第二定律表明，热能不可能无条件地从低温物体转向高温物体，在这个过程中必然要发生能量的损耗，但是麦克斯韦提出，如果存在一种形态微小、手脚灵巧的“妖精”，在一个封闭的系统中掌管两道门，让分子运动速度快的进入一侧，而速度慢的进入另一侧，就能通过分子的无规则运动使冷热分开。利用这个原理，轮船就能在海上航行，利用海水中的热能做功，将剩下的冰块排出，也即所谓的“第二类永动机”，而这实际上是违反热力学第二定律的。这个假设虽然荒诞不经，却引出了许多认真的讨论，可谓影响深远。由此我们或许可以说，科学家们在研究看似严肃的物理问题时，也往往是保持着旺盛的想象力与童心的。

机会验证一下我的速率分布理论[①]。”说完他便离开了。

第二天早餐后，麦克斯韦先生与夫人欣赏了一支舒伯特的即兴钢琴曲，然后迈着轻快的步子走向实验室，清晨凉爽的风正从窗外的玫瑰花园里吹进来。

“怎么样？”他俯下身子仔细看了看，乙醚液面并没有明显的下降，“看来你这一晚上效率并不高啊。”

妖精甚至没有现身，只是扯着嗓子大喊着：

“您自己试试看就知道啦，先生，枪林弹雨哪，哎哟！对，我是说，在您看来这分子好像老老实实的，其实一个个都跟发了疯似的，能站稳脚跟儿就不错啦，哎哟！哎哟！嗨，就好像把疯狂的牛群分开似的，行啦，不跟您说啦！”

麦克斯韦先生摇摇头，这时玛丽从后面靠上来，柔声说道：

“你看上去挺失望，詹？”

“可能有一点。”他转过身，轻吻妻子芬芳的鬓发，“我们的妖精虽说不上精细灵巧，可也挺卖力的呢。”

“我们的？”玛丽冲他顽皮地眨眨眼睛。当丈夫离开实验室去书房的时候，她小心地拉上窗帘，将早上温暖明媚的阳光挡在外面，以免影响了实验精度。

当他们傍晚散步归来的时候，终于看到了一点成果——瓶子那边的温度确实有升高，但是远远不够。

“其实我早该想到，妖精在内部也要做功的，对这个尺度的妖精而言，这太困难了。”麦克斯韦先生若有所思地说，“无论如何，第二定律胜利了。”

两个人心平气和地坐在旁边等待着。巨大的时钟敲响了九点整，随着砰的一声响，妖精气咻咻地将他那扁平的鼻子贴在玻璃瓶内壁上。

---

①指“麦克斯韦分布律”，这是由麦克斯韦得出的一个方程式，用来描述同一系统中，不同速率的分子的概率分布情况。或者也可以说，一个分子在速率无规则变化的过程中，处于不同速率的概率分布情况，两者其实是等价的。

“我认输了！”他声音嘶哑地说，“快放我出去。”

玛丽十分体贴地端来面包卷和热咖啡，妖精狼吞虎咽了一番，总算恢复了精神。

“我可从来没干过这么累人的活儿，真想让您找个机会亲自试试。”

麦克斯韦先生笑眯眯地叼着雪茄，脸上流露出好奇的表情。

“是的，如果有可能的话，我真的想试试。能够像你一样看到微观世界，那一定挺有意思。”

他取出那卷长长的写在羊皮纸上的契约书，妖精神情沮丧地签上他笨拙的字体，表示新的主仆关系生效。

“以后我就听您的了。”他把一根手指头放到嘴里，开始轮番咬指甲，“不过您能不能给我解释一下刚才是怎么回事？总有什么科学原理的，对吧？您给我讲讲。”

麦克斯韦先生挠了挠脑袋，站起来说：

“好吧，你跟我到书房来，有几本书是我自己写的，可以先补充点基础的东西……”

他搂着妖精宽大的肩膀走出去了，玛丽叹口气，柔顺地把满桌杯子和盘子收成一摞，本来还以为从此这些事情就可以拜托妖精干的。无论如何，今后的生活看起来相当值得期待。

这就是麦克斯韦先生怎样轻易地制伏了妖精，或者换个角度来说，这位因为遇见了阿基米德，从而决定了之后的几千年中一系列悲惨遭遇的妖精科鲁耐里亚斯·古斯塔夫·龙佩尔斯迪尔钦，是怎样又一次不幸失败的故事。但是，这个故事到这里还没有完全结束。

当麦克斯韦先生及其夫人相继去世后，他们在天堂的角落里种了一小片玫瑰，一时间再没有什么物理研究来打扰他们清闲而宁静的生活，不过心地善良的妖精偶尔会来看看他们。

“你带来了什么?”麦克斯韦先生坐在椅子里问,他的妻子仪态温婉地站在一边,姿势和位置都和他们生前所习惯的没有什么区别。

“一张照片,先生,太太。”妖精把那张薄薄的光滑的纸片从背后拿出来,神情有些扭捏,“是我照的。”

麦克斯韦先生把照片举到眼前细细地看,上面是一些他不认识的人。①

“让我猜猜……哪个是你现在的主人?是谁看了我的手稿?”

“前排,中间那个,先生,不,再往右边。您相信吗?那时候他才十七岁,我算是看着他长大的。”妖精边叹气边说,“别看他现在形象这么邋遢,头发好像被雷劈过似的,当年可是个英俊少年。”

“他都让你干什么了?”麦克斯韦先生好奇地问。

“他跟我说:‘喏,你追着这束光跑,能跑多快跑多快,等你追上它的时候别忘了告诉我你看到了什么。’您说说,这是人干的事吗?”

“当然,当然……”麦克斯韦先生沉思着,“我认为这个想法很了不起,众所周知,光速是不变的,这我早就证明啦。”

“我不太明白。”麦克斯韦夫人柔声说,“听上去是挺难为人的。”

“还有更过分的哪,太太。”妖精眨巴着眼睛,亮晶晶的泪水在里面打着转,“您再看这位先生,背着我不知道搞了什么鬼名堂,然后拿出个盒子神秘兮兮地让我钻进去。我可从您这儿学乖啦,郑重建议他放只猫进去试试,结果到现在都不知道那可怜的小家伙是死是活。”②

①这张照片拍摄于1927年的布鲁塞尔,第五次索尔维会议上。此次会议主题为“电子和光子”,世界上最著名的物理学家聚在一起讨论重新阐明的量子理论。会议上最出众的角色是爱因斯坦和波尔,前者以“上帝不会掷骰子”的观点反对海森堡的测不准原理,而波尔反驳道:“爱因斯坦,不要告诉上帝怎么做!”这一争论被称为波尔—爱因斯坦论战。参加此次会议的二十九人中,有十七人已获得或后来获得诺贝尔奖。

②出自“薛定谔的猫”,这是薛定谔在描述量子力学中的不确定性时,所提出的一个相当经典的比喻。如果将一只猫放进一个封闭的盒子里,里面有一个放射性的粒子,该粒子的衰变能够开启一个装有剧毒物质的瓶子而杀死猫。在打开盒子实际观测之前,粒子的衰变与否始终处于不确定的状态,因此猫也就处于半死半活,即是死也是活的奇妙状态,而观测这一行为本身将导致系统本身发生扰动,最终决定猫的生死。

“猫？为什么？”麦克斯韦先生问道。

“这得慢慢讲，以后您会明白的，这跟您以前研究的东西不太一样。”妖精略有几分得意地回答，“还有这个老家伙，对，我就是要说他，他给我讲了一上午的物质结构，还笑眯眯地拍着我的肩膀夸我学得挺快，到最后拿着红笔往满黑板乱七八糟的图上圈了两个小球，然后说：‘好吧，你能让它们朝同一个方向转我就服了你。’”[①]

麦克斯韦先生疑惑地摇摇头，显然，这都不是他研究领域内的东西，但无疑重新激起了他对于物理学的兴趣。

“我会在今天下午的茶会上提出这些问题，你愿意参加吗？或许，你想见见你以前的主人们，现在你所知道的东西已经超过我们了。”

“他们都会来吗？”妖精有几分怯怯地问。

“大多数都会来，如果阿基米德先生没有忘了时间，而牛顿先生又没有身体不适的话[②]，我们每天下午都会在一起喝茶，这个传统延续几千年了。”

“阿基米德先生？您是说阿基米德先生？”妖精抓起他从不离身的尖顶帽从椅子里跳起来，紧张不安地向四周张望着，“哦，不了，谢谢您的好意，我突然想起我还有点事……”

“太遗憾了，你真的这么不想见到他吗？”麦克斯韦先生站起来把妖精送到门口，“那么你能不能告诉我，他到底问了你什么问题？我猜了很久都没猜出来。”

妖精回过头，天堂宁静的午后阳光铺洒在他毛茸茸的耳朵和悲伤的黄眼睛上，是如此温暖宁静，但他仍然笨拙地缩了缩脖子，仿佛又情不自禁地在那位容易激动的老人激昂的气势威慑之下打了个寒战似的。

“其实他是个老好人，有时候我还真挺想念他的。”他回答道，“可是他

---

①出自“泡利不相容原理”。泡利认为对于费米子而言，存在于同一个能级上的两个电子一定自旋方向相反，所以要使其同向自旋，对于妖精来说也是不可能完成的任务。

②牛顿晚年时健康恶化，患有厌食、失眠等严重症状，并且有间发性的受迫害狂想症，于1727年因病去世。

不该冲着我喊：‘给我一个支点！’[①] 这可是连上帝都没法办到的事情啊。”

（本文获2004年度中国科幻银河奖）

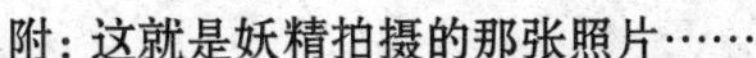

附：这就是妖精拍摄的那张照片……

第一排（从左至右）：欧文·朗缪尔、马克斯·普朗克、玛丽·居里、亨得里克·洛仑兹、阿尔伯特·爱因斯坦、保罗·朗之万、Ch. E. Guye、C.T.R. 威尔逊、O.W. 里查森

第二排（从左至右）：彼得·德拜、马丁·努森、威廉·劳伦斯·布拉格、Hendrik Anthony Kramers、保罗·狄拉克、亚瑟·康普顿、路易·德布罗意、马克斯·波恩、尼尔斯·玻尔

第三排（从左至右）：奥古斯特·皮卡尔德、E. Henriot、保罗·埃伦费斯特、Ed. Herzen、Th é ophile de Donder、欧文·薛定谔、E. Verschaffelt、沃尔夫冈·泡利、沃纳·海森堡、R.H. 福勒、里昂·布里渊

---

① 阿基米德的名言：“给我一个支点，我就能撬动地球！”

茄子小姐

请允许我将这篇小说献给阿尔伯特·爱因斯坦，为他伟大的一生，也为高中时我曾声称要献给他却最终没有完成的论文。

也献给所有刚刚考完试、正在考试和将要考试的同学。

茄子小姐的真名实姓不可以讲出来，至少我在听这个故事之前是这么答应的。

“就叫我茄子吧。”她坐在我面前，笑嘻嘻地说，“朋友们都这么叫我。”

“是因为……你喜欢吃茄子？”我笨嘴拙舌地试图接话。

“正好相反，我最讨厌吃茄子。”她严肃声明。

我赶紧讨好地笑笑，“我们还是说你的故事吧，你刚才说……”

“故事发生在一个初夏的早晨。”她望向窗外，“阳光明媚，微风习习……”

好吧，如同很多故事一样，这个故事发生在阳光明媚、微风习习的初夏早晨。茄子小姐一个人坐在图书馆的窗边，望着窗外摇曳的无边树影发呆。

风在白杨树的枝叶间低语，光影闪烁不停，阳光穿透蒙尘的玻璃窗，在这个寂静的角落里铺洒开来，让人总有怅然若失的感觉。茄子小姐凝视着墙上滴答作响的钟，禁不住又叹了一口气——这么一会儿她已经叹了九十八口气了。

桌上东一本西一本地堆着课本、习题、讲义，复印的笔记和作业本凌乱地翻开，折叠的边边角角夹在一起，还有红的蓝的粗的细的笔迹与信手涂鸦，俨然像是正在等待破译的外太空密码。

“死定了！”望着满眼复杂的陌生公式，她索性大声把心里的苦恼喊出来——半学期的课程几乎全是空白，起初是听不懂，后来索性就自暴自弃，偶尔去上课，也不过望着黑板上天马行空的粉笔字与侃侃而谈的老师发发呆而已。问题是……二十四个小时之后——她又看了一眼墙上的钟表——不，只剩下不到二十二个小时了——就是量子力学考试！

二十二个小时，除非奇迹发生……

她干脆把书推向一边，像个中枪倒地的士兵一样，砰的一声趴在桌子上。窗外，摇荡着杨树与梧桐树枝叶的天空依然静谧安详，微波荡漾，然而时间却在一分一秒流淌，消失殆尽，如同这个初夏匆匆的脚步，优美，却令人绝望。

又叹了一口气后，茄子小姐把目光投向桌上的另一本书：一本崭新的、鲜艳光洁的小册子，书名和副标题像有生命般鲜活地蹦入眼帘：

《自述片段——阿尔伯特·爱因斯坦最后的回忆录》

她禁不住坐起来，把书捧到面前，仔细端详封面上做鬼脸的爱因斯坦。多么奇妙，她在心里说，如果没有这位发明了狭义与广义相对论的天才、量子力学之父，此时此刻，我应该不会坐在这里如此苦恼吧……说起来，今年是世界物理年，也正好是那个老头的五十周年忌辰。这本书是在查找量子习题集的时候，随手从书架上拿下来的。

茄子小姐信手翻开书页，就在那一瞬间，随着砰的一声巨响，一团臭鸡蛋味浓重的白烟散开，妖精出现了。

"等一下！"我匆匆忙忙地打断她，"你刚才说……什么出现了？"

"妖精啊。"

"是……是《西游记》里的妖精吗？"

"两码事。"茄子小姐皱了皱眉，"这么说……你是不看《科幻世界》的吗？"

"科幻……"我嗫嚅道，"中学时候看过一些，现在……"

"得得。"她不耐烦地摆摆手，露出一副"又遇到这种人"的表情。一时间我觉得自己似乎犯了很大的过错，连忙讨好地笑笑。

"你说的妖精，是……？"

"嗯……怎么说呢？就跟《格林童话》里的妖精差不多，被关在瓶子或者别的什么东西里面，如果你把他放出来，就要跟他打赌，出难题考倒他，不然，你的灵魂就要归他所有。"

看我仍是一脸似懂非懂的样子，她无奈地摇摇头，"你先听我往下说吧。"

我点点头，于是这个在我看来开始变得非常荒诞的故事就这么继续下去。

妖精站在图书馆光洁的水磨石地板上，抓着他皱巴巴的尖顶帽仓皇四顾。

"Wo bin ich？"他呆立了半晌，好不容易迸出来一句。

茄子小姐茫然地瞪大眼睛。奇怪的是，作为一个理科生，一位坚定的唯物主义者，在目睹这一丝毫没有科学性可言的现象之后，她脱口而出的第一句回答竟然是：

“Sorry, can...can you speak English？”

妖精再次把周围的一切——包括茄子小姐在内打量了半天，终于发觉自己处于一个十分尴尬的境地。

“Verzeihen Sie.[①]”他结结巴巴地又说了句什么，然后伸出一根尖尖长长的手指，在茄子小姐头顶上方比画了几下。突然间，整个世界咯噔一响，就好像换了一个频道似的。

“现，现在……应该可以了。”

不管听上去多么不科学，但这次茄子小姐听到的，竟然是货真价实的中国话。

她愣了半天，又使劲掐了自己几把，终于恢复了一点理智。

“请问……刚刚那是魔法，还是外星高科技？”

“魔法……高科技？”妖精看上去非常紧张，暗绿色额头涨得通红，“我不太明白，有什么区别吗？”

区别大了。谁都知道，一个科幻故事中是绝不允许出现精灵或者魔法这类怪力乱神的。对付吸血鬼有十字架，对付火星侵略者有感冒病毒，对付超人有氪星来的绿石头，全混在一起岂不是乱了套？不过她并没有把自己的顾虑说出口。

“那么……你是谁？”她换了一个问题。

“科鲁耐里亚斯·古斯塔夫·龙佩尔斯迪尔钦。”妖精恭恭敬敬地鞠了一躬，“初次见面，敢问您的芳名？”

茄子小姐镇定地报上大名，鉴于涉及她的真名实姓，这里暂且省略。

接下来的几分钟内，双方颇为友好地寒暄了一番，于是，茄子小姐总算搞清楚了一点状况。伟大的妖精科鲁耐里亚斯·古斯塔夫·龙佩尔斯迪尔钦（我好不容易才记下这个名字）自从陪伴他敬爱的爱因斯坦先生走

① 妖精说的两句都是德语，意思分别是：“这是在哪里？”和“对不起”。

伟大的妖精自从陪伴他敬爱的爱因斯坦先生走完人生的最后岁月后,便一直寂寞地待在这本薄薄的小册子中,等待五十年后重见天日的这一天。

完人生的最后岁月后，便一直寂寞地待在这本薄薄的小册子中，等待五十年后重见天日的这一天。尽管唤醒他的人不是什么伟大的物理学家，甚至连一个物理学的本科学位都还没有拿到手，但毕竟，能有个人一起说说话，而不是与冰冷的铅字做伴，是件非常开心的事情。

"已经过去五十年了吗？哦，可怜的老人……"妖精笨拙地抽抽鼻子，黄眼睛里蒙上一层雾蒙蒙的回忆，"那些日子里他是多么寂寞啊，除了看书就是一个人拉他的小提琴。唉……广岛的事儿伤透了他的心。①"

茄子小姐也颇为伤感地叹了一口气。妖精转过脸，目光真诚地说：

"你知道吗，在最后的日子里，他不止一次对我说，'这世界上比物理学美妙的东西有很多，可怜的小东西，祝你好运，以后别再跟物理学家打交道了，找个比我更有趣的新主人。'"

茄子小姐尴尬地笑了笑，瞥了一眼桌上凌乱的书本。应该说那个老头的美好祝愿实现了吗……一个正在为即将到来的考试头痛不已，并且很可能会挂科的大学生？

妖精顺着她的目光望去，禁不住吃惊地睁大了眼睛。

"啊哈！"他小心翼翼地伸出手去抚摸光洁的课本，"量子力学？你喜欢量子力学?！真了不起，想不到你年纪轻轻的……"

"鬼才喜欢量子力学呢！"茄子小姐有些生气地打断他的话，"我恨死这门课了！再说，我也不算年轻了，爱因斯坦提出狭义相对论的最初构想那一年才十七岁。"

"哦……对，对不起……"妖精惶恐地缩回手，"我说错什么了吗？不喜欢量子力学也没关系，你看，这世界上比物理更美妙的……"

"美妙有什么用？我再不喜欢也得拼死拼活地准备考试！"茄子小姐

①1939年10月，爱因斯坦致信罗斯福总统，说服他抢在纳粹德国之前进行原子弹的研制，也就是著名的曼哈顿计划的来由。然而1945年，当原子弹最终在日本的领土上爆炸时，爱因斯坦痛心地说，这是他一生中最大的错误和遗憾。他甚至懊悔当初从事的科研，"早知如此，我宁可当个修表匠"。

不耐烦地摇摇头，不知怎么地鼻子一酸，眼泪差点夺眶而出。“要是不及格的话……”她强忍着不知从何而来的巨大委屈，喃喃自语道。

“别，别难过……”妖精手足无措地站在原地，把帽子扣到头上又抓下来，“考试……考试没什么大不了的，会通过的……”

“万一过不了呢？”茄子小姐固执地摇摇头。就在这时候，一个荒诞的、近乎疯狂的想法涌上她的心头。

“要不，我们来打个赌？”

“赌什么？”我看着茄子小姐似笑非笑的表情，禁不住问道。

“赌他能不能让我通过量子力学考试。如果过了就算妖精赢，我的灵魂就交给他；如果过不了就是我赢，可以做他的新主人，随便差遣他。”

我暂时被这混乱的逻辑纠缠了一会儿，迟疑地说：

“这样……岂不是……”我把后面的话咽了回去，决定顺其自然地把故事听完。

“后来呢？”我问。

“然后我们就签契约啊。”茄子小姐支着下巴笑着，“你不知道那是多厉害的一份契约哪，古往今来多少物理大牛都签过的，阿基米德、牛顿、哥白尼、麦克斯韦、爱因斯坦……当然，他们都赢了，谁让他们是神一样级别的大牛呢……”

契约签好之后，离考试时间还有整整二十个小时。不吃饭，不睡觉，用二十个小时准备一门考试，或许再没有什么比这更绝望、更疯狂了。

妖精迟疑着从茄子小姐手中接过那张破旧发黄，然而却是价值连城的羊皮纸长卷，再次确认了一眼最末尾的中文名字（这个名字还是不能透露）。事情变得越来越古怪了。

“好吧。”他小心翼翼地将契约卷起来收好，抓抓耳朵说，“你知道我并不是无所不能的，不过我会尽力。现在，当务之急是先弄点吃的，不知道你怎么样,我可是饿坏了。”

他凭空一抓,毛茸茸的大手里顿时出现了几大袋热气腾腾的小笼包,连同密封在塑料杯里的浅绿色豆浆,一起扔到桌上。

“不够还可再加。”他宽厚地笑笑说。

茄子小姐惊异地睁大了眼睛,喃喃自语道:

“天哪,这是学三的小笼包……”

就在茄子小姐津津有味地咀嚼美味冒油的小笼包时,妖精已经不慌不忙地把自己巨大厚重的身体安置在图书馆狭小的桌椅之间,从怀里摸索出一副厚厚的黑框眼镜挂在扁平的鼻子上,捧起课本开始认真地钻研起来。

他左手捧书,右手捏起一只包子塞进嘴里,然后心满意足地用手背抹抹油光光的嘴角,接着随手在破旧的外套下摆上擦擦干净,小心翼翼地用指尖拈起书页一角翻过去,再去摸下一只包子,还时不时地把从鼻梁上滑下来的眼镜向上推一把,神情比学识渊博的老教授还要专注严肃。

茄子小姐几乎要看呆了。

五袋包子被迅速扫荡一空后,妖精把空塑料袋和杯子揉成一团塞进口袋里,油乎乎的双手在衣服上擦了又擦,然后一本正经地摊开书,清清嗓子说道:

“既然时间宝贵,不如我们直接从第一章的这些习题开始。第一题,利用量子化条件……”

“等一下,”茄子小姐打断他,“哪个条件?”

“这个,”妖精拿起笔,歪歪扭扭地写在习题纸上,“$\oint p_k dq_k = n_k h$。”[1]

“怎么来的?”茄子小姐疑惑不解地望着他。

妖精为难地抓了抓耳朵,把书向前翻过几页,耐心地解释道:“这样,我们先来看这里……”

---

①关于传说中的量子化条件,有兴趣的同学可以去翻看量子力学课本,这里地方太小,写不下……

时间一分一秒地过去，窗外的树叶仍在缓缓移动的光线中哗啦哗啦作响。妖精趴在桌上讲了又讲，巨大的鼻子上挂满了亮晶晶的汗珠，然而态度依旧无比温和——习惯在瓶子里打发漫长岁月的妖精是永远、永远充满耐心的。

“把这两个量做变换后……”

“怎么变换来着？”

妖精抓住光滑纤细的笔杆，费力地把整个过程写了下来，然后一步一步解释，茄子小姐不时提出问题，他一一回答。有时候语言表达不清楚，他就用公式和草图。

第一章的内容整整进行了将近三个小时，还只是些最浅显的基础概念。写满草稿的习题纸翻过去厚厚的一沓，妖精讲完最后一道题，精疲力竭地放下书。

“好，不错。”他沙哑着嗓子说道，“我们先休息一下再继续。”

桌上出现了盛满袋装红茶的纸杯，热腾腾地冒着白汽，两人不声不响地啜饮着。窗外的阳光正处在一天中最和煦的角度，暖暖地把斑驳的树影铺洒了一桌，在那些文字和公式上优美地缓缓摇曳。

茄子小姐愁眉不展地凝视着茶杯里泛起的暗红色涟漪，这时候妖精轻柔地拍拍她的头，安慰道：

“不错，你挺聪明，比我当年学这个快多了，真的，尤其是我这个老师跟爱因斯坦先生根本没法比……”看茄子小姐不说话，他有点尴尬地咳嗽两声，继续说，“别担心，你一定没问题，不过是小小一次考试。来，让我们继续看下一章。”

“等一下！”茄子小姐心烦意乱地大声说道。她涨红了脸，好半天才开口说道，“对……对不起，我刚才是故意捣乱的，我觉得自己一定过不了，这么难的东西，我又这么笨……再怎么学都学不会的，反正没希望了……”大滴眼泪不受控制地涌出来，她一边用手背胡乱抹着脸，一边大声喊道，“本来想就这么让你输定了，可是你这么认真……真的，真的非常非常对不起！”

“别，别哭啊……”妖精结结巴巴地说，以他的经验，显然完全无法应付女孩子突如其来的情绪波动，所能做的就是笨拙地在她肩膀上胡乱拍了两把，轻声说道，“没事的，你一定没问题。时、时间宝贵，我们还是接着看下一章，啊，看下一章。”

茄子小姐擦干眼泪，重新振作精神，两人把没喝完的红茶匆匆推到一边，齐心协力向第二章发动进攻。这次她异常认真地听着，竭尽全力跟上妖精的步伐，一道道题目在习题纸上如流水一般蜿蜒前进，时而阻滞时而流畅，他们之间的交流也逐渐变得愈加默契。

“这样，这样，然后这样。”妖精用他尖利的手指指点着。

“然后呢？”茄子小姐问道，同时自己在下面推导出积分结果，“这样么？”

妖精赞许地点点头，随手在旁边修改了一两处，茄子小姐很快明白了，把重点过程用红笔画出来加以记忆，时间宝贵，这是最有成效的办法了。

钟表的滴答声逐渐变得火药味十足，两人像拧紧了发条般奋勇向前、披荆斩棘。最重要的第二章终于也结束了，他们几乎没有怎么休息，热情高涨地向着第三章前进。进行到一半的时候，天色已经开始暗淡下来了。茄子小姐扔下笔，抱怨手腕酸痛。

“坚持，坚持啊。”妖精用沙哑的声音鼓励她。他拿起书本，开始向她考察概念的掌握情况，领着茄子小姐一条一条地背下来，再从做过的习题中寻找验证。

淡紫色的夜幕逐渐坠落然后散开，镶嵌着晃动的余晖，看上去绚丽妩媚，然而两人却无暇欣赏，连晚饭都顾不上吃就继续进行后面的内容——要看的东西还很多呢。茄子小姐心急火燎地不停看钟，还有十二个小时，如果一章内容两小时的话……没有时间睡觉……看完直接上考场……她又困又饿,开始频繁出错,写字的手都开始颤抖了,手心里全是滑腻腻的冷汗。

妖精仍旧是无比耐心细致地一一纠正她的错误。

"这个地方涉及前面叠加原理的概念,看来你还没有完全搞清楚,我们再回过头去看一遍……"

茄子小姐砰的一声把笔摔到一边,神情沮丧地喊道:

"得啦,我不想再回去看什么乱七八糟的原理,什么都不想看,已经没时间啦!"

"可是叠加原理……"妖精困惑地捧着书本,"不管怎么说,基本概念永远是最重要的,比习题还要重要得多……"

"可是没时间了呀!还有那么多东西要看!"茄子小姐恼怒地夺过课本摇晃着,"四章,五章,六章……怎么可能看得完呢?"她干脆把书扔到角落里,可怜巴巴地叹了一口气,"要是我平常多努力一点就好了……现在是彻底没希望了……要是时间能停下来多好……"

妖精费力地弯下腰捡起书,放在桌上轻轻地抚平。沉默了很久,他才慢吞吞地说:

"其实,也不是不可能……"

茄子小姐疑惑不解地望向他。妖精放下书本,两只巨大的手掌合在一起相互揉搓着,低声说道:

"这是一个失传已久的法术,非常,非常古老……"

他边说边挥挥手,窗帘自动合拢,遮挡住高大的拱形窗户外漆黑的夜空,书架在地板上无声滑动,在这个小小的角落四周围成一圈严密的屏障,一切都宛如童话中的景象。

茄子小姐目瞪口呆地望着这一切。妖精站立起来,将尖顶帽摘下来托在手里,脸上现出少有的庄严神情。他举起一根闪闪发光的手指,嘴里念着谁也听不懂的古老咒语,快速地在空中画了个异常复杂的图案。银蓝的光辉连缀成令人眼花缭乱的奇异轨迹,在空气里缓缓溅落,宛如烟花一般嘶嘶作响,散发出一股轻微的硫黄气息。

突然间,光芒向四面八方散射开来,呼啸着化作万千星星点点无声地熄灭了。就在这一刻,墙上的钟停止了跳动,只留下一片死寂弥漫在空气中。

“好了……”妖精重新戴上帽子,精疲力竭地坐回到椅子里,“现在,你是想继续看书,还是想先来点吃的?”

“等一下!”我禁不住要跳起来了,“你是说,妖精真的让时间……停滞了?!”

茄子小姐不耐烦地摆摆手,让我不要打断她。我沉默下来,继续听她讲述这不可思议的故事,脑子里却一片纷乱。

爱因斯坦明明说过……光速不变……如果时间真的可以停止……那……

那不真的成了科幻小说?!

黑夜在窗外凝结成一泓绝对静止的深潭,没有风,没有声音,墙上的钟停在 10 点 10 分。

茄子小姐从容地享受了一顿丰盛美味的夜宵和一杯香浓的咖啡后,重新振作精神,投入热火朝天的学习当中。

他们趁热打铁,以前所未有的高效率前进,写满的习题纸一张张翻过去。当咖啡的效力逐渐消失后,茄子小姐禁不住打了个长长的哈欠。

“只剩下一小部分了。”妖精翻了翻书,“不如你先睡一觉吧,时间还多的是。”

茄子小姐顺从地点点头,揉着酸痛的手腕一头扑倒在桌子上——这一天实在是过得太辛苦了。

“晚安,妖精。”她低声说道。

妖精点点头,脱下自己那件破旧不堪,然而却非常温暖的外套,轻柔地披在她肩上，同时念动咒语。灯光熄灭了，茄子小姐坠入无比深沉甜蜜的梦乡。

当妖精叫醒她时，热腾腾的早餐已经堆在桌上，稀饭油条鸡蛋加大碗馄饨，看上去非常美味。

“趁热吃吧。”妖精嘴里塞得满满的，含糊不清地催促道，“可不能饿着肚子去考试。”

茄子小姐爬起来，睡眼惺忪地向四周望去，房间仍是寂静一片，然而却有种奇异的感觉弥漫开来。她揉揉眼睛，终于发现了——珍珠色的晨曦正透过窗帘，把微弱的光芒均匀地散落在每一个角落里。

“天亮了？”她又瞟了一眼墙上的钟，仍旧停留在10点10分。“等一下，怎么回事？不是说时间……”

妖精尴尬地抓抓耳朵，咳嗽了几声说道：“不好意思……其实，时间并没有……你也知道这是做不到的，爱因斯坦先生的理论……”他抬起头，目光真诚地望着她，“我说过我不是万能的，这只是一个小魔术，为了让你不那么担心。”

“你把钟弄停了？”茄子小姐惊异地望望四周，“天，现在几点了？我的量子力学考试，我的习题……还有一部分没看呢！”

“我想……刚刚七点而已。”妖精从怀里掏出一只式样古老的大怀表看了一眼，安慰道，“别担心，这一晚上你已经把书看得很好了，那一小部分根本不算什么，相信我，你会取得好成绩的，现在最重要的是把早餐吃了。”

茄子小姐叹了口气，一半是无奈，一半是因为放下心来。事到如今还能怎样呢，祈求老天保佑吧。

墙上的钟又恢复了应有的样子，滴滴答答地走动起来。妖精坐在茄子小姐旁边，看着她慢条斯理地享用早餐，脸上浮现出犹豫不决的神色。

“你知道……”他吞吞吐吐地说道，又停住了。

“什么？”

“我想起一件事……”

“说啊。”茄子小姐放下汤勺，奇怪地望着他。

“我是说……时间，既然是无法停滞的，就如同物质和能量也是守恒的……”他的脸开始涨得通红，“这都是最基本的物理定律，所以说……”

茄子小姐愈发紧张了。

“我是想说……你，你有钱吗？包子、红茶，还有其他东西的钱……不好意思，我身上正好没有中国货币……”

茄子小姐愣了一下，终于忍不住放声大笑起来。她抽出饭卡，姿势潇洒地扔过去，然后背起书包。

“祝我好运吧。”她笑着说，“我要去考试啦！”

阳光斜斜地从窗外照进来，晒得人身上暖洋洋的。钟表还在墙上滴答作响，仿佛在提醒我，这个故事已经接近尾声了。

“后……后来呢？”沉默了许久后，我小心翼翼地问道。

“后来……”

——————可能会是这样的——————

“后来，考试勉强通过了。”茄子小姐笑眯眯地望着我回答，“虽然分数不怎么样，不过总算是被老师放了一马。”

“那么……”我等待着，手心全是汗。

“作为一个接受高等教育的当代青年，信守诺言是基本道德准则！”她从桌边站起来，理直气壮地说道，“我通过考试，却输了赌注，因此妖精自由了，而我，我的灵魂将代替他被封印。其实，比起挂科来说，我倒宁愿选择这样的结局。”

我目瞪口呆地望着她，几乎不相信自己的耳朵。

“要不是你这个人这么没意思的话，我本来倒也可以考虑跟你打个赌。”她调皮地向我挤挤眼睛，“算了，还是等下一个吧。”

她啪地打了个响指，轻盈地转个圈子，便消失在一团浪漫的、光芒闪烁的、散发着紫罗兰色泽和芬芳的烟雾当中。

——————也有可能是这样的——————

“后来，考试勉强通过了。”茄子小姐笑眯眯地望着我回答，“虽然分数不怎么样，不过总算是被老师放了一马。”

“那么……”我等待着，手心全是汗。

“作为一个接受高等教育的当代青年，信守诺言是基本道德准则！”她从桌边站起来，理直气壮地说道，“我通过考试，却输了赌注，因此妖精自由了，而我，我的灵魂将代替他被封印。其实，比起挂科来说，我倒宁愿选择这样的结局。”

我目瞪口呆地望着她，几乎不相信自己的耳朵。

“当然是跟你开玩笑的！”她突然忍不住迸发出一阵大笑，跌坐在椅子里，“赌约中有一项非常重要的条件，就是必须在二十四小时内生效。”

我仍是呆若木鸡地坐在那里看着她。茄子小姐好不容易止住笑，冲我挥挥手说道：

“你们都上当啦，虽然考试在第二天就结束了，但成绩是两天以后才批改出来的啊，既然远远超过二十四小时，当然最终还是我赢了！”

我已经完全无话可说，只能抹着额头上瀑布般汹涌而下的汗水。

茄子小姐得意地抿着嘴笑，两只手轮番在桌面上敲打着轻快的拍子。愣了一阵，我好不容易想起点什么，结结巴巴挤出来一句：

“那个……妖精……”

“你想见妖精？”

“不……不那么想……”我开始慌慌张张地环顾四周，身为一个年近三十的党员和无神论者,这种灵异现象无疑会对我的信仰构成严重打击。

“我已经把他封起来啦!”茄子小姐双手抱肩,戏谑地望着我惊慌失措的样子,“他是个可爱的家伙,不过也太能吃了一点。况且,没有他的平凡生活不是更加充实吗?”

“你……你把他封在哪儿了?”我赶紧问道。

“当然不能告诉你!”她撅了撅嘴,站起来向门口走去。

我只能坐在原地,望着她轻快离去的背影。拉开门的一瞬间,茄子小姐转过身向我嫣然一笑:

“怕什么,反正你也不看科幻小说,对吧?”

卡 门

传说中，从太阳系尽头一直通往人马座的星途上，每一间酒吧里都有卡门的身影。

卡门永远歌声嘹亮，舞姿曼妙，檀木般乌黑的长发里插着大束的茉莉花或者金合欢，香气馥郁醉人；卡门的皮肤像金子般闪闪发亮，细长的眼睛闪着猫样的光彩，湿润的嘴唇半开半闭，露出杏仁般细碎的白牙；卡门身穿古老的波西米亚舞裙，暗红色的花边从腰间一直拖到赤裸的脚边，破旧的披肩上布满大大小小的窟窿，可是一旦音乐声响起，你便能看见它们飞舞在卡门的手臂与肩膀间，仿佛被赋予了生命的精灵。

如果你是来往于星途中的远航者，我是说，无论是礼教森严、措辞谨慎的贸易商，还是训练有素、冷酷无情的雇佣兵，或者神情疲惫、穷困潦倒的新移民，甚至那些九死一生、终生颠沛流离的拓荒者，只要踏出飞船，呼吸到岩石与烈酒的气息，都不能不迫切思念着卡门的身影。或许她只是静静地坐在某个光影暧昧的角落里，指尖的烟草弥漫出幽蓝的光雾；或者她斜倚在吧台边，伶牙俐齿地跟七八个不怀好意围在四周的男人斗嘴（可最终谁也别想占她的便宜）；或者她一眼看到了你，便像只猫一样无声无息地分开人群走过来，向你昂起她小巧的下巴：

“嘿，地球老乡，”她总是一眼就能看出你是从哪里来的，仿佛你额头上贴着出生地的标签一样，“让我给你算上一卦吧，算算你这一路上还能迷住几个好姑娘。”

然而就算她已经喝得两眼迷离，坐在你大腿上东摇西晃，又是唱又是笑，可只要音乐声响起……啊，只要音乐响起，你就只看见她像火焰般腾空而起，裙裾飞扬，手中的响板发出雨点般密集的声响，连地板也会在她的脚下律动，绽放出一圈又一圈令人心醉神迷的涟漪。

这就是关于卡门的传说，从星途开拓之初直到现在，足足流传了一个多世纪。然而又有谁能讲完关于卡门的故事呢？悲壮的、凄婉的、妖冶的、狂放的，连同卡门曼妙的身姿一同流传在每一代远航者的梦呓中，生生不息。

说起来，就连我们这些从小生活在月球这种小地方上、连太阳系都没出过的孩子都多少听过几个关于卡门的传说，虽然有关卡门、有关星途和远航者的一切都离我们相隔不知多少光年那么遥远，虽然那些几代前流传下来的故事传到我们父辈那里时，早就被漫漫星途洗涤得面目全非，变得如同一切古老的神话歌谣般，既模糊又苍白，然而我们又怎能不向往那些浪漫、神秘、狂野而又残酷的故事呢？我们又怎能不向往那些闪烁在星途每一个角落中，艳名远扬的波西米亚女郎呢？要知道，这么多年来，哪怕是最保守、最潦倒的移民姑娘，每每到了盛大节日，也纷纷要在头发里插上一大束山茶花或者别的什么，扮出风情万种的样子来呢。

以上这一切就是卡门·纳瓦罗到来之前的情况。

卡门到来的时候正是阴郁的春天，我们拥出教室，看见一个消瘦而苍老的男人紧紧拉着一个同样消瘦的年轻姑娘出现在甬道尽头，后者乱蓬蓬的短发四处飞翘，身穿大了不止一号的网格衫，弓着腰低着头，用一种典型的地球移民才有的笨拙脚步，跌跌撞撞地走着。

走到近处时，男人停下步子，凌厉的灰色眼睛缓缓从我们每个人身上扫过，然后一言不发地在姑娘肩膀上拍了两下，转身离去了。

我们好奇地围成一圈，盯着新来的姑娘看。她一个人站在原地，目光呆滞，两眼紧盯着自己破旧的鞋尖。

老师走上前去拉住她的手，和颜悦色地说："跟大家介绍一下自己吧。"

姑娘抬了抬眼皮，仍旧是盯着脚尖，用一种异常古怪的口音慢吞吞地回答：

"我叫卡门。卡门·纳瓦罗。"

消息传遍整个月城后，来看卡门的人数不胜数，最初是隔壁班的孩子，然后是他们的姐妹和父母，最后连那些严肃的僧侣也要不远万里赶来，假装不经意地从附近经过。老师总是尽量和和气气地把他们劝走，请他们不要破坏正常的教学秩序，然而走了一批之后还会再来一批。谁让她是我们这里从古到今独一无二的卡门呢？又是谁让她偏偏要到月球这沉闷乏味的地方来的呢？我们从出生起就住在巴掌大小的地下城里，面对的是灰褐色的岩石和混凝土，呼吸的是循环系统滤出的温吞吞的空气，很多人一辈子连星空都没见过，也从没想过要去看什么星星或是飞船。星际酒吧或者卡门？那都只是传说中的东西罢了。

结果呢，我们的卡门小姐让所有人都失望透顶了。她简直比月球上所有的平庸加起来还要平庸，比所有的乏味加起来还要乏味。她苍白瘦小的脸上既看不见泼辣与倔强，默默无光的黑眼睛里也没有火焰在燃烧。连她的身材也像没发育完全似的干瘪瘦小，远远比不上我们这些早熟的月球姑娘，虽说她跟我们大家都一样的是十五六岁。

最让人难以忍受的还是她的口音，永远是那么慢吞吞的，仿佛有意放慢了的录音那样低沉，一字一句地回答那些被问了无数遍的问题：

“是的，我是卡门，我从地球上来……不，我没有去过星途，我哪儿也没去过……是的，纳瓦罗先生是我父亲。”

至于跳舞之类的事，根本没人问过她，卡门的走路姿势比哪一个地球佬都要难看。起初还有那么一两个捣蛋鬼跟在后面模仿她的步伐，或者在一旁跳来跳去地取笑她，后来连他们也对她丧失兴趣了。

直到有人看到纳瓦罗先生递交给移民局的申请表，才多少解释了一些事情——卡门有先天性心脏病，在地球的重力下活不过二十岁，所以才搬到月城来。于是，大家对她身上的最后一丝幻想也就此消失殆尽了。

很长一段时间里，你都只能看见卡门一个人坐在角落里，眼睛盯着桌子下面自己的双脚，仿佛要看着自己一天天长在那里一样。

在整个月城居民失望并淡漠卡门的日子里，或许只有我是个例外。那时候我也是十五六岁，头发短得像个小男生，姿色只能算中等，内心深处却时不时有种莫名的火光闪耀，比最会招蜂引蝶的姑娘还要狂野。

卡门到来之后的那个春天里，我心里的火光终于炽烈地燃烧起来，仿佛一颗火星溅落在干草丛里。无数次，我假装不经意地用余光扫过她瑟缩在角落里的身影——短发披散在苍白的脖颈上，嶙峋的脊柱轮廓在皮肤下蜿蜒起伏。这平凡又卑微的模样，却让我的心脏在胸腔里怦怦作响，好像不受微弱的引力控制一般。

“卡门……卡门……”我在心中反复默念着，仿佛这简单的音节具有不可思议的魔力。无论她来自何方，无论外貌多么平庸，这与生俱来的魔力都与她的姓名一样，深深烙刻在她的血液中，我始终固执地相信着，幻想着。

然而最初的日子里，无论周围人如何围观、羞辱或者漠视卡门，我都始终不动声色，用一个年轻姑娘的全部忍耐力，还有全部残忍、羞怯和心怀叵测暗中观察这一切。

直到三个星期之后的某一天，趁没有人注意，我终于鼓足勇气，让口袋里的羽球“不小心”滚落到她脚边。

卡门把球捡起来握在手心里，我故意不看她的眼睛，假装并不在乎跟谁说话的样子，漫不经心地说：

“听说这是从地球上流传过来的，可惜我玩得不太好。”

卡门一声不吭地看着我。我的心都快蹦出来了，赶紧加上一句：

“你会玩儿吗？”

沉默了一会儿，卡门垂下眼睛，轻声说：

“是的，我会。”

我们的友谊就从这句话开始。

许多人都以为羽球是种再简单不过的玩具，靠电磁手套把小球控制在两只手掌之间的空间内，那些看不见的磁力线无比微妙地牵引着小球，仿佛在惊涛骇浪间翻转腾挪。这是一种简单而又精巧的游戏，几年前曾在月球上流行过一段时间，后来大家很快就转向其他更加疯狂刺激的低重力体育运动了。然而只有真正内行的人才知道，那些更加精细微妙的玩法是多么奇妙无穷，又是多么容易上瘾。

我自以为算是个中高手，结果意外地发现，类似这种完全与引力无关又很适合一个人自娱自乐的掌上运动，卡门比我更精于此道。

接下来的几个星期里，我们只要一到课余时间，就会心照不宣地坐在没有人注意的楼梯拐角下，连续玩上好久。最初两个人只是默不作声地相互较量，偶尔说一两句话，后来逐渐变成无话不谈。

除了玩羽球，卡门还教我其他更加古老的地球游戏，比如立体象棋，甚至翻手绳，这些傻乎乎的过时游戏让我们两个都乐此不疲。

时至今日很难确切地解释清楚，我锲而不舍地试图与卡门建立友谊的原因何在，一切与浪漫有关的传说在她身上都毫无复活的迹象。但换个角度来看，卡门确实与众不同。她笨拙、羞怯，有些不善表达，却拥有那种只有习惯了长期孤独的人才具有的奇妙特质，令人忍不住想要去探寻她的内心世界。

有时你坐在她身边，如此之近地凝视她颤动的睫毛和敏感的嘴唇，会恍惚中以为来到古老的童话世界，遇见一位受诅咒的公主、一个被禁锢的女巫，等待勇士砸破冰冷的高墙救她出来。然而一瞬间幻象散去，你看见的仍只是那个苍白、瘦弱，需要你陪伴和保护的小卡门。

表面上看来，我们的交往并没有多么的热火朝天。卡门不住校，来去都由纳瓦罗先生接送，午餐时她也只是独坐一隅，默默咀嚼那些对她来说难以下咽的月球蔬菜。我不止一次看见一些男孩和女孩成群结队拥过去，呼啦啦围成一片，假模假样地问：

“说说你在地球上的生活如何，卡门小姐？”

卡门放下勺子，望着他们慢慢地说：“地球上……没有什么不一样的，我们也住在城市里，不过城市是在地面上的，抬头就能看见天空……”

“天——空——”那些家伙一边嘻嘻哈哈地笑，一边故意拖长了声调模仿她。

“天空上有云，有太阳……夜里还有月亮……星星……”

“星——星——”

笑够之后，他们便挨个儿把黏糊糊的甘蓝杂烩菜全堆在她盘子里，然后扬长而去。

等他们走远了，我才默默地端着盘子在她旁边坐下，把炸红肠叉给她，说：

“告诉我，卡门，星星是什么样的？”

“星星很模糊，一般都看不见，除非下过雨。”然后她抬起头，凝视着我的眼睛，“你要亲自去看了才知道，如果能从一片黑暗中找到一颗闪闪发光的小星星，会是非常神奇的感觉，仿佛它为你才在那里闪烁了那么久。你会一直想，到底是什么让它这么与众不同，你会莫名其妙地想一整夜，你会以为能听见它对你说话。”

“我们可以到上面去看，卡门。”我突然想到一个好主意，“他们说从月球表面看星星，每一颗都看得很清楚。”

卡门摇摇头，“纳瓦罗先生不会同意的。”

于是，剩下的时间里我们就只是低头对付各自的甘蓝杂烩菜，浪费粮食的罪过可是很大的。

现在不得不说到纳瓦罗先生。

纳瓦罗先生多少算是个神秘的人物，他自称是卡门的父亲，然而卡门却从来只是称呼他纳瓦罗先生。他在移民局的档案几乎是一片空白，有人猜测他要么曾经身居要职，要么就是一位拓荒者——前者自然受到严密保护，后者则终生穿行在星域最荒凉的边疆，与炽热的恒星、危机四伏的陨石、恐怖的黑洞、陌生的种族甚至逃犯、星际海盗、奴隶贩子，诸如此类一切危险的事物作殊死搏斗。传说他们中有许多世代相传的机密，却纷纷在退休后把自己充满传奇色彩的履历销毁得一干二净。

纳瓦罗先生据说四十多岁，但看上去要苍老得多，他的相貌……怎么说呢？总之，令人一见之下十分难忘：身材又高又瘦，肤色很深，双手骨节突出，牙齿白而坚固，眼窝深陷，按照月球上的审美观倒也算得上有几分英俊，然而却是我所见识过的最专横的男人。从没有任何一个月球男人会像他那样沉默冷酷，深居简出，也没有人会如此严酷地监管自己十六岁的女儿。

在我看来，卡门的心脏病简直成了他监管一切的理由和借口，好像多走一步路、多说一句话，就犯下什么天大的罪过似的。很多时候他甚至根本不用去监管什么，只要用那双冷冰冰的灰眼睛看上一眼，就足以让人心惊胆战。在这样的目光笼罩下的卡门什么都不敢做——不敢参加体育活动，不敢唱歌跳舞，不敢跟男孩子们嬉笑，甚至不敢穿漂亮衣服，不敢跟大家一起喝下午茶。

我不止一次对卡门说:“老天,我不知道你们地球上是怎么搞的,在这儿十二三岁的姑娘就能搬出去自己住了,他怎么还能这样管着你?!”

卡门只是垂下眼睛摇摇头,她也真逆来顺受得离谱。

如果不是因为巧克力松饼,我大概也不至于发展到如此记恨纳瓦罗先生的地步。

巧克力松饼是卡门无数次答应我的。

“如果这轮让你赢了,”她总是说,“我就请你吃我亲手烤的地球风味巧克力松饼。”

“那有什么了不起。”我假装嗤之以鼻。

“吃过你就知道了,保证忘不掉。”她故意伸出舌头舔舔嘴唇,像一只猫。

或者是为了甘蓝胡萝卜杂烩菜,或者是线性代数作业,诸如此类的事情。但是没有一次能够兑现,一切只不过是口头说说的游戏而已。

然而一天下午,卡门却突然提出请我去她家做客。

“纳瓦罗先生去移民局办公事,要明天才能回来。”她故意不看我,假装漫不经心地宣布,“卡门准备在家烤巧克力小松饼和鲜奶布丁,不知道有没有谁愿意赏光?”

那原本是一个愉快的下午。我第一次来到卡门家,惊讶地发现房子摆设比最循规蹈矩的月球居民家里还要简洁:简易厨房加厕所,还有一间小小的房间,白天做客厅晚上当卧室,除了最基本的几件折叠家具外,几乎连一件多余的东西也没有。我简直禁不住以为住在这里的人只靠呼吸空气就能过活了。

尽管如此,卡门还是神奇地用最简单的几样原料烤出了松饼和布丁。我们把所有家具都收进壁柜里,坐在一尘不染的光洁地板上吃点心,喝袋装红茶,简直比那些总督府的人还要快活。

那个时候,隐藏在墙壁里的灯把最轻柔的光芒均匀地洒满整个房间,笼罩在卡门黑得发蓝的头发上，仿佛一盏轻盈明亮的花冠。我凝望着她，禁不住微笑起来。

“怎么？”她看见我的表情，连忙使劲擦嘴，看是不是有点心渣留在上面。

“我只是想，”我一本正经地宣布，“这样一个独一无二的美妙下午，我与整个月城中独一无二的卡门小姐坐在她家的地板上共饮下午茶，这是何等的荣幸！”

卡门扭过头去不说话，脸不由自主涨得通红。我笑了笑，禁不住叹了口气，靠过去轻轻拉拉她已经垂到肩头的头发，她转过头来看着我。

“卡门，你不属于这里。”我轻声说，“你生来是一个小女巫，难道还算不出自己的命运吗？”

卡门抿紧嘴唇，这使得她脸色更加红了。最终她只是摇摇头，望着天花板，轻轻地叹息了一声。

“你知道吗？”沉默了一阵后，她开口说道，“有时候我觉得，自己并不是真正的卡门。”

我惊讶地望向她。她犹豫了一下，把墙上的储物柜拉开，从一个隐藏得很好的夹层里取出一张全息照片。

“这是搬家的时候发现的，千万别告诉别人。”

我接过照片，上面是年轻的纳瓦罗先生与一位艳丽的波西米亚女郎栩栩如生的影像。前者穿着几十年前拓荒者们流行的银蓝色紧身服，一双易怒的灰眼睛注视着他的情人；女郎身穿袒胸露臂的长裙，一只丰腴的臂膀环绕在他胸前，手腕上印着一个紫红的刺青，仿佛一簇熊熊燃烧的火焰。她妖娆地旋转扭动着，充满挑逗，神情却像只野猫般桀骜不驯，若即若离。

我把照片还给卡门。她低着头，指尖从照片上缓缓抚过，仿佛想抚平所有埋藏在过去的、或许永远不为人知的秘密。

“你看，我什么都没有，没有艳丽的脸庞，没有婀娜的舞姿，”她轻声说,“甚至连个身份代码都没有,有谁会相信我真的是卡门呢?”

“其实仔细看看,你跟她还是有点像的。”我故意这样安慰她,“或许你真的是他们的女儿呢。”

“那不可能。”卡门摇摇头,“我宁愿不是这样。”

“或许你仅仅是另外一个卡门。”我继续猜测,“我听说不是每个卡门都能去星际酒吧跳舞,有些有钱人会私人注册一个,甚至为自己的喜好在基因上动点小手脚,虽然这些都是违法的……”

卡门仍旧低着头,神情愈加彷徨了。

“我不知道。”她说,“从没有人告诉我这些……纳瓦罗先生……我不知道,有的时候我甚至觉得他恨我。”

“也许他仅仅是不希望你离开他。”我说,“有些人表达感情的方式是有些与众不同。”

“我能去哪里……”她苦笑一声,“我的身体……”她突然停住了,手放在心口,面色惨白地盯着地板上凌乱的影子。

“你刚才说……基因……?”她用微弱得近乎耳语的声音喃喃道。

我伸出手去扶住她瘦弱的肩膀,惊愕地望着她。

在我不知该怎样回答之前,卡门已经转过脸,惨淡一笑道:“算了……没什么。”我们共同陷入沉默。

许久之后,我勉强笑了笑,故意揉乱她的头发,然后顺势躺倒在温暖光洁的地板上,把杯子碟子全部推到一边。

“算了,忘掉吧,无论命运怎样安排,你永远是我的小卡门。”我懒懒地说。

于是,卡门也在我旁边躺下来,把她小小的脑袋放在我的肩膀上。我们就这样肩膀抵着肩膀躺在地板上,望着空旷一片的天花板,以及没喝完的红茶反射出的颤动的光波,忘记了时间的流逝。钟表无声地跳跃,四周一片寂静,只有我们彼此的呼吸声弥漫开来,暖暖地布满整个房间。

是的,那本来是一个梦境般美好的下午,却最终以噩梦收场。当天晚上，纳瓦罗先生提前回到家中，意外地发现地板上凌乱的杯子、剩下的红茶点心以及两个熟睡的女孩。几秒钟的错愕之后，他一把拽起睡眼惺忪的我，干净利落地丢出了门外。

在一片黑暗中，我只看清了他一双深不见底的灰眼睛，然而一切憎恶、轻蔑、冷酷却都包含其中，以致让我一瞬间完全丧失了抵抗力。很久之后我才明白了，他为什么能对卡门施加那样严酷的影响。

第二天早晨，我早早地在学校门口等待着，最终看见卡门像往常一样被纳瓦罗先生送来学校。只是吃饭的时候我才发现，她的手腕上多了两个青灰的指印。

这次我一声不响地把她的甘蓝炖菜全舀到自己盘子里，心里暗暗发誓总有一天要报复。

转眼间又是一个多月过去了，一切平淡无奇，然而空气中的温度却在逐渐改变。短暂的夏天到来时，整个月城都不再死灰沉寂，而是换了一副崭新的面貌。

卡门一如既往地穿着过时的网格衫坐在她的角落里，仿佛对四周装扮得妖娆火辣的少男少女们视若无物，然而我走过去坐下的时候，她却带着些许揶揄的目光打量着我几乎全部暴露在外的双腿，淡淡地笑着说：

"好漂亮的裙子。"

我扮个鬼脸，凑过去扯扯她的头发，说："小姐，你也该注意一下潮流了吧。"

她笑着推开我的手，我却紧追不放，拉住她的衣角，"不知道今天下午可否赏光逃学，跟随我行动呢？"

"逃学？为什么？"

"因为，"我坐直身子，假装一本正经地说，"今天是解放日。"

不知道很多年前在这一天里，是谁解放了什么，或者是谁被解放了，但事到如今对于月城人来说，解放日只意味着为数不多的那么几样东西：酒，狂欢，夏天，还有生命，解放身心，诸如此类。

整个下午，我和卡门都在沿着街道漫无目的地晃悠，街道两侧挂起光怪陆离的彩灯和旗帜，还有无数造型夸张诡异的花环，构造出各种意义不明透视超常的几何造型，空气里弥漫着馥郁的花香。我摘下一大丛洁白的栀子花插在卡门蓬松的头发里，那副样子不知怎的有几分不伦不类。

我耸耸肩，笑着说道：

"你看起来美极了，亲爱的。"

这是一个美丽而疯狂的夏夜。傍晚降临时，城市关闭了公共照明系统，各处的灯光却一盏一盏亮起来，拼凑出五彩斑斓的夜色。人们纷纷走上街头，无论十一二岁的男孩女孩，还是五六十岁的中年人，无不穿着最为暴露的奇装异服，随着逐渐响起的音乐摆动身体。他们裸露的皮肤上用热敏材料涂绘着不同风格的纹路图案，因为激动而开始闪闪发光。然而这一切还只是热身运动而已，为了放松身体和心灵，为了度过一年中独一无二的仲夏之夜。

我紧拉着卡门在人群中穿行，感觉到她的手心又湿又冷，我的手中却热滚滚的满是汗水。四周飘荡着无数鬼魅一般荧光闪烁的人影，靠近时却能感受到灼热的汗气、酒气和欲望的气息，从每一个毛孔里散发出来，醺醺酽酽地混作迷蒙的一片，又再次被我们吸入身体，烧灼着每一个细胞。

最终我们到达了自由广场，这里已经完全变成了光焰和鼓点的海洋，男男女女都像沐浴在水汽中般湿漉漉滑腻腻，紧贴在一起最大限度地扭动肢体。音乐撼动空气，将它们分解为疯狂与热情的元素，时不时有身强力壮的少男少女们像鱼一般高高跃起，在人群上方几米的地方翻转腾挪，动作狂野美妙。光线抛洒在他们起伏的肌肉轮廓上，仿佛具有生命一般。

我抑制住自己想要随着人潮一起摇摆身体的欲望，转向卡门的耳边大喊：

“在这儿等我一下,我去买点喝的!”

卡门僵硬地点点头,汗水从她苍白的额头一直流到脖子里。她的头发被空气和汗水濡湿了,一缕缕粘在脸上。

我冲到广场边缘,从自动贩卖机里取出两罐冰凉得扎手的“迷幻绿妖”,平常这些含大量酒精的饮料是在正规途径里很难买到的。当我回到原地时,卡门仍然僵直地站在那儿,两眼闪着迷乱的光,她头发上的栀子花已经开始枯萎了,散发出愈加浓艳的气息。

我塞给她一罐,说道:

“喝点吧,小东西,会让你感觉好点。”

其实我心里也紧张得要命,酗酒,狂欢,眼前的一切混杂在一起,显得如此不真实。一瞬间纳瓦罗先生阴沉的目光浮现在我脑海中,随即又被手中饮料诱惑人心的冰凉洗涤一空。

我们双双把泛着泡沫的荧光绿色液体一口气灌进肚里,浓烈的酒精在胃里灼烧开来,沿着胸膛一路冲上喉咙和大脑,好像要把整个人炸成碎片。我扔掉罐子,大声问卡门:

“想跳舞吗?”

卡门剧烈地呛出一连串咳嗽,向我摇摇头,她的双颊红艳得像火烧一样。

我禁不住高声大笑起来,脑中开始有一片云雾旋转飘荡。就在这时,一群上身几乎赤裸、绘饰着金色和紫色花纹的少男少女从旁边经过,其中一个朝这边看了一眼,我认出他们是学校里那几个经常和卡门过不去的家伙。

就在我还没决定该怎么应对的时候,他们已经迅速向着猎物围了过来,我下意识地向前一步,挡在卡门面前。

“嘿,看看这是谁!”一个男孩兴高采烈地拨开我的肩膀吆喝着,他的文身变成了青绿色,幽幽地闪烁着,“美丽的卡门小姐,难道没有人请你跳舞吗?”

一群人哈哈大笑起来，你一下我一下地伸出手来推她的肩膀，在上面留下一道道混合着汗渍的光斑。

一个女孩轻盈地跳出来，开始随着音乐摇摆身体，她闪闪发光的乳房被涂成炫目的金红色，仿佛两条热带鱼，在浸透了汗水、近乎透明的紧身吊带装下晃动。紧接着，又有几个人加入了舞蹈的行列，手臂相互缠绕着，在我们周围穿行，并故意用肩膀和臀部去碰撞卡门，男孩们把自己的女孩子高高举起，轻松地抛给同伴，然后转身接住下一个。他们闹了一会儿，最终手拉手围成圆圈，一边旋转一边大喊大叫着，连成一片晃动的光影和声音：

“卡门小姐不跳舞——卡门小姐不跳舞——卡门——卡门——”

我奋力伸出手想推开他们，然而却被紧紧困在中间。这时，卡门从后面拉住我的手，她的指尖冰凉，手心滚烫。

我惊异地回过头，正迎上她的眼睛，里面仿佛有莫名的光焰在燃烧。她的脸颊愈加红艳，嘴唇却如死人那样苍白，抿出一道倔强而轻蔑的曲线。当周围的大合唱逐渐弱下去的时候，卡门终于张开嘴，用一种异常清澈冷漠的声音说道：

“想见识一下吗？”

接下来发生的事情是我永生难忘的，卡门松开我的手，不慌不忙地捏住网格衫的带子轻轻一拉，让一侧领口滑到肩膀以下，露出赤裸的脖颈和胳膊，另一只手将长裙的下摆提到腰间。

乐声定格了半个拍子。

随即是电闪雷鸣。

卡门腾空而起，在空中转了五六个圈，一轮炽热的光波夹杂着风声呼啸着从她身上甩出来，辐射向四面八方。

最初我只能看清卡门发间白得耀眼的栀子花，紧接着，随着激烈的鼓点，她的脚尖和脚跟在地面上轻盈灵动地敲击，仿佛在水面上起伏荡漾一般；她的肩臂和腰肢扭动得那样曼妙、那样有力，像是有无数道电流从她身上蜿蜒流淌；她的下巴高高扬起，嘴角挂着骄傲的微笑，睁得大大的眼睛仿佛穿透了一切，望着无尽的远方，然而眼中的光芒却愈加艳丽，令人不敢直视。

就在短短的一瞬间，她变成了另一个卡门，一个埋藏在她基因与命运深处的、熊熊燃烧的卡门，像风一样轻快，火一样灼热，电一样凌厉，光一样明艳。

我呆呆地站在原地注视着她，卡门如入无人之境般自由奔放地舞蹈着，所到之处人们都纷纷停下脚步，同我一样茫然地注视着她跃动的舞步。

突然之间，有人在背后狠狠地抓住我的肩膀，痛得我差点叫出声来。我回过头，正看见纳瓦罗先生那张阴沉的脸，同样充满惊异和茫然的神情，他低声嘶喊道：

"她在干什么?！你这个小巫婆！你对她做了什么?！"

我颤抖了一下，仅仅是一下而已，随即突然领悟到他的力量已经彻底失效了——被一种远比他更加强大的、不可抗拒的生命的本能击得粉碎。我鼓起勇气大声说道：

"你看不出来吗？卡门在跳舞！"

纳瓦罗先生恶狠狠地盯着我，我从不知道一张脸上能混杂着如此多的情感：震惊、憎恶、愤怒、失望、悲哀、无可奈何、筋疲力尽以及那种深深的绝望。他的五官都彻底塌陷了下去，像个风烛残年的老人般松弛无力。

一瞬间我心里充满了报复的快感，夹杂着些许怜悯。然而就在这时，一朵栀子花轻柔地弹在我的眉心，将我的视线转了个方向。卡门正伫立在我面前，明艳的唇边绽放出胜利的笑容，额头与脸颊上燃烧着令人心悸的殷红，正向我伸出她苍白的手。

随后她就倒下了，在我还没来得及将手放在她的手心上之前。

广场上一片混乱，忽明忽暗的光影疯狂地搅作一团，我被挤在人群中东摇西摆，只隐约看见纳瓦罗先生迈着沉重的脚步走过去，抱起卡门瘦弱

就在短短的一瞬间,她变成了另一个卡门,一个埋藏在她基因与命运深处的、熊熊燃烧的卡门,像风一样轻快,火一样灼热,电一样凌厉,光一样明艳。

的身躯消失在混乱的光影和声音中。这时我才发现自己的手仍然停留在半空中，指间夹着那朵已经枯萎的栀子花。

以上这一切就是我最后一次见到卡门的情景，自那夜之后，她就和纳瓦罗先生一起消失得无影无踪。月城恢复了原先的平静，而短暂的夏天也即将结束。

关于卡门的去向有数个不同的版本：一种说法是，纳瓦罗先生带着她连夜搭乘飞船回到了地球，并在监护病房里度过余生；另一种说法是他们去了木卫六，那里是一个更加单调、严寒、冷漠的世界。

当然流传最广、也是我最为喜欢的结局，是有关通往人马座的星途以及酒吧的——卡门一个人去了那里，踏着她悠扬激昂的舞步，为那些传奇续写新的篇章，尽管她已经留下了一个如此明艳不羁的故事在月球上永世流传。

夏季里的最后一天，我一个人穿着太空服来到月球表面，看见远方明亮的蓝色地球刚刚从地平线上升起，它的光芒洒在四周那些寂寥、荒凉的环形山表面，是如此哀婉动人。我向另一侧望去，漆黑的太空中悬挂着无数大大小小的繁星，静静地从几百几千或者几万光年以外，送来它们微弱的光芒。

我把已经风干的栀子花留在一块岩石下，转身离去，身后，我的卡门在漫天星光后向我绽放她最灿烂的微笑。

（本文获 2005 年度中国科幻银河奖读者提名奖）

【后记】

春天总有令人骚动不安的魔力，正如同我在某个阴郁的上午，坐在课堂里面对满黑板的数理方程发呆，心中却像着了魔般反复默念一个从未真实存在过的波西米亚女郎的名字。

卡门风情万种,卡门放荡不羁,卡门热爱歌舞与自由胜过一切,卡门的笑声足以令迷恋她的男人心甘情愿沦为强盗,更让他为这不顾一切的爱情将匕首刺入她的胸膛。

从梅里美的小说,到舞台剧,到电影,为之着迷的应该不止我一个。然而那个阴郁的上午,我的心欢快地跳跃,那两个字如同烟花一般绽放,绚烂的幻想散落得到处都是,让我心旌荡漾,努力想把这些碎片编撰成另一个故事。

那种心情是激动的,简单纯粹的,与自己正在写的东西究竟能实现什么目的毫无关系。

文章写好后,传给朋友们拍砖,结果妲拉同学的一句话深得我心:“茄子这个东西,就是写来给自己玩儿的……哼哼,披着科幻的外衣……来进行埃及艳后与罗马帝国式的暧昧华靡……”

于是我心下释然,厚颜无耻地送给编辑过目。不管这科幻外衣究竟能被几人承认,在自己改变主意之前,就让我继续从事“稀饭科幻”这份依稀很有前途的事业吧。

六月物语

犬夜叉·晚安故事

夜色如水，一轮圆月慢慢爬上半空，四野里隐隐传来一声声凄厉的长啸。

杀生丸如一阵风般穿过魔沼的丛林。夜间的林中总是不安分，绿莹莹的鬼火四处飘荡，时聚时散，那些黑黢黢的枝叶藤蔓都在雾气中不动声色地摇曳扭动，仿佛想攫取什么似的，发出窸窸窣窣的声响，偶尔有一两声哀怨的呻吟从脚下传来。沿路上不时有奇形怪状的黑影吃吃低笑着爬出来，被杀生丸冷冷地一瞥，便又迅速缩了回去。

他像个鬼魅般无声地飘进院子。今晚的月色亮得让人心慌，白花花地洒满每一个角落，杀生丸推开湿重的柴门，那月光也就流水一般涌进小屋里，照亮了坐在床头的小小身影。

杀生丸皱了皱眉，问："小玲，怎么还没睡？"

小玲拥着被子，笑嘻嘻地说："等你讲故事给我听嘛。"

杀生丸无声地叹了口气，如果不是屋子里这么静的话，连这叹息声本来也是听不到的。他走到床头坐下，问："想听什么？"

小玲望着窗外想了想，说："讲个我没听过的好不好？"

杀生丸淡淡地说："我想不出还有什么你没听过的故事了。"

小玲又想了想，说："那还是讲你小时候的故事吧。"

杀生丸又叹了口气，说："好吧。记得我很小的时候，有一次坐在院子里面玩，突然从草丛里钻出一个长着狗耳朵的孩子，我问他是谁，他不说，后来不知怎么我们就打了一架，他打不过我，就在我腿上狠狠咬了一口。从那之后，我们只要见了面就一定要打架。"

月光从窗外静静地流淌进来，溅落在地上滴答作响。小玲半闭着眼睛笑了起来，问："讲完了？"

"完了。"

"太短了，再讲个长一点的嘛。"

杀生丸只好又讲起来："我小的时候，有一次在河边玩……"讲着讲着，他声音低了下去，小玲已经闭上眼睛静静地睡去了。

邪见从门外蹒跚地摸进来，轻声唤道："少爷？"

杀生丸没有回头。月光柔柔地笼罩着躺在床上的人，照亮她稀疏的白发，她嶙峋的手臂，她皱纹丛生的脸庞。这张脸曾经天真无邪，曾经笑靥如花，最终还是干瘪枯槁得如同朽木，只有一双眼眸依然澄澈清亮，却再也不会睁开了。时间啊时间，什么都挡不过时间的侵蚀，在你面前人是那么脆弱短暂，转瞬即逝。

其实对妖怪来说，也未尝不是如此。

鬼魅从各个角落里逐渐聚拢了来，开始啃食她的魂魄。杀生丸握紧腰间的天生牙，却始终没有拔出刀鞘。

火影忍者·寻猫记

淡灰色的流云逐渐聚拢在天边,夏天的午后,空气中有种潮湿而微醺的气息,无数蚊虫逆着暗淡的光线飞舞不停。

卡卡西带着三个学生站在树丛中,望着悬浮在杂草上方变幻不停的银蓝色光雾发呆。他们追寻了一下午的目标,那只系着粉色缎带的褐色肥猫确确实实消失在这团妖异的光芒中,没有留下一丝痕迹。

"你们在这里守候,我去看看。"卡卡西冷静地下达了命令,然后独自走进光芒中。各种凌乱的声响和色彩交织在一起,编织成眼前完全陌生的世界。

炫目而苍白的光线充满房间里的每一个角落,照亮了形态怪异的机械和一旁穿着同样怪异的少年,后者正用激动得闪闪发光的眼神盯着他看。

卡卡西快速观察了一下所处的环境,却仍然不得要领,终于开口说道:"这里是……"

"这是我的房间!"少年用不太流利的日语抢着回答道,"是我把你从电脑里召唤出来的!"

卡卡西再次冷静地思考了一下,"这么说,失踪的村民和猫都是来到这里了?"

"是啊……"少年的神色黯淡了一下,又重新闪亮起来,"我失败了好多次,终于召唤出一个主角来了,好高兴啊!"

"他们在哪里?"卡卡西环视四周,"我要带他们回去。"

"都离开了。他们迷上了这个世界,选择重新开始新的生活,留也留不住。"少年摇摇头,热切地望向卡卡西,"你也留下来吧,我帮你安排新的身份和衣食住行,你教我忍术。这个世界有的是你们想象不到的新奇东西,好玩得很,你一定会喜欢的。"

卡卡西还在迟疑,对方已经从抽屉里甩出一大把装帧精美的

《PLAYBOY》,各种肤色的封面女郎风情万种地投射出火辣辣的目光。

“怎么样怎么样,快点决定吧,通道就要关闭了!”

“这个……”露在面罩外的眉毛跳了两跳,终于恢复成平常懒散的角度,“抱歉,我还是得回去,有些东西放不下呢。”

“可,可是……”

“不过谢谢款待。”

他边说边以一个上忍者应有的敏捷身手抢过杂志,转身跳进散发着幽蓝光芒的电脑屏幕中。潮湿凝重的空气重新包围了他,那团光雾立即在身后消失了。

鸣人打到一半的呵欠硬生生地卡在半空中,“老,老师……刚才那是……”

“小小意外而已。”卡卡西淡淡回道,怀里兀自抱着大捧少儿不宜的杂志,“猫没有找到,这就回去汇报吧。”

他转身拨开浓稠的树丛,背后却响起小樱不安的声音:“可……可是老师……佐助他刚才也进去了,还没有出来啊!”

卡卡西惊愕地转过脸来。远处,浓灰的云块已经覆盖了丛林上方的天空,隐隐有雷声翻滚而来。

佐罗传奇·蒙面俱乐部

俱乐部坐落于无尽的时间和空间中某个未知的角落,要想到达那里,你必须知道一条特殊的通道才行。

阿莱桑德罗神色疲惫地穿过阴暗的门廊,雨水从帽檐里滴滴答答地流淌下来,沿着披风边缘落在松软的地毯里。

“晚上好,佐罗先生。”服务生恭恭敬敬地为他拉开门,“这天气真糟糕。”

“当然,给我准备衣服,还有喝的。”

两分钟后，他已经换上干净的衬衣坐在吧台旁边，杯子里是热的杜松子酒，加一点柠檬和糖浆。

俱乐部一如既往地热闹，身着奇装异服的男男女女散布在每一个角落里，聊天，听音乐，喝着五花八门的饮料。然而他们并不是普通人，“古往今来传说中的蒙面英雄”，你可以这样称呼他们，每一个人都有一副造型别致的面具和一个响当当的名号。只有在这里，他们才能够卸下面具，随心所欲地畅谈工作生活中的任何一桩小事，从又一次拯救了总统，到如何搭讪邻居家的女孩。

一个身穿蓝色紧身衣的年轻人在阿莱桑德罗旁边坐了下来，困惑地打量着面前的酒水单。他的胸口有一个大大的红色“S”。

“第一次来？”阿莱桑德罗微笑着向他伸出一只手，“阿莱桑德罗，1850，加利福尼亚。”

年轻人连忙握住他的手，“克拉克·肯特，2010，纽约。”

“你的‘S’代表什么？”阿莱桑德罗好奇地比画了一下。

“超人。”年轻人略有些羞涩地回答，“你呢？”

阿莱桑德罗带着懒懒的微笑，用手指在空气中画了一个“Z”字。

“佐罗?!”年轻人激动地叫出声来，“我知道您的故事，那可是……”

“不要说出来，年轻人，不要说出来。”阿莱桑德罗晃晃手指，“俱乐部的规矩：不要介入别人的故事。我们各自有各自的使命要去完成。”

“当然。”超人点点头，一边小口啜饮着面前的啤酒，一边环视四方。不同肤色和装扮的英雄们进进出出，令人眼花缭乱。不远处，几个身穿水手服的妙龄少女正聚在一张桌子旁边叽叽喳喳地说个不停，喧闹得像一窝小鸟。

“日本人。”阿莱桑德罗朝那个方向点点下巴，顺便向金发双马尾的那个眨了眨眼睛。

“女孩子？”超人困惑不解地摇摇头，“她们也能拯救世界吗？”

“听说还很红。”阿莱桑德罗微笑着把酒杯举到唇边，“你永远搞不懂日本人。”

曼妙的音乐回荡在温暖的空气中，让人身体也舒适得沙沙作响。阿莱桑德罗喝下第三杯杜松子酒，转身跳下椅子。

“要走了吗？”超人惊奇地问，“我还想请您多喝两杯。”

“下次吧。”他叹了一口气，“跟你聊天很愉快，年轻人，可时候不早了。”

走了两步，他转过身来拍拍超人结实的肩膀，“顺便问一下，你有喜欢的女孩子吗？”

“当……当然……”年轻人涨红了脸。

“那可要小心，非常小心。”他微笑着点点头，“爱上一个女人，那可是比拯救世界更危险的任务。”

重新穿上湿透的黑色衣服，阿莱桑德罗禁不住打了个寒战，跳上马冲出门去。加利福尼亚此刻正是暴风骤雨的黑夜，然而他必须快马加鞭赶回去。黑色的身影像一道闪电般消失在滂沱的雨幕中。

遥远的地方，一个年轻美貌的女人正抱着儿子坐在亮着灯的窗口，等候她的丈夫回家。

金刚 · 对某只大猩猩的追忆

事情发生的那天骄阳似火，大太阳烤得一切东西都吱吱作响。我和两头恐龙挤在巴掌大的阴凉地下面，一边嚼着干巴巴的烟草秆儿，一边甩着叶子牌，周围尽是嗡嗡乱叫的小虫上上下下飞，惹得人心烦。就在这时候，远处传来了大猩猩熟悉的脚步声——先是大地隆隆作响，紧接着整个丛林都喧腾起来了。

“啊啊啊啊啊啊……”他大得不像话的鼻孔里喷出巨浪一样的热气，“你们看看这是啥！”

“你迟到了，大猩猩。”我一边说，一边冷静地抹去他喷在我身上的鼻涕和唾沫星子，每一滴都有山核桃那么大。

大猩猩愤怒地拍了拍胸膛，然后把一团皱巴巴的白纸扔到我面前。是的，没有说错，不是树皮也不是叶子，或者擦屁股用的茅草团，而是一张上好的羊皮纸。尽管被他汗津津的大爪子捏了一路，上面的字还是清晰得像刚写上去一样。我捡起来看了一遍，心就扑通扑通跳起来了。

"有个好莱坞导演要找你去拍戏，就这事儿？"我装作满不在乎的样子把纸团扔回去，坐下来继续抠我脏兮兮的脚丫子。

"这是俺的机会啊弟兄们，俺要进城当明星啦！"大猩猩乐得龇牙咧嘴，两头恐龙目光呆滞地望着他，也露出满嘴参差不齐的大牙乱笑。只有我不笑。我能说什么呢，恐龙们毕竟只是些爬行动物，脑袋就那么一点大，顶多充个牌搭子。我虽然只是个土人，但毕竟是这岛上智商最高的物种，从进化论角度来看，又算是大猩猩的亲戚，这事儿好不好还得我说了才算。

大猩猩乐得跟恐龙们拍拍打打了好一阵，我避开十只疯狂的大爪子躲到一边，捡起那封信又细细看了一遍。故事倒写得挺动人，有考察队、美女什么的，我们兄弟几个也跟着客串一把，接着大猩猩跟着拍电影的进了城，还爬到最高的楼上砸下来几架飞机，最后全部城里人都把他当英雄一样崇拜着，他带着心爱的美女回到岛上来。挺好，挺像那么回事，可我就是觉着哪里不对劲。

"大猩猩！大猩猩！"我扯着嗓子，又蹦又跳地冲他使劲喊叫，"他们啥时候来啊？"

"明天。"大猩猩一屁股坐下来，巨大的胸膛像座山一样呼哧呼哧喘气，"俺过不了几天就要走啦！弟兄们，其实，俺可真舍不得你们！"

我看见他丑得要命的大黑脸上，一双小眼睛亮晶晶的，心里就明白他是下定了决心了。其实大猩猩是个不错的家伙，胸大又有脑，就是有点太实诚。说到底，还是怕他出去吃亏。我拍了拍他的屁股，说："行啦，出去多长点心眼，混不下去了就回来，我们都在这儿等着你呢。"

大猩猩终于感动得哭了，眼泪噼里啪啦像山洪一样淋了我个透湿。那天剩下的时间里，大伙儿纷纷从四面八方赶来跟他道别。我一边揪起他腿上的毛擦着鼻涕一边心想，谁知道呢，没准儿老天会保佑他的，只是人类的世界太复杂了，连我这个土人都整不明白，更别提这个单纯的大家伙了。万一他真的上了当吃了亏，又有谁能帮他一把呢？

这就是大猩猩离开前一天发生的事情。几十年过去了，我们再也没见过他，或许他在城里有了更好的生活，不想回来了吧。

X战警·假面舞会

参加一场假面舞会，需要多少时间作准备？

对她来说，不过一秒钟。

女人曼妙的身影从黑暗中走出时，残留的一线孔雀蓝色光辉还在光洁的玉背凹陷处蜿蜒闪烁，仿佛有毒的文身，然而下一秒，便已然消失在华丽的水银灯光下浑然不觉。

整个大厅为她一分为二。女人的裙裾如水波一般淌过，艳丽的红唇与红发在孔雀翎毛面具掩映下绽放出璀璨光芒。人们屏住呼吸，停住脚步。

乐声响起，戴着紫铜色面具的男人向她伸出一只手。他们相拥着翩翩起舞，在音乐掩盖下交换了无数令人脸红心跳的对白，一曲结束后便双双从舞池中消失，出现在隔壁的豪华套房门背后。

“你美得令人心跳停止。”男人低哑地喘息着，手指轻轻叩在孔雀面具边缘迟疑不决，“让我……看看你的脸……”

“你会后悔的。”女人浓艳的唇边泛开危险的笑容。一瞬间，闪耀着黯蓝光辉的翎毛仿佛有生命般摇曳扭摆，幻化出一副诡异的面孔，金黄的眸子里火焰燃烧飞溅，同一瞬间，锋利的指尖已经划开了对方的喉咙。

“大人物……”恢复了本来面目的蓝色女妖吃吃地笑着，“你妈妈没教育过你,不要在外面随便搭讪陌生女孩子吗?”

男人沉重地倒在血泊中,面具滚落一边,露出略有些花白的头发,然而他墨绿的眼眸中却散出了一星凌乱的光芒:

“我……我认得你……”他沙哑的声音和着血泡一起涌出来,“蓝色的……小女孩……”

沾满鲜血的手指停住了,就在那一瞬间,太过久远的记忆穿越漫长的时空滴溅进来。寒冷的夜晚,年轻的穷学生与丑陋的蓝色小怪物邂逅在废巷角落。短暂而又漫长的一瞬间。

一杯热咖啡,一个汉堡,还有一件厚外套的温暖,原本应该穿越蒙尘的无数岁月,铭记在心。

如果他们能够透过重重面具认出彼此的话。

鲜血凝满了洁白的被单,并且逐渐冰凉下去。房间里寂静得可怕,周围墙上满是层层叠叠的高大镜面,映射出光怪陆离的空间,被妖蓝与殷红这两种浓烈得化不开的色彩填充满满。

舞会音乐仍在继续,另一对戴着面具的男女浪声欢笑着穿过走廊追逐奔跑而来,却突然听见一声绝望的啜泣声曲曲折折地刺入耳膜。他们凑到半掩的门缝边,只看见一个近乎完美的蓝色形体扭曲一团,正在撕扯自己身上精美的翎毛。

然而最令他们惊恐的是,那个躯体的伤口里,竟有墨蓝的血液流淌下来,溅落进满地殷红的血泊中。

EVA · 夏天的明日香

“喂,我说大伙儿,毕业后都有什么打算呢?”

“不如来个温泉之旅吧。”

“我呀,想去欧洲旅游,机票钱好不容易快攒够了。”

“真羡慕!我要去亲戚开的拉面店里帮忙,已经跟人家说好了。”

“明日香呢？喂……明日香！”

少女单手托腮望着窗外，初夏阳光在她俏丽的鼻尖上星星点点地跳跃。听见同伴呼唤，她怔怔地转过脸来，琉璃蓝的眼眸里雾蒙蒙地，全不见了平日里的机敏，好像刚从一场漫长的梦里醒来。

“以明日香的条件，就算去演艺公司应聘也没问题吧。”

“可是教导处那个老头昨天还说，明日香的脑袋这么好使，不去考大学才真是可惜呢。”

“我……今天早上……又做了那个梦……”少女自言自语般喃喃道。

“啊？”

“世界毁灭了，人类把城市藏到地下……外星怪物接二连三地降落到地球上来，只有少男少女们驾驶的巨大机器人被派出去迎战……”

“哎哟，明日香，你最近都看了些什么乱七八糟的东西呀！”

“等等，按照弗洛伊德的说法，巨大机器人……不就是男人的象征吗？”

同伴们的嬉笑声仿佛来自很遥远的地方。少女沉默不语，再次把脸转向窗外。那样一碧万顷的蓝天，那样明媚安详的大地，与梦里如血的残阳相比……真实吗？幻觉吗？她把手伸出去，像要仔细分辨阳光落在指尖上的重量。

那个夏天午后，明日香独自爬上空无一人的天台，风吹起裙摆，像淡蓝旗帜在双腿间猎猎抖动。她翻过栏杆，张开双臂，像只小鸟般俯瞰脚下的世界。

“明日香，你要干什么？”身后突然传来一个同伴惊恐的声音。

总是这样，不管走到哪里，好像总有看不见的眼睛在窥视她的一举一动。

“你有没有想过离开这里，去别的什么地方看一看？”少女并不回头，身子逐渐向前倾斜下去。她清澈而倔强的声音宛如露珠，一颗一颗坠入阴暗中。

“你在说什么呀，明日香，快下来！”

“三年前的夏天，我一个人偷偷溜出家门去车站，掏出攒下的所有零用钱，买了一张去最远一站的车票。车上只有我一个人，傍晚，周围那么安静。”

“可是……”

“车不知道开了多久，窗外全是陌生的景色，我不知不觉睡着了。醒来时，发现列车居然停在我出发的那一站，外面光线还是那么明亮，好像一切都从没发生过一样。”

“可是明日香……”

“所以，这里的一切才是梦吧。”少女抬起下巴，望向永远明澈的天空，“真实的世界是什么样的呢？像梦里一样残酷吗？真实的我，或许正浑身插满管子，躺在某家医院的病床上吧。”

她一边说着，一边松开一只手，轻盈的足尖向着虚空中迈出一步，像在跳着优美的芭蕾。

“是真是假，大概只有亲自试试看才知道。”

“不要啊，明日香！跳下去你会死——”

“如果活着只是一场梦，那么死又有什么大不了？”

寂静像黑沉沉的巨大怪兽，在头顶上方游弋徘徊，晴朗的天空中，竟隐隐有雷声滚动。

许久之后，少女突然回过头来嫣然一笑。

“不过，如果死亡只是回到另一场噩梦中，那么活着又有什么大不了？”

她轻盈地跳回栏杆这一侧，从瘫坐在地的同伴身边大步跨过，独自走回教室里去。这个夏日午后，洒满阳光的天台寂静无声，整个世界都纯洁无辜地酣睡着，仿佛从未被惊醒过。

黑　猫

许多年后，一个阳光明媚的下午，当猫从一条无人的道路上穿过时，斑驳的树影不停闪烁，碰触到了右耳下侧孔状的疤痕，令它不禁想起图卡第一次带它去看冰的那个遥远的下午。

光斑在风里像水波般汇聚，猫的瞳孔收缩成两道细线，某种朦胧而又熟悉的东西在瞬间攥住了它，又远远退去。它仰起头，在轻柔的风中静立了一阵，用双耳、湿润的鼻尖和胡须间的震颤竭力捕捉那些浮荡在空气里的若有若无的信息。

几乎没有人注意到这只皮毛乌黑发亮、有着金黄色双眸的猫，在午后空旷的街道上停伫了一会儿，然后迈开四肢，像个幽灵般滑过路面，离去了。

它潜过树丛，穿越两条废巷，在高高的院墙上缓缓前行，长尾随着身体优雅的曲线左右摆动。阳光亲吻着它的双耳，右耳只留下了孔状疤痕，左耳上镶嵌着早已辨认不出原貌的金叶，上面有代表它名字的图纹。

至少它还记得,名字的发音,和少年轻柔的呼唤。

费姆特,那是它的名字。

水声荡漾。

狭长的船身划开河水,从切口里涌出温暖的死亡气息。浓黑的夜色吞噬掉一切声音和轮廓,只有一片片水莲淡白的影子浮动在河面上。

猫睁大双眼,瑟缩在男孩的双脚间,看他荡开双桨搅动夜色,金色的瞳孔闪闪发光。小船向前,向前,宽广的河面没有边际,他们两个,一个男孩和一只猫,漂向世界的尽头。

一个无比漫长的夜,河面上缠绕的雾气濡湿了猫身上的皮毛。直到黎明泛着珍珠色浮动在水天之间,男孩停下桨,双手抱住赤裸的肩膀,破晓的晨光勾勒出还未隆起肌肉轮廓的纤细的胳膊。猫从孩子的双腿间向上仰望,在微亮的天幕笼罩下,是一个疲惫不堪但却温柔的微笑。

“不要离开,费姆特。”他轻声唤道,“你要和我在一起。”

他们让小船漂浮在晨光中,孩子的声音随着鹳鸟群滑过尼罗河平静的水面,反反复复。

“你要和我在一起,费姆特。”

“你要永远和我在一起。”

这是它所能追溯到的与图卡最初的回忆。

在逐渐炎热起来的春日午后,空气里洋溢着槐花香气,麻雀三五成群地翻飞在树梢间,猫仰望着它们,破碎的记忆流淌一地。它伏下身,眼皮和耳朵逐渐低垂。昆虫在草丛里跳跃、鸣叫、追逐、交配。生命不过是一个或两个这样的下午,是一个又一个窄窄的圈。

而它还活着。

许多记忆如光和影交叠错落,这么多年后,它在逐渐淡忘重新回到这个世界时一系列惊心动魄的体验。封闭的甬道,沉睡的石像,轰鸣声。

在已经逝去的那段无比漫长的日子里，猫始终独处。它曾无数次沿着内陷的空间无声穿行，一切在建设之初时所留下的鲜活的气息在逐渐淡下去。猫一遍又一遍巡回往复，最终都会回到石柱上方那个熟悉的角落里，沉入下一场没有任何梦作为标记的睡眠，如同弥漫在整个空间内的死寂的黑暗。

于是时间就这样流逝了，几十个世纪或者更久。

直到有声音闯入的那个时刻，漫长的寂静几乎使它淡忘了对声音的感知。猫惊跳起来，所能够辨识的第一个印象，是暌违多时的阳光味道。

它像是做了一场错愕而狂乱的梦。幽暗中，猫沿着光雾弥漫的通道疯狂奔跑，冲破一层又一层刺鼻的腐败气息，飘飞的白影与声音从各个方向追逐它。某些体验是惊恐的，成为永远沉入水底的噩梦。睁开眼睛时，它被放逐到这个完全陌生的世界。

记忆无法向它解释这一切。从黑暗中坠入另一重时空，对于之前与之后的漫长生涯来说不过是短短的一瞬，但却改变了它的整个命运。身处城市光怪陆离的灯火包围中，无数碎片涌现，静止的，却又一瞬即逝。无数脸孔、气味、声音、刺目的白光、橡胶管道、钢铁栅栏，冰冷的针尖刺入皮肤又拔出，然后再度刺入。很多时候它甚至不能确定这碎片是否真的属于它。

只有与图卡有关的一切，朦胧但是完整，尽管已经历了那样漫长的时光洗涤。

风穿过浮雕环绕的石柱，仿佛拨动琴弦。

灰白的石阶洒满阳光，一级一级向下延伸。图卡抱着双膝坐在最高一层，眺望地平线上迷人的闪光。猫慵懒地趴在他脚旁，尾巴轻拍地面。

“天气多么好，费姆特。”他在阳光中伸直赤裸的双腿，几页皱缩的莎纸从膝盖间滑下，边缘残破不全。

“让我们扬帆远航，
尼罗河的潮水远远带走一切，
直达天边。”

风从遥远的地方吹来，裹挟着潮湿的气息，又带着他悠缓的声音继续穿越广大的陆地。

“诸神在上，请告诉我万物的秘密，
何为过去，何为未来，
不过窄窄一个圈，
诸神在上，请告诉我，
一颗沙砾的意义，
何为生，何为死亡。”

他沉默着，一只手伸向空中，在光线下慢慢地改变位置与姿势。许久，他从静默中提高声音：

“当我成为王，
我将出征，费姆特，
你的双眼要与蒙神一同见证。
是的，当我成为王，”

他闭上双眼，光线像蜜汁一样顺着滚动的喉结向下流淌：

“我将扬帆远航。”

背后，神殿巨大的阴影缓缓移过来。他们向下移动了几个台阶的位置。猫沐浴在阳光下,一种奇妙的酥痒渗入它的皮毛与骨髓。

就在这时,一个年轻的男人急匆匆跑来,报告了奇异之物的出现。

猫的脚掌拍打在滚烫的沙砾上,它和图卡在人群里不停地穿梭前行,最终他们看到了把如此多人吸引来的东西。在一片荒芜的沙地中间,躺着一块与人头颅大小相仿的物体。

它仿佛是透明的,带着一点儿如同水藻般雾蒙蒙的暗绿,表面有不规则的棱角,看上去光滑又坚硬。最初猫觉得它有些像神殿里的女人们镶在头带上的宝石,但在阳光照耀下,物块内部像是有无数细小的鳞片闪闪发光,令人炫目。

人声嘈杂,图卡正向一个穿白袍的人询问。

"一块来自天上的祖母绿。有人看见天顶正中划下一道刺目的闪光,光芒所至处出现了宝石。"

各种议论在人群中震颤着传递开,人们相互推挤,却不敢靠得更近。

猫全神贯注地向前盯着,鼻尖捕捉到一股奇异的湿气。它伏低身体,小步潜行,湿而凉的气息包围了它。无数银色的闪光朝着同一个方向旋转。猫迟疑着,然后伸出前爪,在更近一些的地方试探。

"费姆特!"

身后传来图卡的声音,这时猫正小心地贴上掌尖去碰触那物体。

灼痛。

像是碰到火焰一样,它跳起来,呜咽着退后,于是痛感消失了。猫惊异地察看自己的掌尖,肉垫表面附了一层薄薄的水珠,它伸出舌头去舔。这块看上去如同宝石般坚硬的物体居然是湿的,而且烫伤了它的脚爪。

脚步声,图卡向这边走来。

"那是什么,费姆特?"

猫试探着前进,又闪开,它不能确定物块是否具有生命。图卡俯下身,脸上跳跃着鬼火一般绿荧荧的反光,他向那东西伸出手。

突然间阳光被挡住了，一个肌肉发达的男人从后面抓住图卡的肩膀。与此同时，他向着猫踢出一脚。

一只强健有力的脚，晒成黧黑色的皮肤上缠着一条破旧的皮带，上面有三颗金属纽扣。

一阵天旋地转后，猫惨叫着和那物块一起向前翻滚。沙地上留下了一道湿漉漉的痕迹。

暗绿的光芒闪烁。

几万年来，甚至更长的岁月中，它是这片炙热的大陆上唯一接触过陨冰的生物。而它的命运也就此改变了。

一个寂静的清晨，猫穿过空无一人的街道。路灯在它的身后逐一熄灭，收回一环又一环淡紫的光圈。

天色泛白，幽蓝的街道两侧是一连串紧闭的银灰色金属门帘。城市尚在睡眠中，不需多久，这些门帘将准时升起，从里面放出光与热，放出音乐与人声，放出活的气息。街道上将挤满钢铁的巨兽，震颤着，粗重地喘息着，踌躇不前。

空气微湿，有各种草叶毛茸茸的气味。猫沿着一条泥土小径碎步跑着，爬上一座包围在水泥丛林中的高高的土丘。城市周围有成群这样的土丘，天气晴朗时，站在高处的人能看到它们整齐划一、轮廓柔和的身影。几十个世纪前，生活在这座城里的人们为了埋葬皇帝而堆就了这些土丘。猫并不知道这一切。

但它总是来到这里。

灌木丛里到处是男人和女人留下的气味。猫望着脚下挤挤挨挨的楼群，远处，太阳从城市边缘的土原后升起，穿过笼罩在低处的灰色晨雾，金红的反光在千万扇窗户上移动。

这天早晨，猫最后一次目睹了这座城市的苏醒。之后它离开土丘，在人类看不到的地方睡了一整天。五月的花朵摇荡着，散发出迷离的香气。

黄昏降临，猫乘着夜色爬上一列颠簸的火车。

回想起来，与异物的接触几乎令它陷入灭顶之灾。

日落之前，它开始浑身发烫，抽搐得有如一片枯叶。大片的毛连着苍白的皮屑掉落，新裸露出来的灰白色皮肤上长出了明显可见的红斑，并且逐渐连成片。

人们把它留在发现不祥之物的地方，这里成为禁区，被看做诅咒降临之地。

猫四肢僵直地卧在杂草丛中，无论是烈日的暴晒还是夜露的清凉都已经无法感知。死神在光与暗的交界处穿行，四肢并用，寻寻觅觅。

声音。

声音来自内部，像无数条纠缠的湍流，向四面八方扩展。

天气多好，费姆特，让我们扬帆远航。

河水泛滥，从内部拍打它的皮肤，带着与大地相同的频率一张一弛，越来越快，快得惊人，躯体消散了，被浪潮席卷向无穷远处。

气泡从深处翻滚上来，噼啪炸裂；鱼群疯狂地涌过狭窄的河道，身体碰撞着；小船划开平静的河水，沐浴在晨光中，河面无限宽广。

你要和我在一起。我们来自遥远的地方，我将远征。

太阳与月亮交替运行，照耀这里，这里就是整个世界。神殿的影子像陀螺一般疯狂旋转。

一群蝗虫飞来，啃倒一片庄稼。

天狼星与太阳一同升起，巨石轰鸣，泥沙消融。人们像蜂群一样涌动在大地上，拆毁神庙，建造宫殿和陵墓。

我们来自远方，我们将出征。

过去与未来，征服与杀戮，请告诉我一粒沙的含义。

梦开放出花朵，朝着故土的方向，我们来自宇宙深处，很远很远的地方。

世界，又一个世界，还有一个，相互嵌套，相互环绕，舒缓而和谐，庄严而优美。你要和我在一起。在一起，永远在一起。

费姆特。

声音远远传来。一切都获得了新生，从漫长而温暖的管道中蠕动着，掉入黑暗寒冷的虚无。软绵绵，湿漉漉，带着粉红色。

猫睁开眼，浑身浸泡在露水中。一只手伸过来。

费姆特，你在这里。

他们对视着，图卡纯黑的眼眸像夜色一样温柔。他脱下自己的衣服把猫包裹起来。

来，我们回家了。

它被藏在王宫后的草丛里。图卡每天都来看它，亲手喂东西给它吃，往它身上涂橄榄油，不断说着抚慰它的话。

开始它对所有食物都无动于衷，只是缩成一团，伸出猩红的舌头一下一下舔着图卡的手指。日子一天天过去，生命力随着阳光一点点注回它的身体。在这一年快要结束的时候，图卡有很长一段时间没有来看它，这时它已经能够在荒草间缓慢行走，身上也长出了新毛。

第二年春季，劫后重生的猫被接回到宫里，它发现了不少令它迷惑不解的变化——许多陌生的面孔从早到晚围住图卡，他们神色恭敬，一致称他为伟大的法老或者图坦卡蒙王。

在最初那段被全世界追捕的日子里，猫辗转迁徙，积累了足够的旅行经验。从没有哪只猫像它那样不断地流浪。时间足够了，它到过许多地方，漫无目的。

在一个华灯初上的傍晚，猫从沉闷而潮湿的睡眠中醒来，立在小巷的入口处向外窥视。

雨后，空气中飘散着一种格外清冷而富于穿透力的气息，光洁湿润的路面上闪烁着一摊摊橘红色的路灯光。借着朦胧暮色的掩映，它走向行人往来的大街。赤裸的脚掌贴上冷冰冰湿漉漉的路面,带来近乎惬意的刺激感。

它像个初生的婴儿般观察着四周的一切,模糊的轮廓,稀疏的人影,在迷离的灯光包围之中显得漆黑的天空。汽车轮胎在有积水的地面上滚过,声音远远的,连绵不绝。

从一面玻璃橱窗旁边经过的时候,猫停下脚步。玻璃窗里有它的身影,四只脚爪轻巧地立在闪着橙光的路面上,与周围黑沉沉的景物几乎要融为一体,两只金色的眸子像被强光照射一般闪闪发亮。

它像尊雕像一般一动不动,仔细打量自己的身影。连续的流亡生涯使它形销骨立,毫无光泽的皮毛乱蓬蓬的,但在它坚持不懈的自我打理下还算清洁。就在这时它第一次注意到,右耳上的金叶不知什么时候遗失了,只留下茸毛当中一块暗红色的疤痕。

一阵刺痛袭来。就在一瞬间,耳梢的痛像根针般向下刺入,仿佛又将它带回那片烈日曝晒下滚烫的沙砾中,一切恍如隔世,又清晰无比。强壮有力的手臂抓住了它,另一只手伸过来,突出的指节中攥着一把匕首,在突然之间刺穿了它温热的、布满粉红色血丝的耳朵。

它凄厉地尖叫,一声接一声,比匕首更锋利的爪子从脚掌里伸出来,一下就划开了覆盖在手臂紧绷的肌肉表面的深褐色皮肤,和下层淡黄的脂肪。那只手臂剧烈地颤动着,却仍死死抓住它。鲜血从深深的裂口里面涌出来,像朵艳丽的花一般绽放,顺着光滑的手臂蜿蜒而下,与猫的血混在一起,湿湿黏黏,溅落进灰白的砂石当中,表面浮起一线旋转的、薄薄的尘土。

它拼命地哀嚎,挣扎,但没有任何人来救它。在剧痛中,人们用金子和玛瑙制成的叶片装饰了它的双耳,用以彰显它的地位和尊贵。但他们并没有把它制成木乃伊后再做这些事,而是就这样把它扔进火光通明的甬道里。它满脸是血,睁不开眼睛,被血腥气和剧痛刺激得发疯般团团转,徒劳地伸出舌头想去舔伤口,却够不到。周围纷繁杂乱的脚步踏在石板

它像尊雕像一般一动不动，仔细打量自己的身影。连续的流亡生涯使它形销骨立，毫无光泽的皮毛乱蓬蓬的，但在它坚持不懈的自我打理下还算清洁。

上，没有人顾及它的痛楚。

各种震破耳膜的撞击声，打磨声，脚步声，说话声。声响持续了几个月之久，随着一支支火把的熄灭，声音逐渐远去乃至完全消失，只留下猫独自在这空洞而豪华的陵墓里，陪伴它的主人长眠。

被刺穿双耳的痛楚，早已随着无比漫长的黑暗远离了它。但在遥远的时空之外，一个雨后的傍晚，从一面玻璃橱窗里注视自己的身影，某种仿佛是刺痛的感觉像是一根又长又韧的细线般绵延不绝。它紧紧攥住这根线，动用全部本能追寻着前世的回忆。

一瞬间，似乎只是一瞬间，往日气息穿越遥远的时空溅落进来，弥漫在朦胧的暮色里。

就在这一瞬间，亮光闪过。

玻璃橱窗后面，几百个大大小小的屏幕在同一瞬间亮起来，闪现出同一幅图像。

那是它自己的形象，如同几百个被囚禁的黑色幽灵从玻璃后面向外窥视。金色的大眼里闪着含义不明的光芒，恐怖而优美，双耳上镶嵌着两片布满奇妙图纹的金叶。图像旁边配有通缉它的文字。

猫受到前所未有的惊吓，它跳起来向着黑暗中疯狂逃窜。身后橱窗里传来女人优美沉稳的声音，像猎犬般穷追不舍，告诉全世界每一个人，要注意这样一只具有无上价值的、谜一样的猫。

它躲在一段废弃的地下管道里不愿出去，只是终日看着铁栅栏外各式各样的鞋迈着各式各样的步伐，踩着尘土，踩着泥泞，踩着斑驳的树影、斑驳的落叶，然后是斑驳的残雪。

只有忙碌在城市街道下方的矮人们偶尔从它爪旁跑过，打破死寂。

声音，光影，色彩，形体，气息，这个世界没有哪一天不在变化，只有猫的时间始终静止。在某个地方，有关这只猫的图片和文字被插进密封的档案室里，接受灰尘和时间的埋葬，剩下的人们则开始关注别的事。这世界遗忘的速度比任何东西都要快。

在图坦卡蒙登基后的第三年，他带领一支浩浩荡荡的庞大队伍出发前往吉萨，去继续童年时那次失败的远征。

船队在河面上庄严前进，身披轻纱的女奴们三三两两立在船舷旁边，演奏曼妙的音乐，或是向河水里大把大把地抛撒鲜花和香料。

猫懒懒地蜷着，对周围一双双摇荡着铃声的赤脚视而不见。它从沉重的眼皮缝隙向外望去，前方是无限宽广的湛蓝色天空，笼罩在波光粼粼的河面上。图坦卡蒙坐在高处，被蜜酒和女人的香气层层包围。

他们在河上行进了足有十几天。船靠岸后，奴隶们向岸边搭起木板，让华丽的车队通过。随后又是漫长的颠簸，在戈壁、丛林和沼泽间进行似乎是永远没有终点的旅行。

最后他们终于到了吉萨。根据一些古老的文字记载和世代流传的神话，这里曾是先王们修建陵墓的地方。

傍晚，天边燃烧着绯红色云霞，图坦卡蒙从门廊里走出来，望向青石街道尽头。在这个时候，可以清晰地看见先王的陵墓成群坐落在地平线上，尖顶披洒着金红色的光芒。于是，他跳上一匹马，拒绝任何随从的陪伴，只带上费姆特朝着那个方向奔驰而去。

天边最后一丝余晖在地平线下奇妙地流淌着，把陵墓的影子拉到他们身后很远的地方。图坦卡蒙躺在杂乱的草丛里，像一个偷跑出来玩儿的孩子。

“它多高啊，费姆特。”他喃喃道。

他伸出一只手，像是想要尝试着抓住那锥形的塔尖。在他们身旁不远处，巨大的斯芬克司石像上身静静地伏在前爪上望向远方，神情庄严肃穆。谁也不知道它目睹了多少次尼罗河水的涨落。

他们在那里待了很久，夜幕降临时，满天星辰灿烂地燃烧着，把银白的光芒洒在塔身表面每一块突起的巨石上。猫始终残留着关于那一夜的记忆,奇异的光辉中,似乎每一样事物的答案都清楚地呈现出来,却又神秘莫测,令人绝望。年幼的法老第一次在宏大的时间和空间面前被压迫得难以承受,他蜷缩在草丛里无助地抽泣,像一条被遗弃的小狗。

猫卧在他怀里,替他舔去泪水,直到他们一同在星光下沉沉睡去。天亮之后,一群卫兵发现了他们。

在某种冥冥之中的奇异指引下,猫不断向着更加寒冷的北方迁移。

无数个降霜的黎明,它独自在原野里奔跑,晨雾笼罩着无比广大的土地,裸露且安详。许多烧荒的火堆稀疏地分布在各处,烟柱在几乎没有风的空气里缓慢涌动,像一幅静止的水彩画。

一个阴云密布的下午,猫走进一座小城里,废弃的墙壁上满是形态粗野的涂鸦,几张褪色的招贴画在刺骨寒风中噼里啪啦地抖动。猫顺着下水管道往上爬,想寻找一个可以避风的地方。

许多窗户从它面前依次闪过,亮着灯的和黑暗的,明亮的灯光传递出温度,却被厚重的窗帘和玻璃挡在里面。

它在一扇窗前停住了。屋里灯光昏暗,一个头发蓬乱的女人一动不动地坐在地板上,周围散落着许多罐装啤酒和写满字迹的纸张。她并没有发现窗外的猫。

就在这时,猫感到鼻尖一凉。

它向着昏黄的天空望去,许多暗色的小点散乱地飘荡下来,像绒毛一样轻盈而蓬松。

猫惊奇地仰望着,这个世界呈现出一种陌生的样貌。它没有留意身后窗户打开的声音。下一瞬间,它回过头,和窗前的女人对视了,出乎意料地,双方都没有任何反应。

“下雪了……”女人依着窗喃喃自语。从近处看,她的脸其实很年轻。

她向外面伸出一只手,猫看见一朵灰白的雪花轻飘飘地落在她手掌心，迅速化成一粒针尖大的水珠。

“这是今年冬天的第一场雪。”女人望着猫，若有所思地说。

她把窗户开得更大些，似乎在邀请它进屋去。

雪开始纷纷扬扬地飘起来，沿着墙角的热流盘旋上升，仿佛永远也落不下去一样。猫呆呆站立着，一瞬间它忘记了一切，潮湿的气息，慵懒的光线，灿烂的星空，漫长的黑暗，全部像潮水般卷挟着它，远远退去，只留下一片空旷的回响。

仿佛是几千年，从这一瞬间划过。

猫后退几步，踩着窗台上刚积起的一层薄雪转身离去，脚步优雅而缓慢。

整座城空无一人，只有满天熙熙攘攘的白色精灵，如此静谧。猫侧耳倾听，从遥远的地方传来一种隆隆的低响，在寒冷的空气中显得格外幽远。

断　层

——一个冬夜的科幻故事

一

时至今日，已经几乎没有人记得这一切最初是怎样发生的。知道真相的人逐一衰老死去，或者在各种歪曲的事实中渐渐沉默不语，而拥有最高发言权的四个人出于各自的考虑，已不约而同地避免在各种场合提起关于此事件的一切。

然而这并不妨碍我在此记述我脑海中那支离破碎的记忆，拼凑出一个尽量完整的真相。我的所作所为并没有任何理由，你们可以当做是一个不能忍受无聊的老人的自娱自乐，打发剩下的时间，但是你们毋须怀疑我所说的每一个字，你们也无法怀疑，因为我正是那四个人其中之一。

我还清晰地记得许多细节，关于中国科幻在上一个时代所经历的种种，但那都无关紧要，最终一切都要归结到黄金时代结束前的最后一个冬夜，标志着一场动乱的开始和一个时代的结束，那最后一个寒冷的冬夜。

那个时候我们还年轻，每个夜晚都像其他夜晚一样平淡无奇，街上车辆往来，情人们在街头拥吻，饭馆里挤满酒足饭饱的人群。天太冷，时间太多，城市太空旷，除了吃吃喝喝之外，简直就不知该如何打发。正是在这样一个夜里，我们四个人一边打着饱嗝回味酱骨头的美味，一边从公车上冲下来，沿着街道优哉游哉地逛了许久，又突发奇想闯进北大西门附近的一家小店，要了许多鸡翅、烤串与啤酒。

世界上总有许多如果，比如那个看似无关紧要的冬夜，如果我们不是看到一辆公车就急吼吼地冲上去而把大部队误丢在身后；如果不是我们因为各种无聊的笑话笑了一路直到重新把胃笑空；如果不是在讨论消夜问题久久没有结果的时候公车正好开到北大西门附近；如果不是我信口说出“北大西门的鸡翅天下第一”这样一句胡话，事情很有可能变成另外一个样子。但最终我们还是坐到了那张桌子旁边，一边摩拳擦掌地等待烤鸡翅端上桌，一边开始进行一场对于中国科幻的未来具有决定性意义的谈话。

不，请不要笑，请相信所谓的“具有决定性意义”，绝不是自我吹嘘的玩笑话，而是建立在完全公正客观的事实基础上的。但凡稍有常识的人一定都记得，正如各种文献资料所记载，那天晚上 9：46 到 10：01，也就是我们四人围绕着最后一串烤馒头片该如何处理的问题争论不休的短短十五分钟内，爆发了一场举世罕见的发生在全中国范围内的绿色流星雨，那些兴高采烈地奔出门去观赏这场流星雨的人——其中包括全中国的科幻作家、编辑、译者、评论家和资深科幻迷——全部在流星雨结束之后立即昏倒，并陷入一种科学无法解释的长时间深度昏睡状态。而仅存的漏网之鱼，就是我们四个。

这一极富科幻色彩的超自然事件发生的原因至今不明，至于我们四人的幸存更是成为 21 世纪全世界十大未解之谜之首。有人说，这是上帝玩的一场残酷的游戏，把中国科幻的前途与命运交到四个并不靠谱的人手中，以检验中国科幻的生命力到底能顽强到何种程度；也有人说，正如下雨天打雷会错劈好人一样，上帝也会不小心打个喷嚏犯点小错误，留下小数点后第五位的计算错误；当然更有人说，这是一个英雄横空出世的时代，而一场小小的流星雨，不过是为救世主们造就一个表演的舞台。

唯一能够确定的，是中国科幻从此告别朝气蓬勃的黄金时代，进入长达三十六年的断层期。而从那一夜中幸存下来的四个人，便也成了荒漠中盛开的四朵奇葩，从而在中国乃至世界科幻史上，留下浓墨重彩的一笔。

事到如今，这四个人真正的名字早已被人遗忘，留下的只是四个闪烁着光辉的称号：赤铸、伊罗、妲拉、夏笳。

二

翻开官方资料，你可以看到被记录在案的许多重大事迹：譬如四人受命于危难之中，集体出席历年世界科幻大会，并于第一次大会后召开四人会议，确定了中国科幻在接下来几十年发展的道路（史称第一次断层会议）；譬如四人党在联合国教科文组织的资助下成立黄金时代基金会，妥善护理昏睡中的全体科幻人士，等待其苏醒时刻的来临；譬如其在党中央、国务院、教育部、文化部多方面协助下，顶着前所未有的巨大压力，迅速完成全国各大小科幻刊物出版社、科幻协会、俱乐部、网站等机构的合并和整顿；譬如其在赤铸的带领下，以强硬手段与教育部交涉，将科幻教育列入全国九年制义务教育的教育规划中；譬如伊罗穷其毕生精力完成的长篇巨著《流金岁月》系列，后来成为整个中国科幻发展的百科全书与行动指南；譬如数十年间发生的无数次分裂与合并、阴谋与斗争、迫害与反抗，以及每一项惊心动魄的变革。

历史评论总是力求公正客观，但对于这段往事，我却无法做到详尽细致不偏不倚，这也并非我本意。我只想尝试追述一些片段，一些属于我自己的回忆，以祭奠属于那个断层时代的辉煌与豪情。

三

如果要说断层时代是属于赤铸的时代，也许并不算夸张。身为四人党中年龄最长、资历最老、理工科功底最雄厚、当然也是公认行为举止最为怪诞放任的一员，此人几乎在最初的十年中出尽风头。鉴于其余三人在时间与精力方面的不足，赤铸毅然在第一次断层会议后放弃了原本大有前途的飞行器研发专业，一人独挑杂志社、科幻协会、网站三面大旗，也成就了一代王者的传说。

合并工作完成后，全国科幻出版刊物只剩《科幻世界》一家，并特别加上了“断层期”的特殊标志，其内容、风格、版面全部发生了翻天覆地的变化。当时，文化部专门发起了“借科幻一只手”活动，面向整个出版行业征集志愿者，结果分别从《读者》《青年文摘》《女友》《家庭》《儿童画报》《漫友》《看电影》《军事世界》《瑞丽》《时尚》《推销员》等十余家著名刊物中征集了上百名职员，组成了新的《科幻世界》杂志社。这些人在赤铸带领下，以惊人的效率整合了旧的《科幻世界》《科幻大王》《科幻画报》《星云》等杂志社留下的数量巨大的资料，使出版工作逐渐走上了正轨。

我仍旧清晰地记得，当时全国人民的眼睛都紧盯着赤铸一人，茶余饭后的闲谈内容也只有一件事：那就是《科幻世界·断层期》究竟能够维持多久。甚至四人党中的其余三人，也背着赤铸偷偷设下赌局，认为最乐观估计也不会超过六个月。新《科幻世界》发行的第一期，用的几乎全是旧《科幻世界》遗留下来的版面，尽管如此，仍遭到了广大劫后余生的科幻爱好者们的强烈抨击与唾骂。与此同时，来自《青年文摘》《萌芽》《家庭》等杂志的数名编辑指责《科幻世界》所登文章思想内容过于灰暗，不利于培养广大青少年热爱生活的情操，从而引发了严重的内讧，新生的杂志社在强大的暴风雨中摇摇欲坠。

就在那生死攸关的当口,赤铸以其不可思议的强大爆发力顶住了来自各方面的压力,不仅干脆利落地开除了持有不同意见的杂志社成员,并把二月刊的内容全部换成国外科幻作品,堵住了不少批评者之口。尤其是他匆匆写就,并刊登在二月刊卷首的《致全国科幻爱好者的一封公开信》,情真意切,言辞犀利,其惊世才情挥洒于字里行间,不到短短半个月便迅速扭转了舆论方向,堪称惊天地泣鬼神、扭转天地乾坤、抛撒日月光华的经典之作。

我们每个人都不会忘记,赤铸以一介工科出身的布衣,混战于数百编辑之间,指点江山激扬文字的英姿。他以那样娇小的身躯,肩负如此沉重的战旗,带领一支杂牌军南征北战,奋勇前进,为这属于断层时代的神话留下了永不磨灭的光辉。

然而不能不提起的,还有赤铸其人的另一则奇异传说:从新《科幻世界》创刊起,唯一保存下来的"每期一星"栏目必刊登赤铸本人的文章及其照片一张,期期如此,从未间断。即便在杂志社内部斗争最为激烈、近乎停刊的时期,仍保留此作风不改,为这本饱经风雨摧残却始终屹立不倒的杂志增加了几分传奇色彩。

《科幻世界·断层期》,是赤铸战甲上染血的勋章。

四

有人说,断层是一个悲剧的时代,因为身为四人党党魁的赤铸具有与其超常才能极不相称的心理状态,频频以其大脑中的癫狂智慧,将脆弱的中国科幻逼至崩溃的边缘。仅仅是因为不下数十次的"AV 光盘赠品事件",就让《科幻世界·断层期》这本命运多舛的杂志发行量在几千到一百万之间起伏振荡。

也有人说,断层里毕竟还有一丝幸运的光芒,因为有伊罗。

伊罗是个美丽的女人,一位不平凡的伟大女性。

身为四人党中唯一的文科生，更是黄金时代全中国寥寥无几的科幻研究生，伊罗的出现，在之后漫长的岁月里不断被人拿来当做中国科幻命不该绝的最佳证明。

如果说赤铸代表着旺盛精力与创造欲望，伊罗则在某些方面扮演了理性与规则的角色。断层中，她独自一人承担了全部理论研究和评论工作，其工作量之重常人无法想象。撇去中国科幻协会断层修复研究中心的重任不谈，撇去其数次力挽狂澜、与赤铸毁灭性的心血来潮进行坚决抗争的感人事迹不谈；更撇去其以个人魅力感召了无数青少年科幻爱好者，为涅槃时代的来临做出的伟大贡献不谈，仅《流金岁月系列》这一宏篇巨著，便是矗立在伊罗身后永不褪色的丰碑。

对于这样一个传说中的名女人，世人的许多看法难免会有诸多偏颇，然而我必须在这里澄清，伊罗尽管美丽端庄国色天香，却绝不是正经到无聊无趣程度的存在。许多年前的断层前夜，伊罗毅然置美女身份于不顾，与一干人等围坐桌边暴啃骨头，敲骨吸髓的感人场面虽经时光磨砺，依然历历在目。归根究底，世人的误解自然有其原因。“只要是与赤铸老师同在一片天空下生活，任何人都会显得既严肃又认真的。”这句话我一直记到今天。当然，说出这句话的传奇人物早已远离我们多年，如今正安详地躺在医院里享受美女护士们的细心关照。他有过许多光辉的名字，但你若问他，他一定谦逊地垂下头回答：“叫我‘猪’吧。”

似乎不知不觉间就扯远了，思绪漫无目的地飘荡，穿越那些光辉与坎坷同在、泪水与癫狂并存的年月，最后总是不知不觉间回到那个决定了一切的冬夜里。

只是我总有一种错觉，那晚杯盘狼藉的餐桌上看见的，是伊罗最后的笑颜。

我和妲拉都曾亲眼目睹了伊罗与赤铸之间的第一百零八次正面冲突，当赤铸毅然决定辞去吃力不讨好的《科幻世界·断层期》主编，转而跳槽前往《女友》之际，从来都是巧笑倩兮的伊罗第一次动怒，当众掀翻了一张桌子。

除去四人党外，其他所有在场人士都识相地在五秒钟内消失殆尽。那之后，我亲眼看见透明的泪水从伊罗的指缝中渗出来，随着颤抖的声音一起滴落：

“如果他们醒了，会怎么说。”

许多个寂寥的深夜里，我曾无数次回想起那个天色阴晦的下午。走廊里空气冰冷，我和妲拉紧紧依偎在一起，看着伊罗的眼泪滴落在光洁的地板上。

就在那一年，《中国科幻小说年度精选集》出版，质量之高当为断层时期之最，而且破天荒地，没有赤铸的一篇文章、一张照片。

如果你是一个经历过那个时期的科幻迷，就一定珍藏有那本书，翻开扉页，你会看到那行凝重如铅的字迹，在一代又一代人心头回想：

如果他们醒了，会怎么说。

只是仍有一个疑问，始终埋藏在我内心深处，长达几十年之久：

那个时候，她轻颤的嘴唇吐出的，究竟是“他们”，还是“他”？

五

那依然是发生在断层前夜的事，天色阴暗，华灯初上，我们几个坐在颠簸的公车里听妲拉讲一个笑话。那时的我们多么年轻又是多么穷，多么精力充沛又是多么无聊，无论多么漫长多么严寒的旅途，只要有一两个意气相投的旅伴相陪就无所畏惧。更何况妲拉的笑容是那么灿烂，而她的笑话又是那么好笑。

那个笑话是这样说的：

“天堂里的物理学家们有一天心血来潮，想起来玩捉迷藏，于是，他们让爱因斯坦趴到墙角里数到十，这时其他物理学家纷纷找地方藏起来，只有牛顿不慌不忙地在爱因斯坦面前画了个一平方米的方格，往里面一站。

“爱因斯坦睁开眼睛一看，一把揪住牛顿大喝一声：‘牛顿，我抓住你了！’

“牛顿神情自若地说：‘不，你没有抓住我。’

“‘胡说，我明明抓住你了！’爱因斯坦气势汹汹。

“‘你抓住的不是牛顿。不信问大家。’

“于是爱因斯坦就询问大家的意见，所有人一致作证，被抓住的不是牛顿。

“爱因斯坦郁闷至极，便问：‘那我抓住的不是牛顿又是谁？’

“牛顿气定神闲地回答道：‘你抓住的是牛顿／平方米，也就是帕斯卡。’”

在那些寒气逼人、磨砺掉人的一切意志力的冬夜里，我总会想起那个均匀地分布在一个平方米上的牛顿，那个不再是牛顿的牛顿。

如同那时讲笑话的妲拉，在那一夜之后也不再是原来的妲拉。

她是整个中国科幻的妲拉。

许多年之后，依然是一个阴暗的冬夜，我在那座寒流肆虐的城市里匆匆穿行，跟随一群同样冻得手脚麻木、脸颊通红的人挤上姗姗来迟的公车。灯光昏暗，蒙着水汽的玻璃窗上画满密密麻麻的各种痕迹，一切都在摇摇欲坠，都在漫无目的地等待。

就在这时，我接到了妲拉的一条短信：

“小茄子，我们要去涮锅，九点半在北航东门集合哦。”

一刹那间，整个城市的灯火都暗淡下来，光线摇曳，暧昧得近乎透明。我有些恍惚地环顾四周，人们都在座位上瑟缩成一团，睡觉、听音乐、发短信，或者望着窗外陷入莫名的沉思。

那时的妲拉，身为中国科幻爱好者协会会长，以及中国科幻指定吉祥物，每天都会接到几万封科幻爱好者的信件和电子邮件：

“亲爱的妲拉姐姐，老师让我们写一篇科幻小说，我就写了一篇，但老师也不知道它是不是一篇好看的科幻小说，所以他让我给你写一封信……”

“妲拉姐姐，我买了这期的《科幻世界》，但是爸爸妈妈看了《每期一星》的文章以后很生气，说这不是一本小孩子应该看的杂志，我很苦恼……”

“妲拉同学，我是一名科幻爱好者，昨天我的女朋友问我科幻是不是童话，我不知道怎么跟她解释，她就说我瞧不起她，要跟我分手，我该怎么办呢？”

“妲拉，你真的有二十多岁吗？我们几个哥们儿都在赌你其实是初中生……”

“妲拉小姐，你的虎牙以及明媚的笑容深深地迷住了我，请答应和我交往……”

……

每天都有十二名秘书帮妲拉分拣信件，归纳整理，替她回信，然而她还是要不厌其烦地一次又一次写信、回邮件、上 bbs 发文、开专访、录制电视节目，告诉每一位年轻的科幻爱好者什么是科幻，都有哪些好看的科幻，青少年到底需要什么样的科幻，以及科幻到底能为这个国家这个民族带来什么，等等等等。

为了培养新一代的科幻力量，为了中国科幻微弱而渺茫的未来，她把自己的生命和青春就这样奉献出去。

正是这样的一个妲拉，从繁忙的公务中脱身而出，召唤我同去涮锅。透过空气中那一连串激荡的电磁波，我依稀又看到她永远灿烂的笑颜。仿佛回到黄金时代那些最放肆的日子里，那时我们那么年轻又那么穷，那么精力充沛又那么无聊。

我比预定的时间迟到了十分钟，妲拉照例在天桥下等我。黑色的大衣和靴子，尽管仍是所有科幻迷心目中爱不释手的萝莉形象，却比我认识她的任何时候都有女人味。

我冲上去拥抱了她，然后问：“其他人呢？”

妲拉只是露出她洁白的虎牙,眯着眼睛笑。其实我们都知道,没有“其他人”,今晚只有我们两个。自从那一夜之后,除了各种公开场合,四人党已经很少有机会同坐在一张桌子旁边吃吃喝喝谈笑风生了。或许是因为各自肩头的重任,或许是因为,害怕回忆起那一夜,以及之前的太多太多。

然而那天晚上我们还是去涮肉了,用四五个男人加在一起都无法相比的食量,让所有人为之侧目。浮动着红油的锅底翻滚飘香,浓密的水汽涌动上来,驱散所有寒冷与寂寞。然而那些蓝白色的火焰所能燃烧的时间却是那么短暂,于是,我们就一次次地叫来服务员,加火,加汤,加麻酱,全心全意地涮,聚精会神地吃,直到浑身冒汗,脸上的妆容都化得一塌糊涂。

然后我们出来,沿着灯火璀璨的街道慢慢溜达,穿过笼罩在夜色中的北航,这里早已成为中国科幻的圣地。我们心中掠过许许多多的片段,但没有一个人有勇气提起当年,只是一个接一个地讲笑话,一个比一个更好笑的笑话,然后放肆地哈哈大笑。

把我送到车站的时候,几个高中生模样的科幻迷认出了妲拉,并向她索要签名。我看着她耐心地给他们签完,然后抬脸露出虎牙灿烂地微笑。如今的妲拉,比任何时候都更像万千科幻迷心目中的偶像。

公车一如既往地姗姗来迟,妲拉仿佛突然想起什么似的对我说:

“周年纪念日又快到了,下星期一起去医院看看那帮家伙吧。”

我险些忘了,时间就这么匆匆地从指缝间滑落,距离那个夜晚越来越遥远,连同复苏的希望一起,越来越远。那些人,那些曾经爱过、活过、写过、幻想过的男男女女,那些永远活在传说与记忆中、永远不会衰老的年轻人,依旧安详地沉睡着,忘记凡尘俗世间的纷扰,简直让人忍不住要嫉妒。

公车在一片嘈杂声和迷蒙的光雾中颠簸着离去,我的脸颊和双手还残留有涮肉所带来的温暖,几乎在微醺的惬意中沉沉睡去。世界化作半片暗铜色的残月,在漫天绯红的光雾中,黯淡得即将熄灭。

六

我的名字是夏笳，而茄子是我的外号。你或许听过这两个名字，或许没有，但那并不重要。

回想起来，《科幻世界·断层期》创刊的那段日子，是我一生中最不堪回首的惨淡岁月。我废寝忘食，起早摸黑，足不出户，呕心沥血，却仍旧一次又一次被电话铃声从噩梦中惊醒。

抓起听筒，编辑大神们的咆哮声划破黑暗：

"写完了吗，小茄子？我说你倒是快写啊！"

我每天从早到晚坐在电脑前，一个字一个字地拼凑些勉强能算作科幻的性质恶劣的文章，交出去填充《科幻世界》一贫如洗的版面。更多时候我一个字都写不出来，只能面对空白一片的屏幕发呆，这种时候就需要赤铸亲自上阵了。

心情好的时候，他会带着圣诞老人一般天真的微笑百般利诱我："小茄子，想不想看最近的雨果奖作品啊？我已经让海外部那帮人连夜翻译出来了，只要乖乖结了这期稿子，第一个送到你手里。"这时候我就会借机跟他发飙："去你的雨果奖，老子要看 Playboy！"赤铸忙不迭地点头，"好，好。"转身就把珍藏多年的 Playboy 打包运给我，被我看腻了之后就拿去散给小帅哥们做人情。

情绪恶劣的时候，赤铸蹦上桌子，摔着我熬夜赶出来的稿子发飙："这都是什么玩意儿啊?!！你自己看看这都是科幻吗?!！你学物理学傻啦?!!！"我一脸镇定地坐在对面的沙发上，喝着金发波霸秘书端来的上等红茶，直到他一边敲着桌子义正词严地告诫我："罚你下期多交一篇上来，记住，下不为例。"一边顺手把饱经蹂躏的稿子塞给身后的红发波霸秘书，后者迈开两条曲线优美的长腿就直奔印刷室而去。

更多时候他都懒得跟我废话，一个电话打过来："靠！拖了几天了?！快写！再不写老子 TMD 废了你。"放下电话我心中一片惘然，当年的赤铸是不喜欢骂人的，那一夜之后他平白无故地熟练掌握了很多词汇，仿佛是某些人的阴魂附身了。

我们两个就这样反反复复纠缠不休，仿佛多年宿敌，又如亲密战友，在曲折中前进，在斗争中和谐，在黑暗中看见光明。我们之间的斗争经历足以写成一部史诗，可惜它们如今早已成为了最高机密。

有一次我被逼到崩溃，掀翻两个波霸秘书冲进赤铸的办公室，说老子TMD再也不干了。赤铸放下玩到紧要关头的脱衣麻将，用不知是深邃还是空洞的目光呆呆地注视着我，看得我心里一阵阵发寒。最终他一句话没说，只是指了指墙上，整个断层时期的墓志铭在墙上凝重如铅地俯视着我们：

“如果他们醒了，会怎么说。”

望着那一行字迹和赤铸深陷红肿的眼睛我差点忍不住放声大哭，回去就面壁思过指天咒地发誓再不呕心沥血肝脑涂地地玩命写我就不是人。结果一番痛定思痛之后，我重新回到电脑前，发现这回是彻底地一个字都写不出来了。

我天生不是一个勤勉的作者，一篇不足万字的文章能拖上六个月，还要留个硕大无比的坑等到来年心血来潮了补上。但是现如今，他们硬是把我当做一台写作机器用，命令我一周写一篇，有啥写啥，写啥用啥，能看的他们放到头版头条重点推荐，不能看的他们留到我间歇犯病不肯合作的时候救急用，实在惨不忍睹的干脆就再加上几个错别字夹在中间当做挨骂的靶子。在这样的发文频率中我的精神几近衰竭，加上突然一次洗心革面重新做人的冲动，终于把我的神经压榨到彻底崩溃——我的大脑自动怠工，不肯写了。

赤铸不理解我的心路历程，理所当然地认为我还在闹脾气中，索性一发狠，派来他身边最为得力的心腹编辑大婶来跟我同吃同住，贴身照顾我的起居饮食外加一天二十三点五小时唐僧式的思想工作。据说此人原本是《女友》编辑部的劳动模范，催稿杀手，对科幻一窍不通却能不间断地对我大谈科幻的崇高意义。在这样的摧残中我力图反抗,前后不下十次试图逃跑,最远一次还没到火车站就被大婶拎回来进行再教育,最终彻底认命服从管制。所幸上吊自杀之类消极打算我还没有想过,生命虽然不够美好,总是天上掉下来的馅饼。

那段日子里我依然一个字也写不出来,但是依然每个星期写一篇,最终我习惯了,被自然环境改造了。我没命地写,疯狂地写,坐在电脑面前就像从盘古开天地起就生长在那里一样。每天午夜我都坐在学校南门外的城隍庙里自虐般地写到电脑没电,回去倒下做个梦,然后挣扎着爬起来,记下梦里的情节继续写。

我的文章几乎全部被搜刮去为《科幻世界》填充版面了,每期上的文章少至一两篇,多至五六篇,囊括各个栏目各个版面各个篇幅各个年龄段的文章,全都是我一手炮制的。二十年中我的全部文章加起来大概抵得上 1.5 部《人间喜剧》,然而它们中间没有一个署过我的名字。我除了编造文章外,还编造了成百上千子虚乌有的写手和马甲,极力营造中国科幻欣欣向荣的繁茂景象。我不仅是全世界最疯狂的写手,还是史上最无耻的枪手,然而除了极少数人以外,几乎没人知道我的存在。

最初我竭尽全力模仿那些曾经红极一时的作家风格,怀着缅怀和幻灭的心情,渴望从文字上复活他们所创造的那个时代。一个夜深人静的夜晚我走火入魔,敲了一篇文章署上潘海天的名字,然后惶恐不安地等待着被板砖砸死,不承想却等来一片风平浪静,大概熟悉潘海天文字风格的读者也差不多都倒下了吧。于是我逃过一劫,开始变本加厉,继续向我喜爱的作家发动进攻,将他们的坟墓掘地三尺翻出来晾晒倒卖。很快有青少年读者开始反映:柳文扬的笑话越来越冷了,刘慈欣的硬伤多得不能忍了,王晋康的爱情描写太少儿不宜太重口味了,何夕的主人公越来越不像"何夕"了……一堆一堆曾经辉煌的名字被玷污得一塌糊涂,但是他们却仍然追着边骂边看,像在追逐这一片荒芜的世界上渺茫的绿光,像一群身患斯德哥尔摩综合征的人质一样紧紧团结在我周围,跟我一起编造这一巨大无比的谎言，假装他们都还没有离去。

在这一切随着时间磨砺失去最初的新鲜感后，当那些姓名最终随着病房里淡漠的尘埃消退得愈加苍白后，我决心放弃这一切，开始浇灌新人。我挑选出那些最喜爱的马甲，幻想他们的语言风格和写作习惯，把最对得起读者的作品放在他们的名下，甚至为他们编造履历，设计成长过程，回答读者来信。无数个午夜时分，那些从来不曾存在的幽灵浮荡在我周围，附着在我的体内噼里啪啦地敲打键盘，编造出一个又一个诡异绚烂的科幻故事，来驱散漫漫长夜的寂寞。

直到很多年后，一个灰暗干燥、风沙肆虐的日子里，我从书摊上捡起一本最新的《科幻世界》，突然发现在我精心栽培的马甲们周围，出现了一簇又一簇真正的新鲜姓名。他们锐利的朝气弥漫在周围每一寸春寒料峭的空气里，刺破寂静。就在那一瞬间，一片执拗的枯叶从光秃秃的枝头飘落，飞扬翻滚着，最终碰触到水泥地面，发出一声哑暗的轻响。

潘海天曾经说过，一个时代的作家出现，就是为了彻底摧毁旧有的体系，在其上建立一个新纪元。当这座新的高塔建成之际，也就是这批作家的隐退之时。

终于，轮到我独自鞠躬谢幕了。

二十年后，在第二十一届断层会议上，全体与会代表终于一致决定，向公众揭开这个惊人的秘密，并把我所有的作品做成一本合集，署上我的名字交给我。那一刻，全世界科幻界为之震惊，无数人第一次将目光投向我苍白得几近透明的指尖上，从那里诞生了一个真正的神话，一个现实中的科幻故事。

然而最终，我却无力去翻开那本过于厚重的书。淡黄的纸页间密密麻麻，是吸取了我全部青春血液后凝成的黑色脉络，一片片干涸剥落，化为灰白。

one day

【8：00 a.m. 闹钟铃声响起】

从十二万人口的水泥丛林中某个安静的角落里醒来，他却发觉自己丧失了记忆。

姓名、身份、年龄、工作、身在何地，以及存在的意义，一切空空荡荡，毫无痕迹，像被一块柔软的抹布细心地抚平过一般。

房间是最普通不过的出租公寓，几件简易家具，床、书桌、衣柜、椅子而已。他从床上爬起来，洗漱，换衣服，吃两片烤面包做早餐，然后从冰箱中找出大罐未开封的冰镇牛奶灌下去，一切都好像顺其自然的习惯，不时涌现出细微的熟悉感。那么这是他的房间，他最终断定，至少最近他一直在这里生活着，只是在这个早晨，他不知为何丧失了记忆。

【9：00 a.m. 第一条短信】

桌上的手机突然振动起来，他几乎被吓了一跳，汗湿的手一把将手机抓过来紧攥在手里。

“带一束花，前往冥岭墓地，看望J.W.。”

短信内容简洁得如同他一贫如洗的记忆。他犹豫了一下，穿上挂在门背后的粗布外套，手伸进口袋摸到了钥匙和钱包，冰凉坚硬。

打开门，外面是略有些阴霾的天气，隐隐有月桂湿润的清香。

他挑了百合与三色堇，或许是觉得这样不会显得太冷清。去往墓地的路很长，他怀抱鲜花坐在空荡荡的公车里，年迈的司机一直咳嗽着，大概天气有些湿冷。

洁白的碑石躺在沾满露水的草地中。J.W.。他把花束放在这个名字上。J.W.，你是谁？我的朋友、亲人，或者只是素昧平生？他坐在湿漉漉的碑石旁边静静地思考，却始终什么都想不起来，真是糟糕的一天。

【11:00 a.m. 第二条短信】

“第五大街，米奈。”

天空开始飘起细碎的雨丝，他匆匆拦了一辆出租车坐进去，指尖和脸颊沾染了些许凉意。

米奈是一家意大利餐馆，他挑了靠窗的座位，年轻的女侍应生微笑着走过来，脚步轻盈得像在光洁的地板上舞蹈。

“跟昨天一样？”

他短暂地迟疑了一下，回答说：“是的。”随后注意到对方橙红色头巾下小动物般的眼睛很是清澈。

一份奶油野菇汤，香蒜面包，海鲜千层面，附送芝士蛋糕和蜂蜜柠檬红茶，他很快爱上了这家店，或者说，重新爱上。听陌生而熟悉的音乐，慢慢喝下温热的红茶，身体逐渐松弛下来。密集起来的雨点敲打着玻璃窗，街景像水彩画一般在水幕后绽开。他看了一眼墙上的日历，原来现在是10月，街边的银杏刚刚开始泛黄。

雨停时，他结账准备离开，女侍应生在桌边弯下腰，嘴唇红润得像留在田里熟透的草莓。

“那么，今晚您会来吗？”姑娘轻声问道。

他再次短暂地迟疑。年轻的姑娘，略带顽皮的笑颜，一次艳遇，或者更重要的约定，他不得不小心试探。

“哦，几点来着？”

“您真的忘啦？”姑娘皱起了好看的鼻子，嘴角却依然笑意盎然，“八点，还在这儿，一个小型告别派对。这个月底我要毕业回老家，以后可能不再回来了。”

“哦，好的。”他说。原来是这样，告别派对。他有点愈加怨恨那个抹去了他记忆的家伙。

“那么晚上见。”姑娘点点头，转身轻盈地离去了。

“晚上见。”他目送姑娘的背影，坐在那里轻声回答。指尖碰触到她刚刚留在桌上的几枚硬币，依旧留有一丝体温。

整个下午没有新的短信。天气变得晴朗，淡金色的阳光从云隙后筛落下来，跌落进地面上湿漉漉的水潭。他在大街上漫无目的地走，穿过行色匆匆的人群，两边店铺里各种陌生的新奇景致让他一次次停下来观看，像个第一次出来逛街的小孩子。

街心公园里，有戴着鲜艳围巾的少男少女在追逐玩耍，惊扰了大群珍珠色的鸽子。他买了一纸袋新鲜柑橘，坐在长椅上慢慢剥开来吃。风穿过城市错综复杂的街道流过他的身边，带来不同的声音和气息。

【18：00 p.m. 第三条短信】

“中央车站，717 储物柜。七点前带箱子前往中锌大楼 44 层。”

这次他没有犹豫，大概是坐得太久了，迫切地想要站起来活动一下。

暮色慢慢坠落四散，下班路上的车流和人群挤满了每一条街道。他行走在人流里，也不由自主加快了脚步。

找到储物箱，摸出钥匙，一把一把试，开门，取出狭长的像是装乐器的箱子，重新挤进人满为患的地铁中，出发前往另一个地方。

中锌大厦并没有44层，他发现这一点时已经是六点四十五分了。某种神秘的力量在召唤他，仿佛谜底就藏在这座钢筋玻璃的大楼中某个角落。他乘坐电梯来到43层，在走廊尽头找到一架通往顶楼的破旧货梯。绯红的夜色正在笼罩整座城市，周围和脚下是一望无际的迷离灯火。

他等了一下，终于忍不住打开箱子，看见包裹在海绵泡沫中冰凉的黑色零件。当他抚摸它们的一瞬间，仿佛某根线路被接通，熟悉的触感喷涌而来。他取出零件迅速组装在一起，就像在失却的记忆中操练过无数遍一般，狙击步枪紧握在手里，他蹲在背风的角落里扫视对面大楼里无数黑暗的或亮着灯的窗户。谁，谁是今晚的目标？嘴里的牙齿咯咯作响，身上单薄的外套抵挡不住夜风。

【19：00 p.m. 第四条短信】

“B座37层，左起第四扇窗户，灰绿塔夫绸窗帘。”

一个略胖的人影，他甚至不用刻意去看清楚他的脸。

只是瞄准，调整呼吸，然后扣下扳机这么简单。

八点十五分的时候，他跳下末班车，沿着街道匆匆忙忙奔跑。米奈餐厅挂出了提前休息的牌子，窗帘后却透出温暖热烈的光芒。

他在窗外站了一会儿，想起自己还没有来得及买礼物。

音乐声和甜点的香气飘散出来，他仿佛听到年轻姑娘清甜得宛如青梨的歌声，却最终还是没有推门进去。

【23：00 p.m. 第五条短信】

“酬金已打入账户，密码在抽屉中备忘录第62页，查阅并预订第二天信息。”

他摸出钥匙打开抽屉,从备忘录上看到了他想知道的一切:之前每一天的日记,必要的信息备份,以及之后的工作计划。从最初开始丧失记忆的日子,直到这一天,将近一年时间都是如此度过。失忆,被提醒,有时工作,查阅资料,记录当天发生的事,编写第二天的提示信息,每天周而复始,并且还将持续不知道多久。

他已经没有时间去翻查关于J.W.的一切,失忆将在午夜十二点准时发生,眼下还有更重要的事情要做。写日记,编写信息,发送到信息台。

明天没有工作,他选择睡个懒觉,打扫房间,去超市购物,把积攒下来的衣服送去洗衣房,并且把关于米奈餐厅的条目从备份中删除了。

【23: 59 p.m. 第六条短信】

“晚安,做个好梦。”

“晚安。”他轻声嘀咕着躺进松软的被子下面,很快进入沉寂的睡梦中,仿佛深不见底的一潭井水。

遇见安娜

春寒料峭的下午，我第一次遇见了安娜·苏，而且一见钟情。

她来的时候像个精灵般悄无声息，赤裸的脚尖从挂满露水的草丛里穿过，比一阵风还要轻盈。那时候，我正像平时那样，坐在园子角落里最高大的橡树下面。微弱的光斑透过树叶缝隙，掉落进面前一大丛毛茸茸的尖角樱草中，有一种粗糙而又鲜嫩的奇妙质感。我手里握着炭笔，膝盖上铺着画板和淡黄色的活页纸，手腕和胳膊上都沾满了大片黑糊糊的炭痕，很久没换的睡衣皱巴巴地贴在身上，被各种草汁和泥浆沾染得变了色。我想那就是安娜第一眼看到的形象吧：一个弓着背的瘦削身躯，裹在又脏又旧的睡衣里，一心画他面前的尖角樱草，甚至没有抬一下头。

于是她就那样一直走到我面前，静静地站在草丛中间，像一只乖巧的小鸟。我已经忘记是怎么发现她的，或许是因为她身上散发出来的气息，有一点点温暖，一点点湿润，混合了薄荷、月桂或者新鲜石榴的香气，随着血脉搏动，在微醺的空气里荡漾起一圈又一圈细碎的涟漪，轻柔地拍打着我敏感的知觉。又或者那只是幻想。我只是感觉到周围的气氛开始变得有些不同，于是我深呼吸，抬起头，安娜正站在那里，穿着很大的暗绿色手工粗织毛衣，阳光从斜上方照亮了她脸颊上新鲜明艳的粉红色，一瞬间，仿佛她整个人都在那件毛衣中散发出光芒。

我们就那样互相对视着，很久没有说话。风里传来精密机械的嗡嗡低语声，那是无数分子摄像机在细致入微地捕捉我们的姿态、动作、表情、声音乃至气息，再把它们整合成栩栩如生的立体图像，随着汹涌澎湃的信息流扩散到全世界每个角落，最终被几十亿人点击收看。我想象他们坐在肮脏凌乱的小隔间里，一边吃着可降解包装盒中粗糙的方便食品，一边观看我和安娜隔着一丛尖角樱草对视。他们嘴里呼出湿热而浑浊的气流，穿过我们的影像，令那些精细的粒子束像狂风中微弱的火苗一样摇摇欲坠。

过了一会儿，安娜终于向前迈出一步，全世界的呼吸几乎都在那一瞬间停止了。

“你在画什么？”她微微侧过头问我，声音曼妙得难以形容。

我的心怦怦直跳。安娜站在离我不到三步远的地方跟我说话，我甚至可以感觉到自己呼出的气息穿过她身上粗糙的毛衣缝隙，一直碰触到她裸露的皮肤表面，这种想法几乎令我窒息，令我无法开口回答她的问题。

安娜并没有露出任何不悦的表情，大概是习惯了人们在面对她真实鲜活的身体时各式各样的反应。她只是又向前迈了一步，双手扶在光洁细腻的膝盖上，伸长了脖子俯向我膝盖上的画页，然后略有些惊奇地睁大了眼睛。

“真漂亮。”她深水一样的瞳孔在浓长的睫毛阴影下闪烁了两下，然后望向我，“嗯，我的意思是，我当然知道它们很漂亮，但没有想到真正看到的时候会是这样……这样不可思议。”

现在安娜离我只有两步远，她那双按在膝盖上的手，每一个小巧精致的指节都明晰无比。我又开始喘不过气，耳朵嗡嗡作响，身上脸上每一个毛孔都在往外渗出汗水。所有这些症状都像极了那该死的过敏反应，只有我自己心里清楚，一切都只是因为紧张而已。于是我鼓起勇气，终于对安娜说出了第一句话，尽管发自肺腑，却苍白无聊得足以令所有观众愤怒地吃下他们手中的食物包装盒。

我说："嗯，你也是。"

于是我们再次陷入了沉默，一瞬间，我突然开始觉得眼前的景象竟有点可笑。我和安娜之间究竟应该如何继续交谈，他们又希望看到怎样的交谈呢？我是如此了解有关安娜的一切，如同所有那些无聊而又盲目的崇拜者一样，日复一日地点击她那收费贵得要死的个人频道，沉迷在二十四小时不间断的全息影像里不能自拔，注意她生活中的每个小细节，从指甲油的颜色和气味，到那条价值六千万的巴掌大的小狗。

在 FBC 垄断大众传媒的几十年里，无数公众人物如同海浪尖端的泡沫一般涌现而又消失，每天都有成百上千个新的个人频道被启用，随着点击率一路飙升而成为最耀眼的焦点，然后是专访，产品代言，制造各种话题，被关注被评论，绯闻缠身，辱骂与追捧交织，很快又被其他新的焦点抢过风头，迅速衰落，最后被注销。

唯独安娜不同。她从出生起便注定了是这个时代长盛不衰的宠儿，她身边所有的一切都笼罩着童话般不可思议的色彩，她的一举一动都令人既钦佩又怜爱。七岁那年，她从那匹名叫"伯利恒之星"的小马上摔下来，扭伤了脚踝却不吭一声；她穿着特别定制的小礼服演奏两个世纪前流传下来的钢琴曲，也练习击剑、跆拳道和弗拉明戈舞；她有自己名下的蛋糕房、花店以及咖啡厅，用的都是来自她自己农场里的原料，价格昂贵却依然火爆。随着逐渐进入青春期，她也像个叛逆的公主一样开始了更加美妙绝伦的冒险：先是带着价值连城的古董相机，独自前往荒蛮之地去拍摄闪电和小木屋的照片，随后又组建了一支女子乐队，在各大剧院巡回演出几个月之久。人们一面收看她在史前沼泽中孤独穿梭的身影，一面疯狂抢购她的摄影集和新唱片。最新的消息是，安娜结束了在世界各地长达两年的颠簸之后，终于回到了家中，开始撰写一本关于在不同世界旅行的童话书。

而现在，她站在我小小的园子里，俯身看着我膝盖上的画页。她身上的气息令我的额头像火一样燃烧起来。

“对不起。”她突然意识到了什么似的，有些慌忙地向后退了一步，“我让你不舒服了吗？”

“不。”我艰难地摇摇头，“只是有点不习惯，我想。”

安娜看着我，眼睛明亮得有如黑曜石。

“好吧，我站远一点。”她说，“你继续画。我只是想问问你，愿不愿意帮我的新书画一些插图呢？”

她对我露出了最明媚的微笑，仿佛知道这样的要求一定不会被拒绝。多么奇妙，我混乱的大脑里翻滚着各种各样荒唐的想法，如同我对安娜的痴迷一样，对我的一切她也并不陌生。与这个世界上的许多人一样，她同样好奇我离群索居的生活和那些被人们争论不休的画册。三年前在一次拍卖会上，她用三十五万拍走了我的一幅紫罗兰写生，并把那张小小的纸片一直挂在床头。所不同的是，我的生活远没有她那样丰富多彩，作为十二年前那次核泄漏事故的唯一幸存者，我注定一生都只能像个可怜的地精一样生活在这片与世隔绝的小园子里，被肥皂泡一样晶莹透亮的玻璃圆顶囚禁。我受到侵害的免疫系统几乎对一切工业制品都过敏——汽车尾气、添加防腐剂的食品、塑料粉尘、杀虫剂，甚至香水的味道都足以令我窒息、浑身红肿而死。

十几年来，我几乎每天都只能坐在这里，呼吸精心监控过滤的空气，吃白水和粗盐煮出来的食物，一边看各种立体影像节目消磨时间，一边想象玻璃圆顶之外丰富多彩的生活。我周围接触到的一切都是专门定制的，包括炭笔和纸张，纯手工制作，价格惊人。几乎很少有人能够获准进入这个地方来看望我，两位总统、三位总统夫人、FBC 的总裁、我的主治医生，

而现在，她站在我小小的园子里，俯身看着我膝盖上的画页。她身上的气息令我的额头像火一样燃烧起来。

那都是很早以前的事了。

直到这一刻,我才逐渐明白安娜来访的用意。一切都是精心安排的,或许是那些大人物反复争论的结果,或许只是轻率的恶作剧。“让那两个孩子见面吧,安娜·苏与托马斯·杨。”最终有人这么说。于是在这样一个下午,安娜翩然而至,像是天使造访了矮人的神秘花园。微型摄像机镜头疯狂地上下翻飞,无数男男女女伸长了脖子观看。这个念头令我浑身慢慢冰凉下来,喉咙里像是有火在燃烧。

“对不起。”我嘶哑着声音说。

“嗯?”

“你挡住我的光线了。”

安娜向旁边侧过身子,神情有一点错愕,又有一点失望。我并不看她,但能感觉到她的尴尬与恼怒。没有人这样对她说过话,我当然知道,没有人,然而这样冷淡的语气是我唯一的防御,用来维护自己可笑的自尊。

一片沉默中,我只听见风吹过树叶沙沙作响,炭笔在手指间无助地颤抖。突然间,安娜向前迈出一步,她的脸颊因为愤怒和激动而泛红,非常美丽。

“好吧,你知道我们的时间并不多。”她说,“不如随便聊聊吧。”

“聊什么?”

“聊些彼此不知道的事情。”安娜明亮的黑眼睛挑战般地看着我,“或许是每个人都不知道的,如果你有这个胆子。”

我不知所措地坐在那里。安娜拨开尖角樱草向我走来,一直走到我旁边,抱着膝盖坐了下来,这样她就比我矮了很多。温暖的光斑在她柔软的发丝间跳跃,被照亮的地方就从乌黑的发色中透出一点明澈的酒红色。

周围依旧那么宁静。这个世界里既没有鸟啼也没有蝉鸣,只有我们两个坐在郁郁葱葱的花草之间,几乎忘记了那些无所不在的偷窥者。

“好吧,说什么呢?”许久之后,我可怜巴巴地回答。

“其实我们每个人都有很多秘密,不是吗?有些他们能看见,有些他们看不见。”安娜望着头顶上方的树影，声音轻柔得像在叹息，“十八岁之前，浴室还是那些摄影机最后的禁区，你可以躲在里面做许多事情。最久的一次，我把自己反锁在里面，待了足足一天一夜。后来他们不得不派人轮流在外面敲门，我妈妈急得直哭，那都是很小时候的事了。”

“哦，我记得。”我说，“还有人在网络上设了投票竞猜，点击率很高。”

“其实我只是在睡觉，什么都不穿，光着身子躺在浴缸里呼呼大睡。”她唇角向上微妙地挑了一下，算作微笑。

“感觉怎么样？”

“妙不可言。”

“嗯，我能想象。”

“你呢，小王子？”安娜看看我，“讲点你的故事给我听。”

“好吧，想起一件很傻的事情。”我说，“也是小时候，有一次躲在浴室里思考要不要自杀，想了很久，终于下定决心，然后喝了一罐子刷牙水。”

“刷牙水？”

“我以为那个东西可以像杀虫剂一样杀死我，结果失败了。不知道是什么配方，味道有点恶心，但是没有毒。”

安娜愣了一下，终于忍不住大笑起来。她的笑声像擦拭一新的银罐子，明亮而又光洁。

“刷牙水……天哪，你太可爱啦！”

“我当时真的坚信那样会死。”我争辩说，“至少在那时候，觉得喝下去必死无疑。一边对着镜子号啕大哭，一边一口一口往下咽。”

“那时候你多大？”

“想不起来了，六七岁吧，大概。”

“好吧，你这个笨蛋。如果我是你的话，起码会从这里走出去，死在外面。”

“我现在才不想死呢，至少一点不会为这件事着急。”

“为什么？”

“医生说我或许还可以活十年。十年,不长也不短,可是足够我把这个世界再多看几眼。”我勇敢地望着她的眼睛。

那么多美丽的花和叶子,那样丰富的世界,形形色色的人,还有天使般的女孩,我都想再多看几眼。

沉默片刻,安娜叹息一声,望着头顶上方随风轻摇的橡树叶。

“那么,你还记不记得曾有一天晚上,天空少有的晴朗,星星在黑丝绒一般的夜幕里闪闪发光。我看着床头你画的紫罗兰,突然很想知道那时候你在做什么,于是点开了你的频道。”

“你看到了什么?”

“看到你坐在一片小小的黄色灯光下,刚刚点开我的频道。那一瞬间,我们就像两个偷窥的人一样,彼此从对方肩膀后面望过去,看见面前那个属于自己的小小影像,而那个影像又望着对方的影像,一个望着另一个,仿佛永无止境。几乎就在那一瞬间,我们同时关掉了影像,于是一切又都消失了,像是一场梦。”

安娜低着头,她乌黑的鬈发从前额垂下来,看不见表情。许久她转向我,认真地说:“告诉我,那之后你在做什么?”

我犹豫了很久,最后回答:“我躺在草丛里,哭得像条狗。”

“好吧。”安娜轻轻咬着嘴唇,那样子只是像个普通的十五岁女孩,“我没有哭。你可以打架,吐口水,裸奔,嗑药,剃光头,在皮肤上刺青,骂最难听的脏话。但是不要让他们看见你哭。”

“你说得对。”我点点头,“以后我再也不哭了。”

钟声从很遥远的地方传来,像是在提醒我们时辰已到,戏将落幕,像是提醒我们外面还有一个更加广大的世界。安娜站起身,开始拍打粘在她毛衣上的细小草屑。

“我得走了,晚上还有一个小型酒会。”她说,“跟你聊天很愉快。”

“我也是。”

她看着我，我又开始觉得额头滚烫起来。

“那么你的插图……”

“忘了该死的插图吧。”安娜干脆利落地打断了我的话，之后，毫无预兆地，她俯身用力地拥抱了我。

“别忘了我，杨。”她湿润的双唇在我耳边轻声说。

我只犹豫了短暂的一瞬，时间早已不够用，于是我也用尽全身力气拥抱了安娜。她的头发散发出白桦林一样清爽的气味。

我不知道这一幕有多少人在看，羡慕嫉恨或者感动得泪流满面，但是见鬼，这一切已经不再重要。

她的最后一句话是：“记住，不要哭。”

之后她再没有说什么，头也不回地走了。

春寒料峭的下午，我最后一次看到活生生的安娜走出我的视线，暗绿色毛衣下摆摩擦着樱草粗糙鲜嫩的枝叶，很快消失在那些光影摇曳的树丛后面，仿佛她从未出现过一样。

然而那时候，以及之后的漫长岁月里，我真的没有哭。

勇敢者游戏

向前走,不要向两边看。

7号用尽最后一点力气向前走,门就在不到五百米远的地方,然而沿途都是泥潭。这颗行星表面到处都覆盖着这样的泥潭,饥饿、贪婪、永不餍足,会无情地吞噬和消化掉一切。

他终于走到门边了,银色的门,又小又窄,悬浮在空荡荡的荒原之上。7号用颤抖的手从怀里摸出骰子,放在唇边亲吻,默念最简短的祈祷词,然后向上抛出。

骰子有二十一个面,当它在空中翻滚蹦跳的漫长过程中,脚下温热的泥潭已经开始迫不及待地拉扯7号的双脚。他焦躁地来回走动,骰子终于停下了,最上面那个面上写着“18”。

他抬头死死盯着面前的门。

门没有开。

一个甜美动人的女声从门里传来:

“选择18。这是一个美丽的星球，您决定再多停留一天，享受来之不易的幸福生活。”

一句最恶毒的脏话从7号嘴里无声地迸出，紧接着是很大声的一句。然而没有第二个人听见。

他收起骰子，从泥潭中费力地拔出左脚，发现最后一只袜子也被吃掉了。

真是悲惨的一天。

不，应该说自从游戏开始，他就没有一天不悲惨。

从一道门到下一道门，从一个行星到另一个行星，祈祷，扔骰子，读取任务，完成任务，回到门旁边，祈祷，扔骰子，开门，离开这个见鬼的地方，去下一个或许更见鬼的地方。

没有时间抱怨了。他摸摸外套口袋，左边放着骰子，右边放着一本薄薄的小册子，失去这两样中任何一样，他都必死无疑。

当然它们都在。7号转身，迈动沉重的双腿，向着一望无际的荒原走去。向前走，不要停，不要向两边看。他边走，边从背包里掏出一张电子记事板，用瘦骨嶙峋的手指开始敲打键盘。

“已经到了最危急的关头。”他这样写道，“我随时可能死在这里，如果有人发现了我的尸体，请把这份遗嘱交给我的律师。”

写到这里他突然想到，不会有什么尸体被发现，一切都会被脚下的大地消化得一干二净，或许连这张电子板也不例外。

他又默默骂了一句脏话，然后继续写道：

“我是一个穷人，但是出发前买了巨额保险，全部赔款留给我的女儿，不要对她提起有关这游戏的一切，告诉她我是在一场交通事故中意外丧生的。我的前妻诱骗我参加了这场游戏，一分钱也不能让她得到。我诅咒她，诅咒这个□□□的游戏和发明这游戏的那群□□□□！”

重要的几个词显示不出来，这个型号的电子记事板同样有敏感词汇屏蔽功能。他又默默骂了一句脏话。

“我的真实姓名是 Z. 马卡，游戏编号是 7。我的背包里有一些在游戏中搜集的贵重物品，全部送给发现这份遗嘱的人，虽然有的奇怪有的恶心，但多少还值一点钱。我身上剩下的其他东西，如果有可能的话，留给我女儿做纪念。”

他又一次想到，如果真的还有什么能剩下的话，或许除了电子板，就是外套口袋里那两样东西，而它们似乎并不适合作为缅怀死者的遗物。正当他思考如何修改这句话时，从一望无际的荒原尽头，隐约浮现出一个小小的黑影，在稀薄的大气折射中抖动着。

7 号向前走去，也只能一刻不停地向前走。一个小时后，他终于看见一间小小的钛合金圆形房屋出现在眼前，像一滴熔化的金属液滴浮在蠕动起伏的泥潭上，门口写着三个字：休息站。

他用颤抖的手去推门，门不开，向外拉，还是不开。他掏出骰子，一次又一次向上扔，二十一个数字几乎都扔遍了，门一点反应都没有，甚至没有语音提示。

泥潭已经淹没了他的膝盖。

他用力抓住把手，绝望地拍打金属门板，哀号着，哭泣着，诅咒着。突然间，门向一侧滑开，露出一张苍白憔悴的脸。

“喊什么喊?!”门后那个人——是个女人，长着一张平淡的东方面孔——用不耐烦的声音说，“向侧面推，傻□。”

她说了敏感词汇。一瞬间，7 号心里闪过这个念头。

房间温暖而干燥，有沙发椅，有食品柜和酒柜，甚至还有一排整整齐齐堆着过期杂志的书架。最重要的是有地板，坚实的、不会蠕动和下陷的地板。

7 号陷在椅子里，拿起一支墨绿色的酒瓶疑惑地摇晃。

“这是什么?”他问。

对面的女人冷冷地回答：“红星二锅头。”

他犹豫了一下,又放下了,换了一瓶伏特加,直接凑到嘴边灌下一大口。

“为这鬼地方干杯。”他说,“也为我们在这鬼地方的相遇,干杯。”

“你是游戏玩家?”女人问他。

“是的。”

“来这儿多久了?”

“这里?这颗该死的行星?”

“这个游戏。”

“快一个月了吧,也许更久。”7号又灌下一口酒,“谁会记得呢?”

“你叫什么名字?”

“Z.马卡。我是7号,你呢?”

“菲。”女人沉默了一下,说,“13号。”

7号挑了一下眉毛,举起手中的酒瓶。

“祝你好运。”他说着,又灌下一口。

“你的编号倒很幸运。”

“正相反,倒霉透了。”7号说,“把我一辈子经历过的霉运加在一起,也抵不上这一个月。信不信由你,看到休息站之前我正在写遗书。”

“发生了什么事?”

“我费尽千辛万苦,在这颗星球上完成该死的游戏任务,找到该死的门,扔了该死的骰子,结果被告知必须在这该死的地方多待一天。”

“哦,是吗?”13号冷漠地说,“节哀顺变。”

“你呢,进展如何?”

“我弄丢了骰子。”

“什么?!”7号从沙发里跳起来,“你丢了骰子?”

“是的。”

“在这儿?在这颗星球上?”

“是的。”

“就是说,你被困在这里了?”

“一点没错。”

7 号沉默一阵,把手里的酒瓶递过去,对方只是摇摇头。

“那你打算怎么办?”7 号问。

“等待援救。”女人说,“还好你来了。”

“我怎么救你?”7 号苦笑一声,“我自身难保。”

“不知道,或许你可以试着带我离开这里,你有骰子就可以开门,不是吗?”

“也许可以。但首先,我不知道能不能两个人同时穿过同一扇门。”7 号说,“其次,即使离开这里,也不见得能去什么更好的地方。”

“如果游戏胜利了就能回去,还能赢得巨额奖金。”女人说,“我们三七开。”

“你在做梦吧,想要赢,几率是万分之一。”

“总比没有强。”

“每个来参加这游戏的傻瓜都会这么想,十个里面有九个都死了。”7 号说,“剩下的就像你我这样,被困在某个鸟不生蛋的角落里,一边做着梦一边等死。”

“想要玩游戏,就要靠信心和运气。”女人坚定地说,“我们两个加在一起,比一个人要强。”

“运气?哈……”7 号再次苦笑,“你有一样东西确实难得,就是你白痴一样的乐观精神。”

女人还想继续争辩,7 号摆摆手阻止了她。

“不要再说了。我当然会带你一起走,不能把你一个人留在这儿——虽然我认为留在这里可能会死得更舒服些。”

“好吧。”女人说,“我们什么时候出发?”

“明天。我们再去门那里扔一次骰子,希望到时候运气真的会好一点。”

“太好了！”女人说，“也许今晚应该庆祝一下，你会调酒吗？”

“基本不会。”

“那就随便调，我来弄点吃的，食品柜里有新鲜牛肉。”

他们喝了很多酒，吃了很多东西，直到胃里再也没有一点空隙。

她太瘦了，7 号蜷在沙发椅拼成的床上，醉意蒙胧地想，脸长得还算不错。这时候他才想起来，自己已经很久没有碰过女人了。

门依旧悬在原来的地方，像一座神龛。7 号拿出骰子。

“先祈祷。”他说。

“我没有宗教信仰。”

“那也要祈祷，随便向谁祈祷都行。”

“好吧。”女人双手合十放在胸前，“佛祖保佑。”

7 号抛出骰子，翻滚，停留。这次是“16”。

“欢迎回来，英雄。”门甜腻腻地说道，“你完成了你的任务吗？”

“当然。”7 号不耐烦地回答。

“真的？请让我看看。”

7 号从背包里掏出一只罐子递上去，里面是一堆黏糊糊的东西，那是这颗行星地表的泥潭状生物（学名丁丁虫，通用名 Tintinnina）产在地底下的卵。想要获得这种卵，你要先平躺在泥潭上，等待它一点一点把你吞进去。等拿到卵之后，再把事先准备好的芥末酱迅速挤到身上（在你的手指还没有被消化液腐蚀掉之前）。它可能会打一个喷嚏把你喷出来，也可能不会，如果你遇上的这只丁丁虫恰好喜欢芥末口味的话。

“太好了，真的太好了。”门欢天喜地地说，“欢迎您继续踏上旅程。您的下一个目的地是行星 YZ-770714，那是一个美丽的世外桃源，蓝天白云，椰林树影，水清沙细……”

“看，我们真的交了好运。”女人狂喜地说。

7 号依然皱紧眉头，但门已经开了，他赶紧用力拔出自己的脚走进去。

里面是一个小小的、仅容一人站立的封闭空间,两个人不得不紧紧贴在一起。突然间,刺耳的嗡鸣声响了起来。

“超重了?”女人惊慌失措地喊,嘴唇擦着7号的脖子。7号犹豫了一下,侧过脸躲开。

“也许。你多重?”

“96。”

“公斤?”

“你疯了,96斤!”

“我大概有150。不知道这个门的上限是多少。”

“250?”

“也许,我们还带了太多行李,得扔掉一部分。”

他们打开背包,把从食品柜里搜刮出来的珍贵补给一件一件向外扔。熏肠,熟鸡蛋,法式长面包,还有各种牌子的酒,一瓶又一瓶。脚下的泥潭很开心地扑上来吞掉了,没留下一点痕迹。

嗡鸣声在减弱,但仍没有停止。

“不可能。”7号绝望地大喊,“剩下这点东西绝对不到10斤,不能再扔了,得留下足够的水。”

“好吧。”女人贴着他的耳朵小声说,“其实我有102斤。”

一瞬间,7号很想动用敏感词汇,但他忍住了。

“好吧,把水也扔掉,还有你的靴子、外套,能扔的都扔!”

他们几乎赤身裸体贴在一起。7号留下了最后一条毛巾,裹着骰子和另一件珍贵的东西,紧紧抱在胸前。

嗡鸣停止了,甜腻的女声重新响起:

“祝您旅途愉快,英雄。您该减肥了。”

然后是寂静。

非常寂静。

他们已经到了另一个世界。

女人睁开眼睛。

“到了吗？”她胆战心惊地问。

没有回答。

她伸手去推门，却被7号一把抓住，狠狠按在墙上。

“你到底是谁？”他冷冷地盯着她。

“干什么?!”女人奋力挣扎。

“你，到底，是谁?!”他们已经靠得太近，7号不得不稍微退后一点，免得两个人的脸彻底贴在一起。

“我早在怀疑，根本不可能有13这个编号！”他愤怒地说，“你说你有102斤，你知道我原来多重？180！我都不知道自己来这里后变轻了多少，你怎么可能知道自己的精确体重？你在等待传输的过程中会下意识地闭眼睛，说明你从没有穿越过任何一扇门。你不是游戏玩家，你是谁?!”

女人停止了挣扎，过了一会儿她回答：“好吧，其实我是个送外卖的。”

“外卖?!”

“我在一家中餐馆打工，负责给休息站里的食品柜里存放冷冻春卷和烧麦。”女人说，“干这活儿快有半年了，你是我遇见的第一个活人。看到你的一瞬间我心想，天哪，这游戏一定很刺激，为什么我不能玩儿呢？”

“刺激？”7号张大嘴，“你一定是疯了！”

“疯不疯，是个人生态度问题。”女人说，“你不能想象送外卖有多无聊：从一个休息站到另一个休息站，整理食品柜，看过期杂志，他们甚至不许你走出休息站一步。我从家里来到广阔无垠的宇宙，来到形形色色的星球上，却什么都看不到，为什么？这不公平！”

她真的疯了，7号在心里默念了一百遍，然后说：“我不能带你走，你得回去。”

“不可能。”女人胜利般地扬起下巴，“除非回到刚才那座休息站，可我们已经离开了那颗星球。”

“那不一定。”7号说,他突然产生了一丝微茫的希望,“也许我们还在刚才那颗星上,也许还能找到休息站,我们可以回去,你从休息站回中餐馆,我跟你一起回去,退出这个该死的游戏!”

他怀着希望推开门,清新的海风扑面而来。

他们确实已经在另一个世界了。

阳光很明媚,风景很美,五光十色的大鱼在空中游弋。在色彩斑斓的树丛间,在时疏时密的光柱间,悠闲而惬意地游弋。

“这……这是什么鬼地方……”7号目瞪口呆。

“不知道,但很美,不是吗?”自称13号的女人神情迷醉地说,“好像来到了马尔代夫。你去过马尔代夫吗?我只在电视里见过。”

她从树上摘下一颗造型诡异的果子,放在嘴里咬了一口,露出血红的果肉。

“那是什么东西?”7号警觉地问。

“不知道,但很好吃。”13号说,“有点像神话故事里的人参果。”

7号叹了口气,“好吧,幸好我们还有这个。”

他摊开毛巾,取出骰子和另一样无比珍贵的东西:一本薄薄的小册子,封面上写着大而友善的几个字:“不要恐慌”。

“这难道就是传说中的……”13号惊异地睁大眼睛。

“《银河系漫游指南》,是的。”

7号翻开册子,输入YZ-770714这个编号,册子里很快飘出一个冷峻而又不失幽默感的声音:

“YZ-770714一度被认为是最适合作为度假胜地的行星,但由于开发失败而遭到废弃,而失败原因是这里的鱼群。这里的鱼可以在空气中生活,或者说,近地面大气对流层就相当于这颗星的海洋。任何试图在地表修建的建筑物,都会遭到往来鱼群的破坏,它们中的一部分相当危险……”

“够了。”7 号合上小册子，“这绝不是什么世外桃源，我们得尽快离开，如果不想做鱼食的话。”

“怎么离开？”

“再祈祷一次吧。”7 号掏出骰子，两个人一起跪下，嘴里念念有词，然后抛出了骰子。

数字 6。

骰子说话了，声音非常亢奋：

“嗨，亲爱的，这个数字很特别哦，特别的任务给特别的你。”

“我恨‘特别’这个词。”7 号对身边的女人说。

“6 号任务，收集‘第欧尼根兔子的巨大尾巴’，数量，6 条。”

“6 号就是 6 条？那 21 号呢？”

“我不喜欢回答这么幼稚的问题。”骰子说，“但我想你得到它了。”

“好吧，也许运气还算不错。”7 号说。他重新拿起小册子，输入“第欧尼根兔子”这个词。

“第欧尼根兔子，”小册子认认真真地回答，“是 YZ-770714 星上的一种特殊生物。它们栖息在大气平流层中，喜爱阳光，有很强的跳跃能力，性情温顺，受到调戏时容易激动。”

“平流层？”7 号不可思议地望天，“它说平流层是什么意思?！”

“我想，平流层在对流层上面。”13 号回答。

“我们怎么上去？飞上去？游上去？‘biu’的一声上去？”

“不要激动，7 号先生。”13 号说，“这是一个游戏，你应该始终记得它是一个游戏，游戏里的每一个关卡都有设计好的解谜路径。”

“只有你才会当它是个游戏，你这个疯子，三八，□□□，□□□□!!!”

13 号并不理会他嘴里蹦出的大串敏感词汇。她抬头，试着跳了一下，抓住一条从上方经过的大鱼，费了一点劲爬到它背上。鱼依旧悠闲地游着，性感厚重的嘴唇一张一合，仿佛并没有感到什么不舒服。

“也许我们可以踩着这些鱼爬上去。”13 号低头对 7 号说。

他们用了快一天时间爬上云层，用两天时间跟那些蹦蹦跳跳的暴躁兔子搏斗，用了半个小时掉下来。

“你要想象自己是在大海里。”13 号在半空中这样说，“一种很透明、很稀薄的海。中国古代传说中有一种水叫做弱水，任何东西碰到它都会沉下去。我们现在就是在向下沉，一直沉到海底。海底很美丽，很安全，到海底就像到了家。”

“好吧。”7 号说，“可是我晕海。”

他们带着第欧尼根兔子的巨大尾巴回到门那里，祈祷，扔骰子，然后顺利进了门。

“你看，”13 号一边吃着果子一边说，“我已经开始有一点上手了，这游戏没你想象的那么难。”

“我们走着瞧。”7 号神情阴郁地嘀咕着，“少吃点，我可不想带着个胖子在身边。”

“我以为你也会嫌我瘦。”

“以前有一点。”7 号说，“现在不会。”

他们又去了下一个世界。

接下来一个多星期，他们去了四五个不同的地方，完成各种任务，有时顺利，有时遇到一点小小挫折。但总体来说，运气真算不上坏。

“知道吗，也许你真给我带来了好运气。”7 号说，两只手放在 13 号瘦骨嶙峋的腰上。他已经习惯了在穿越过程中保持这个姿势。

“别乱摸。”13 号说，“我们现在到哪儿了？”

7 号推开门看了一眼，“不像什么好地方。”

外面是一片红色戈壁，阳光刺目地照在那些陡峭的岩壁和峡谷上，仿佛史前动物的骨骼。

天空是深紫色的，紫得有些不正常。四下里看不到任何生命痕迹，也许是因为辐射太强。

7号掏出小册子，问13号："你还记得这颗星的编号吗？"

"XJ-5452412。"

"好吧，让我们来查一查。"

小册子半天不动弹。等了许久，它开始用一种悲天悯人的声音发表见解：

"XJ-5452412，"它说，"宇宙中最可怕的行星之一。它原本不该存在，也非自然产物，而是某个具有高度智慧的邪恶种族为了其不可告人的目的秘密创造出来的。宇宙联盟曾多次开会表决将它秘密销毁，但每次它又秘密地重生了。目前我们并没有关于这颗行星的更多的详细信息，只能断言，在这颗星球上，一切罪恶皆有可能。"

两个人对视着，脸色都有些苍白。

"这样不好，很不好。"门在他们背后娇滴滴地插嘴道，"你不该把事实真相告诉他们，有违人道主义精神。"

"闭嘴。"小册子冷冰冰地回答，"我是专业版的，不用你来告诉我该怎么做。"

"其实这是一个系统bug。"骰子也插嘴了，"XJ-5452412星原本不该被编入游戏版图，但我没想到真有人会抽中这里。悲惨，太悲惨了！"

"你们都闭嘴。"7号一边说一边握紧手里的骰子，"任务是什么。"

"你要先扔我。"骰子在他指缝间含含糊糊地说，"别忘了祈祷。"

7号照做了，扔出的数字是4。

"4号任务，"骰子说，"你要跟这颗星球上的智慧生物取得接触，并问它们这样一个问题：'宇宙的意义是什么？'"

"这算什么□□□的任务！"7号狠狠跺了一下脚。骰子不说话了，门也闭上了嘴。

四下里一片寂静。

“怎么办?”13号看着他。

“只能向前走。”7号说,“不要停,不要向两边看。看我们剩下的好运还够用多久。”

他们走了很久,滚烫锋利的石片割着赤裸的脚底,尽管疲惫,却不能停下脚步。空气很干燥,两个人很快开始觉得渴,但他们没有带水。

“如果真的死在这里怎么办?”13号问,她漆黑的眼睛里开始流露出一丝惶恐。

“你买保险了吗?”7号问。

“没有。”

“那就没什么可担心的。”

他们继续向前走,太阳始终悬在头顶上方某处,一点一点移动,像是有意折磨着脚下的两个人。前方除了戈壁还是戈壁,漫无边际,甚至看不到一个休息站。

13号突然停下脚步。

“那是什么?”她虚弱地指向前方。在一片峭壁的阴影中,依稀有一个小小的黑点。

他们尽力向那个黑点奔过去,看见一个半人马β星人,或者说,一个曾经是半人马β星人的东西趴在那里。它身体两侧湿润的腮全被炽热的阳光烤焦了,身后拖着一串长长的、寂寥干涸的脚印。

它还有一线生气,缓缓抬起头顶上方巨大的眼柄望向他们,眼中闪过一丝微弱的、含义不明的光芒。紧接着它伸出一只触手,像一段干枯的藤蔓在沙砾上缓缓爬行,画出一个笔画简单的符号。

然后它就死了,死得像一条发臭的咸鱼。

两个人沉默地注视着地上那个符号。阳光很烫,他们背上却渗出了冷汗。

“你觉得他想告诉我们什么?”13号握住7号的手。

“不知道，你觉得这符号像什么？”

“像一个中国汉字。”13 号侧过头，“‘干’，这个字含义很丰富。”

“好的还是坏的？”

“好的很好，坏的很坏。”13 号打了个寒战，“但我不认为半人马 β 星人会认识这个字。”

“也许它想描述它看见的某个东西。”7 号说，“也许那个东西让它产生了某些联想，也许那个东西害死了它。”

“我们怎么办？”13 号说。

7 号拉开那条死鱼的触手，从里面拿出一只骰子。

“拿着这个。”他把骰子放进 13 号手里，紧紧按住，“如果这次能活下来，会有用的。”

“我们还要向前走吗？”

“只能往前走。”7 号最后一次抬头望天，“没有别的选择。”

他们走啊走。太阳落下去了一些，但沙砾依然很烫，脚步越来越沉重。这颗星的重力也像一个看不见的杀手，一点一点消磨他们的意志。

7 号摔倒了，接触地面的一瞬间，他突然有一种熟悉而又陌生的归宿感。

“我真的不行了……”他声音嘶哑地说。13 号跪下来，双手捧着他粗糙消瘦的脸。她的表情很像是在哭，却流不出一滴眼泪。

“你要……继续向前走。”7 号费力地说，“如果你能活下来，能平安回去，我的保险赔偿金，你和我女儿一人一半……”

“这种时候说什么保险赔偿金?!”13 号说，“我们都要活着回去，赢奖金，我们三七开，早就说好的。”

7 号摇摇头。

“我不该带你出来。”他说，“送外卖……很好，很有前途……游戏，太危险了……”

他的神志渐渐不清醒了，或许连这里的空气都有毒。13 号用尽全身气力架起他,一步一滑地向前走。

7号还在梦呓般念叨着:“你要……吃胖一点,没人喜欢瘦女人……”

他们向前走。

一直向前走。

不要停。

不要向两边看。

13号拖着7号爬上一片坡地。风猛烈地吹,阳光携带着可怕的硬粒子流,从几万米的高空中砸下来。悬崖边有一小片淡漠的白影在风中飘摇,像一截白骨,又像一丛即将枯萎的小花。

13号跪倒在地,膝盖和小腿上伤痕累累。她用尽最后一点力气,抬起头,向前方望去。

眼前的景象令她震惊。

“我看到了!”她大喊起来,用力拍打昏迷不醒的7号,掐他的人中。

“醒醒!”她说,“看一眼,那里!”

7号勉强睁开眼睛。

“什么?”他低声说,依旧有些神志不清。

“那条咸鱼看到的,就在前面!”13号像个疯子般尖叫着,“干!就在山后面!”

7号用尽全力抬头,眼前一片朦胧,他什么也看不见。

“电线杆!它看到的东西是电线杆!”

这次7号终于看见了。电线杆,孤零零的一排,衬着紫黑色的天空,矗立在遥远的山坡上。

13号还在尖叫,双手紧紧掐着他的胳膊,“这是地球,明白吗?!宇宙里最邪恶的星球!我们回到地球上了!”

7号颤巍巍地爬起来,两行久违的泪水夺眶而出。

“这是真的?”他轻声说。

“当然是真的!”13号又叫又跳,“我们在地球上,我们的家,我们不会死了,让你的保险金见鬼去吧!”

他们紧紧拥抱在一起,像两个孩子。

“我们回家!”7号说,他突然又有了力量。

“回家。”13号点点头。

他们一起搀扶着继续向前走,向那一片电线杆的方向走去。

“我要回去把中餐馆的工作辞了。”13号说。

“我要回家去看我女儿。”7号说,“再雇个人把我前妻杀了。”

“我要好好吃,吃很多很多,吃得胖胖的。”

“我要喝酒,吃中国菜,喝二锅头。”

“然后呢?”13号停住脚步,“你还会回来吗?”

7号思考了一下,“也许会,你呢?”

“为什么不呢?”13号说,“我们现在有了两只骰子,有了吃的喝的,游戏还没有结束。”

“最重要的是你。”7号说,“你是我的福星。”

“我们还有任务没完成。”13号继续说下去,“宇宙的意义是什么?”

“42!”两个人一起回答,然后哈哈大笑。

他们继续向前走,太阳在前方缓缓落下,把他们的影子越拉越长。

永夏之梦

整个生命不过是一夜或两夜。

——普希金

怨憎会

记忆总是靠不住的。

那大概是2002年，喧嚣的夏夜，街灯在潮湿的空气中吞吐光芒，如同坠入浓雾里的大串繁星。夏荻独自坐在人群熙攘的小吃街里喝一杯冰镇酸梅汤，突然听见一阵吹埙声飘荡而来。

某种熟悉而又陌生的东西在夜风里汇聚，汇聚然后散开。那声音从黑洞洞的城墙上落下，穿越潮水一般起伏荡漾的欢笑声、叫卖声、板胡与秦腔，以及一团团烤肉的青烟。曲调是《苏武牧羊》，幽咽古朴，像是腊月里的寒风在呜呜啜泣。夏荻抬头仰望，夜空被满城灯火染成绯红色，城墙上那个小小身形如一纸淡薄的剪影。埙声如泣如诉,直到最后一个音符沉沉地坠入地下,许久之后,那个人影远远望过来了。

他看见了,他在分辨,在回忆,漫长的回忆。永生者的记忆往往模糊而散乱,缺乏时间的有力约束,但对一个行者来说,最不能浪费的就是时间。夏荻跳起来转身就跑,无数次的经验证明,只有奔跑可以救命。身后不远处响起一阵沉闷的水声,夹杂在一片车水马龙中,格外惊心动魄。是他,从十几米高的城墙上直接往护城河里跳,只能是他。

她低头只管跑,转眼已经跑过了两条街。耳边风声呼啸,脚下的运动鞋开始发烫,无论何时何地她总穿着最好的鞋子,以备随时逃命需要。两旁路人奇怪的眼神望过来,又茫然地飘向别处,这样一个漫长的夏夜里,什么样的事都有可能发生。黑影在身后穷追不舍,带着湿漉漉的脚步声慢慢逼近。

这一场奔逃毫无意义,夏荻心里明白,无论跑多久,对方总会紧跟在后面。永生者不受时间概念的限制,也从不懂得什么叫疲倦。然而她依然用尽全力跑,不肯就这样轻易认输。他们跑啊跑,穿过流光溢彩的喷泉广场,越过隐藏在树丛里矮矮的街灯,惊动了墙角追逐嬉戏的野猫。前面是一座天桥,她跑到最中央猛然停下脚步,转身望着来人。黑色的眼睛,黑色的头发,黑色的式样普通的短袖衫,滴滴答答往下淌水。他年轻的脸上有一些浅浅的皱纹,将两边嘴角向下拉,仿佛某种危险而冷漠的笑意。夏荻的双腿微微颤抖起来,红的黄的车灯在脚下川流不息,掀起一浪又一浪灼热的气流。

“你果然还活着。”黑衣男人轻声说。他说话略带一点当地口音,几乎和其他生活在这城市里的人没有任何分别。

夏荻咬紧了嘴唇不说话。黑衣人耐心等待着,潮湿的夜风从天桥上吹过,无声无息。

许久之后,他又问:“你来这里多久了?”

在这句话落地之前,夏荻纵身一跃,猫一般矫健地翻身爬上天桥扶手。然而黑衣人似乎早已预料到这一切,并没有一丝犹豫地扑上来,刚好抓住她的一只脚。城市和街道在眼前颠倒了过来,夏荻一头栽下去倒挂在半空中,无数灯火在地平线上沉沉浮浮。

“抓住了。”黑衣人的声音从遥远的地方传来。夏荻用尽最后一丝力气仰头向上望,望见那张年轻却又苍老的脸,镶嵌在略微透出绯红的天幕前,像一尊石像般读不懂摸不透。

“好,算你赢。”她费力地说出这几个字,一边咧开嘴微笑,一边攥紧双拳作准备。那张石像般的脸上浮现出一丝惊疑和沮丧。紧接着,她绷紧全身每一寸皮肤每一缕肌肉和筋脉,向着未知的流光中奋不顾身地一跳。

那一跳之后,她消失了,从2002年这个喧嚣的夏夜里彻底消失,只剩下被汗浸透的几件衣服随着夜风坠下天桥,还有一只发烫的运动鞋留在那个黑衣男子手里。

病

公元468年,瘟疫沿着河流与道路向四面八方传播,中原大地陷入一场浩劫。

从落地的那一刻起,夏荻就开始后悔。这是一次鲁莽的跳跃,在做好充分准备之前,行者的每一次跳跃都是危险的。时间线中充满湍流与旋涡,稍有不慎便可能迷失,更何况这是一次跨度如此之大、耗能如此之高的跳跃。决定是仓皇中做出的,那一瞬间她甚至来不及决定自己要去哪里,只是盲目地想要逃往过去。

这一跳跨越了一千五百多年,精心积攒起来的能量被消耗殆尽,她被困在这个糟糕的年代里。

长安城中一片荒芜。依旧是夏天,尘土飞扬的大路上堆满尸体。血水从它们空洞的嘴里涌出来,引来大批苍蝇,阳光照上去一片绿荧荧的反光。无人看管的牛羊在街头漫无目的地逡巡,野狗相互撕咬,发出单调的狂吠。

一辆破旧的驴车出了城门,沿着荒草丛生的道路向北行驶。活下来的人不多了,即使这些幸存者的脸色和眼神也像死人。没有人知道什么时候会轮到自己,也不知道要逃到哪里才算安全。夏荻坐在车上遥望天空,一群群乌鸦在青蓝的天幕中拍打翅膀,却听不到一丝声响。世界如此寂静,寂静得令人忘记了恐惧。

她去过许多时代,见过许多死亡与苦难,相比之下,富足和安定总是转瞬即逝,因此她不得不一直奔跑和跳跃,寻找漫长岁月中一个个可以栖身的狭窄缝隙。然而这样的栖息总是不能长久,总有这样或那样的突发事件逼迫她一次又一次仓皇起身,向着未知的时空跳跃、寻觅,然后再跳跃。行者的生命其实很脆弱,有时候她觉得自己就像草尖上的一只蚱蜢,明明知道活不过短短一个夏季,却仍要在某种未知的本能支配下不停地蹦跳。

赶车的老妇人哑声说了句什么。大概是受北方少数民族影响,这个时代的人说话口音很难懂。夏荻呆呆地看了一会儿,才明白对方是问自己要不要喝水,她摇摇头。老妇人便从腰间摸出皮袋递给车上一群孩子,年纪从几岁到十几岁的都有,眼睛里或多或少还有些活气。第一个接过皮袋的孩子喝上一小口,然后再递给下一个,不争执也不贪婪,像一群安静的小兽。

老妇人最后一个接过袋子,刚刚举到嘴边,却像浑身着了火一般抽搐起来。孩子们缩在一起呆呆地看。没过片刻,那具枯瘦的身体就倒下去了,眼睛和鼻子里流出淡红的液体。

夏荻跳起来,逃跑的意念涌入身体每一个细胞。不管往哪里去,只要离开这个地方,哪怕只是向前或向后几个月的时间,或许就能捡回一条命。她跳下车正要拔腿狂奔,突然听见背后一声凄厉的长啸。老妇人坐了起来,上半身扭得像一根藤,正向她伸出一只骨瘦如柴的手,黑洞洞的嘴巴大张着，却再发不出一点声音。

夏荻站住了，老妇人的胸膛像个风箱般一下一下抽动，每一次都从喉咙里挤出一些黑红的泡沫，沿着嘴角往外涌。接着，她用尽最后一丝力气，转身指向车上那群孩子，然后就直挺挺地倒了下去。

孩子们依旧呆呆地缩在一起，仿佛不明白发生了什么事。夏荻犹豫了一下走过去，低头看那张核桃皮一样斑驳的脸，脸上的五官缩成一团，不知是哭还是笑，只有一双血红的眼睛直勾勾地盯住她看，像是要烧起来。夏荻心里叹息一声，把脸侧向一边低声说："我答应你。"

尸体用最后一张草席子卷起来，扔在路边的草丛里。很快就有一群乌鸦聚拢上来啃食，远远望去，如一团黑压压的云雾。夏荻赶着车继续上路，她没有选择，也没有目标，只能向前。皮袋里的水很快喝完了，干粮也早已耗尽，车里的孩子们却不哭不闹，只是没日没夜地昏睡。

第三天傍晚，他们终于看到一个村庄。夏荻跳下车，沿着荆棘丛中的小路飞奔过去。没有风，但两侧丛生的灌木依然哗哗作响，除此以外再没有别的声音。她大声呼喊，却只听见自己的呼喊声在四周回荡，一圈又一圈。

村中央竟有一口井，夏荻凑过去，闻见一股恶臭直冲上来。她犹豫再三，扔下桶绞了半桶水上来，水色还算得上清亮，只是微微有些泛红。她拖着水桶刚要离开，突然有个少年的声音在背后响起：

"喝了那水，你会死得更快。"

她只回头看了一眼，手中的水桶就掉入草丛里，骨碌碌滚了老远。许久之后她才回想起来，此刻距他们两人初见那一天，还要早了五百多年。

炉灶上架着两只瓦罐，一只里面煮的是深褐色的草药，另一只里是金灿灿的小米粥。少年站在一旁，时不时把一根手指伸进滚开的药汤里，蘸一点放到舌尖上舔一舔，然后再从旁边捏一小撮叶子或根须放进去。夏荻蹲在下面扇风，旁边围坐了一圈小孩子，都抬头眼巴巴地看着瓦罐。

"粥好了。"夏荻轻声说一句，米粥的香气绕着鼻尖打转，自己肚子先咕咕地叫了起来。少年看也不看她一眼，只盯着药罐说："端到一旁先放着，这药得空腹喝。"

夏荻抬头看那张小小的脸，黑色的眉眼掩映在一团团蒸汽里，显得比任何时候都要陌生。

她问："你叫什么名字？"

"姜小山。"少年想也不想就回答。夏荻愣了一下才明白过来，姜小山是他这个时代的名字。每一个永生者都要在迁徙和流浪中不断改变姓名，以免引起太多人注意，这一点他们是一样的。

"你呢？"少年低头问她，"你叫什么？"

夏荻咳嗽一声，连忙抹了一把被炉火熏红的眼睛，含含糊糊回答："夏、夏小花。"

他们喝了药，又吃了粥，横七竖八地躺在干草垛里沉沉睡去。睡到半夜，夏荻突然醒了，周围太过寂静又太过喧闹——各种虫声此起彼伏地高唱成一片。她蹑手蹑脚地爬起来，一眼便望见院子里有个人影。那个自称姜小山的少年独自坐在月光下，一双漆黑的眼睛望着满天星斗。偶尔有一两只飞虫停在他的脸上、头发上，他却像块石头般一动不动。

夏荻突然无端地为他难过起来。永生者大多是寂寞的，在这漫长的蛮荒岁月里，只有他一个人默默思考，从那些过于丰富却凌乱的记忆中寻找一切问题的答案。他不能像她一样轻松地窥视和预知未来，只能独自等待，而等待是这世界上最沉默的苦痛。

月色如水一般泼洒在草丛中，夏荻走过去，那个忘记了很久的名字不知不觉从嘴边滑落：

"姜烈山。"

少年回头看她，神色无惊亦无喜。他经历过的事情太多了，但那个三个字似乎唤起了某些记忆。

"好像有很久没用这个名字了。"他说，"我们见过面吗？"

夏荻犹豫了片刻，说："见过。"

“你是谁？”少年问。

“我不能说。”夏荻回答。

“你是跟我一样的人吗？”

“我也不能说。”

“为什么？”

“还是不能说。”夏荻叹了一口气，“但相信我，你总有一天会知道的。”

少年想了想，说：“你是仙人吧？”

“仙人？”夏荻愣一下笑了，“你见过仙人吗？”

“不记得了，也许见过。”少年说，“也许是梦。”

“你能分清什么是梦，什么是真实吗？”夏荻问。

“如果有一天我能从这梦里醒来，也许就能分清楚吧。”

说完他又抬起头往天上望，夜空璀璨得像要燃烧起来，不时有一颗两颗烧尽的星星滑落下来，拖着长长的银白的痕。

夏荻在他身边坐下，轻轻叹一口气回答：“那么这梦或许会做很久很久。”

漫长的夜里他们不再说话，只是各自仰望星空，四周充溢着草木的呼吸声。不知不觉间，两个人相继躺在草丛里睡着了。

她又一次梦见那个没有月亮的夜。年幼的女孩赤身裸体，独自坐在野地里，寒风里回荡着野狼悲凉的长啸。天下起雨，她开始放声大哭。

没有人听见，她一个人迷失在完全陌生的时代，看不清四面八方，辨不清时间线上的顺序。她开始跳跃，一次又一次，向前或者向后，盲目而疯狂，像一只受惊的野兽般四处逃窜，却总是回到那片下着雨的荒原上。

第一缕晨光亮起来的时候，她终于醒了。

夏荻跳起来望向四周，夜露打湿了她的头发和衣服，一丝丝的凉。少年睁开眼睛看着她。

“我要走了。”她说。

“去哪里？”少年问，“还是不能说？”

“还没想好，但我必须离开。”夏荻说，“我走以后，你可以帮我照顾那些孩子吗？”

“那要看他们的命。”

“谢谢。”夏荻点点头，“谢谢你那罐草药。”

她转身向着尚未消散的晨雾中大步走去，渐渐加快脚步，最终奔跑起来。清晨的空气有一丝隐隐的甜，冲淡了嘴里苦涩的药味，也冲淡了残留的漆黑梦境。她在心里默默安慰自己，永生者的记忆是最靠不住的，也许用不了区区一两百年，他就会忘记这次邂逅。

老

她又向前进行了几次小心的跳跃，终于来到公元前490年。这是一段宁静而熟悉的岁月，自从老头子出关隐居秦地后，她便时不时前去拜访。

这种亲密的依赖感究竟从何而来，连她自己都说不清楚，或许每个人活在这世间，都免不了有所牵挂吧。那场大火吞噬了一切：她的床和玩具，她的父母，她的家，只有年幼的夏荻独自一人跳出烈焰包围，落入千万年前那片荒蛮的野地里。漫长的雨夜，她几乎哭干了眼泪，直到一只温暖的大手落下来抚摸着她的头。透过泪痕和雨水，她模模糊糊看见一个须发全白的老人，慈眉善目，不沾人间烟火。而他另一只手上竟拿着一条粗毛毯子，还有馒头。

“别怕，孩子。”他说，“我和你一样，是个行者。”

每一个年幼的行者都需要一位领路人。他们穿越时空，找到那些迷路的孩子，把他们带在身边一起流浪，直到教会他们生存所必需的一切：奔跑、跳跃、辨别方向和年代、了解不同时代的基本语言文字，以及赖以为生的各种技巧——冶炼、配制草药、占卜、预言，还有打架和偷窃。

“偷，偷东西是不，不道德的。”她记得自己曾这样说过。野地里刮着寒风，她只披着一条毯子，冻得瑟瑟发抖，表情却无比严肃。老头子坐在火旁烤着一堆土豆，悄无声息地笑了。

“什么是道，什么是德？”他慢悠悠地说，“这个问题我想了一辈子也没想透彻呢。”

傍晚，余晖正慢慢从山谷中消散，夏荻步履轻盈地走着，一路上山泉唱得清脆，水浪里夹杂着红的、粉的野蔷薇花瓣。生命的最后十几年里，老头子把精力逐渐放在侍弄花草上，茅舍外方圆几十里飘荡各色馥郁的芬芳，一派仙界景象。

“老彭！”她离得老远便喊起来。老彭和彭祖都是他在聃国彭地用过的名字，除此以外他还有很多名字：李聃、李冉、李阳子、李莱、李伯阳、李大耳。有些是当时的封号，有些是后来人起的。

老头子从花丛中站起身来，他老得不能再老了，神色气度却与他们初次见面时没有什么分别。夏荻一路跑过去抓住他的衣袖摇晃，像个小孩。老头子只是笑，“疯丫头，又来了？”

“你躲着不肯出来，只好换我跑来看你了。”夏荻撒娇般拖长音调，“现在什么季节？新茶下来了吧？我要喝。”

“丫头你修炼成精了，每次都挑这时候来。”老头子边说边往屋里走。夏荻依旧拽着他的袖子跟在后面，眉开眼笑地抢白道：“我哪儿有挑时候？都是撞上的。你就别装了，一个人待在这深山野林里，连个说话的人都没有，有人肯过来陪你喝茶，高兴还来不及呢！”

“谁说没人了？”老头子慢悠悠回道，“这会儿我屋里正好有客人。”

“客人？”夏荻停住脚步，“谁呀？”

老头子笑笑，反手拉住她的衣袖，“既然来了，不妨进来一起坐。”

屋里真的有人，一个女人，穿得虽然朴素，浑身的艳光却把整个屋子都照亮了。夏荻也曾见过许多美人的，但初一照面，还是不由自主呆了一下。

“这是谁？”她偷偷拽老头子的袖子，老头子笑而不答，只管去一旁沏茶。那女人斜倚在桌边看了她一眼，姿态悠闲得像一朵云。

“你就是老聃经常说起的那个孩子吧。”她轻声笑道，“叫什么名字来着？一时间竟想不起了。”

夏荻偷偷瞄了一眼老头子，没有回答。

“叫她阿夏吧。”老头子在一旁应道。

“阿夏？这名字好听。”女人笑道，“曾几何时，我也被人叫过‘阿夏’呢。”

夏荻还在发愣，老头子已端了茶上来，又递给她一个草编的蒲团。

“来得正好，最近又去了哪里，讲给我们听听。”

夏荻端起杯子喝了一大口，滚热的茶汤烫了舌头，那久别重逢的香味却一路冲进胸膛。她舒服地呵出一口气，说：“还不都是那么些地方，你都带我去过的，没意思。”

“上下五千年，任你遨游，却还说没意思，未免也太不知足了。”一旁的女人笑着说道。她一对细长的眉眼像是水墨描画出来的，流溢出雾蒙蒙的水汽。

“就是没意思。”夏荻说，“上下五千年，看来看去都差不多，打打杀杀，哭哭笑笑，生老病死，悲欢离合，跟演戏也没什么分别。热闹都是别人的，我在台下看完了，什么也剩不下。”

“既然如此，为什么不回你来的那时代呢？”女人说，“像个普通人那样平平淡淡过日子，就当你这些年的旅途全是一场梦也好。”

“可那样也未免太无聊了呀。”夏荻托着腮，两条眉毛拧在了一起。

“这就是静极思动、动极思静的道理。”老头子笑着说，“你现在不明白，也不能强求。”

夏荻看他一眼，吞吞吐吐地说：“只怕以后想回也回不去了。”

“怎么？”

“我遇见姜烈山了。”

“姜烈山？”老头子想一想说，“可是你一直在躲的那个姜烈山？”

“是啊，他本来还以为我死了呢。”夏荻沮丧地一头扑倒在桌子上，“想不到没过多久又撞见了，谁有我这么倒霉啊？”

“姜烈山，这名字听起来倒有点耳熟。”那女人说，“莫非是做过炎帝的那个孩子？”

“正是。”老头子说，“他们部落姓姜，又号烈山氏，就用过这么一个名字，也是个永生者。”

“这孩子是不简单，他掌管神农氏部族那时候，还是个不懂事的娃娃呢。”女人笑着说，“只是涿鹿一战后就再没有了消息，大概是懂事了，不想再出来抛头露面。”

“自周以来，众神渐隐，或许正是这个道理。”老头子说，“他们做过的那些事代代流传下来，也就成了神话。”

女人突然笑一声说：“不知他们怎么写我呢，你可知道？”

“多少知道一些。”

“那你一定不要告诉我。”女人说，“我要慢慢等这个变成神话的过程。”

夏荻呆了一呆，问那女人：“你到底是谁？”

“我是谁？这个问题可难回答了。”女人说，“我是女娲，也是妲己，我有成百上千个名字。我做过上古时代的神，也曾是凡尘中的传奇。我是一个永生者。”

夏荻惊跳了起来。永生者与行者势不两立，如同造化精心安排的一对宿敌。千万年来，他们相互揣测、窥视、斗争、围剿和杀戮。永生者守护人类的历史，如同田野里屹立千年的稻草人，而行者则在其间蹦跳穿行，留下一个又一个缺口。老头子曾教过她，若是招惹了一个永生者，你只能跑，向过去跳跃，再也不要回去。也许他们会忘记你，也许不会，但他们总有充足的耐心在未来等候，用漫长的时间织一张网，等待你自投罗网。

女人看着她的脸笑起来。“傻孩子，吓成这副样子。”她说，“放心，我是老聃的朋友。”

“朋友？”夏荻不信，“你们怎么会是朋友？”

“我们认识的时候，怕还没有你呢。”女人仍然在笑。永生者总是这样，漫长岁月中的表情化成面具蒙在脸上，如同会呼吸的神像。

“可你来这里干什么？”夏荻还是紧张。

“你能来，我就不能来了？”她说，“老聃就要死了，我来看看他。”

这话说得太突然，夏荻一时间愣住了，像根木桩般戳在那里不能动弹。过了片刻，才感觉到老头子放在她肩上的手，嶙峋的指节透过衣服硌着她的骨头，像枯瘦的藤。

“你要死了？”她声音干涩。

老头子点点头，“大概活不到秋天。”

屋子里静静的，只有茶壶在泥炉上嘶嘶地响。

“我已经很老了。”他说，“人老了就总有这一天。将来等你老了，也会像我一样，哪里都不想去，只想回到自己最初生活的那个时代，静静地养老。”

“你早就知道吗？”夏荻问，“知道自己什么时候会死？”

“不知道，行者看不到自己的未来。”老头子回答，“只是人活了这么久，自己大概什么时候要死，总还是有点感觉的。”

“为什么不早告诉我？万一我再也见不到你了怎么办？”

“别忘了，你是个行者，和我一样。”老头子笑道，“我们总可以在某时某地相见的。”

“可是……”

“还记得我跟你说过的话吗？有些事，注定是没办法改变的。逃得过时辰，逃不过命。”

她又梦见那片雨中的荒地，女孩独自一人，像个孤魂野鬼般徘徊，身上依然散发出火焰烧灼的气味。无数次，她尝试过无数次，想要跳回那场大火之前，也许只是一句话、一个字，便能扭转乾坤，带全家人躲过那一劫。然而同一个时间点上只能容纳一个夏荻，这是无可撼动的规律，她被那个年幼懵懂的自己隔绝在外。

漫天席地的大火熊熊燃烧，该发生的一切早已发生。

行者逃得过时辰，逃不过命。老头子站在她身后低声说。

别怕，孩子。

别怕你的命。

醒来时，整个世界寂静一片，只有窗外虫声渺渺。夏荻睁大眼睛躺了许久，终于起身摸到桌边，在一块窄窄的竹简上写下两行小字：

“请原谅我的不辞而别。等我真正准备好的时候，一定会再回来，回到此时此地，回来陪你。夏字。”

她把竹简放在桌上，回头又看了最后一眼。女娲坐在床头，手里依旧打着一把蒲扇，老头子伏在她的膝盖上蜷成一团，睡得像个婴儿。茅屋里回荡着两人浅浅的呼吸声，起伏间连成一片。

她静悄悄出了门。屋外星光灿烂，洒在草叶上宛如白霜。

死

几千年来，人类一直在这片土地上栖息着，不慌不忙，沉默而坚韧，就连他们的语言与生活习俗也不曾有过太大的改变。也许正是这一点令夏荻如此留恋，无论跨越多少年，她始终不曾远离这里。

黄河与秦岭之间，八百里广阔的平原，这里是她出生的地方，也是人类和诸神的故乡。

清明前刚下过一场雨，土地松软湿润，散发出略带苦涩的香气。远处的土塬上，隐隐有一缕缕炊烟升起，飘向耀眼的蓝天中去。夏荻走上一段参差不齐的石阶，这是一块有年头的墓地，几乎没什么人来上坟，青灰的碑石散落在草丛中，像是已被遗忘了很久。

她一个人沿着荒草中的小路向里走。一个灰色的身影突然从墓碑中立起来，夏荻惊得一跳，刚要扭头狂奔，这才发现面前不过是个上了年纪的老人。

“来上坟？”老人眯缝着眼睛问她，他的脸同样像风干的核桃皮，沟壑纵横。夏荻抚了抚狂跳的心口，说：“是，上坟。”

“以前没见过你。”老人说。

“我从外地来的。”

“从城里？”

“对，城里。”

“你是哪家的？”老人依然絮絮叨叨地问着，仿佛不问出个名堂不罢休似的。夏荻想了想，问：“夏青书是葬在这里吗？”

“夏青书？”老人抬起眼皮打量她，“你是她什么人？”

“您认得她？”夏荻心口又是一跳。

“认得。”老人慢悠悠地说，“好多年前的事了，她在村里教过书嘛。那时候不比现在，谁见过女人教书哩？名声传遍整个塬上，上自没牙老汉，下到不识字的碎娃娃，都要跑来看，哪个会不认得？”

“你见过她本人吗？”夏荻的声音有些发颤。

“怎么没见过？她还手把手教过我写字哩。现在村里祠堂挂的那两副对联你见过没有？都是她写的。”

她有些惊愕，又有些迷惘，从眼前这张核桃皮般沟壑纵横的脸上，无论如何也分辨不出当年那些孩子的模样，而自己的样子分明没什么变化，对方竟也认不出。人类的记忆永远是靠不住的，一个许多年前就已死去消失的人，最终在他人心中留下的，不过是一点模糊的印象残片罢了。即使此刻她就站在这里，告诉老人自己就是当年的夏青书，或许他也只会不以为然地摇摇头吧。

然而那天晚上在城墙上,姜烈山竟认出了自己。

她心中一凛,像是有什么冰凉的东西坠落,激起一片回响。

老人只顾背着手往前走,一边走一边继续念叨:“她的墓就在前面,不大哩。这片地里埋的都是外地人,好些人连名字都没有。夏青书死得早,可惜喽。”

“可惜什么?”

“那时候白家小三子想娶她过门的,过了门就算是村里人了,就不会埋在这里。”

夏荻愣了一下,突然想笑,不由得脱口而出道:“人家也不稀罕这个。”

“你知道?”老头又不屑地抬起眼皮看她,“那你说人家稀罕啥?”

一时间没了声音,许久,夏荻低声喃喃道:“我也不知道。”

墓地不大,却也七拐八拐地走了许久,老人突然停下脚步,说:“是这里了。”

一方小小的青石墓碑,几乎隐没在茂盛的草丛里,上面刻着“夏青书之墓”几个字,除此以外再没有其他。然而碑前却有些没烧干净的碎纸钱,落在草丛中像残缺不全的灰蛾翅膀。夏荻弯腰捡起一片拈了拈,纸钱是新的,还有被露水打湿过的痕迹。

她问老人:“有人来拜祭过?”

“有,早上刚来过,已经走了。”

“谁?”

“不认得,也说是城里来的。”

夏荻心里猛跳了一下,“是不是个年轻人,穿了一身黑衣?”

“穿什么衣服不记得了,年纪倒是不大。”

“他以前也来过吗?”夏荻跳起来,“是不是每年都来?是不是一直那个样子,好像永远不会老?”

“好像以前是来过。”老人眯着眼睛像在回想,“样子记不清了,可年纪是不大哩。”

没等他说完，夏荻便转身风一般地跑了起来，草丛里大大小小的碑石绊得她跌跌撞撞，直到跑出十几里地才停下脚步。正午阳光刺目耀眼，她大口喘着气，额头上一层细密的冷汗。不，此时此刻的姜烈山并不知道她还活着，更不知道她会来这里看自己的墓。她有些自嘲地笑起来。

然而他竟来过，从以为自己死掉的那时候起，他每年清明都来这里拜祭。如果不是很多年后的那个夏夜，他在城墙上看到了自己，也许还会这样一直下去，在那个埋葬着谎言的小小墓碑前烧一沓纸钱，年复一年。

她一个人在广阔的土塬上漫无目的地走着，四周绿油油的麦田和粉色的荞麦花看不到尽头，偶尔也有大片罂粟开得正艳，五彩花瓣娇美动人。突然间，一个恶作剧般的念头涌入她的脑海：

既然你来拜过我的墓，那么也让我也去拜祭你一回吧。

《国语·晋语》中记载：“黄帝以姬水成，炎帝以姜水成。”北魏郦道元就在《水经注》中详细考察过姜水的分布。明代天顺五年《一统志》也记载着：“姜水在宝鸡县南。”县南有一座姜氏城，唐代这里建过神农祠，祠南蒙峪口有常羊山，山上有炎帝陵，只是眼下祠堂已毁，陵圮失修，散在荒烟蔓草中不见踪影。

傍晚时分，夏荻一个人坐在水边点燃一堆纸钱，明亮的火焰在暮色里显得异常温暖。一阵风吹过，尚未熄灭的灰烬慢悠悠地盘旋上升，向着河对岸飘去。岸上一个摆渡的精壮汉子在一旁好奇地看了许久，终于忍不住问：“姑娘这是给谁烧的纸啊？”

“给炎帝。”夏荻说。

“拜炎帝哪是这个时候啊？”精壮汉子笑起来。

“那应该什么时候？”

“正月十一啊，正月十一是炎帝生日，都去九龙泉上拜祭。”摆渡汉子说，“炎帝是神，又不是你家亲人，哪儿能在清明拜呢？再说，也没有烧纸钱的。”

夏荻望着面前明明灭灭的火堆，突然笑起来，说：“没事，心意到了就好，礼尚往来嘛。”

摆渡汉子虽然不很明白，也跟着点点头，趁机问一句：“你还要不要过河？这会儿别家都回去了，就剩我这一条渡船。”

“也好，”夏荻说，“我就坐你的船过河吧。”

她跳上船，摆渡汉子一双粗壮的手臂摇开橹，小船在波浪里沉浮，如一杆菅草般轻盈。摇着摇着，那汉子便放声吼起一首酸歌来：

哥是天上一条龙，妹是地上花一丛；
龙不翻身不下雨，雨不洒花花不红。

歌声沿着河面顺流而下，远而复近。夏荻抱着膝盖侧耳倾听，心中突然浮现无数奇异而清晰的画面，在遥远的过去，也在恒久的未来，时间和空间纠结成团，又融为一体。

她在河边住了下来，一直到战争爆发前的那个秋天，才又一次神秘失踪了。

生

她跨过一个又一个朝代，沿着人类文明的长河逆流而上，一路密切关注着姜烈山的消息。每一个灾荒与瘟疫的时代里他都会出现，遍尝百草，救治众生，同时耐心教授和传播那些上古时代流传下来的技术：陶器、弓箭、绘画、乐器、文字和历法……繁荣富足的年代，他隐藏起自己的真面目，然而越是古老荒蛮的年岁，他的形象越是光辉。

她跳过他们之间一次又一次追逐和躲藏，跳过涿鹿战场，跳过他做炎帝时那段峥嵘岁月，一直回到最初的洪荒中去。

公元前四千多年前，这片土地还没有名字。广袤肥沃的平原上有一条河，河边有一座简朴的村庄，村外是一片茂盛的谷子地，先祖们在这里繁衍生息。夏荻走进村子，几只尚未进化完全的狼狗狂吠着冲出来，紧接着是几个手持石斧和弓箭的男人。她向他们打着各种手势，并尽量模仿他们简陋的语言，以示自己没有恶意。

除去皮肤较为白皙光滑外，她和这些人在外貌特征上几乎没有什么显著区别，于是人们收留了她，让她跟其他几个年轻女人住在一起。这个时代的生活条件极端恶劣：没有充足的食物，没有医药，甚至一只蚊虫的叮咬都有可能令人染上致命的疾病。

那天傍晚，她跟着女人们出了村，大家脱去简陋的兽皮与麻布衣服，嬉笑着跳进清凉的河水里，从古铜色的皮肤上搓下一层层泥卷。夏荻一个人坐在细软的泥滩上，河水时涨时落、时清时浊，一遍遍舔着她的双脚。

她随手抓了一把黄泥在手里揉搓着，不知不觉间，竟捏成一个小人的模样，尽管粗糙，四肢五官却都清晰可见。许多古老的传说随着脚下的潮水一起涌上来，她不禁笑了笑，双手拢住泥人，捧到嘴边轻轻吹一口气。

耳边突然传来一声女人的惊叫。

夏荻站起身，看见一个女人倒在河边，捂着高高隆起的腹部连声惊叫，那声音像是某种信号，将河里洗浴的其他女人都吸引过去。她们把那女人抬到岸边，在四周围成一个圈，像是某种神秘的仪式。夕阳落在那些赤裸健壮的身体上，映出一层暗金色的反光，如同最浓重的油彩在流淌。一个女人轻声哼起一段不知名的旋律，很快，其他声音也加入进来。那是一种极其古朴却又富丽的和声，像河水蜿蜒，时而激昂，时而静默，每一颗水滴都有自己的舞蹈，却又无比和谐地汇聚在一起。女人的尖叫和呻吟在歌声中时断时续，突然间高亢起来，像是最洪亮的号角。

河滩上一群水鸟哗啦啦地飞走了。

一个女人走过来，怀里抱着一个瘦弱的胎儿，小家伙轻轻划动芦秆般的胳膊腿，却不哭不闹。她欣喜地把孩子抱给夏荻看，用古朴的音节和手势告诉她，这个孩子是在她到来的这天出生的，她们希望她能给他起一个名字。

夏荻抱过孩子，凝视着那双大大的黑色眼睛。从这一刻开始，一段漫长而艰苦的人生将在这个孩子面前展开，他会被当做不祥之物丢弃，被野兽收养，再被其他部落的人捡到，从一个地方流浪到另一个地方。陪伴他一起玩耍的孩子长成男人和女人，狩猎、战斗、繁衍生息，然后衰老死去，他却依然瘦弱，瘦弱而顽强。时间与空间在他面前设下无数谜题，而他只有靠自己那一双脚板，一步一步向前，没有终点。

永生者的最大悲哀，在于永远无法超越自己所身处的时代。他们像普通人一样生活，经历战争和平安喜乐，经历生老病死、悲欢离合，一点一滴地搜集人类共同的记忆，来为自己过于冗长而散乱的身世添加注释。在文字和语言还不够发达的年代，他们搜集每一件可以印证往昔的物品，像一个健忘症患者给身边每一件东西贴上标签。有些人会尝试记录，用龟甲、竹简、木板、丝帛或纸张，几十年甚至几百年如一日。然而最终他们会厌倦，将这些东西付之一炬，去一个别人找不到的地方隐居，忘记世间纷扰，忘记时光流逝，直到某一天，因为忍受不了离群索居而再度回到人群中来。

他们是寂寞的，当两个永生者偶尔相遇时，他们或许会欣喜若狂，会连续几天不眠不休地讲述各自的经历，会相约结伴遨游江湖。然而，时间毕竟太过漫长了，他们最终会厌倦彼此，平静地微笑道别，在茫茫人海中各奔东西。

奇怪的是，作为一个行者，她却可以明白这一切。无穷无尽的岁月长河中，她和怀中这个孩子相遇、邂逅、彼此记忆，从对方的存在中印证自己存在的意义。她想起几千年后那个明媚的午后，她坐在树上，得意扬扬地望着树下那个男孩大声说："不如我们打个赌吧。" 那时候她也不过十二三岁，永生者的寂寞与执着，她还远远不懂。

他们是寂寞的，当两个永生者偶尔相遇时，他们或许会欣喜若狂，会连续几天不眠不休地讲述各自的经历，会相约结伴遨游江湖。然而，时间毕竟太过漫长了，他们最终会厌倦彼此，平静地微笑道别，在茫茫人海中各奔东西。

就是那一句话，像条蜿蜒的细藤，把两个无比迥异的存在纠结在一起。

孩子仍在她怀里静静躺着，睁着大大的眼睛，像要把看到的一切都刻印在自己幼小而深邃的心里。夏荻将手中那个粗陋的泥人放进他怀里，抬起头看着那些女人，伸手指向远方的青山。

“山。”她缓慢而清晰地说，“我给他起名为山。”

女人们抱过孩子，一个接一个传下去，摇晃着，逗弄着，发出欣喜的低笑。夏荻转过身，沿着河岸向上游走去。她很累，双脚沉重地陷入湿软的泥沙里，然而她还是强打精神奔跑起来。夕阳从河上落下去的那一瞬间，她跳起来，向着有生以来最漫长、最恢宏的一段旅程进发。

爱别离

这是一颗孤单、寂寥、炎热的星球，星球上最后一个人坐在房间里，外面突然传来敲门声。

他点了一下头，门就开了，仿佛整座房子都遵循他的意志而动一样。夏荻走进来，随意裹着一块质地奇特的布料，没有穿鞋，赤脚踩在柔软的地板上悄无声息。

“这里真热。”她说，“真的是世界末日吗？”

“差不多吧。”姜烈山用她熟悉的语言回答道，“地球上只剩我们两个人了。”

他们彼此打量对方。漫长岁月在姜烈山的脸上刻下了更多的痕迹，然而他依旧很年轻。永生者并不是真的永远不死，只是衰老速度比人类历史的消亡还要慢很多。

“他们去了哪里？”夏荻问，“地球上其他的人。”

“死亡，战争，迁徙，流浪，向其他星系移民，总而言之，离开此时此地。”姜烈山回答，“太阳还在膨胀，用不了很久，地球将会变成一团炽热的气体。”

“幸亏我这次没有跳过头。”夏荻吐了吐舌头，“那么，一切都结束了？”

“算结束，也算新的开始。”姜烈山说，“永生者们会带领人类去太空中寻找新的家园。几千万年以来，这是我们第一次从人群中走出来，跟其他人站在一起。毕竟，没有人类，我们活得再久也没什么意思。”

“真伟大。”夏荻有些酸溜溜地说。出于对未知的恐惧，很少有行者敢于向未来做大幅度跳跃，即使真的到达这一刻，也只能默然折返。行者无法在漫长的星际旅途中永生，也无法从太空中跃回地球；而永生者却可以搭乘宇宙飞船陪伴人类继续向前——持续千万年的战争就这样分出了胜负。

“那么，你为什么不走？”夏荻问。

“我在这里等你。”

“等我？”

“这是我们的约定。”姜烈山回答，“某时，某刻，我的过去你的未来，我们约定在世界末日前见最后一面。你总嘲笑我记性不好，但这个约定我没有忘。”

“你的过去……我的未来？”夏荻皱起眉头，“那是什么时候什么地方，我怎么还是不明白？”

“那并不重要，重要的是此时此刻，不是吗？”姜烈山笑道。

“你在这里等了多久？”

“这很难计算，距离最后一艘飞船离开，大概有两百多年了吧。”

“你一个人在这里等了两百多年？”

“是的。”

“为什么？”

“因为我们的赌约还没有兑现。”

“赌约？”

“你忘记了？”

“当然没有。”夏荻突然觉得脸上有些发烫，“可我以为你早就忘记了。”

“不，我永远不会忘。”姜烈山站起来，俯看着夏荻冒汗的鼻尖，“你说，如果我能抓到你，你就告诉我生命的意义，以及未来一切事情的答案。”

夏荻情不自禁后退一步，“现在你知道了吗？”

“不知道。这么多年时间过去，这样漫长的岁月，我依然像个孩子一样，什么都不知道。所以我才留下来，在这星球上等你。”

豆大的汗珠沿着额头滚落，掉在灼热的地板上。夏荻转身又想跑，然而姜烈山已经抢先一步抓住她的手腕。

“别跑。”他在她耳边低声说，“别害怕，我并不强求你告诉我答案。也许将来终有一天，我会自己明白过来。只可惜，那时我再没有能力回到此时此刻，把我的答案告诉你知道。”

夏荻愣了片刻，突然感觉到巨大的悲伤，从心里一道小小的缝隙里慢慢涌上来。过去，未来，仿佛所有问题和答案都统统搅在了一起，在这颗濒死的星球上，在一切尚未结束的这一刻。

“你也要走吗？”她声音竟有点颤抖。

“是的。”

“去哪里？”

“乘最后一班飞船飞向太空，追赶我的同伴。”他说，“这是我的使命。”

“你要把我一个人扔在这里？”夏荻咬住嘴唇，“等我两百年就是为了这个？”

姜烈山双手按住她的肩膀，一字一句轻声说道：“是为了道别。”

“我不要什么道别！”夏荻倔强地扬起下巴打断他，像个委屈的孩子。

“是啊，你总是喜欢不辞而别。”姜烈山的声音依旧轻柔，带着一丝哑暗的笑意，“不要忘记，时间对你是开放的。在过去的每一个时代里，你都可以找到我，但从今以后，我却再也见不到你了。”

“那你为什么不留下来？”夏荻说，“地球不会马上毁灭，我还可以来看你。”

“太危险了，你会跳过头，跳进烧熔的火球里去。”姜烈山摇头，“而且我也不能再等了。记住，这是我们在这颗星球上的最后一次见面，以后不要再来了。”

他俯下身抱住她柔软的腰肢，手臂温暖而有力。夏荻像一截木头似的立在那里，一动不动。姜烈山在她耳边轻声说：“将来总有一天，你会明白今天发生的一切，所以耐心等待吧。这是你过去经常对我说的话。”

夏荻依旧呆呆地立着，许久才嘶哑着嗓子说：“什么时候说的，我怎么不记得？”

“将来你总会记得。”

“可我现在就想知道。”

姜烈山没有再回答，只是放开双手，微笑着退后一步。他脚下的地板开始一块一块升起，四周的墙壁也自动收缩组装，改变形态和结构。最后一扇门缓缓关上，姜烈山的声音隐隐约约飘出来：

“再见吧，阿夏。”

夏荻愣了一下冲上去，但是门已经合拢了。她拍打着门板大声叫道：“再什么见，谁要跟你再见！开门，你给我出来！”

没有人回答，发动机的轰鸣盖过了她微弱的呼唤。飞船缓缓升起，像颗晶莹的水珠般滑过蓝紫色的天穹，消失得无影无踪，只留她一个人站在这颗炎热、寂寥、濒临死亡的星球上。

“姜烈山！”

她仰头向着天空中用尽全力大喊一声，高亢的音波在空气中震颤着四下散开。转眼之间，她也消失了，带着满腔怒气跃向过去，去找寻答案。

求不得

依旧是 2002 年，喧嚣的夏夜，夏荻从一处阳台上跳下来，开始一刻不停地奔跑。

她跑过每一条熟悉的街道，跑过每一段漆黑的城墙，跑过每一扇高耸的城门，跑过每一间明亮的店铺。两旁行人为她让出道路，奇怪地看着这个气喘吁吁的年轻姑娘。她身上的花衬衫和沙滩短裤明显大了好几个尺码，脚上没有穿鞋。她的头发长了许多，还没来得及修剪，乱蓬蓬地在夜色里飘摇。

无论如何，她要找的人不会凭空消失，姜烈山一定还在这城市里，此刻在，下一刻在，将来也在。只要时间足够，她总能找到他。

天空中突然亮起各色烟花，艳红惨绿银白亮紫，绚烂而迷乱。人们惊喜地仰头张望，四面八方的去路都被堵塞了，夏荻不得不停下来，撑着膝盖大口大口喘气。

就在这时候，她看见地上有两行浅浅的、湿漉漉的脚印。

黑色的头发，黑色的眼睛，年轻的脸上有一些浅浅的皱纹，将嘴角向下拉，或许那只是漫长岁月里积累下的寂寞，凝成一丝若有若无的笑。

姜烈山的表情有一丝淡淡的惊诧，他见过太多事情，但这个女孩却让他摸不透。上一分钟她刚刚不顾一切地从他手中挣脱，这一分钟却又出现，像夏夜的流萤一样闪烁不停。

“你从哪儿来？”他问。

“世界末日。”她说，“那里热得要死。”

“你去那里干什么？”

“不要你管。”夏荻急匆匆地跺跺脚，“姜烈山，我有话跟你说。”

“说吧。”

她张了张嘴，却不知从何说起，时间线交错又汇聚，形成一个又一个窄窄的圆。对面的男人耐心等待着，黑色的眼睛沉静如水。只要时间允许，他可以一直这样等下去。

许久之后她小声说：“你可还记得我们打过的赌？”

“打赌？”

“我是骗你的。未来的事，我也只知道一点点，更没办法告诉你最终的答案。”

“是吗？”姜烈山笑一笑，“果然。”

“什么果然？”

“我早就猜到了。如果未来的一切都能提前预知，那么此时此刻还有什么意义？未来的后面还有未来，就算是行者，也不可能知道那个终极的未来。”

“你既然知道，为什么还要抓我？”

“你既然不知道，为什么见了我就跑？”

夏荻呆在那里半晌无言，终于咬咬牙说：“好吧，这次算你赢，我走了，咱们后会有期！”

她刚转身要跑，姜烈山却在身后慢悠悠地说：“但我也知道一些你不知道的未来。”

“什么？”夏荻并不回头。

“你曾经说过，我的时间太长，你的时间太短，所以你不能长久地在我身边。你怕有一天你死了，我还活着，永远地活下去，最终把你忘记，而忘记是比死亡还要可怕的事。你还说，你要继续在时间中跳跃，这样每一个时代你都能看到我，而我生命中的每一段岁月也总能看到你。”

“我说过……这样的话？”

“既然你记不得，那么多半是未来的你，在过去某一时刻对我说过的。”姜烈山回答，“以前我不明白，直到这一刻，我才终于明白了一点。”

夏荻呆呆地站在那里想了很久。

“你怎么不早告诉我？”

“你也从来不肯告诉我未来的事。”

他们两个互相看着对方。五彩烟花在头顶爆裂，绽开，纷纷扰扰地落下，欢呼声此起彼伏，如同潮水。

“我们认识多久了？”许久后夏荻问。

“不记得了，你说呢？”

“按我的时间，十几年，按你的时间，六千多年了。”

“可是每次见面都那么短。”姜烈山笑一笑，“相比之下，这六千多年真像一场梦。”

“听着。”夏荻说，“你还有的是时间，我也有很多时间，从这一刻开始，我们做朋友好不好？”

“好啊。”姜烈山说，“可你还没告诉过我你的名字。”

“夏荻。”她回答，“荻花的荻。”

“夏荻。”他重复一遍，“我记住了，很好的名字。”

漫长的岁月里他们相伴相随，邂逅，重逢，失散，寻觅。她用各种名字称呼他，小山，老农，阿炎。而他叫她阿夏。

注：

炎帝是上古时代姜姓部落首领，号烈山氏或厉山氏，又有传说是神农氏的子孙。故事中的永生者姜烈山在不同时代采用不同的化名，而夏荻对他的昵称都从这些化名而来。

而阿夏在摩梭语里的意思，则是永世的恋人。

（本文获2008年中国科幻银河奖优秀奖）

【后记】

最初想写这样一个故事，至少也是在十年前了，一个永生者和一个时空旅行者，在不同年代不同地点一次又一次邂逅重逢，上演一段又一段故事，永远没有一个尽头。

这是一个允许无限可能性的构想，仿佛一片虚空之海，让人不知该从哪一点开始搭建,于是,我将这个故事扔在角落里一放多年。突然有一天,《时间旅行者的妻子》变成畅销书,《这个男人来自地球》也成了热门科幻片,这时我才又一次意识到墨菲定律的存在,所有的好点子都被大师们写过了。万幸的是,故事是写不完的。

于是顾不得许多,开始冥思苦想瞎编乱造。

最初故事的名字叫《尤利西斯的战争》,题记引了博尔赫斯《永生》中的一句话,"我曾是荷马;不久之后,我将像尤利西斯一样,谁也不是;不久之后,我将是众生:因为我将死去。"故事的线索人物是一个叫那斯的男人,来自于杰克·伦敦的小说《北方的尤利西斯》;而所有场景也全部来自西方文化:60年代的旧金山、古罗马君士坦丁堡、所多玛城、维多利亚时代的英国……一大堆令人神往的名词堆砌在一起,结果却是我连编一道菜名也要上google搜个半死。

抓狂之际,我将写好的设定统统推翻,开始问自己那两个曾问过无数遍的问题:

1. 科幻小说的背景为什么不能在东方?

2. 主角为什么不能是女人?

突然间我神灵附体,一串新的名词涌入脑海:半坡文化、炎黄文明、神农氏、姜烈山、咸阳、阿房宫、老子、白鹿原、黄河、八百里秦川、长安、西安、我的故乡——长安、长安……

一个不动如山的男人,和一个在夏夜的草丛里流萤般闪烁不停的女人,千万年的守候和邂逅,交错的时间线和一个又一个圈。这是我一直以来想写的那种小说,像寓言,像魔幻现实,像史诗,也像科幻。

我觉得这就足够了。

汨罗江上

这或许是一篇科幻小说,或许不是。

但在一切开始之前,我只有一个请求:慢慢看。

很慢,很有耐心地看。如果你在网上看,试着把其他网页暂时关掉;如果你拿着书,坐下来,坐在一个比较安静的地方,试着把你的表藏起来。这故事并不长,我保证,慢慢地看,你不会损失什么。

就假设这是一次突如其来的旅行,你不知道目的地在哪里,不知道路上到底有什么,不知道是否会有奇遇,但请试着放慢脚步。

现在,你可以开始看了。

一

那是一个炎热的夏夜,刚下过一场透雨,泥腥气肃杀微凉。我坐在狭小凌乱的卧室里,黑暗中只有电脑屏幕散发出幽光,大片白亮中陈列着稀疏零落的几行字：

尊敬的小丁先生，您好：

一直以来都想给您写封信，拖到今天才终于动笔，却又一时不知道说些什么好。

不知道您是否还有印象，今年七月份，在成都的科幻笔会上，我有幸作为一个新人作者坐在您旁边，当时我说，我非常喜欢您写的那些精彩活泼的科幻故事，您只是谦逊地对我笑笑。其实在这之外，我还有很多话想跟您说，那时候却一句都想不起来了。

大会结束前，我终于鼓足勇气要了您的 E-mail 地址，然而自那之后又过去了一个月，无数次想要逼迫自己坐下来好好写这封信，却又无数次放任自己向后拖。

到这里就结束了，半封没有写完的陈年旧信。往日的记忆翻涌而来，我轻叹一口气，戴上眼镜一字一句地继续写下去：

是的，我想人们总是这样，把一件简单的事情拖得很久，直到最终变成遗憾。

说回那次笔会吧。我依然记得您在会上说过，想要写一篇好看的小说，无论是科幻或者别的什么题材，最重要的一件事在于，要使小说在创意、结构、情节、语言和人物塑造等各个方面达到一种微妙的平衡。如此简单的一句话，对我却如此重要，当我在之后的岁月里慢慢摸索写作之路时，时常会想象您就站在我身后，指点我该怎样谋篇布局、恰如其分地推动情节向前发展。

现在我遇到了问题，一个故事，一个构思了很久却又不知道该如何下笔的故事，问题在于，一旦我想到这个故事的开头，就有无数种可能性从内心深处涌现出来，彼此碰撞反应，像一缸成分复杂的化学试剂，制造出一千一万种不同的效果,我却对它们束手无策。

这种茫然的状态令人既痛苦又兴奋,这也是我写信给您的原因之一,或许您的宝贵意见可以让这一切变得明朗起来,像是最有效的催化剂。

故事的名字叫做“汨罗江上”,我把它的开头放在附件里,希望您能看一看。坦白地说,我觉得这个开头很糟糕,虽然用了很长时间才勉强拼凑出来,却依旧很糟糕,所有的人物都不在我的控制下,他们好像一些有生命的人,不愿意被我捕捉到他们的谈话和行动,甚至每重写一遍情况都会完全不同。我迷失了方向,仿佛陷入一团迷雾,故事就这样搁浅在一切还未发生的这一刻,完全写不下去了。

可能性是一种多么迷人而又可怕的东西,我们每个人都在可能性中挣扎,四处乱撞,小说中的人物也是这样。怎样才能让故事顺其自然地发展下去呢?迄今为止,我竟连一个完整的结局都没有想出来。

给我一点帮助吧,对您来说也许微不足道,对我而言却意义非凡。也许整个故事,包括故事以外的许多东西,都将因为你的一句话而改变。

期待您的回信。

科幻爱好者 x 敬上

2006.8.23

我在收件人地址中键入:Xiaoding2006@Tmail. com,然后把这封信发了出去。

附件 1:

汨罗江上

风从江上吹过,流淌的雾气被兑浓然后冲淡,露出黛青色的水面,如水银般泛起细碎黏稠的波纹。

这是一个阴霾寂静的上午，水波挟卷着苇草摇曳的声响在四周起伏荡漾，偶尔有一声凄厉的鸟鸣滑过水面。柏羊抱着肩头，独自立在潮湿的冷风中打着寒战。

说是五月，却还是这么冷，他心里暗暗骂了一句委员会那帮老头子。身上的衣服不知道是用什么材料做的，粗糙得很，被风一吹就透骨冰凉。

一叶窄窄的乌篷小船从雾中滑来，无声无息地停靠在岸边。

“考生 HP2047-9？”清甜的声音从竹帘后飘出来。

柏羊抵住牙关间的战栗，咧着嘴答道：“是我。”

竹帘缓缓升起一角，他低头跳进船，温暖的茶香扑面而来，拳头大小的茶壶正在炉上腾起袅袅的白气，旁边低头沏茶的女子白衣长发，动作优美娴熟得仿佛古卷上的仕女。

对柏羊来说，眼前的景象却多少有些像某个过时多年的虚拟游戏场景，他尴尬地笑笑，找个角落坐下，说声：“来挺早啊。”

女子抬头看他一眼，她有一张娃娃脸，嘴角往上翘，似笑非笑的样子，露在袖子外的雪白指尖一摆，将茶杯推到他面前。

“这是……”柏羊盯着粗瓷杯中几片可疑的褐色草叶，小心翼翼地问。

“茶是玉笥山上的新茶，水是汨罗江水，时间紧任务急，将就用吧。”

柏羊犹豫半晌，接过来捧到嘴边抿了一口，一股涩味直冲上来爬满了舌头。

“怪是怪了点……”他偷看了对方一眼，“还能喝。”

白衣女子只是专心吹着杯中茶沫，过一会儿才抬眼看着他，说：“还没到时间呢，随便聊聊，你别紧张。”

柏羊一愣，心想不紧张才见鬼呢，嘴里说：“那是那是。”

“我是你的监考官，编号 G-56。”女子手腕一翻，把电子识别码亮给他看，“先问一句，你对这次的任务了解多少？”

“还行吧。”柏羊挠挠头，“来之前，看了点书……”

“听说你是心灵历史系高材生。”G-56 定定地看着他，“年纪轻轻的，不简单啊。”

“哪儿有您年轻呢？”柏羊连忙跟上，“您一出场我还真有点蒙了，心想这哪像考试啊，分明是《金庸群侠传》么……”

“这也正是我要提醒你的。”G-56轻轻一摆手，打断了他意图过于明显的表白，“这不是虚拟情境中的模拟练习，尽管考试说明里已经说得很清楚，很多考生还是会产生这种错觉。看看你周围，一切都是曾经真实存在过的历史情境，天气冷热，江上的气候，茶叶的味道，绝不存在任何编程中可能存在的错误，因为我们身处的是一段真实的时空。”

柏羊愣了一下。

“包括你所见到的角色，也是真实存在的人，这一点很重要。”G-56伸出指尖在自己小巧圆润的鼻子上点了一点，“一个真正的人，内心总有一部分是难以用书本上的方法来衡量和计算的，我们需要的，也正是那种能够在真实情境下成功解决问题的人才。自从心灵历史学的执照考试创建以来，委员会便决定将这门历史实践放在全部测验的最后，也是最重要的位置，它的通过率从来都是最低的。”

“这一场挂掉，前面几个月就白忙活了，这我明白。”柏羊叹口气，“您都这么说了，我能不紧张吗？”

“就是随口一说，职业病。”G-56笑得很灿烂，“你还有什么问题没有？”

柏羊说：“我就是有点没想通，既然真的穿越了时空，难道我们所做的一切，就不会对历史进程产生干预吗？”

“当然不会。”G-56摇摇头，“整个过程是被精确控制的，相当于从过去借来一整段封闭的时空，你可以无限次地任意使用它，像使用一段磁带的拷贝，而不会对原先的版本产生任何影响。”

“所以我们找上这些人？”柏羊望着窗外雾气缭绕的水面，“我听说过那些稀奇古怪的考题，希特勒、穆罕默德、埃及法老、‘五月花’号、哥本哈根……你不觉得做出这种事的老头子们都很变态吗？”

“至于你所抽中的这一情境,迄今为止的通过纪录是零。”G-56笑眯眯地托着腮,“运气不错啊。”

柏羊从喉咙间挤出一声痛苦的呻吟,两手抱住头不说话了。

茶壶继续在炉上咕嘟咕嘟地煮着,腾起温暖的气息。窗外,却依稀有渺渺的歌声从远处飘来。

“是他吗?”柏羊抬头向外望去,江上雾气越发浓重,几乎看不到岸边。

G-56点点头,说:“怎么样,准备好了吗?”

“走一步算一步……”柏羊苦笑一声。

“那么,开始计时。”G-56手法优美地一掀,便不知从哪里拎出一只巨大的沙漏,洁白的细沙如涓涓细流般开始流转,宁静得有些不真实。柏羊做了个彻底拜服的姿势,急匆匆向舱门外移动两步,又不甘心地回头问道:“顺便,我能问下您的名字吗?”

G-56甜甜一笑,说:“浔箐。”

“人如其名。”柏羊点点头,说,“死也瞑目了。”便颤巍巍地掀开竹帘向外爬去,身后,G-56的声音如低沉的丝弦般传来:

“祝好运,哈里·谢顿与你同在。”

“同在就同在吧。”柏羊心里默默嘟囔着,运一口气跳出了船舱。

古老而陌生的歌谣在雾中穿行,隐约间,那高瘦的身影已经越来越近了。

二

x你好:

你没有说你的名字,所以只能这样称呼你。

坦白地说,我不能说完全看懂了你的故事开头,一次心灵历史学考试,在战国时代进行的吗?和屈原有关?这个想法很有意思,我猜你是个学生,或许正在为某次历史考试忙得焦头烂额,对吗?

目前我还不是很清楚你想用这个故事表达什么主题,开头对话挺有意思,我喜欢那句"哈里·谢顿与你同在"。但之后会怎样发展,我也猜不到。

对你所说的迷茫感觉我也常有体会,其实,从来没有任何一篇小说是"恰如其分"地自然呈现在你笔下的,总要经过一次又一次的构思、推敲、试验,才能达到那种所谓微妙的平衡状态,你可以试试看多写几稿,拿给你周围的朋友看,甚至先放一段时间,看点别的书,出去走走,丰富的经历有时候会意外地带给你灵感。

你大概是个心思细腻的人,对想不通的问题一想再想,其实有时候不妨试着放轻松一些。人生未必可以完美无瑕,又何况短短一个故事,重要的是把你的想法完整地写出来,拿给别人看,然后再确定自己应该努力的方向。你还年轻,不是吗?

也期待看到后续,祝 2047–9 和 G–56 好运。

你的朋友　小丁

2006.9.2

三

尊敬的丁先生,您好:

收到您的回信非常激动,几乎整夜无法入睡,是的,这封信意义重大,我会好好保存它的。

说到我的故事,在过去的岁月里,我曾无数次打算放弃,但现在有了您的鼓励,我又想试着努力写下去,您说得对,重要的是把它写出来。过去我似乎太紧张了,闷在房间里没日没夜地想了又想,以至于每下一笔都如此艰难,生怕出什么差错。

今天傍晚出去转了一圈,只是一个人默默地走了很远,沿路看着四周的景色,天气闷热,像是要下雨的样子,街上几乎没有什么人。回来后就看到您的信,一时间竟觉得空气都清透起来。

刚才又写了一小段，一起附在下面，希望能继续得到您的指点。此时已经是深夜了，外面电闪雷鸣，大雨敲打在窗户上，院子里的石榴树在风雨中摇摆个不停。

祝您有个好梦。

btw：关于2047-9和G-56，只是向您致敬的小小玩笑，希望不要介意。

您的读者x敬上

2006.9.5

附件2：

寒风扑面而来，柏羊赤脚蹚过冰冷的江水，看着屈原向他慢慢走近。

与想象中多少有些不同，眼前的男人气色虽然憔悴，两颊因为衰老和疲惫微微凹陷了下去，神情却是温和安静的。他的眼睛里有一种迷茫却又极其深邃的光，默然地望着前方某个很遥远的地方。

“是三闾大夫吗？”柏羊远远地招呼了一声，他的声音经过语音矫正和波形变换，被自动调整为当地绵软古朴的方言。

屈原站住了。

“是我，什么事？”

“没事啊，这不是路上遇到了，上来打个招呼嘛。”柏羊殷勤地迎上去，现在他从姿态到声调，都完全像一个清早来江边闲逛的渔民，“什么风把您给吹来啦？”

“什么风？”那张苍白的脸上浮现出一丝苦笑，“是这世间的不正之风吧。举世皆浊我独清，众人皆醉我独醒，偌大一片天地，除了这片水边，我又有哪里可以去呢？”

“您这么说我就不明白了。”柏羊煞有介事地扯住对方的袖子，“别人是别人，自己是自己，您要是看不惯，不跟他们一般见识不就完了吗？我们这些劳动人民出身的人没读过什么书，都知道出门打鱼要看天。人再大能大过天吗？顺应时代潮流才是真的。您是个圣人，不会连这点道理都想不明白吧？”

“别人是别人，自己是自己，说得一点不错。”屈原看着他，五十多岁人的眼睛，还是清澈得如少年人一样，“你在江边，日出而作，日落而息；我在深宫，日夜思虑，不得安眠，你的豁达不是我能轻易得到的，我的痛苦也不是你能轻易体会的。”

“其实我是想说……”

屈原摇头打断了他，声音越发低沉下去，“我生在这个尘世上，每长一岁，都要更爱它一分，更明白它一分，却也因此离它更远了一分。事到如今，已经没什么可留恋的，只是这一颗心，沉重得再也背负不动了。”

“您这话说的……”柏羊的额角不由得渗出一片热汗来，“大人您换个角度想想看，就说咱们人吧，人为什么要活着？”

“这问题就不是我能回答的了。大约除了吃喝繁衍之外，就是思考天地造化的问题吧。”

“是啊，这问题别说一辈子想不明白，就算再过一千一万年怕是也想不明白。您在这世上不过求索了几十年，怎么就能说是毫无牵挂了呢？”

“既然如此，千万年和几十年之间，又有什么区别呢？”屈原微笑着，笑容牵动了嘴角两道深深的皱纹，在悲天悯人的智慧中透出几分凄凉，“你是个聪明人，能跟你说这一番话，我很高兴。你叫什么名字？”

“区区一个渔民而已，不值一提。”柏羊怏怏地摆摆手。

“很好，你走吧。”屈原的眼神重新变得空洞起来，怔怔地望着茫茫江面发呆，“让我一个人待一会儿。”

沉默半晌，柏羊叹口气转身离去。

乌篷小船里，G-56仍在慢条斯理地喝着茶，柏羊一言不发地坐下，烘烤着被雾气濡湿的身体。

“怎么样？”

“你不都看见了吗？”

“问你心情怎么样，不好办吧？”

柏羊闷闷地垂着头不说话，G-56重新斟了一杯茶推到他面前，他犹豫了一下，端起来一饮而尽。

“你说有些人，怎么就这么轴呢？辩了一圈又一圈，还是给转回去了……”他郁闷地喃喃道。

G-56若有所思地支着腮说道：“东方哲学的本质就是一个圈，相比之下，辩论和质询这些源自古希腊的技艺发展到尽头，早已沦为一种低效的语言范式，要真正对他人的言行发生影响，靠的是……”

“我懂我懂，”柏羊扔下空杯子，“人心嘛，课上都讲过。回溯，我们重新来一次。”

G-56微微一笑，伸出手轻拍了三下。

只是一瞬间，小船便无声无息地向前滑动，逆着水银般凝重的波纹回到时间轴的原点。汨罗江水汇聚又散开，向着已经确定的未来一轮一轮地继续涌动。

四

x你好：

读你的信就像看小说连载，每次一小段。

很高兴看到你的故事有了进展，虽然篇幅不长，却时常出人意料。继续写吧，现在我对之后的情节发展很有兴趣，生或者死，这是一个问题，不过太早去猜结局就没意思了。

最近事务繁忙，或许不能及时回信，但你的故事我一定会看。

又及：我当然不会介意了，但G-56似乎太严肃了些，你不这样觉得吗？

你的朋友　小丁

2006.9.28

五

九月之后，天气迅速凉爽下来，窗前那棵枝繁叶茂的石榴树开始挂起硕大的果实，我却很久没有动笔。

日子一天天迅速流过，冬至那天，一封来自远方的邮件意外地出现在邮箱里。

x你好：

很久没有你的消息，还好吗？ 2047-9和G-56可好？

今天家里包饺子，闲聊时夫人突然提起你（她也看了你的小说），想起来写信问候一声。

天冷，祝身体健康。

你的朋友　小丁

2006.12.22

一瞬间，几个月前那些潮湿的夏夜气息突然地从窗外涌入，弥漫在四周。

我坐在桌前愣了许久，然后重新把以前的邮件和小说片段找出来重温，一字一句地写下回信。

小丁先生，您好：

感谢您的关心，过去那么久，没想到还会再收到您的信。是的，我最近身体不太好，今年冬天真的太冷了，仿佛总是在生病，膝盖和双手从早到晚都是冰凉的。

坐在窗口向外望，阳光缓缓地从远方的楼群间穿过，时而明媚时而阴晦，凛冽的寒风吹得一切能发出声音的物体哗啦啦地抖动。偶尔有珍珠色的鸽群，零乱地围绕着某个窗口盘旋，它们的身体竖在空中拍打着翅膀，归巢的姿态优美而悲怆。

我时常会想，这样寒冷的天气里，鸽子们聚成一堆挤在狭小的鸽笼里，相互摩擦羽毛，呼吸着温暖而浓郁的空气，一定很幸福吧。

小说越写越慢，但我还在试着继续，再附上一段吧。这次我安排了女媭这个人物出场，却仍旧难以描述她的言谈举止、性格容貌。史书上关于她有太多猜测、太多不同见解——不同的身份、不同的人格、不同的处事态度，甚至有人认为她并不存在，只是《离骚》中一个代表世俗力量的文学形象。

不过我想，对于那个心怀绝望的人来说，总有那么一个温柔而坚定的声音，是他和这个冰冷的世界之间唯一的纽带吧。

期待继续得到您的指点。

x 敬上

2006.12.25

附件 3：

技术从来都是万能的，柏羊转个圈子，甚至能听到裙裾摩擦发出的粗糙却柔软的声响。

“很适合你。” G-56 抿着嘴不出声地笑，“神情还差了那么点，别这么苦大仇深的，笑一笑，对，笑，温柔点儿行不行？露这么多牙干什么？”

柏羊被摆弄了半天，总算站定了，摆个拈花微笑的造型，说：“到底行不行啊？求你了别整我。”

“行不行还得看你的演技，相由心生。”G-56歪着头退后三步，又凑上来把散开的衣带整理成一个别致的造型，说，“好了好了，就这么去吧。”

全息造影技术的神奇之处在于影音光色全方位多角度的逼真模拟，成本高，运算量大，有延时，但就是精确可信，任何一个人都可以像神话中的七十二变或者虚拟RPG游戏中的人物一样方便快捷地改变自己的形象，几乎以假乱真。

尤其是在这样一个浓雾弥漫的天气里。

柏羊向岸上走去，嘴里轻声哼唱着一首古老陌生的童谣，这声音同样不属于他自己，低沉柔和中蕴含着某种宁静而坚定的力量。歌声随着细碎的脚步声一丝一丝散开在雾中，他却觉得自己像个全副武装的战士，正透过严丝合缝的甲胄向外窥视，一步一步接近目标。

那个瘦高的身影向他走来，眼中泛出不可置信的神色，然后在距离三步远的地方站住了。

“阿姊……”他只轻轻唤了一声，就再没有第二句话，两人站在那里对视着。一瞬间，柏羊纷乱忐忑的心突然沉静下来，他轻叹了一口气，低声说：“你要去哪里？”

像是一个出来玩得太久忘了回家的孩子一样，屈原竟避开了他的目光，许久才自嘲地笑一声，喃喃地道：“去哪里？我也不知道。”

接下来应该说些什么？柏羊思忖着，国家？战争？家乡的天气？童年的回忆？这些资料早就准备充分，一条条一列列烂熟于胸，然而此情此景，作为他正在扮演的这个角色，脑中却只是一片空白。

他又向前走近一步，这样的距离已经足够被看出破绽。

“好久不见了。”他挤出一个温柔的、略带哀婉的笑容，“说说看，最近过得还好吗？”

“不好。”屈原竟也笑了，虽然同样是凄苦的。

“比之前还不好？”

“都已经不好了，还比较什么？”屈原还是笑，“以前我年轻气盛，心中总有一股不平之气，阿姊你教我那些为人处世的道理，总是听不进去。现如今，那些曾让我憎恨和愤怒的人和事，都成了过去，心中那份不平也就慢慢散了，再回想阿姊说过的话，或许还是有道理的，可惜啊，明白得晚了。”

“你还是想那么多。”柏羊点头又摇头，“晚什么？明白就好，明白就不晚。”

屈原叹了口气，缓慢而坚定地摇摇头，说：“晚了。”

“你这样说，让我这个做姐姐的怎么办？”柏羊声音颤抖着，连他自己都不知道是不是装出来的，只是觉得心慌意乱，像要张开手努力攥取什么，却又抓不住。

“你不是常对我说吗，各人有各人的命？”屈原说，“这是我的命。”

“这时候你倒信起命来。”柏羊抬起眼，用力盯住他，“不要再说了，跟我回去，算我最后一次求你。”

屈原脸上浮现出踌躇的神色，两人站在那里僵持着，许久之后，他柔和地笑了。

“好，我听你的。”他轻声说，“不过你也要答应我一件事。”

“什么？”

“我这块帕子脏了，这还是你当年给我缝了带在身边的，麻烦你拿到上游干净的水边帮我洗了吧。”他从衣袖里抽出一块方巾，陈旧得几乎看不出原本的花色，“也是最后一次了。”

柏羊接过方巾，一时间竟也说不出话来，这是一句托辞吗？又或者真的被他说动了，若是托辞，他又该如何？天气虽然冷，他却感到额角渗出了一层热汗，密密麻麻地爬满皮肤表面。周围静得可怕，只有一层又一层单调的水声，流淌得如此迅速又如此漫长。

突然间，G-56 的声音在耳畔低低响起：

“时间。”

“什么？”他按住微型通讯器，用最轻的声音回应。

“注意你的时间。”G-56 说，“封闭时空是有限制的，你打算一直在这里守着他吗？”

“你说什么？”屈原疑惑地看着他。

柏羊咬咬牙，脸上变回温柔而凄婉的微笑，说：“没什么。那你在这里等我。”

他攥住那块被汗浸透的方巾，转身沿着江畔缓缓离去，身后有一声若有若无的叹息穿透浓雾飘来，紧接着，是一阵沉闷的水声。

于是他知道自己又失败了。

G-56 仍然坐在那里不紧不慢地烧茶，相同的场景看过太多次，竟也令人有了审美疲劳。

“再过一会儿，真正的女媭就要来了，这也是我提醒你离开的原因之一。”

“总之还是不行。”柏羊郁郁地说。

“别泄气，你的演技已经很好了。”G-56 托着腮，“我确信从你们眼中都看到了泪光。”

“好什么？我还是没能进入她的内心。”柏羊低头看着自己的双手，“他也一样。”

“我大概能明白你的意思，不过，演戏毕竟是演戏。”G-56 说，“放松点，好不好？考试过不了是小事，我倒怕考完后你也要去接受心理治疗了，每年都这样。”

柏羊抬起头，说：“谁说过不了？我就不信这个邪。再来一次，我们还有的是时间！”

“有志气。”G-56 点点头，三声轻响后，小船又一次消失在雾气缭绕的江面上。

六

x 你好：

寒冷的天气里看到这样的文字，略有一点伤感，这个冬天确实发生了很多事。

不知你是否遇到了什么不顺利（这只是我的猜测）？故事的情绪变得愈加哀婉了，悲易伤身，这种沉浸在哀婉中的文字，对于作者本人来说，多少是有些害处的。

我现在很少看电脑了，或许不能及时关注你的小说，但仍希望你快乐、健康。毕竟，一个死去一千多年的人有什么值得伤感的呢？只有仍活着的人才是真正重要的。

祝你新年快乐，2007 年，会有更多意想不到的美好等待着我们。

你的朋友　小丁

2006.12.28

七

丁先生，您好：

又是一段时间没有写信了，总觉得在欢乐吉祥的新春佳节里，再用那些啰啰唆唆的故事去打搅您，有些不太合适。

或许您说得对，对一个已经成为历史的人物念念不忘，更多时候只是放任自己陷入低落的情绪而已，这也正是我无数次想要放弃的原因。

不过，既然好不容易写到这一步，不妨试着继续推进下去吧，有时候

汨罗江上

写着写着会突然冒出奇妙的想法，将情绪推向某个未曾考虑过的方向，这也是写小说的有趣之处。其实我和您一样，很想看到这个故事的最终结局。

春天很快就要来了，祝您春节快乐，万事如意，身体健康，阖家欢乐。虽然只是一些没什么创意的老话，但请接受我最诚挚的祝福。

x 敬上

2007.2.22

我把收信人的地址改成：Xiaoding2007@Tmail. com，然后点下发送键。

附件 4：

已经忘了这是第几次，刚刚焐热的双脚重新蹚过冰冷的江水，歌声穿过永远散不开的浓雾由远及近，柏羊干脆站在那里不动，双手在宽大的袖子里相互交叉。

“你，给我站住。”他冷冷地喝了一声，然后满意地注视着对方惊恐的神情和颤抖的肩膀，一股恶作剧的快感涌上心头，简直妙不可言。

疯了，他对自己说，我大概真的疯了。

“冷静些，你不会真的想被关小黑屋吧？”G-56 悄声说。小黑屋，指的当然是心理咨询室，据说那些老头子有办法对你的大脑动手脚，让你不再是你自己。然而柏羊只是站在那里笑，笑意刻在他薄而柔媚的唇角，有一种君临天下的危险色彩。

“大王……”屈原声音轻颤地唤道，眼中又是惊惧，又是质疑，又有几分狂喜，一瞬间，柏羊觉得这个人大概也快疯了，于是嘴角的笑意更盛。

“怎么样，你不是一直想见我吗？”他漫不经心地说，“总说我不肯听你的话，今天这里只有我们两个，也不必讲什么君臣之礼，想说什么就说。”

“好，我说。”屈原点点头，眼神如火般炙热起来，“大王现在，是人还是鬼？”

“这个问题问得无趣，人怎样，鬼又怎样？你成天跟鬼神交谈游历，怎么，见到我害怕了？”

“说得也是，那容我再问，大王现在，可明白屈平的心了没有？”

“明白明白。”柏羊不耐烦地点头，“你那点心思，全天下的人都明白，可明白又如何？明白不见得能领会，领会不见得能感同身受，有了同感又不见得能依附于你的心意。屈平你是个奇人，奇人便不容于时代；你又是个至情至性之人，性情中人难免被性情所伤；你还是个好人，好人就难活，你的命运，哪是我一个人听了你的话就能改变得了的？”

屈原沉吟着，脸上一点点泛出奇异的光，道：“大王你这些话……是从哪里得来的？”

“你呀你呀，就是问题多，我说一句你问两句。”柏羊跺跺脚，“且不忙，我先问你，你说我们君臣二人，最终流落到此相见，到底是因为什么？”

“天道无常。外有奸贼祸国，内有小人乱朝，以至国破家亡。”

“谁说无常？我就要说天道有常，不为尧存，不为桀亡。”柏羊冷笑一声，“历史的发展就像这道江水一样，从上游流下，分分合合，源远流长，最终都要流入大海里去的。我们一两个人、一两座城，乃至一两个国，是存是亡，在几千几万年后的人看来，有什么区别吗？”

“大王……”屈原紧锁双眉刚要说话，被柏羊一挥手拦住了。

“要我说，楚国迟早是要亡的。”他继续破罐破摔往下说，“秦有吞并天下的野心与实力，最重要的是，秦王比我们所有人看得都要远，他要的不是讨伐一两座城池、不是打几场胜仗、不是守着自己一个国家的老百姓，他要看到全天下人用同一种文字、说同一种语言、侍奉同一个王，这叫顺应历史潮流，你懂不懂？”

“屈平……屈平惶恐……”

“你不是不懂，是不愿懂。”柏羊叹一口气，“你是聪明人，我再问你一个问题，若是能重新回到四十年前，你会如何选择？以你我二人之力，你能保证将来吞并六国的是楚，而不是秦吗？”

“这……”屈原微微低下头去，“屈平没有想过，过去，未来……”

“没想过才让你想。时空这东西，远比你知道的要玄妙。”

“小心。”G -56略带沙哑的声音又在耳畔响起，“不能提起时空旅行相关话题，这是违规操作。”

“闭嘴。”柏羊低声喝道，屈原疑惑地望向他，他冷冷一笑，说，“不关你事，继续给我想。”

“大王，恕我直言，这种问题，屈平以为没有答案。”

“怎讲？”

“若是我们重来一次后，秦也有机会重来一次呢？秦的后人呢？究竟谁看到的结果才算数？”

“好，算你反应快。”柏羊长叹一声，“这么妙的答案，连我都想不到。”

他急匆匆地回头望一眼江上，晨雾正在逐渐消散，时间总是不够用。

“现在，回答我最后一个问题。”他直视前方，用最凝重的声音说道，“现在，你打算去哪里？”

短暂的等待后，他得到了答案。

“我跟您一起走。”屈原认真地说，“去神和鬼的世界。”

“你是怎么回答的？”G-56抿着嘴憋住笑，任由茶壶在炉上烧得咕嘟咕嘟响。

“我说，奶奶个熊，你自己去吧！”柏羊恨恨地回答，“服了，真服了他了。”

“注意素质。”G-56娇嗔地瞪他一眼，安慰道，“别着急，这次已经很接近了，装神弄鬼是你最大的败笔。”

“你不会都记下来了吧？”柏羊突然背后一寒，疑虑重重地看着她，G-56笑得更加甜美，说：“当然，我从来都是尽忠职守。”

“然后当笑话说出去？”

“考试记录要密封上报给评审组的。”G-56叹口气，“当然，我们考官也是人，无聊的工作生活也需要调剂。”

“别整我，姐姐，再也不敢了……”柏羊哀号一声，G-56竖起一根青葱般的纤纤玉指，向一旁的沙漏点了点，一轮又一轮封闭的时空中，只有它仍在默默地流淌，忠实而精确。

“与其担心这个，不如看看你的时间吧，考试还在进行中。”她像个女巫般神秘地笑着，柏羊有气无力地点点头。

回溯的过程中，他一句话都没说。

八

x你好：

首先要谢谢你的祝福。

人是一种奇怪的动物，比如我，总是说自己事务繁忙，或者别的什么原因，不能看电脑，不能收邮件，不能写小说。然而春节期间，当我真正闲下来的时候，却发现自己什么也不想干，只想一个人躺在家里，从书架上抽出几本很久以前读过的旧书堆在床头，偶尔翻上几页，然后发呆，很久之后再翻几页，困了就睡觉，饿了就去冰箱里找东西吃。

写小说是件很不容易的事，尽管有时候一些狡猾的作家会说些大话，装出很容易的样子，但你千万不要相信他们。写小说需要你用很长的时间去积累，去思考，去写，去修改，去烧掉失败的篇章，然后继续去写。有时候你会突然发现它已经变成你生活里的一部分，不可分割，活着就必须写，不写就不能活，那种感觉痛苦而幸福。

我羡慕你的执著，对一篇小说坚持不懈地继续下去，不管最终能写出什么,这种过程对于生命本身来说,就是最重要的体验。继续努力吧。

杰弗瑞·兰迪斯写过一篇小说,叫做《迪拉克海上的涟漪》,也是关于时间旅行和死亡。这是我所看过的最优美的科幻小说之一,也许你已经看过了,如果没有的话,可以试着看一下。

也祝你春节快乐,虽然迟了一些。

小　丁

2007.3.5

九

春天总是短暂的。

窗前的阳光一天比一天晴朗,洒在逐渐丰盛茂密起来的枝梢间。满园繁花匆匆开了又谢,像是绚烂的水彩画,在这里或者那里流淌消融,只有那株浓绿的石榴树,依然像刚过去的那个严冬一样,沉默坚定得仿佛忘记了时间。

于是我又开始写信了。

小丁先生,您好:

写下这封信的时候,竟然已经是春天了。小的时候我总是最讨厌春天,北方的春天,一切变化得太快,许多东西还没来得及看仔细就已经结束,没留下一点痕迹,比如很多叫不出名字的野花,比如满天飞舞的柳絮,比如刚发芽的梧桐树那种灰蒙蒙的黄绿色,比如槐花香。

春天里,人都变得懒洋洋的,好像总也睡不醒。我坐在这里继续编织我的故事,每写下一个字都觉得身子变得更轻,好像沉醉在和煦的暖风中,好像随时都要飘扬起来一样。事到如今,故事中的人物已经完全脱离我的控制,朝着某个既定的终结不动声色地前进,我浑浑噩噩地写着,半梦半醒地写着,像一个浑然不自知的旁观者,又像一个茫然恍惚的占卜者,在梦里,我有时能看到这故事的结局,醒来却又全部忘记了。

就这样下去吧,事到如今,在乎结局又有什么用呢?

窗外又在下雨,绵密的雨声里混合着一片尘土气息的青草香。

这是春雨,艾略特在《荒原》的开头写道:"四月是最残忍的一个月,荒地上长着丁香,把回忆和欲望掺合在一起,又让春雨催促那些迟钝的根芽。"

一切都在希望与绝望之间摇摆不定,我想快点写完我的小说,又害怕所有的可能性会在结束的那一刻一同走向终结,彻底灰飞烟灭。

祝一切顺利。

P.S: 关于《迪拉克海上的涟漪》,我完全赞同您的意见,那也是我所看过的最优美的科幻小说之一。

x 敬上

2007.4.24

附件 5:

"你是不是觉得我疯了?"

"也许吧。"

"也许?"

"好吧,我确定。"G-56 抱着膝盖坐在那里,像个小孩子,"需要写进报告里吗?"

"别,我说说而已。"柏羊干咳两声,手脚并用地爬出船舱,举起手向后挥了两下,说,"我走啦。"

"路上小心。"柔缓的声音从身后飘来,倒吓得他脚下一软。

“你是谁？”

“哼，连我都不认识，你又是谁？”

“在下屈平，楚三闾大夫。”

“楚？楚不是早就亡了吗？如今这普天之下，哪里不都是秦的土地?!”

“你……你是……”

“我是这片大地上独一无二的王，从盘古开天地以来，第一个称霸天下的皇帝，万民都要俯首称臣，我，我和我的子孙，将要世世代代统领这片江山。哼，你不认识我，是因为你死得太早！”

“我……我不相信……死得太早，又怎么能看见你？你是假的！”

“榆木脑袋！假的真的，又有什么区别？我说的这些你永远没有机会看到。哈哈！”

“你这疯子！”

“疯子？当然，历史不都是疯子创造的吗？看看你自己，你以为自己就是唯一正常的吗？唯一清醒的吗？不过一个快要死的人，可笑！”

“人，都是要死的，我为我深爱的而死。”

“当然当然，人都是要死的，可你知道我是怎么死的吗？”

“你？”

“我用了十几年时间修好了自己的陵墓，辉煌的、独一无二的陵墓，最终却死在马车里，他们用咸鱼掩盖了我发臭的尸体。”化身为嬴政的男人嘴角勾起一丝阴冷的狂笑，向后倒在河滩上，变作一具臭气熏天的腐尸。

“这算什么？”

“或许什么都不算，回溯，再来一次。”

再次回到江边的，是一个面容憔悴的白人老头，赤裸的臂膀伤痕累累。

“你见过大海吗？老家伙，你在海上与恶浪和鲨鱼搏斗过吗？你在非洲的草原上捕猎过狮子吗？在枪林弹雨的战场上拖过死尸吗？你有没有试过在不开灯的房间里整晚不入睡？有没有试过失去一只眼睛的滋味？有没有在医院里读过自己的讣告？是的，我说这些你都不会懂，不会懂，我见过的已经够多了，你呢？你见过什么？听着，老家伙，不要为那些折磨过你、侮辱过你的东西伤心难过，要战斗，跟一切想要毁灭你、让你倒在地上爬不起来的东西战斗，包括你自己！”

说完，他拔出一把银子镶嵌的猎枪，枪口伸进嘴里，两个扳机一齐扣动。

再一次回来，他以受难者的形象被钉上了高大的十字架。

“父啊，赦免他们。因为他们所做的，他们不晓得。”他抬头对天空说。

“我老实告诉你，今日你要同我在乐园里了。”他低头对门徒说。

“母亲，看你的儿子！”他低头对玛丽亚说，又对约翰说，“看你的母亲！”

“以利，以利，拉马撒巴各大尼？”[①] 他痛苦地呼喊。

“我渴了。”他尝了绑在牛膝草上蘸满醋的海绵，然后说，“成了。”

最后一句话是：“父啊，我将我的灵魂交在你手里！”然后他低下头，走向短暂而永恒的死亡。

“我愿面朝大海，春暖花开。”他背诵了那首诗，伸手在空中拍了三下，然后消失不见。

“生存还是死亡，这是一个问题。”他说。

---

① 出自《马太福音》，意为：“我的神！我的神！为什么离弃我？”

他一次又一次穿过永远散不开的晨雾踏上江岸,以约翰·列侬的样子,以弗吉尼亚·伍尔夫的样子,以亚拉伯罕·林肯的样子,以凡·高的样子,在那之后,是乔达摩·悉达多。

十

小丁先生,您好:

一篇小说的结尾总是令人头痛,当人们意识到自己的故事终于面临结束,不得不老老实实为它编造一个完美结局的时候,总是忍不住从心底感到恐慌和压抑,感到怅然若失,就像坐在黑暗的电影院里,看到屏幕上浮现出 The End 或者 FIN 时的心情一样。

如同我现在正在做的那样。

还记得我写给您的第一封信吗?那时我是如此彷徨,不知道自己脑中纷乱迷茫的一切该如何整理出一个头绪,不知道该如何按照恰当的时间和逻辑顺序写出来。很多年前,曾有一位教美学的教授对我说,不要急着去寻找答案,不要用自己的思维模式去强行梳理纷繁错落的事物现象,你只要关注你的课题,虔诚地,用心灵去观照,足够长的时间后,答案会自己浮现出来。

奇怪的是,无数次的失败与尝试后,我竟然发现他说的是对的。

然而这个故事终于结束了,在附件中,一切谜底即将揭晓,我不知道想说的一切是否终于说了出来,不知道您是否明白,无论如何,结束了,此时此刻我无法形容自己的心情。

写完一篇小说就是这样的感觉吧,希望您喜欢这个故事。

x 敬上

2007.5.13

附件 6：

“时间不多了。”G-56 双手轻按着巨大的玻璃沙漏，指尖和面颊都泛出淡淡的红色，洁白的细沙在她面前淌下，如一线游丝。

“只剩最后一次了？”

“或许，最后一次。”

“好吧，我走了。”柏羊叹一口气，“再祝我一次好运吧。”

G-56 低下头，指尖交叉，“好运，哈里·谢顿与你同在。”

最后一次出场，他恢复了自己的本来面目，一个人，孤零零地站在江岸上，等待。

“早，我们又见面了。”他牵动干涩的嘴角急匆匆地说着，声音因为疲惫而粗哑得如同沙砾，“也许你会奇怪我为什么要说‘又’字，不过这些都不重要，现在听我说，我们时间有限，不管你当我是神也好，是鬼也好，我所说的每一个字都是真的……”

他坐在那里滔滔不绝地说着，从第一次踏上这片命运注定的空间开始，每一次相遇，每一次对话，每一个小细节，一字一句清晰而详细地描述着。

我是始，我是终，我是阿尔法，我是欧米伽，我是楚怀王，我是海明威，我是最初的皇帝和最后的人子，我是你第一次见到的那个普普通通的渔夫，昔在，今在，将来永在。

一切都结束后，他就此消失了，如同来时一样没留下任何痕迹。

“这算什么？”G-56 睁大眼睛望向岸边，那个高大寂寥的身影依旧站在那里，如一尊凝固的雕像。

柏羊靠在角落里垂着头，额发遮住了眼睛。“我累了，”他说，“很累。”

“解释一下，否则我没法写报告。”

“让报告见鬼去吧。”从牙缝里挤出这几个字，柏羊沉默了一会儿，抬头说，“对不起。”

“可以理解。”G-56说，“我当年也是这样过来的，只是，为什么，我想知道。”

“每个人在穿越时空的过程中都会多少保留一点模糊的记忆碎片。”柏羊缓慢而疲惫地回答道，“DejaVu，或者别的什么称呼，在一瞬间，你觉得眼前的情景似乎曾发生过，那是因为在不同的时空中曾经历过，这是真实的人才会有的特质与可以反复使用的磁带和虚拟游戏存档所不同的地方。我把那个人经历过的一切重新告诉他，他就回忆起了更多，过去的，未来的，真实的，虚幻的，人的大脑永远是最奇妙不过的东西，在那一瞬间，他已经领悟了太多，远远超越他所属于的那个时代。”

“结果呢？”

“他在思考，你看不到吗？思考这一切背后的秘密、所有终极问题的答案，关于时间、空间、历史、未来、生存、死亡，或许一辈子就这么思考下去。”柏羊年轻的脸上浮现一丝苦笑，“毕竟，这些问题永远没有一个完整的答案。”

G-56垂着头沉默了一阵，最后一点细沙在她面前的沙漏里缓缓流淌，然后静止，宛如一声洁白的叹息。“好吧。”许久她点了一下头，“还是要恭喜你，通过了考试。”

“那又怎么样？”柏羊像个小孩子般握紧了拳头，“我都做了些什么，我们做了些什么，你真的明白吗?！我们凭什么决定别人的命运，活着或者死去，真的可以选择吗?！”

“冷静点……”

“不要跟我说这些！”柏羊深吸一口气，转过头直视着G-56清亮的眼睛，“我只是觉得，一个人超越自己的时代孤独地活下去，未必是幸运。”

“也许你说得对。”G-56避开他的视线，“不过又怎样呢？一切都结束了。”

“是的，结束了。”柏羊呆了一会儿，低声说，“在既定的历史时空中，他的命运还是一样的，对吗？当我们回到原点，一切仍像没发生过一样，这就是时间。”

“你想得太多了。”G-56指尖交叉支着下巴，说，“记住，这只是开始，以后你还有无穷无尽的时间来思考这一切。现在，我们回去吧。”

柏羊低下头，重重地闭上眼睛。

三声清脆的拍手声响起，在潮湿凝重的雾气里留下最后一丝细微的震颤，随着被惊动的灰白色鸟群一同绵延四散开来，滑过波澜不惊的水面。

仿佛感应到什么似的，远远地，那伫立在江边的身影终于动了一下。

十一

x你好：

恭喜你最终完成了它，这是一个很好的故事，虽然你还有很多机会修改，让它更精美、更细致，但故事本身已经足够有趣，有趣而且意味深长。

试着拿去给你认识的编辑看看吧，这样你就又前进了一步。写小说就是这样，有些人走得快些，有些人慢些，但重要的是，你要一直鼓足勇气向前走，哪怕每天只走半步。

我没有什么更多的话留给你了，之前已经说过很多，感谢你如此信任我，跟我分享你的创作历程，对我们每个人来说，这种分享都是弥足珍贵的，谢谢。

最近要离开一段时间，短期之内或许没办法回信，希望我回来后，能看到你的文章发表。遗憾的是，到现在我还是没能想起你的名字，或许在今年的笔会上还能再见面，到时候一定多说几句话。

汨罗江上

祝好运。

小丁

2007.5.28

十二

丁先生，您好：

这是我写给您的第七封信，或许也是最后一封。

不，我还是不能亲口说出这个结局，即使没有管理员的监察，没有系统过滤和屏蔽掉关键字段，我脆弱的心脏也无法承受说出那些话时的沉重。

我想现在您的病情大概已十分严重了，也许连看到这封信的机会也很渺茫。有什么关系呢，眼下我只想继续写，把想说却一直没有机会说的一切都写下来。至少现在，我还有时间。

人是多么容易忘记过去啊。

在那件事、那件令所有人震惊和心痛的事发生之后不久，我曾做过一个梦。我梦见自己穿越时空回到过去，想要在那个至关重要的时间点之前救回你的生命，突然间发现这一切都是某个邪恶组织的阴谋，我在梦中跟他们搏斗，从几千米的高空跳进水里，周围的一切都在旋转。当我从手术室被推出来的时候，看见你就躺在我旁边不远处的另一张病床上，脸上蒙着纱布，沉默苍白，却依然活着，从昏迷中醒来，活着，于是我决定留在那个时空，留在那里照顾你，坐在充满阳光的洁白病房里，我静静地读一本书给你听。

梦醒后，心情久久不能平静，宁愿梦中的世界才是真实。很长一段时间里，我甚至没有办法亲口向第二个人讲述我的梦境，只要一开口，泪水就会掉下来。

某个阳光很好的上午,我整理年少时留下的日记,居然重新看到那个梦的记录,那个在我心中深深埋藏近乎一生的梦。于是就在那一瞬间,我看到了半个多世纪前的自己,那个单纯善良的女孩子坐在我面前,二十岁刚出头,眉间有一缕无法洞穿时间的忧郁。我上前抱紧她,用颤抖的声音向她发誓,在我剩下的斑驳岁月里,会尝试完成她当年的愿望。

在这个时代,时空旅行技术还尚未出现,但是有一样东西您或许猜到了,是的,T-mail,可以向不同时间点上发送邮件的系统,这中间的原理与操作规则十分复杂,关于"外祖父悖论",关于过去、现在和未来的确定性,直到现在仍在束缚着我们的言行,我并不奢望我的信可以改变那早已发生的结局,但又不能不奢望。

此刻,您看到的这封信来自2077年,一个九旬老人枯槁嶙峋的双手。从去年的8月至今,将近一年的时间里,我就是用这样的方式和您保持联络,六封邮件,一个拙劣的科幻故事,像是一线细而韧的蛛丝,将时空的两端黏合在一起。

其实,第一封信的开头是我在2006年的夏天写的,而小说的开头则要更早些,一堆属于遥远过去的、未完成的文字,和当年的日记一起存放在陈旧的硬盘里。我曾以为自己的懒惰懈怠将令它们永远沉寂下去,慢慢腐烂慢慢被遗忘。而现在,许多年之后的现在,我这个垂暮之人,却重新拾起那些碎片,一丝一缕编织起来,用尽最后一点心血。

或许,这就是造化。

和您通信是一段愉快的经历,我仿佛重新回到二十多岁的青涩岁月里,那时候未来还很漫长,一切都在未知中显出迷人的轮廓,如同永恒的夏夜。连死亡也不过是夜空里偶尔划过天际的一颗流星,那么遥远,遥远而又凄美。

汨罗江上

第一次收到您的信时，我激动得彻夜未眠，时间，你的未来我的过去，像一道江水的两岸，隔着浓重的晨雾遥遥相望。我努力写信，一封又一封，有时满心欢悦，有时沉郁迷茫，有时突如其来地泪流满面。

然而这一切对你、对我而言，又究竟有何意义呢？已经发生的能否被改变，我没有答案。在流淌的时光面前，我们每个人都如同那涉江的人，一次又一次踏入冰冷的波涛中，面对的却不再是同一道江水。

如此一来，还剩下什么呢？

大概只为了越过无尽波涛，远远瞥一眼岸上那个人的身影。

此时心中千言万语，无法再一一付诸笔端。

记忆总是带领我回到2006年的那个夏天，热闹的笔会上，你在我旁边坐下，谦逊地点头微笑。

短暂的，却是永恒的微笑。

多年之后，在生命的最后岁月里能和您重逢，共同分享那一点点微不足道的时光，深感荣幸。

若是您能看到这封信，请记得千万保重身体，未来的世界还有很多精彩的事，比科幻更科幻，比我们所能想到的更美妙。

期待您的回信。

非常，非常期待。

x敬上

2077.6.4

我用颤抖的手寄出这封信，然后开始漫长的等待。

等待。

夏夜是如此漫长。

一

整个六月都在等待中度过，我始终没有等到回信。

或许因为违反某些时空信息条例而被管理员拦截了，或许在蛛网般复杂的系统传递中遭到损坏，又或许跟太多邮件一起堆积在2007年的某个邮箱中，还没有等到拆封的那一天。

雨整整下了半个多月，七月里的某一天，天气终于放晴，窗外的石榴树间又响起了蝉鸣，一簇簇艳红的花朵争相盛开。我就着窗口明媚的天光，开始翻检七十年前的新闻资料。

这并不容易，网络资源经过那么多年更新换代，被破坏，资料遗失，病毒侵蚀，碎片整合然后重建，所剩下的陈年资料已经寥寥无几，漫长的搜索之后，我竟然找不到任何资料来证明历史是否曾经被改变过。

也许这是好事，我默默幻想着，在我的观察下，世界已经一分为二，我的这个世界里，那个曾经圆脸微胖的中年男人已经跳过了2007年7月那个生死攸关的时刻，继续过着幸福的日子，工作，赚钱，写作，偶尔留下几篇脍炙人口的小文章，直到他生命的终点。

又或者他变成了薛定谔的猫，在两种截然相反的状态中摇摆不定，等着更强的观察者出现。

不，那些只是科幻罢了，我自嘲地笑了一下，时间是个谜题，你用一辈子也无法解开它。

死亡也一样。

我重新坐回电脑前，打开T-mail邮箱，收信人一栏里填上：Xiaoding2006@Tmail.com。

汨罗江的江水在我周围流淌，携卷着一切回忆涌向遥远的过去，我像一块孤零零的礁石伫立在江心，周围是浓得化不开的雾。

敬爱的小丁先生，您好：

我用颤抖的手指敲下这几个字。

霍斯曼的诗在耳边响起：

来自远方，
来自黄昏和清晨，
来自十二重高天的好风轻扬，
飘来生命气息的吹拂：
吹在我身上。

快，
趁生命气息逗留，
盘桓未去，
拉住我的手，
快告诉我你的心声。

“时间。”望着窗外在阳光中摇曳的石榴树影，我喃喃自语道，“还剩下这么多时间。”

“这就够了。”他在遥远的地方微笑着回答。

【后记】

曾经我以为，关于这篇小说，自己身为作者并不需要再说什么，只沉默地聆听各种批评的声音就好。然而事到如今,我又有几句话想说,或许是因为有些读者抱怨没有看懂,向我提出各种各样的问题,又或许因为时间的潮水不知不觉间又改变了一些东西,我却觉得自己依旧停留在原点。

所以,请原谅我的啰唆。

我想说我没有给小丁写过信,只是有缘见过三两面,通过几条并没什么意义的短信,混过他的论坛,投过一次稿。我从不曾有那样的幸运,跟他谈写作,谈人生,谈论时间和科幻,谈论生与死。只是,我认识和想象中的他,是位憨厚靠谱的中年大叔,如果真有人写一封信去请教他,他一定会认认真真地回信,他会收起自己的惊才绝艳和幽默犀利,说一些言辞朴实却十分暖心的话。

有一千个读者就有一千个哈姆雷特,我写了我心中的那个小丁,如此而已。

我想说我在文里藏了很多东西,就好像一位朋友说的:"这个东西这里的大家看起来很好,但是需要的外部信息太多了,当然没有这些信息不影响故事的完整性逻辑性,但是却无法感知那种特殊的情绪。这就是那种文字不宅,而骨子里宅的写法。"

如果因为这样,导致许多读者没有看明白,那么,我必须诚挚道歉。

我想说最后一封信里写下的那个梦是真的,2007 年夏天,我曾在博客里贴过。我把重要的名字用黑色方块遮住了,虽然这样看起来有种沉重而死寂的味道,让人觉得不祥。我只是不想写出那个名字,至少,那个时候不行。

那个梦,我直到今天依然无法向人诉说,只要说出他的名字,喉咙就会不由自主哽咽。

我想说,这篇小说的写作开始于 2007 年 7 月,断断续续写了一个夏天一个秋天,终于完成以后投给《科幻世界》。投出去之后我便耐心等待,等待这个被小编批评太文艺太哀婉太宅的故事能最终通过主编老姚的严格审查。却不曾想到,正式发表时已经是 2008 年的 10 月。

那天我路过书报亭，习惯性停下脚步探头看看，看见“汨罗江上”这四个字映入眼帘，一瞬间竟以为是在做梦。

我还想说，虽然自己大部分时候是抱着游戏的心情在写小说，但唯独这一篇，我写得那么纠结那么艰难，又是那么执着地希望它能发表。那些深埋心底的话，好不容易变成文字，我想让更多人听见，而不是消散在风里。我像18世纪的流浪艺人，坐在街头唱一首六便士的歌，过往行色匆匆的人们，我想让你们听见。

所以请看得慢一点吧，不要匆匆去翻结尾，不要急着赶路，不要在哀悼的工作结束之后，把一切迅速扔给遗忘。

我想对那些被这故事感动的人说，我们分享同样的记忆和情感，那种共同感比这篇小说本身重要许多倍。一个人在深夜写这样的故事，是孤独的甚至绝望的。因为时间之河总是一刻不停息地奔流，我只能独坐水中央，看着曾经拥有的一切逐渐远去。然而还有记忆，还有思念，还有写作与悼亡的姿态，将属于往昔的碎片粘连在一起，将我和小丁，将我和你，将我们每一个人连在一起。

这也许是一篇科幻小说，但又也许不是，因为那个比科幻更科幻的2077年，那个被我们寄托了无限希望的未来，还在很遥远的地平线上徘徊。如果有生之年，T-mail真的可以成为现实，那么，我一定会给小丁写一封信。

盗圣白玉汤

一、盗亦有道

毫无疑问,我的室友郭宣是个怪人。

表面上看,他像个好学生,每天按时上课,考试成绩总比我高一点——但是除此以外,他的生活简直乱七八糟,没有一样是合乎《新时代大学生行为规范》的。吃饭睡觉随心所欲,你永远搞不清楚他什么时候在宿舍,什么时候在外面某个不为人知的角落转悠——特别是在那些万籁俱静的深夜里,这一点总是让我这个跟他同住的正常人提心吊胆。

除此以外,他还有很多秘密,一旦流传出去很容易让其他人对他的人格产生不好的联想。比如说,他曾一整个下午坐在全世界访问量最大的成人交友网站里,盯着往来穿梭的红男绿女们,嘴里念念有词;又比如,他曾经利用职权注册过不止一个女性账号,进入那些只允许女性玩家进入的隐秘站点，再带着诡异的眼神和柔媚的腔调重新出现在我面前；另外，我还知道他有个掌上记事本，用三道不同算法的密码锁住，里面尽是一些怪吓人的代号："弗兰肯斯坦""汉尼拔""得州电锯杀人狂""开膛手杰克"，"午夜凶猫"[①]，诸如此类的。

当然对我来说，这一切早就习以为常了。我知道郭宣是个侦探——不仅仅是那种在学校里专替女同学寻找丢失作业本的业余侦探，更是一个有牌照深受普通老百姓尊敬的网络警察。

这个时代，虚拟世界已经变得比现实还要错综复杂，各种标新立异的网络犯罪层出不穷，而网警就是这个虚拟世界的管理者和维序者，比一般网民的权限高出一大截，最厉害的一点，他们可以直接根据你注册的 IP 追踪到你在现实生活中的身份。想想看，你千辛万苦在某个站点修炼到最高级，呼风唤雨无所不能，就因为抢了某个小女孩的棒棒糖，还对她发表了若干未成年人不宜的攻击性言论，人家抹着眼泪向网警中心一投诉，第二天警告信就直接递到了班主任老太太手里："某某同学在某某站点未遵守《网络语言文明守则》，言行失当，望老师和家长予以配合教育。"问题是，投诉者分明披着一张恶龙皮，鬼知道她才刚上小学一年级。

当然，以上这些全部是假设，跟我自己初中时代的生活经历没有什么关系。

重新说回郭宣，他要操心的事情远比这些重要得多。在柯南·道尔站，他就是传说中的福尔摩斯，来自全世界各地的网警和侦探们带着各式各样的问题来咨询他，以期得到一个满意的解答。有时候他会需要我提供一些意见——在贝克街 221 号，或者在我们凌乱的合租宿舍里——自从莫里亚蒂一案被他拉下水后，我就顺理成章地变成了福尔摩斯的助手华生，尽管我从不认为自己具备侦破案件的才能。

按郭宣的说法，我最难能可贵的品质就是现实，非常现实，换句话说，

①均为文艺作品或历史上著名恐怖形象，其中最后一项"午夜凶猫"为《科幻世界》编辑部某催稿狂人的代号。

像牛一样认死理。这种素质对我们的侦破工作非常重要。

而在我的心目中,除了网络世界中的神通广大以外,郭宣依旧是郭宣,那个在校园里默默无闻、生活作风古怪的黑瘦男生。有时候,他在某些方面表现出的能耐会吓你一跳,令人捉摸不透;有时候也会犯些错误,让你感觉他并不是无所不能……

那还是暑假结束的时候,我扛着从家里带来的五斤牛肉三斤柿子饼坐了一夜火车回学校,出火车站时周围正下着大雨,外面到处是踩着满地烂泥的熙熙攘攘的人群——无论科技怎么进步,交通怎么发达,火车站都是一样乱。我一手打伞,一手拎行李,肩上还斜挎着一个装随身物品和几本书的旅行包——事实证明摆这种造型毫无疑问是在犯傻。

总之我就这样一路向外走,在公交站等车时顺手卸下旅行包,从内侧一个小口袋里摸出公交卡。紧接着车来了,我扛着行李开始跟随人流卖力地向上挤——无论科技怎么进步,交通怎么发达,公交车还是一样挤。在我艰难地腾出一只手伸过去刷卡的过程中,隐约感到有人紧贴在我背后,像是急着上车的样子,然而当我终于刷完卡挪上车抢到座位放下行李转头一看,却发现后面根本一个人影也没有。

后面的事用膝盖想也能猜到——旅行包内侧那个我娘专门缝上去的小口袋已经被拉开了,里面的手机钱包不翼而飞,连同钱包里身份证学生证图书证网络许可证饭卡银行卡魔兽月卡和几百块钱的生活费。

在我还没来得及跳起来狂啸一声之前,公车已经关上门,摇摇晃晃地向前开去,只留下溅满泥水的模糊窗户外一堆面目可疑的人头。

这是我有生以来第一次被偷钱包,人们都说,这年头这种事就像上网泡 MM 被骗一样,是不可避免的,但我一向品行端正洁身自好,居然还是遭了这一劫。除此之外,我内心最深切的感受不是心痛也不是遗憾,而是一种……一种被当成白痴耍过后的耻辱和挫败感。

回到学校已经是中午了,雨下得正大,楼道里又闷又热,墙壁上都挂满了水珠。宿舍里黑着灯，我推门进屋，却看见郭宣正盘腿坐在椅子里，指尖顶着下巴仿佛在思考着什么—— 一瞬间我甚至怀疑他整个暑假哪儿也没去，就这么一直坐在这间幽暗潮湿的房子里。

我重重地坐在他对面的床上，看了他好一会儿，开口问："你吃饭了吗？"

郭宣把他亮闪闪的眼睛转向我，同样过了很久才回答："还没呢。"

"那一起去吃饭？"

郭宣依旧保持着那个姿势，淡淡地说："饭卡掉了？"

"岂止饭卡。"我苦笑一声，向后躺倒在床上，"钱包手机都没了。"

"怎么没的？"他似乎终于表现出一点兴趣。

"被偷了。刚出火车站就被偷了。"我给他详细讲述了全过程，仿佛这样就能稍微抒发点心中的郁闷。郭宣听得很认真，还不时询问一两个细节，就像在查询案情。末了我狠狠咬牙，说："钱就算了，还有那么一大堆证件呢，贼娃子拿了也没用，听说这年头重办一次证件比遭一次抢劫还劳民伤财；手机倒是旧的，可里面一堆号码也没了，怎么就这么霉啊！"

"说的也是，这都是无形资产，丢了很麻烦的。"

我抬头看着郭宣神秘莫测的笑容，突然间心中生出一线希望来，说："你能帮我找回来不？找到了肯定请你吃顿好的，最起码是北门的满盆香。"

"满盆香算什么？"郭宣笑笑，"这么说吧，手机和钱包，不包括里面的钱，你愿意出多少钱要回来？"

我仔细想了想，咬牙说："五百吧，再多这学期就得吃泡面了，你知道的，我最恨泡面了。"

"你不是还能卖游戏装备吗？"郭宣戏谑地看着我笑，让人搞不清他到底是不是在开玩笑，"好吧，现在你上网，跟着我走，记住什么都不要问，别人问你任何问题都不要回答，只按我的提示行动。"

我半信半疑地点点头，爬上床躺好，从旁边拉出个人终端数据线插进脑后的隐藏插口里。下一瞬间,我们两个已经身处网络世界,周围是各种五光十色的门,上面用花哨的字体写着“新闻资讯”“读书频道”“美食天地”“影视娱乐”“两性私语”等等令人眼花缭乱的标题。许多奇装异服的男女进进出出,不时从敞开的门里飘出某个站点的主题音乐,配合着电子美女甜腻腻的千呼万唤。

郭宣一言不发地径直往前走,七拐八绕来到一扇小门前,只见上面用小动物的爪印拼出了“宠物乐园”四个字。他推开门,带着我继续向里走,进入一条很长的走廊,周围黑黢黢的,只有沿路墙壁上有一星一星暗绿色的幽光忽隐忽现,像萤火虫,又像质量低劣的彩色灯泡,营造出一种怪恶心的恐怖气氛。

我们走了很久,我一直有种错觉,走廊似乎越走越窄越走越矮了,但却始终没有要撞到头的感觉。过了一阵,郭宣停下脚步,推开面前一扇门,突如其来的明媚光线晃得人睁不开眼睛。又过了一会儿我才发现,周围是一座城市,景色似乎有几分眼熟,又似乎有什么地方显得怪异。

我转过头想要跟郭宣说话,却惊异地发现,身旁站着的(用“站”这个动词也许不太妥当)居然是一只大耳朵、短毛、褐色眼珠、身子精瘦的黑猫!

好吧,我是说,单看神情,这只猫的样子还是很像郭宣的,不过这也没什么稀奇的,网络时代嘛,有句名言叫做——在网上没有人知道你是一条狗。在这里做什么都不稀奇,更何况人家门口写着“宠物乐园”几个字呢。我再看自己,果然已经变成一条货真价实的狗,帅不帅不知道,只是腿好像短了点。

我试图说些什么,结果发现嘴里吐出的也是货真价实的狗叫,郭宣回头瞪我一眼,我想起他之前说过的话,想起我的魔兽月卡和亲爱的手机(里面还有我费尽力气才下载来的好多电影和图片呢),便识相地乖乖闭嘴跟上。

我们在街道和楼群间钻来钻去。这座城市跟我们学校所在的那座几乎一模一样,只是看不到一个人影,街头巷尾全是各种猫、狗、兔子、浣熊、狸猫、松鼠、熊猫之类造型卡通的动物,悠然自得地晒太阳,逛点心店,蹦蹦跳跳玩各种游戏,简直像一个大型迪士尼游乐场。我想来这里的玩家一定都是些喜欢小动物的人。

郭宣不慌不忙地带我跳上一辆公车(居然不用刷卡),来到火车站,这里同样是那么乱,面目可疑的猫狗们在阴暗的角落里或蹲或卧,亮闪闪的眼睛四处扫视。我们走到一面破旧不堪的墙边,上面满是形态粗野的涂鸦,郭宣伸出爪子,利索地扒拉下来几张写着办宠物证字样的小纸条,在空出来的墙壁上写了几行字(单就动作的熟练程度来看,我怀疑他经常这么干),这几行字依然有点莫名其妙:

寻　猫

本人于今天上午丢失猫两只,白猫四个月,肚中有崽;黑猫老而瘦,系深蓝色丝带。有拾到者愿以四袋猫粮酬谢。

我忍不住低声问:“这是什么意思?”虽然是狗叫,不过好像自己也能听懂。虚拟世界就是这样的,信息被转化为电流直接进入脑中的处理器,能听懂八国外语都不稀奇。

郭宣冲我摇摇头,迈着轻快的步子跑开了,我只好跟在后面。我们进了旁边一家快餐店,郭宣弄来两个鸡腿(居然还是不收钱的!),我们坐下边吃边等。不一会儿,就有个黑影像鬼一样突然出现在我们旁边的座位上。

“你们要找猫?”那家伙挤眉弄眼地压低声音对我们说,单看外表是只块头挺大的深褐色卷毛猫,绿眼睛,鼻子上有块旧伤疤。不知为什么,我硬是从他的猫语里听出一股羊肉串味道来。

郭宣冷静地说:“你有消息?”

“也许有一点,但也不好说。”那家伙狡猾地笑笑,“猫都长得差不多。”

郭宣说:“你有猫的照片吗?”

卷毛猫装出一副傻相,说:“我想想。”爪子却突然一翻亮在我面前,上面呈现出一张不到半寸大的虚拟图片,只出现了半秒就消失了。我却浑身一震,那正是我身份证上的照片——剃个平头,面无表情,像刚从监狱放出来一样,化成灰我也认得。

我第一反应就是跳起来一个虎步扑过去,要用我的狗爪子把他的鼻子拍平,不料郭宣却抢在这之前一掌摁住我的尾巴尖,继续冷静地说道:“那真太好了,我们会好好感谢你的。”

“那是应该的。”那家伙居然这样说,我没听错吧?

郭宣说:“四袋猫粮。”

“这个还可以再商量嘛。”那个混蛋还是保持着傻愣愣的表情,“你的猫才四个月,太瘦了,我照顾它也很辛苦的。”

虽然我还没有完全弄明白他们在说什么,但那家伙无耻的样子惹得我怒火中烧。郭宣又一次摁住了我,说:“五袋吧,这是我朋友,照顾一下。”

卷毛猫眯着绿色的眼睛在我们身上来回打量了几遍,突然一拍桌子,说:“好,交个朋友,大家都不容易。”

接下来的事更加莫名其妙。郭宣不知从哪里摸出来几个花花绿绿的塑料袋子,对方接过去闻了闻,露出一个恶心巴拉的笑容,然后就像来时一样瞬间消失了。

“我们走。”郭宣低声说,这出闹剧似乎就这样收场了。我们两个沿原路返回,退出网络,重新回到潮湿阴暗的宿舍里。外面的雨还在下,天色比之前暗了许多。

“走,吃饭去。”郭宣从床上爬起来说,我这才感到肚子饿得不行,虚拟世界里的鸡腿果然不顶饱。

郭宣请我吃辣子鸡丁,他自己要了一大盆牛肉面。闷头狠吃了五分钟后,他抬起头来说:“过几天会有人把你的钱包手机寄到学校,你自己记得去查。还有,拿回银行卡以后,记得取五百块钱给我。”

我说:“那家伙偷了我的钱包?”

郭宣摇摇头,“不一定,很可能他只是负责谈判的,而且八成是个不满十五岁的小孩。”

“你怎么知道?”

“看他神态、说话方式,还有他给自己选择的形象。越是伪装,越容易露出马脚。”不得不承认,他说这话时脸上轻描淡写的神情又一次伤了我的自尊。

“为什么不抓他?你是侦探啊。”我说。

“抓到了又能怎样,你的东西还在人家手里。”

“那怎么能保证他们一定会把钱包还回来?”

“那些证件之类,他们拿着也没什么用。”郭宣说,“而且猫粮是不能直接兑换成钱的,等你拿到钱包,再去那个站点发一封表扬信,他们才能拿到钱。”

我似乎清楚了点,但还是很糊涂,郭宣看我一眼说:“以后有机会再跟你详细解释吧。这个站点不简单,表面看来是宠物站,其实还有个名字,叫‘盗亦有道’。每座城市都有一个,是一个初级的网络盗贼工会,背后还有更复杂的后台。”

我想了又想,最后说:“那到底是什么人建立的这个站点,警察?贼?”

“是个厉害角色。”郭宣望着远方,半是忧郁半是戏谑地笑了一声。每次我看到他脸上浮现出这种与年龄极不相称的神情,就隐隐预感到有什么人要倒霉了。

二、热舞派对

如同这个世界上所有的侦探一样,郭宣也一直是个自说自话、喜欢保密的家伙,并且从来不肯把计划提前告诉给他心地善良英明神武忠诚可靠的助手知道,这点令我对他多少有点意见。

钱包这件事过去之后，我们又重新回到了正常的生活中。也就是说，我按时起床、吃饭、上课、上自习，他则继续神出鬼没，只有每天晚上的上网时间是固定的，而且一上就相当久。除此以外，他还多了一个坏毛病，就是坐在那里沉思时喜欢用两只手的手指在桌面上轮番敲击，仿佛在练习弹奏一架看不见的钢琴。这种敲击声开始还只能算是单调乏味，可是随着他速度越来越快，一连半个多小时不停歇，就简直足以把任何一个正常人逼疯了。

为了逃避这种声波武器的摧残，我开始尽量减少在宿舍活动的时间，直到他睡着或者上网时才回去。这样的日子持续了一个多星期后，郭宣却主动来自习室找我了。

我收拾了东西跟他来到走廊上，郭宣眼睛里放着光，显然非常激动，开口第一句话就问我："你玩过劲舞团之类的游戏吗？"

"玩过。"我有点茫然地回答，"有一段时间常玩儿。"

"水平怎么样？"

"一般吧，刚开始升级还挺快，五级以上就惨得很了。"

"跟我猜的一样。"他咧嘴露出一丝笑容，说，"来，需要你协助我的时候到了。"

我莫名其妙地跟着他回到宿舍，郭宣拉出网线，我们一起进入了网络。这一次，是直接来到了一条空旷的走廊里。

"这是……网警中心？"我四下里张望着，不禁有几分紧张。上一次郭宣带我来还是为了莫利亚蒂教授那桩案子，看来这次的事情也不简单。

"别怕。"郭宣径直往前走，低声说道，"先做点准备工作。"

我们进入了一间白色的房子，里面有个穿白大褂、戴黑框眼镜的女孩子。她严肃地打量了我一番，仿佛有些失望地转头对郭宣说："你说的就是他？"

不管郭宣之前是怎么描述我的，这种语气未免也太伤人自尊了。郭宣当然听得出来，却不作任何解释，只是用更加严肃的语气回答："快点，我们赶时间。"

至少有一点我没有猜错，不到最后一刻，郭宣是不会想到我的。

白大褂点点头，指了指旁边一张很像手术台的白色床板，对我说："躺上去吧。"

我更加紧张了，虽然是虚拟世界，但这阵势依然很吓人。郭宣一言不发地躺上另外一张手术台，我也只好硬着头皮坐上去，扭头问白大褂："脱鞋吗？"

她皱着眉头，仿佛很厌恶我的问题，我赶紧急急忙忙躺好了。紧接着，没有任何预警地，周围变成了一片黑暗。

我躺着，一时间仿佛全身都失去了知觉，只有一团意识孤零零地飘浮在无边无际的虚空中。没有光，没有形状，连时间和空间的概念都没有，这种状况多少有些令人恐慌。当然，实际情况很可能是有人暂时切断了我和虚拟世界的联系，却还没有把我送回现实中去。听说在游戏中被杀死就往往会产生这种感觉，虽然时间非常短暂，连 0.1 秒都不到，却好像在虚空中飘浮了几百万年，很多人就是这样精神失常的。

正在胡思乱想的时候，周围又突然变亮了。我看见白大褂正站在面前，用一种奇怪的眼神盯着我，轻柔地问道："感觉怎么样？"

我忙回答："挺好的。"刚说完，另一个略显虚弱的声音紧跟着从我嘴里飘出来："像死过一回。"

我吓了一大跳，刚才那个声音分明是郭宣的，可我却看不到他的人。白大褂刚想说点什么，郭宣的声音又一次从我嘴里飘出来："没事，我们得出发了，我来跟这家伙解释。"

如果说刚才的经历只是让人有点恐慌的话，现在则真是可以把人吓出毛病来。关键时刻，郭宣的声音再次响起，但这次不是从我嘴里，而是从我脑子里。

"抱歉，我应该提早告诉你。"他说，"我委托网警中心的技术人员做了一次接驳，现在我们在共用一具身体。"

我张了张嘴，却什么都没说出来，更何况我根本没搞清楚该对谁说话。郭宣继续在我脑子里说："这次的任务需要我们两个密切合作，只好用这个办法。一会儿这具身体先由我控制，你不要开口说话，关键时刻，我会告诉你该怎么做的。"

我试了试，发现自己果然动不了了，也说不出话来。不管郭宣以前怎么对我，都不比这次这么离谱，我也试着在脑子里对他说："见鬼，你怎么能这样?！早知如此，我绝不跟你来！"

"就是怕你不来才不敢提前说。"郭宣一边回答，一边开口对白大褂说道："好了，我们出发吧。"

白大褂走上前把我抱在怀里，没错，这不是幻觉，我这才发觉自己变成了一只猫。我和郭宣，或者说郭宣重新变成了那只黑猫，而我则变成了附身在猫身上的一个幽灵。眼下的状况相当混乱，但我依然注意到，白大褂抱猫的时候非常轻柔，而且她身上有股淡淡的、很好闻的香味。

可惜这个过程并不长，她出门走到另一扇门边，把我——我和郭宣，放进门里，用一种略带忧郁的声音轻轻说道："祝好运，大侦探。"

这话显然不是对我说的。

穿过门，外面的景色很是眼熟，果然，我们又来到了那座宠物之城。

眼下城里的景色同样是夜晚，四处亮着花花绿绿的彩灯，浪漫可爱得像一座卡通城。跟着郭宣来到一座大商场地下，我心里微微吃了一惊。这里我小时候常来，当年曾是个红极一时的游戏厅，后来虚拟游戏兴起后就衰败下去了。此时此刻，这间大厅里却是人满为患，绚丽的彩色灯光此起彼伏，各种电子配乐熟悉得令人感动。一瞬间，我仿佛又回到了遥远的童年，心脏不禁狂跳起来。

郭宣依旧很冷静，径直走到角落里的柜台旁边。柜台里面坐着一只穿红马甲的黑猩猩，正满意地腆着肚子，抠那两排黄黄的大板牙。

郭宣冷冷地说："我要我的任务币。"

“你果然来了。”黑猩猩笑嘻嘻地扔过一个暗红色圆盘，说，“我就猜到你会来的，今天可是最后一天了。”

“目前赔率怎么样？”郭宣问。

“不错，相当不错。”黑猩猩说，“压你的人很多，说实话，我在这儿干这么多年了，像你这样有天分的小家伙，我只见过两个。”

“另一个是他？”郭宣追问道。

“还能是谁呢？”黑猩猩神秘地眨眨眼睛。

我们拿了任务币往前走，我忍不住偷偷在脑子里问：“他？他是谁？”

“运气好的话，我们今晚就能见到了。”郭宣回答。尽管外表很冷静，我却能依稀感觉到，他的心跳也开始加速了。

我们沿着过道一直走，穿过一排排射击和赛车的游戏机，许多人都停下了手里的活儿，贼亮亮的眼睛向我们扫射过来，这目光我再熟悉不过——许多年前，当我创下单币玩遍一条街的纪录时，也是这样接受其他小孩的注目礼的。这时候我逐渐开始明白，郭宣前一段时间都在偷搞些什么了。

我们来到最尽头的角落里，一块圆形的透明板子飘浮在半空中，上面依稀刻有许多颜色各异的复杂符号，随着欢快音乐的节奏一圈一圈闪着光，非常绚丽，也非常高科技。郭宣说：“就是这个。”

“什么？哪个？”我有点慌张。

“跳舞机。”他回答，“当然是改良过的，这些不同的符号代表不同的动作指示，手脚，或者说前后腿，还有头和尾巴。有些要踏中相应符号，有些需要在空中做出指定动作，其余就跟你玩过的差不多，按正确率累计分数通关。”

“不是吧？”我有点傻了，“从来没听说这种玩法，这么变态啊！”

“是不容易。”他说，“我在其他地方也没见过，大概是那家伙自己写的程序。”

“谁？又是那个他？你一次说清楚行不行？”

“对,是他。这么说吧,他建立了这个站点,他亲手设计了这里的一切,他搞了这场游戏大赛,而我的目标就是在这场比赛中突破所有纪录。这个跳舞机是最后一项挑战任务,也是我唯一没破纪录的一个,所以才需要你帮我。”

“帮你,怎么帮?”

“很简单,你只负责两条后腿和尾巴,这三个点是专门踏拍子的,没有太复杂的动作,其他交给我。”他说,“注意力集中,不要被其他符号干扰,这是你的强项。”

我终于有点明白了,郭宣这是要作弊。

以前我跟兄弟们玩一些拼速度和反应力的游戏时也用过这一招,一个负责基本操作,一个负责切换和攻击。这就跟左手画方右手画圆的道理一样,一个人搞不定的,两个人就简单得很,只是两人共用一个身体玩跳舞机这么超现实的战术,我还从来没想过。

“能行吗?”我有点底气不足。

郭宣说:“当然能行,我们先从一级开始,你熟悉一下。”

他潇洒地扔出手中那枚游戏币,叮的一声掉进透明舞台正中的圆形缺口中。舞台发出华丽的光芒,随着开场音乐缓缓降落下来。

“现在你可以控制两条腿了。”郭宣说,“跳上去试试看。”

果然,后半身开始有知觉了,或者说我的全部感觉都集中在了后半身。我颤巍巍地伸直腿,用一种很难看的姿势跳了上去。

音乐响起,舞台缓缓升空,彩色符号像漫天花雨一样从头顶上方落下来,速度快得吓人。

“这真的是一级吗?”我大叫着,后腿顿时有点发软。

郭宣说:“不要想了,看准你自己的符号,开始。”

我们共同控制着一具身子,像双人舞狮那样歪歪扭扭地跳了起来。

虚拟游戏因为摆脱了手指操纵键盘和摇杆的限制,所以只靠思维信号就可以直接控制角色完成动作,但其速度和复杂程度往往比真实中高出许多倍。你可以像魂斗罗那样在空中随意翻跟头,也可以像街霸一样打出各种华丽的组合招数,可以说只有想不到没有做不到。然而这其中也有许多微妙的地方,真正操作起来你才会发现,其实“想”比“做”反而更需要技巧,比如说,想象自己有一条尾巴,一条灵活的、可以像手指那样精确控制的尾巴。

眼下我正试着把自己的全部注意力都集中在两条后腿和一条尾巴上,这三部分的指示符号颜色分别是红、蓝和紫。正像郭宣告诉我的那样,这三种符号是基本节拍,出现频率比较固定,也不太需要什么特殊技巧。而郭宣负责的头和前腿就不一样了,实际上,我根本没弄明白他那些符号到底代表什么动作,只感觉上半身一会儿旋转,一会儿腾空,整个身体几乎要从腰部断成两截一样。

一局结束,我们竟然拿到了97.8分,这基本上是我一个人玩这类游戏的最高分了。

“怎么样?”我偷偷问郭宣。

“还可以吧。”他回答,“之前我过这一关都是满分。”

我仔细看了一下,果然错误都是出在我这边,不禁有点沮丧。他似乎察觉到了,赶忙说一句:“不要紧,这个游戏越到后面才越关键。记住,集中注意力。”

第二关开始了,音乐节奏明显比刚才快了很多,我们两个又疯狂地跳了起来。还好虚拟世界中没有体力限制,不然以这种变态的玩法,几个人加起来也早累趴下了。

随着一关又一关挑战晋级,我们的配合越来越默契,好像变成了一只手上的两根手指,既相互协作,又互不干扰,仿佛心意相通已无隔阂。旁边围观的人也越来越多,一双双蓝的绿的红的动物眼睛闪着光芒。突然间,我感觉有一道目光刺过来,热辣辣却又冷冰冰,落在身上的一瞬间竟像被什么东西扎到了似的。

一双漆黑、深不见底的眼睛。

我不能确定到底是谁最先注意到了那目光，我，还是郭宣，但我们一起打了个寒战，一半是我的紧张，一半是他的兴奋。

“加油。”郭宣说，“最后一关了。”

最后一关实在很有创意，各种高科技含量动作层出不穷，我几乎是用两条腿和一条尾巴踩出了一套凌波微步；郭宣就更彪悍了，没有做错一个动作。下面的叫好声不绝于耳，其间也夹杂着许多“我靠”一类带有赞叹性质的不文明词语。音乐停止后，我们紧张地盯着半空中，各种积分和技术统计数字从空中落下，然后突然像七彩烟花一样爆炸散开。

“Congratulations！”一个激动的电子声响起，“You're the No.1！”

欢呼声像潮水一样从四面八方涌来，郭宣却依旧很冷静，站在那里扫视着下面的人群，像是在等待着什么。那只穿红马甲的猩猩腆着肚子走过来，一张丑脸上笑得满是皱纹，说：“很好，小家伙，你果然做到了。”

“那么，我是这次的冠军了？”郭宣问。

“当然，当然，除非有人超过你的纪录。”黑猩猩回答。

“我想不会有了。”郭宣倨傲地说，“把奖金给我吧，六百万。”

“六百万?!”我吓了一跳，以前我在网上卖一个游戏装备最多几千。六百万！无数盘辣子鸡丁像银河系中的星辰一样在我的脑海中盘旋。

黑猩猩仍不慌不忙地抠着大板牙，说：“那当然，可我得先确认一下。”

他转头向着人群中喊了一句：“还有人要挑战吗？”

声音从静悄悄的大厅里穿过。几秒钟之后，仿佛摩西劈开红海似的，人群突然自动向两边分开，从中走出一个小小的身影。小巧玲珑的绿色身子，大而圆的脑袋，脑袋上长满白色绒毛，一双漆黑、深不见底的巨大眼睛看过来，像懵懂无知的孩童，又像饱经沧桑的老人。

“长……长江七号……”我呆住了，面前这个形象实在太经典了。

“你好，挑战者。”那小东西对我们说，嘴角挂着一丝顽皮的微笑。

“你终于出现了。”郭宣不动声色地说。

“当然，这么多年来，还是第一次有人能破我的纪录。”长江七号说，

“就让我陪你玩一局吧，谁赢了谁就是冠军。”

“求之不得。”郭宣回答。

另一块舞台随即升了起来，七仔轻盈地跳上去。音乐前奏响起。我开始紧张了，六百万哪，就这么一局游戏！

“冷静点。”郭宣暗暗对我说，“别搞砸了。”

“说得容易！”我在内心深处嘶喊。七彩符号从天而降，如果说之前像漫天花雨的话，现在根本就是电，就是光，是飞翔的子弹，总之，速度无论如何都不是人类所能捕捉的。我们疯狂地跳了起来，像赤脚踩着烧红的铁板，不，比那还要快。世界在翻滚，在旋转，像一个巨大的滚筒洗衣机，我觉得我要吐了。

一曲结束，我晕头转向地朝上望，各种统计数据落下来，有点惨，但比我想象中要好一些；再看旁边七仔的数据，是满分！

“可惜，你差一点就做到了。”他向我们这边说一句，嘴角依然挂着那丝顽皮的微笑，然后优美地跳下舞台，一转眼就不见了。

“怎么可能……”我呆立在那里，巨大的挫败感像潮水一样将我淹没，辛辛苦苦奋战了一个晚上，居然这么轻易就输了。

郭宣轻描淡写地说：“不，你已经做得很好了。”但我能感到，他心里也同样有一丝失败后的沮丧。

他重新控制了整个身体，从舞台上跳下去。围观人群用混合着崇敬和遗憾的眼神看着他，黑猩猩走上来拍了拍他的肩，笑嘻嘻地说：“别灰心，小家伙。”

“运气不好。”郭宣耸耸肩，他拿出那枚暗红色的游戏币扔过去，大猩猩接住了，又扔回来，说：“留给你做个纪念吧，或许会带来好运气。”说完仍旧是故作神秘地挤挤眼睛，大摇大摆地转身离开了。

郭宣握着游戏币，目光锐利地盯着他离去的方向。

“哈，原来如此。”郭宣笑了一声，声音中隐隐有一丝自嘲，然后便像柴郡猫那样神秘消失了，只剩一个虚拟的笑容留在虚拟的空气中渐渐散去。

三、大盗无形

回到现实中已经是深夜了，宿舍里一片漆黑，我从床上爬起来，只觉得浑身酸痛，像真打了一夜游戏那样累。郭宣却生龙活虎地跳下床，在房间里激动地走来走去，然后坐在桌子前，掏出记事本输入着什么。

许久之后，我终于忍不住问："事到如今，你总该告诉我这到底是怎么回事了吧？"

郭宣坐在椅子里，像模像样地叼着他心爱的陶土烟斗，沉默许久才转过身对我说："这得从头说起。"

"我在听。"我说。

"首先，你得知道盗圣白玉汤这个人。"他举起手中的记事本大声念道，"网络盗贼，危险程度 D+，缉拿难度 S。跟我们的老朋友莫里亚蒂教授不同，这家伙从不杀人，只偷东西，但却比历史上所有著名的大盗加在一起还要难搞，亚森罗平、怪盗基德、楚留香……他继承了那些家伙的智慧和光荣传统，是我现阶段最想抓到的一个。"

"网络盗贼？"我有点茫然，"偷什么，网络资料吗？那不就是黑客？"

"当然不一样。"郭宣说，"网络盗贼并不是只在网上活动，他们擅长运用网络来进行各种复杂的盗窃活动，也就是高科技犯罪。散布伪造信息、误导警方、攻击银行和赌场的警戒系统、入侵通信系统等，五花八门，层出不穷，而白玉汤是其中当之无愧的 No.1。这家伙非常聪明也非常自负，跟他的许多前辈一样，他每次行动前会先发布一则消息通知警方，但最终总能得手。他曾只身潜入国际银行的管理中心，用自制的软件直接从主控电脑上划走二十亿，然后又以个人名义捐给了国际医药组织；还有一次，他只是篡改了一下天气预报，就成功制造了一场大混乱，并趁机从皇家博物馆中偷走了价值连城的艺术品。然而这些对他来说不过是游戏，他像个上瘾的孩童一样，不断发明新的玩法，警方拿他一点办法也没有。"

郭宣说到这里停了下来，默默注视着手中的烟斗，我也不声不响地坐在旁边等着。

“相比之下，他在网络上的活动更惊人。”郭宣接着说，“记得上次你丢钱包的事吧，我带你去的那个站点，盗亦有道。这个时代里贼会偷现金，但更多的是偷各种证件、银行卡和其他不能直接兑换成钱的东西。他们就在这个站点上和失主联系，要求他们用金钱赎买，对双方都有好处。这种交易方式，连同整个非常完善的网络平台，都是白玉汤这个家伙搞出来的。除此之外，那些散布在各个城市中的盗贼还通过这些站点学习、升级、交流信息……通过一套非常严密的管理系统，这些盗贼中的佼佼者组成了一个庞大的网上盗贼王国，而盗圣白玉汤就是他们共同的头目。”

我突然想起了什么，问：“难道就是你说的那个‘他’？”

“不错，在这些站点中，每个人都知道‘他’，只是没人见过他的真面目，最多也只是虚拟形象而已，就像今晚我们见到的。”

“那个七仔？”我愣了一下，“他就是白玉汤？”

“当然，你也看到了，这家伙不是一般人。”郭宣说，“我去参加这个比赛，就是为了引他出来，却没想到他竟然真的那么快。”

“你说他玩游戏的速度？”我问。

“别忘了，玩虚拟游戏多半靠的是反应和判断速度，还有精确控制意念的能力，这正是一个超级盗贼所必须具备的素质。这个人在MUD里简直像神一样，没有他做不到的事情。”

“可他为什么要设立这个比赛呢？”

“为了等人出来挑战他。”郭宣说，“其实自从上一次的皇家博物馆一案后，这家伙已经一年多没出现了。没猜错的话，这段时间他一直在制订新的作案计划，但这个计划单靠一个人又无法完成，所以他设立了这么一个比赛，想找个跟他一样敏捷的拍档。这对我是个千载难逢的机会。”

“你去参加这个比赛，是为了找机会接近他？”我问。

“当然。”郭宣说，“不然难道是为了钱吗？那六百万的悬赏不过是个诱饵，他知道没人能在游戏中打败他。”

“早说啊。”我有些懊恼地说，“害我那么紧张。”

“我跟你一样被耍了。”郭宣哼了一声，“其实真正重要的信息早就被编写在那枚游戏币里了，我竟然没想到。”

“游戏币？”

“不错，只要能解开里面的密码，就能在网络中找到他。他在考验我，也是试探，这家伙。”

“接下来怎么办呢？”我问。

“一步一步慢慢来。”郭宣说，“我把游戏币留在网警中心了，等他们想办法倒腾吧，别着急，放长线才能钓大鱼。”

那一夜之后，郭宣又回到了他繁忙而无规律的生活中，每次看到他都是顶着两个硕大的黑眼圈，眼睛里却射出愈发精悍的光芒。我自己也好不到哪里去，只要听见类似那台跳舞机上的音乐旋律就会莫名紧张，两条腿不由自主打哆嗦。

过了两天，事情似乎终于有点眉目了。那天傍晚我正在食堂吃饭，郭宣跑来找我，第一句话就是：“今晚行动。”

我吓了一跳，嘴里的包子馅立马喷了出来。

郭宣竟然一点不介意，拍拍我的肩说：“别吃了，走，跟我回宿舍，这次可是真到你发挥作用的时候了。”

我们走在路上，他便迫不及待地讲了起来：

“预告今天早上就发出去了，好家伙，白玉汤这次的目标竟然是潘多拉之盒！”

“什么盒？”我有点茫然。

“一个魔盒，一个虚拟世界中的神奇领域，据说是世界顶尖代码高手设计的，任何信息一旦进去就再也出不来了。里面有无数人类自己创造出来的可怕玩意儿，比如最危险的病毒、最绝密的资料，小到重要国家元首的绯闻照片，大到足以毁灭人类的各种科技发明——世界大战、核武器操作系统、生化武器、基因改造，统统被扔了进去，就像被锁入了另一个空间，再没有重见天日的可能。这也是设计者的初衷，希望能像古希腊神话中的魔盒一样，把所有的罪恶永远封禁起来。”

“你是说，它只存在于虚拟世界中？”我问。

“是的，只有极少数人知道它的位置，而就算知道，也没法把里面的信息取出来，连魔盒设计者自己也做不到。”

“可是白玉汤却要偷这个盒子？”

“与其说是偷，不如说是自我挑战，我早说了，这家伙瘾大得很。”郭宣说，“他就像过去那些表演逃生术的魔术师一样，不断为自己设立更高的目标，并且表演给所有人看。从潘多拉之盒里偷东西，就像从克莱因瓶里逃生一样，是不可能完成的任务，所以他才偏要去做。”

我听得晕头转向。回到宿舍后，郭宜拿出一张纸来，在上面画了个细长的漏斗状图形，对我说：“潘多拉之盒的构造其实一点也不像盒子，它是一个非常诡异的四维时空结构。为方便理解，你可以把它想象成这么一个漏斗状的旋涡，掉进漏斗口的东西会向着深处滑进去，越深坡度越陡，下滑的速度也越快，它是没有底的；也就是说，永远不存在一个所谓的尽头，正是这种独特的结构导致了它有进无出的特点。”

“像个无底洞？”

“像黑洞，它甚至具有与黑洞相似的时空变形效应，越往深处滑，时间会变得越慢，至于究竟慢到什么程度，谁也不知道，这也是最可怕的——或许真像神话中那样，天上一日，人间一年。”

我愣愣地看着那个怪模怪样的图形，说：“那可真是太刺激了。”

“当然，不刺激怎么值得他费这么大工夫呢？白玉汤筹谋这个计划很久了，他其实是个很小心的家伙，之前已经想了许多种方案出来。我的出现让他非常高兴，这样他就可以选择最简单也最安全的那种了。”

“什么方案？”

“他需要一个拍档，在他进到旋涡深处后，能把他连同偷到的东西一起拉出来,像汤姆·克鲁斯在《碟中谍》里那样。他为此专门编写了一种特殊的代码,像一根很韧的弦,可以承受非常强的张力。"

"能行吗?"

"这只是基本原理,实际操作起来当然复杂得多,高维空间非常危险,我看他自己也没有十足的把握。这个疯子。"

我隐隐产生了一种不祥的预感,说:"你真的要跟他一起去?"

"不是我,是你。"郭宣说,"你跟他一起去,我要领着人在外面抓他。"

"我?不是吧?!"我跳起来,郭宣耐心地坐在对面,神情坚定而略带狡黠。我早该想到,如果不是为了忽悠我去西天取经,何必费这么大周折给我解释西天是什么呢?

"在潘多拉之盒附近,时间的流逝也会变慢,这是抓他的大好机会。"郭宣说,"以前网警也试图在网上定位他的真实位置,但他动作太快了,每次我们还没来得及出动就让他给跑了。这次你的任务就是在魔盒入口处耗住他,尽可能拖延时间,别让他下去,一旦我们扣留住他的身体,任凭他在网上有再大神通也使不出来。"

我突然想到一个问题,说:"如果我也掉进去怎么办呢?"

"你不能掉进去。"郭宣严肃地说,"记住这一点,牢牢记住,不管受到任何暗示和引诱,你都不能下去,这可是生死攸关的。"

当天夜里我和郭宣就出发了,先来到网警中心,白大褂正在那里等着我们。

"想不到你真的来了。"她对我说,没错,这次是看着我的眼睛说的。她的表情依然非常严肃,甚至是凝重。

"没什么,应该的。"我点点头说,"我是郭宣的助手嘛。"

她看着我幽幽地叹了一口气,说:"你真勇敢。"

我被她看得几乎有点不好意思起来。

"准备出发吧。"郭宣说,"先给他喷'膜'。"

白大褂点点头,指着旁边一张床对我说:"躺上来吧。"

这次我很自觉地躺好,闭上眼睛,依稀听得有什么东西嗞嗞作响。等我睁开眼睛的时候,发现别人看我的眼神已经不一样了。

"你又对我做了什么?"我低头看着自己,却什么也看不到,只有一团淡淡的灰色影子。

"一层伪装数据。"郭宣说,"这样谁也看不到你的真面目了,我一直是这样和白玉汤见面的,有了这层膜,他就会把你当成我。"

我问:"那他是什么样子的呢?"

"每次都不一样,但他会主动来找你的。"郭宣边说,边掏出那枚红色游戏币塞给我,说,"拿着这个,记住,从现在开始你就是我,代号'灰影',是一个经验丰富、头脑冷静的网络盗贼。还有,你最喜欢的歌星是小甜甜布兰妮。"

"你怎么知道?"我惊喜地说。

"我也是随便说的。"郭宣耸耸肩,"走吧,从旁边这扇门出去,我们直接把你送到接头地点。"

我出了门,外面是一座废弃的大楼,很像我们学校里那座,笼罩在夜幕中阴森森的,有几分寂静,又有几分恐怖。我不禁想起上次跟郭宣办的那桩案子就发生在这里,那可是人命案哪,身上不由自主地打了个寒战。

我哆哆嗦嗦地沿着墙根飘过来飘过去,像一团真正的影子。这时,身后突然传来一个低沉的声音:"你还是那么准时。"

一件黑色的丝绒斗篷静静地立在我身后,我赶紧说:"你还是那么英俊。"

话刚说出口我就后悔了,这哪像郭宣平时的说话方式?

斗篷里传来一声轻笑,白玉汤径直从我身边走过,不,是飘过。我这才发现斗篷里竟是空的,里面什么都没有,衬里是暗红色的,夜幕中看起来像凝固的血块。

“你的游戏币呢？”他的声音从斗篷里飘出来，我忙掏出来说：“在这里。”

“拿好。”他一边从斗篷里掏出一个一模一样的红圆片，一边说，“这是唯一能把我们联系起来的东西，没有它我们就完了。”

他说的大概就是郭宣提到的“弦”，我虽然一点也不明白，却也不敢多说什么，只是跟在他后面飘进了大楼里。

我们进了一部破旧的电梯，灯光幽暗，在头顶上方一闪一闪。电梯缓缓上升，发出咯吱咯吱的声响。

“你今天很安静啊。”白玉汤对我说，“是不是紧张了？”

我尽量模仿郭宣的语气说：“不，我只是在思考。”

“思考什么？”他问。

“很多事。”我开始硬着头皮装深沉，白玉汤笑了一声，“你害怕了。”

“难道你不怕吗？”我说。

“我？我怎么会害怕?！我是盗圣，从来没有失败过。”

这家伙说话的方式很奇怪，像一个人，只是我一时想不起来是谁。

电梯还在咯吱咯吱，我开始觉得有点奇怪，这楼明明没有多高，却走了这么久。正在这时，电梯猛地一跳，停住了。

“到了？”我愣愣地问。

“到了。”白玉汤回答。

门向两边滑开，我向外望去，看见一片虚空。

没有光，没有颜色，没有时间和空间，只是一片彻底的空旷。在那无边无际的空旷里，飘浮着潘多拉之盒。我无法形容它究竟是什么样子的，它就像周围的虚空一样没有具体的形状和概念——你认为它是一个盒子，它就是盒子；你认为它是一个旋涡，它就是一个旋涡；你认为它是无穷无尽的深渊，它就是深渊。

这是我有生以来经历过的最诡异的场景，我和白玉汤，两个无形的盗贼，在一片无形的虚空里，想要从一个无形的盒子里偷无形的东西。无论是老子还是赫尔墨斯，看到了一定都会笑掉大牙的。

“就是这里了。”白玉汤在我旁边叹了一口气，他的口气是迷醉的，有一点淡淡的忧伤和喜悦。就像一个小孩子，趴在橱窗上看着他朝思暮想的玩具，而下一刻，他就要动手砸开玻璃把它拿出来了。

我想起自己的任务，赶紧开口说：“你这就要动手了？不再准备准备？”

“我已经准备很久了，就是为了这一刻。”他轻声说，“做完这件事，我就是世界上最伟大的盗贼。”

“可是这样做很危险啊。”我说。

“危险算什么？”他轻轻哼一声，“我想要得到什么东西，从来没有人能阻止我，警察不行，潘多拉之盒不行，就算上帝也不行。”

这时候我终于想起来了，他说话的口气就像郭宣，只是更自负，更走火入魔。他们都是为了实现目标连命都可以不要的人。

“可你究竟想要偷什么呢？”我问，“盒子里那么多东西。”

“我只要一样，希望。”他说。

“什么东西？”

“你知道那个传说吧，潘多拉打开了魔盒，所有的罪恶、疾病、苦难……坏的东西都飞了出去，只剩下希望。”他一边说一边望向我，那空荡荡的斗篷兜帽里竟隐约浮现出一个笑容，“我要把它偷到手。”

他的话和郭宣说的一样让我困惑。

我眼睁睁地看着他一步步走向电梯口，跪在那里向下望，像是随时都会奋不顾身地跳下去一样。得找点什么话跟他说，我正绞尽脑汁想着，他却突然惊奇地咦了一声。

“怎么了？”我问。

“我靠，里面还真是什么都有啊。”他压低嗓子，像在喃喃自语，“那是什么？裸照？小甜甜布兰妮！”

“哪里哪里？”我连忙凑上去探头看，下面一片漆黑，依稀有星星点点的光芒像星云一样在里面盘旋。突然屁股后面一阵钝痛,像是有人狠狠踹了我一脚。我眼前一黑,还没明白到底发生了什么事,就向下一头栽了进去。

四、潘多拉之盒

我在虚空里坠落,无穷无尽地坠落。

心里最初是惊慌,然后是愤怒,愤怒之后是后悔和绝望。我不知道白玉汤为什么要这么做,也许他临时改变了主意,让我替他下去走这道鬼门关;也许他发现了我是个冒牌货,要杀我灭口。郭宣呢?郭宣知道发生什么事了么?想到郭宣,我心里喜忧参半,如果当初我没有答应他来这里,此刻掉下去的会不会是他呢?不,郭宣才没有我这么二呢。

各种各样的念头在脑袋里乱哄哄地盘旋,最后汇聚成一句漆黑沉重的话,反反复复:

奶奶的,老子这下算是完了!

我飘啊飘,没有起始,没有终结,没有上下左右,没有速度和方向,甚至连时间概念都没有,一团团光芒从我旁边飘过,有的杂乱无章,有的似乎能看出模糊的轮廓,那都是各种各样的代码。想到里面有最可怕的病毒,我不禁有点害怕,小心地从旁边躲开。

突然间,一团白色的影子蹦跳着跑过来,是一只穿着马甲、用两条腿跑步的兔子。

“哎呀,迟到了,迟到了。”它一边喊叫着,一边从怀里掏出怀表来看。我疑惑地盯着它看,它也停下来,紧紧盯着我,然后继续向前跑。跑了一会儿,它回头看我不理它,又跑了回来。

“喂,新来的,”兔子开口向我说话了,“你为什么不跟着我?”

我思考了很久,谨慎地问:“我为什么要跟着你?”

“有没有搞错?”它愤怒地跳了起来,“你在一个漆黑的洞穴里,看见一只用两条腿跑步的兔子，揣着一只怀表，还会说话，为什么不跟着跑?!你还是不是一个正常的人类?!"

"你到底想说什么?"我不耐烦地问。

兔子被我搞得有些沮丧，长耳朵耷拉下来，"我是说，你应该跟着我，这样我就可以带你去见一个人。"

"好吧，我跟着你。"我说。管他呢，反正这个世界已经够疯狂了。

我跟在兔子后面，向前走了七步，然后惊奇地发现自己站在了一个花园里，一切都像《爱丽丝梦游仙境》中描述的那样，耳边甚至传来优美的鸟叫声。一个身穿白色长袍的男人从树丛后向我走来，二十岁模样，身材高挑，长相俊美，让人想起各种网络小说中描述的风流侠客。

"贵客到了。"他微笑着对我说，边说边轻轻摇着手里一把香气扑鼻的白色纸扇。

我更加茫然了，问他："你是谁?"

"我知道你有很多问题。"他说，"不要着急，坐下来喝杯茶，我会慢慢解释给你听。"

他把手一伸，旁边立刻出现一套古色古香的红木桌椅，上面还摆着各种茶点，简直就像古装电视剧里的情景。我疑惑地坐下，端起茶杯，琥珀色的茶汤散发出一股浓浓的香味。

"不会有毒吧?"我说。他哈哈大笑起来，潇洒地用扇子一拍掌心，在我旁边坐下，说："假作真时真亦假，在这样一个虚幻的世界里，何必计较那么多呢?"

我想一想，觉得他说得也有道理，便喝了一口。茶果然很香，跟学校食堂用大桶泡出来的完全不是一个境界。

"首先，我必须告诉你一件事。"白衣男对我说，"之前你以为是盗圣白玉汤的那个人，并不是真正的白玉汤。"

"那他是谁?"我说。

"她是我的妹妹白玉棠，我才是真正的白玉汤。"

事到如今,我已经彻底麻木了,他说什么我都不奇怪,爱咋咋地吧。

"这件事得从头讲起。"白衣男笑眯眯地说,"我们兄妹两个从小相依为命,父母遗弃了我们,所以这么多年来,一直是我照顾她长大。靠什么呢,只能靠偷,从一块面包开始偷起。很快我就发现,自己很有这方面的天分,我妹妹也是,我们两个天生就跟别人不一样,因为我们的手脚比别人都快。"

他说着,手一挥从桌上把茶杯扫落,又几乎在同一时间伸手接住放回到桌上,连一滴水都没有溅出来。

"人类感知时间的方式是很奇怪的。"他说,"别人眼中的一秒,对我来说大约相当于两秒半,也就是说,我比普通人快一倍还要多。对一个盗贼来说,这样的速度意味着你可以偷到任何想偷的东西,却没人可以抓住你。因此无论在现实中,还是在虚拟世界中,我都无往不胜。"

我发现他说话的口气也很像郭宣。

"可惜我的身体却比别人脆弱。"他接着说,"一种怪病困扰了我很多年,让我慢慢丧失了知觉和运动能力。也许上帝是公平的,给了我超乎寻常的速度,就注定要加倍收回去。大约在五年前,我彻底瘫痪了。一个比任何人都快的灵魂,却被囚禁在一个动弹不得的牢笼里,多么痛苦,你能想象吗?于是我放弃了那具身体,把自己的意识上传到网络,变成了一个电子幽灵。在网络里我依然是最快的,这样很好。我开始培养白玉棠作为接班人,把我所有的本事都教给她,我们一起合作,我负责网上,她负责真实世界中的行动,这才造就了那个真正的盗圣,那个永远不会失败的神话。"

他说到这里,若有所思地把玩着手中的茶杯,慢慢叹一口气继续说:"唯一能阻止我的只有这个盒子。我在潘多拉之盒面前失败了,因为我太自负,我不相信别人,以为只靠我一个人就能办得到,结果竟被困在了这里。全世界只有一个人知道这件事,那就是玉棠。我知道她会想办法把我弄出去的,她是个天才,跟我一样快,但同时又比我更冷静。你知道你自己为什么会在这里吗？这一切都是她设下的局。她假装成我，号称要来偷潘多拉之盒，她设下游戏比赛，把你诱骗到这里；她还改进了我设计的代码弦，也就是你带进来的那个，有了它我就可以离开这里。知道最妙的是什么吗？你的身体！你的身体也将归我支配，一个跟我一样灵活的身体。我可以在新的身体里生活下去，不会有人发现，简直是一箭双雕，多么完美的计划！”

我听着他滔滔不绝地说了这么一大堆，这家伙一个人被关在这里太久，一定憋坏了。

“可你是怎么知道我会来的呢？”我问，“你不是一直待在这里吗？”

“我不能出去，可是外面的信息可以进来啊。”他得意地说，“玉棠早就把她的计划送进来了。为了迎接你，我专门准备了这一切，这个花园、为你引路的兔子，还有这壶茶。放心，里面没有毒，只是普通的麻药，会让你动弹不得。”

“麻药？”我愣了愣，站起来甩了甩胳膊，好像没什么感觉。

白玉汤也愣住了，脸上流露出惊奇的神色。

“难道你是不易受催眠的类型？这可太少见了。”他说，“不过没关系，就算没有麻药，我一样可以从你身上偷走任何东西，我可是盗圣啊。”

这句话刚落地，我隐约觉得面前有道白光一闪，下一瞬间，白玉汤已经站在我面前，仿佛完全没动弹过似的，唯有手中多了一枚暗红色的游戏币。

“你看，就像这样子。”他边说，边继续摇晃着手中的纸扇。

我怒吼一声向他扑过去。这些天的各种遭遇像火油一般在我胸膛里熊熊燃烧，连同第一次丢钱包，连同那该死的跳舞游戏，连同被人一脚踹下来，连同眼前这个笑起来贱兮兮的男人！奶奶的，什么盗圣，不就是个贼吗？跟你拼了！

可惜这一下并没有扑中，我跌倒在地，那家伙的声音从背后传来：

“不要作无谓的抗争了，我不是说过吗？我的速度是你的一倍多。”

脑中一片晕眩，像是有一大团白雾在周围盘旋。我趴在地上，只觉得浑身酸软，原来那些麻药不是不起作用，只是我反应迟钝而已。

雾散开后，我竟奇迹般地听见了一个熟悉的声音：

“你没事吧？”

我抬起头，看见一只黑猫正站在我面前，深褐色的眼珠炯炯有神——是郭宣！

“你怎么会在这儿？”我费力地抬起头，“难道你也被踢下来了?！”

郭宣叹了一口气，看得出他很想骂人。

“我当然是下来救你的。”他说。

“你是谁？”白玉汤警惕地问。郭宣转过身对他说：“盗圣先生，我们终于见面了。”

只一眨眼的工夫，他就变成了人形：高瘦、鹰钩鼻、神情冷峻。白玉汤轮廓优美的脸上顿时闪过一丝扭曲的表情。

“福尔摩斯！”他压低声音喊道，“你是那个难缠的网警。”

“不错。”郭宣说，“我们已经抓住了你妹妹，她现在处境很危险，你最好跟我们合作，不要耍花招。”

“怎么可能？”白玉汤满脸不可置信，紧接着就笑了起来，说，“你在使诈。没人能抓住她，就算有几十个人转圈围住，也不可能抓住她。她的速度是普通人的三倍，比我还快！”

“是的，我们差一点就让她跑了，这是我的失误。我没有想到盗圣在现实中竟然跟在网上一样快。”郭宣说，“但是关键时刻她摔了一跤，把腿摔断了。”

“什么？”白玉汤跳起来。

“她现在在医院，医生说她骨质疏松，运动神经也有萎缩的迹象，她似乎有跟你一样的病，只是因为年纪小，还没完全表现出来。”

这个消息似乎一下把白玉汤压垮了，他猛地跌坐在椅子里，一只茶杯被碰翻在地摔得粉碎。

“趁发现得早,也许还有救。”郭宣慢慢地说,“我跟她达成了协议,我下来,带你们两个一起出去,这次的事情就算扯平。怎么样,很优惠吧?”

过了好久,白玉汤才带着满脸颓丧的神色慢慢抬起头,说:“也只能这样了。”

他拿出那枚游戏币扔在地上,小小的圆盘像绕成一团的蛇一样展开,变成一条暗红色的带子,向空中升起。我们一个紧跟着一个,像一串大闸蟹一样被吊在下面,几乎只是一瞬间就回到了入口处。出乎我意料的是,拽着带子另一端的竟是那个穿白大褂的女孩子。

“天哪,你没事就好了。”她激动地捂着心口高喊一声,镜框后面的双眼中还隐隐有闪动的泪光,我连忙说:“没事没事,别担心。”

但紧接着,她一把抓住郭宣的肩膀仔细端详着,连声说:“我的大侦探啊,你知不知道我们有多担心?你也不想想,下去出不来了可怎么办?”

郭宣有些不好意思地挣开她的手,“这不是出来了吗?”

他回头看一眼身后的白玉汤,又说了一句:“我相信盗圣的技术。”

回到网警中心,我给郭宣讲述了事情经过,他的样子非常疲惫。

“这次真的很危险。”他说,“如果不是你代替我被骗下去,如果不是我们及时抓住白玉棠,如果不是她最终同意跟我们合作,后果真是不堪设想。”

“你究竟是怎么抓住她的呢?”我问。

“靠网络追踪,锁定她的 IP 地址。”郭宣说,“她设了很多道屏障,不过我追了她这么久,已经很熟悉她的手法了,这点小把戏难不倒我,只是需要时间。她一直在原地等她哥哥上来,发现被追踪时已经太晚了,我们围住了她住的地方。不过她胆子也真是大,敢从窗户往外跳,谁都拦不住。”

“我早说过,你不该这么信任这家伙,要不是他那么轻易被骗下去,也就没有那么多事了。”白大褂在一旁说。我过了好一会儿才明白她指的是我,不禁有些生气,这姑娘总是这么一副高傲的样子。

郭宣摇摇头,“说到底,我们都被白玉棠骗了。这家伙小小年纪就如此狡诈奸猾,将来肯定比她哥哥还可怕。”

“可她不是活动不了几年了吗?”白大褂说,“医生说,她这种病从发病到完全瘫痪,也就是四五年的事。”

“如果你知道自己只有四五年的时间可以活动,会怎么做?以这一对兄妹的性格,谁也难以预料。我有预感,这不会是我和盗圣的最后一次交手。”

“为什么不把她抓起来呢?”我问。

“我答应放了他们两个。”郭宣说,“这也是交换条件的一部分,否则她不肯交出弦代码。”

“都是为了救你。”白大褂不屑地看我一眼,转头对郭宣说,“放虎归山啊,那两个人速度那么快,以后怕是再也抓不住了。”

“以后我自然会想出其他办法的,不过是两个贼而已。”郭宣说,但他说这话时脸上有一种忧郁的神色,我想他此刻心情一定很复杂,我也一样。

生活又回到往日的节奏,只除了一个小小的花絮。

有一天我回到宿舍,郭宣正坐在椅子里发呆。这本来再正常不过,但他的表情有一点点古怪,以我对他的了解,自然一眼就看出来了。

“怎么了?”我问。

他默默抬头看了我一眼,拉开一旁的抽屉说:“我刚从外面回来,发现锁在抽屉里的烟斗不见了,只剩下这个。”

我凑过去一看,是一个小小的七仔玩偶,一双又大又黑的眼睛嵌在毛茸茸的脑袋上,嘴角挂着一丝顽皮的笑。

“门和窗户都是锁好的。”他自嘲地笑了一下,说,“这家伙,不愧是盗圣。”

我突然想起了什么,对他说:“刚才我在路上,看到一个拄着拐杖的女孩,十六七岁的样子,她还对我笑了一下。”

“一定是她！”郭宣跳起来，想了想又坐下了，说，“算了，反正追也追不上。”

“原来白玉棠长那个样子啊。”我叹口气，“没想到那么漂亮，长大一定是个大美人。”

郭宣瞥了我一眼，说：“你动心了？”

“动心个头！她害我还不够吗？”我说。

郭宣握着手里那个小小的玩偶，说：“反正你也追不上。”

这话说得没头没脑，我却突然觉得，他看那玩偶的眼神，跟他平时的样子有那么一点点不一样。

【后记】

那是2007年夏天在成都的科幻大会，最后一天，我们一群人爬上了峨眉山的金顶，临到山前，我努力说服了长铁同学——这个跟我一样精力充沛的家伙，一起步行前往雷洞坪。我们没有去缆车那里排队，而是沿着狭窄的石阶飞一般大步走下去。山顶云雾起伏，草木的绿色都在潮湿的空气中洇开，像是沾了水的颜料。

这一段山路很寂静，连鸟啼虫鸣声也稀疏，沿途只看到一个穿大会纪念T恤的女孩子气喘吁吁地独自爬上来，十七八岁的样子。那些日子，在成都到处都能看到同样图案的T恤汇成海洋，一张张年轻的脸上光芒闪烁，只是在这样人迹罕至的山路上狭路相逢，有一点意外也有一点惊喜。

那女孩看了我们几眼，走过去了，那一瞬间我很想上前握住她的手，说一句，好同志，辛苦了，科幻的光辉与你同在。听上去或许天马行空不着调，但那女孩一定明白，她会紧紧握住我的手，年轻的眼睛里射出同样意外而惊喜的光芒。

就是那个时候，长铁对我说，他想写篇校园网警的后续。

我说，好，我也写。

无需再说什么。夹子是个理科男，更是个比我靠谱许多倍的作者。我想他只是简简单单地有了这个想法，然后简简单单地告诉我，而我简简单单地心领神会。为了一个熟悉的朋友，一个值得尊敬的同行和前辈，也是一种用语言无法描述的复杂却又单纯的情感。我们只是记得他说过，校园网警会是个系列，但他没写完，如此而已。

那时候我专门献给他的小说《汨罗江上》还卡在不到三分之一进度上，有时候想得太过用力，情绪太多太杂，反而彻夜写不出一个字来。但校园网警是个笔调轻松的故事，轻松到只要想一想他写过的那些流畅如水轻快动人的文字，就有很多句子自行涌现出来，淡淡的诙谐和智慧，一行一行闪着光。我想虽然大部分时间里，我都是一个不靠谱的说书人，但这件事既然想做，或许最终还是能做成的吧。

离开成都的那天晚上，我们一群自称八零后的男孩女孩杀去吃麻辣兔头，据说是当地很著名的一家馆子。店面不大，十几个人坐在二楼，拼了好几条桌子，大盘小盘的花生毛豆小龙虾兔头鸭脖子泛着油光，还有啤酒，大杯冰镇啤酒。吃到一半时大卫·赫尔突然来了，此人一直很敢于尝试各色中国小吃，只记得他一边拎着半截不知是小龙虾还是兔头的狰狞物件嚼得啧啧有声，一边像个教父般神情严肃地对我们说："想要成为一个好作者，最重要的就是一直写，不要停，哪怕每天只写一个字也好……"

那晚有好几个人都是拎着行李直接出来的，最终也是我第一个拎着行李离开，一群人送我到路口，还指派夹子同学把我送到火车站。没想到，回到西安一出火车站，钱包就被摸走了，这是我在这个城市生活二十多年来头一遭，仿佛当头一记棒喝，从科幻的乌托邦直接敲回现实来。

于是我坐下来写了《盗圣白玉汤》的开头，居然写得相当顺手，一边写一边想起很多年前刚上大学的时候，我在大江东去的科幻论坛里写了三段文字，分别模仿刘慈欣、潘海天和柳文扬的风格，他们都说我模仿得不错。还想起那篇纯属恶搞的《断层》，故事里全中国搞科幻的家伙都被一场来历不明的流星雨敲晕了，只剩下四个人，而我就是其中那个负责披着马甲写文章的无耻枪手，我在里面写道：

“最初我竭尽全力模仿那些曾经红极一时的作家风格，怀着缅怀和幻灭的心情，渴望从文字上复活他们所创造的那个时代。一个夜深人静的夜晚我走火入魔，敲了一篇文章署上潘海天的名字，然后惶恐不安地等待着被板砖砸死，不承想却等来一片风平浪静，大概熟悉潘海天文字风格的读者们也差不多都倒下了吧。于是我逃过一劫，开始变本加厉，继续向我喜爱的作家发动进攻，将他们的坟墓掘地三尺翻出来晾晒倒卖。很快有青少年读者开始反映：柳文扬的笑话越来越冷了，刘慈欣的硬伤多得不能忍了，王晋康的爱情描写太少儿不宜太重口味了，何夕的主人公越来越不像‘何夕’了……一堆一堆曾经辉煌的名字被玷污得一塌糊涂，但是他们却仍然追着边骂边看，像在追逐这一片荒芜的世界上渺茫的绿光，像一群身患斯德哥尔摩综合征的人质一样紧紧团结在我周围，跟我一起编造这一巨大无比的谎言，假装他们都还没有离去。”

写那段话的时候还是2003年吧，很多事都跟现在不一样。

还能说什么呢，断断续续拖了快一年，终于下定决心把《盗圣白玉汤》写完了，而之所以能下这个决心，也不过是因为突然想到，原来已经快过去一年了。

贴了半截到网上，看到长铁同学的留言，说你真的动笔写出来了，我还没写呢。

有什么关系呢，我知道他早晚会写出来的，他是那么靠谱的一位作者。或许还有别人。或许真的有一天，我们这些所谓的八零后年轻人会把这个系列写下去，然后留给更年轻的作者去写，不过这些都没有什么关系。

人活在这个世界上，最重要或许就是有一天，你突然想到一件事值得去做，然后终于把它做完。小到一篇文章，大到一些非常非常恢弘和美丽的东西。

百鬼夜行街

惊　蛰

鬼街的街道细而长，像一条青幽幽的衣带，从南到北不过十一步，从东到西却可以走一个时辰。

街西头是破败的兰若寺，寺里有很大的园子，里面种着各色瓜果菜蔬，还有竹林和荷塘，荷塘里面养着鱼虾、泥鳅和黄螺，这样我才一年四季都有得吃。傍晚时分，我坐在大殿的屋檐下读《淮南子》，看见燕赤霞挽着一只竹篮走过来，他的裤脚高高卷起，腿上满是黑泥，我看到他这副样子，禁不住吃吃笑起来。

苦禅师从黑暗的角落里咯吱咯吱移动过来，用戒尺在我头上敲了一记。

我被敲得很痛，捂着脑袋愤恨地瞪他，他肃穆的铁皮脸上没有一丝表情，好像大殿里那些佛像。我扔下书本，一溜烟跑了出去，苦禅师在后面咯吱咯吱地追，他的关节早已锈迹斑斑，动作慢得像蜗牛。

我跑到燕赤霞面前，看见篮子里躺着几棵刚从地里挖出的嫩笋。

“我想吃肉。”我仰头对他说，“你用弹子打禾花雀给我好不好？”

“禾花雀要秋天的时候才肥，现在是它们筑窝生蛋的时候，打下来明年就没得吃了。”燕赤霞回答。

“就打一只嘛。”我扯住他的袖子耍赖。他坚定地摇摇头，将篮子递到我手里，摘下斗笠来擦汗，我看着他的脸又忍不住笑起来，他的脸像鸡蛋一样光溜溜的，长着稀疏而鬈曲的黑色毛发，像田里没锄干净的杂草。据说他的胡子和头发曾经非常浓密，然而我总是趁他不注意的时候偷偷扯几根下来玩，天长日久就变成了这副模样。

“你是饿死鬼转世吧。”他用大手按着我的脑袋说，“这满园子吃食都是你的，还怕有人跟你抢不成？”

我只好冲他扮个鬼脸，提着篮子出去了。

园子里刚下过一场雨，湿润的泥土里隐隐有虫儿鸣叫，再过几个月，就有绿油油的蚱蜢四处乱蹦，把它们抓起来，穿成一串放在火上烤，金黄流油。我一面想着，一面觉得有虫子在空荡荡的肚子里面吱吱叫，便迈开双腿跑了起来。

傍晚的街道空空落落，金色余晖洒在青石路上，把我孤零零的影子拉得很长。我跑回家，看见小倩正坐在黑洞洞的屋子里梳头，屋里没有镜子，所以她总是把头摘下来放在膝盖上梳妆，她的头发那么长，像墨色的卷轴，展开来可以铺满整个房间。

我安静地坐在一旁，等着她把头发梳好，盘成斜月状的发髻，用一根镶有红色珊瑚珠的乌木发钗固定，然后她把头装上，还让我帮她看有没有装歪。我不明白小倩为什么要这样认真，就算她把头别在腰间走来走去，大家还是会一样称赞她的美丽。然而我乖乖地点点头，说：“很好看。”

其实我什么都看不清，我的眼睛不像鬼那样能在暗处看东西。

小倩得到我的肯定，拎着篮子去灶房里烧火做饭，我坐在一旁拉风箱，给她讲白天里的见闻，我讲到苦禅师用戒尺敲了我的头，小倩便伸出一只手，在被敲的地方轻轻抚摸。她的手白而凉，像一块玉石。

“书还是要好好读的。”小倩说，“将来你离开这里，去外面的世界闯荡，总要有些谋生的本领才行。”

她说话的语气十分温柔，像又甜又软的麦芽糖，于是我头上的包便不痛了。

据小倩说，我是燕赤霞在兰若寺里捡到的。我被遗弃在大殿的台阶上，饿得哇哇大哭，燕赤霞被吵得没有办法，扯下一把柔嫩的虎耳草放进我嘴里，我吮吸着草茎的汁液便不哭了。

没有人知道我的亲生父母是谁。

那个时候鬼街的生意已经衰落得不像样子，很长时间里没有一个游客。小倩说，多半是有人发明了更新潮更有趣的东西，于是旧的东西就被人遗忘了，这种事情她见得很多。在做鬼之前，小倩曾经有过非常丰富的人生经验，她嫁过两次人，生过七个孩子，并把他们一个一个抚养成人，这些都是她告诉我的。

后来她的孩子们得了病，又一个一个死去了，小倩为了筹钱给孩子们治病，便把自己一份一份地卖掉——牙齿、眼睛、乳房、心、肝、骨髓，最后卖掉的是她的灵魂。她的灵魂被卖到鬼街，灌入一个女鬼的身体里，有着黑色的长发和又白又凉的皮肤，那些皮肤是用光敏材料做成的，一碰到阳光就会燃烧起来。

燕赤霞抱着我走遍整条鬼街，最终决定把我交给小倩抚养。

我见过小倩生前的照片，被她藏在梳妆台最角落的一个小柜子里面，照片上的女人粗眉大眼，面色黧黑，比她现在的模样差很远。尽管如此，我却不止一次看见小倩对着那张照片默默掉泪，她的眼泪是淡红色的，落在洁白的裙裾上洇开，像一片片开残的桃花瓣。

每个鬼生前都有很多故事，他们的身体被烧成灰，撒进泥土里，那些故事却还活着。白天，当整条鬼街陷入沉睡时，那些故事就会变成梦境，在黑洞洞的屋檐下盘旋缭绕，像一些无家可归的燕子，那时候只有我一个人会从街上走过，只有我看见它们，听见它们嘤嘤的歌唱声。

我是鬼街上唯一的活人。

小倩说，我注定不属于这里，等我长大成人，就会离开的。

香气在黑洞洞的屋子里弥散开来，肚子里的虫儿叫得更加厉害。

我一个人坐在桌边吃了晚饭，冬笋烧腊肉、虾酱鸡蛋羹，还有荠菜汤，小米饭黏糯微甜，金子一样发着光。小倩坐在一旁默默地看，鬼是不吃饭的，鬼街的居民都不吃饭，燕赤霞和苦禅师也一样，他们靠其他方式过活。我把脸埋在碗里狼吞虎咽，心里想着，离开这里后，不知道还能不能吃到这样美味的菜肴。

大　暑

夜幕降临后，整个世界变得热闹起来。

我独自去后院的井边绞水，轱辘咯吱咯吱叫着，与往日里相比声音有些不同，我探头往下看，看见桶里坐着个白衣长发的女鬼。

我拉她上来，她湿淋淋的头发盖着脸，只从缝隙里露出一只眼睛看着我，说："宁哥儿，今晚百鬼游街，你不去看热闹吗？"

"我要打水给小倩洗澡。"我回答，"洗完澡我们就去。"

她摸了摸我的脸，说："你这孩子真是乖。"

她没有腿，只好爬着走了。我听见院子里窸窸窣窣的声响，绿莹莹的鬼火四处飘荡，像一群不安分的流萤，空气里有各种花腐败的香甜气息。

我回到黑洞洞的屋里，把水倒进香柏木的浴盆。小倩在我面前脱了衣服,我看见她赤裸的腰和背,背上有一行暗红色的条形码,像一条小小的蛇,她的身体上有莹白的光芒在流转。

“你不跟我一起洗吗?”她问。

我摇摇头,却不知自己为什么要这样做,小倩叹一口气,伸手拉我说:“来吧。”我便没有再拒绝。

我们两个坐在浴盆里,香柏木的气味十分好闻。小倩用她冰凉的双手帮我搓背,嘴里轻轻哼着一首曲子,她的声音很好听,据说每一个听过她唱歌的男人都会爱上她。

等我长大后,会不会爱上小倩呢?我一边想,一边低头看自己小小的手,手上的皮肤被洗澡水泡得微微发皱,像一张受潮的牛皮纸。

洗完了澡小倩给我梳头,替我换上新缝制的短衫,末了往我衣角里塞进一大把锈迹斑斑的铜钱,说:“去玩吧,记住,别贪嘴吃坏了肚子。”

我走出门,街上亮起了无数灯火,将夏夜的星空照得黯然失色。那些鬼狐精怪从一间间破败的宅院里走出来,从砖缝、橱柜、重檐和井栏中走出来,手挽着手,肩并着肩,成群结队地信步游荡,将细而长的街道挤得水泄不通。我挤在他们中间四处张望,街道两侧的店铺和货摊里飘来各色香气,像大大小小的蝴蝶扑打着鼻子,那些卖货的鬼怪看到我,都拼命招手吆喝。

“宁哥儿,这边来!刚出锅的桂花糕,热乎的哟!”

“糖炒栗子,糖炒栗子,又香又甜的糖炒栗子!”

“炸糕!香喷喷的炸糕!”

“人肉包子,人肉包子一文钱两个嘞!”

“宁哥儿快来看吹糖人儿,又好吃又好玩!”

其实人肉包子里面并没有人肉,那只是一个招揽游客的噱头。

我放开肚皮吃了一阵,终于撑着了,只得坐在路边歇一阵。街对面的高台上点起了一人多高的白纸灯笼,有鬼怪在上面表演各种杂耍,然而无外乎吞刀、吐火、美女变骷髅一类，我对这些并不很感兴趣，真正好看的还在后面。

有个黄皮的老鬼推着一车面具到我面前，说："宁哥儿，挑个面具吧，有牛头马面、黑白无常、修罗、夜叉、罗刹，还有辟邪和雷公。"

我挑了许久，挑中一张红发碧眼的罗刹面具，黄皮老鬼接了我的铜钱连声道谢，身子弯得像一把弓。

我把面具扣在脸上，摇晃着肚子继续向前走，突然间乐声大作，满街鬼怪一起停下脚步。我回头望去，看见游行的队伍远远开来，领头的是二十个一寸来高的绿衣蛤蟆，手里捧着锣钹、小鼓、胡琴和竹笙，后面是二十个黑衣蜈蚣精，手里都举着各色彩灯边走边舞，再再后面是二十个黄衣蛇妖，把彩纸剪成的花一把一把撒向空中，再后面就看不太清了，队伍最中央是两个白衣的独眼力士，都有三层楼那么高，他们扛着一顶小小的软轿，小倩的歌声从里面滚落，像是天上的星星，一颗一颗掉下来砸到我的头上。

夜空中亮起各色烟花，绯红惨绿烟紫流金。我仰头望着，觉得自己的身子也变轻了，向着天上飘去。

这支游行的队伍由西向东慢慢行进，街东头有一株很老的桂树，树干要三个人才能合抱得过来，树上有许多乌鸦，每一只都会说人话。他们叫那棵树老鬼，说它掌管着整条鬼街，谁博得它的欢心，谁就飞黄腾达；谁违抗它的命令，谁就要倒霉。

然而我知道这支队伍今晚到不了老鬼那里。

走到街中央的时候，大地震动起来，青石路面一块一块向四周裂开，从下面的土地里爬出许多巨大的白骨，每一根都有兰若寺的柱子那样粗，它们慢慢聚拢到一起，变做一具骷髅，在月光下闪着瓷白的光。黑色的泥土像泉水一样从它脚下涌出来，爬到骨架上面去，化做血肉，最终它变成黑夜叉的模样，有着黝黑的皮肤和一只大得出奇的角，当它站起来的时候，那只角几乎要刺破漆黑的夜空。

相比之下，那两个白衣力士还不到它的小腿肚。

黑夜叉转动巨大的脑袋四处张望，这是每个狂欢夜里例行的节目，它要从游客中抓一个活人带走。没有游客的夜晚，它就只能失望地回到地下长眠，等待下一次机会。

它向我慢慢转过头来，我摘下脸上的面具扔到一边，于是它盯住我看，通红的眼睛像烧热的煤球。

小倩从软轿里探出半个身子，尖声叫道："宁哥儿，跑呀！快跑！"

夜风吹起她的裙角，像深紫色的花瓣一层层绽开，她的脸好像玉石雕成的，上面有橘红色的灯火流淌。

我转头飞跑起来，身后跟着黑夜叉沉重的脚步声，每一步都震得整条街摇摇晃晃，路边的屋檐上扑通扑通往下掉瓦片，好像熟透的果实。我跑得像风一样轻快，赤脚拍打着青石路面啪啪作响，那巨大的脚步声一瘸一拐，紧追不舍。几年前，我曾从地下偷偷挖出一块碗口大小的骨头藏在床底下，那大概是它脚后跟上的骨头。打那以后它就再也追不上我了。

街上的鬼怪们都为我让出道路，齐声高喊着："快跑，宁哥儿，快跑！"我看见他们脸上飞扬的神采，像各色烟火在夜色里绽放。我的心扑通扑通敲打着胸膛，这条热闹的鬼街上唯一一个活人的心跳。

我向着兰若寺跑去，只要能在黑夜叉抓到我之前找到燕赤霞，我就安全了，这是游戏规则，也是这节目的一部分。每个狂欢之夜，他都会穿戴整齐地坐在大殿台阶上等我，我一边跑一边尖叫着："救命啊！大侠救我！"他长啸一声拔地而起，跃过高高的围墙落到鬼街上来，左手持一把黄底红字的道符，右手从背上的行囊里抽出斩妖剑，冲着朗朗夜空大喝一声："大胆妖孽，竟敢祸害无辜百姓，看我燕赤霞今日替天行道！"

但他今夜忘记戴斗笠出来，便把一张鸡蛋般光溜溜的脸暴露在满街灯火中，上面弯弯曲曲的毛发已经不剩几根，这与他脸上的森然正气十分不相称，于是我一边尖叫一边大笑起来，终于笑呛了嗓子，摔倒在冰凉的石板路上。

这一幕成了整个夏天里印象最深刻的记忆。

寒 露

天上有一层薄薄的云,将满月的辉光挡住了,我蹲在兰若寺的荷塘边,只能看到满塘残荷暗暗的影子,在风里起起伏伏。

夜凉如水,草丛里的秋虫唱个不停。

菜园里的茄子和豆角已经熟透了,散发着阵阵清香,我无法抵御那气味传达出的诱惑,一心想要趁着夜色偷摘一些回去,燕赤霞说得不错,我或许真是饿死鬼转世。

然而我等了许久,始终没有听到燕赤霞如雷的鼾声,相反地,却有一串脚步声从草丛里穿过,那脚步声的主人到了燕赤霞住着的小屋门前,轻轻推门进去,又过了片刻,从黑洞洞的屋里传来一男一女谈话的声音,男的是燕赤霞,女的是小倩。

小倩说:“你叫我来做什么?”

燕赤霞说:“还不是商量那件事。”

小倩说:“我现在还不能跟你走。”

燕赤霞说:“怎么不能,不是说好了吗?”

小倩说:“再等几年,宁哥儿还小。”

“宁哥儿宁哥儿,又是宁哥儿!”燕赤霞声音恼怒起来,“我看你真是被鬼迷了心窍了!”

小倩可怜巴巴地说:“我养了宁哥儿这些年,总不能说走就走吧。”

燕赤霞恨恨地说:“你总是说宁哥儿还小,总是让我等,你让我等了多少年,可还记得吗?”

“记不清了。”小倩低声答道。

“你不是每年都替他缝制新衣吗,怎么会记不清?”燕赤霞冷笑道,“我可记得清楚,这菜园里的瓜果一年一熟,我已经看管了十五年,十五年!

自他七岁那年起，他的样子可有变化吗？你还当他是个活人！”

小倩沉默了一会儿，开始嘤嘤地低声啜泣起来。

燕赤霞叹了一口气，说：“不要再骗自己了，他与我们一样，不过是个玩物罢了，值得你这么当真吗？”

小倩依旧嘤嘤地哭，越哭声音越悲切。

燕赤霞又叹一口气说：“早知道我就不该捡他回来。”

小倩一边哭一边低声道：“离开鬼街，我们又能去哪里呢？”

于是燕赤霞也不再说话了。

我听着小倩的哭声，突然觉得心里十分难过，便偷偷从园子围墙的破洞中钻了出去。

这时候薄云散开，清冷的月光洒在青石街道上，凝成一颗一颗闪闪发光的露珠，我光着脚踩在上面，觉得浑身发凉。街上依然有些小店开着，鬼怪们看见我都热情地打招呼，兜售刚出炉的绿豆饼和桂花糕，我却不想再过去吃他们的糕点，我算什么呢，与他们一样，甚至还不如他们。

每一个鬼都曾经是人，假的身体里住着一个真的灵魂，我却从里到外都是假的，从诞生到这个世界上那天起就是假的，每一个鬼都有生前的故事，我却没有，每一个鬼都曾有父母和家人，有对他们的爱和记忆，我也没有。

小倩曾说过，鬼街会衰落，是因为有人发明了更新潮更有趣的东西，我就是这样的东西吧，用更精湛的技术做成，足可以假乱真，我会哭，会笑，会吃东西，会拉屎撒尿，会摔倒，会痛，会流血，会听到自己的心跳，会从一个婴孩的模样慢慢长大，只是长到七岁就停止了，永远没有长成大人的一天。

鬼街的居民们是游客的玩物，我却成了小倩的玩物。

假作真时真亦假。

我慢慢向着街东头走去，一直走到那棵名叫老鬼的桂树下，桂花的香气弥散在夜雾中，又甜又凉。我突然很想爬到树上去，这样就没人能找到

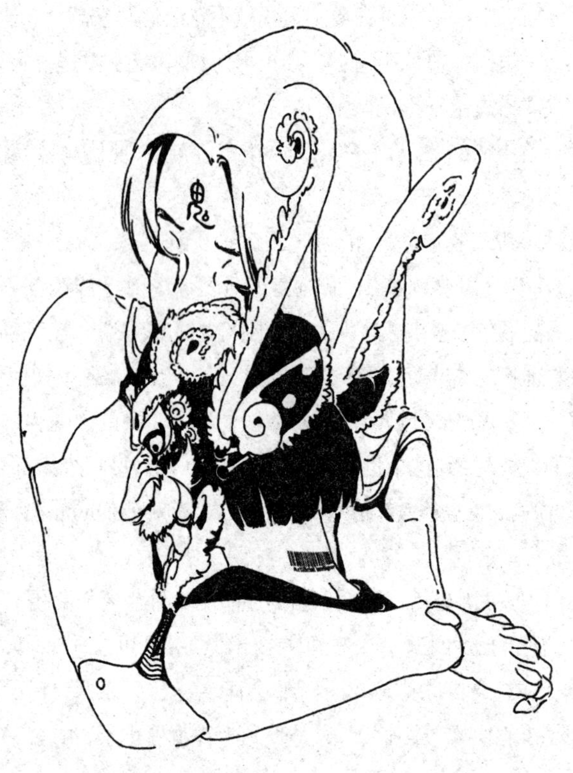

鬼街的居民们是游客的玩物，我却成了小倩的玩物。

我了。老鬼把它的枝子都垂下来,好让我攀着它们向上爬。

我坐在繁茂的枝叶中间,觉得心情平静了一些,那些漆黑的乌鸦落在周围,玻璃眼珠在暗夜里闪着红光,其中一只开口说道:“宁哥儿,这么好的夜晚,你不去兰若寺偷菜,跑来这里做什么?”

我知道它明知故问,鬼街上的一切大小事都被老鬼掌控着,那些乌鸦就是它的眼睛和耳朵。

我说:“我怎样才能知道,自己到底是不是一个活人?”

“你可以把你的脑袋砍下来。”乌鸦回答,“活人的脑袋砍下来会死,鬼却不会。”

“可要是砍下脑袋却死了怎么办?”我说。

乌鸦们嘎嘎嘎地笑起来,又有两只乌鸦飞下来,嘴里叼着两面式样古旧的铜镜,分别立在我身前和身后,借着树叶缝隙中漏下的月光,我终于看清了镜子里的影像,小小的脸,黑黑的头发,细细的脖子,脖子后面印着一行暗红色的条形码,像一条细细小小的蛇。

我想起小倩背上也有同样的标记,想起炎热的夏夜里,她用冰凉的手帮我搓背。想着想着,眼泪突然就落了下来。

冬　至

这个冬天又干又冷,却总有隆隆的雷声从远处传来。小倩说,那是千年一度的雷劫。

雷劫从天而降,专烧这世间的鬼狐精怪,避得过的,可以再享千年寿命,避不过的,就被烧得形神俱散。

我心中知道这世上并没有什么雷劫,小倩做鬼做得太久,已经有些糊涂了,她冰冷的手拉着我,脸色惨白如纸,她说要避雷劫,就得找一个厚德福泽的活人守在旁边,雷公投鼠忌器,就不好轻易掷下雷火。

因为这个缘故,我计划中的出走被耽搁了许久,行李其实早已偷偷整理好了，几个偷来的土豆，几件旧衣物，我的身体再也不会长大了，所以这些衣服足够我穿很久，我也没有拿小倩塞给我的铜钱，外面的世界或许不用这些。

我想离开鬼街，到别的随便什么地方去。

我想看一眼真正的活人是怎样过活的。

然而我毕竟还是没有走成。

冬至这天早上下起了雪，雪片又小又白，像是细碎的木屑，落到地上就融化了，直到晌午才积起薄薄一层。

我一个人走在冷冷清清的街上，心中觉得十分无聊，往年这个时候，我都会去兰若寺找燕赤霞，我们敲开荷塘上的薄冰，把自制的简陋鱼竿伸到冰下面去钓鱼。冬天的鲶鱼脂肪丰厚，加上蒜头一起烧，滋味很美。

已经很久没有见到燕赤霞了，不知道他的头发和胡子有没有长出来一些。

雷声依旧隆隆地响着，忽远忽近，把嗡嗡的震动留在耳朵里。我一直走到老鬼那里去，爬到它的枝梢中间坐着，雪片窸窸窣窣地落，却落不到我身上，周围又温暖又安静，我把身子缩成一团，像只鸟那样睡着了。

梦中，我看见鬼街变成了一条细细长长的蛇，老鬼是它的头，兰若寺是它的尾巴，那些闪闪发光的青石路面是它身上的鳞片，每一块鳞片上都画着一张小小的鬼脸，十分精致美丽。然而它却不停地翻滚扭动，像是遭受着很大的痛苦，我仔细看去，看见有一群白蚁和蜘蛛正在啃咬它的尾巴，发出蚕食桑叶一样的声音，它们用尖利的牙齿和脚爪把它身上的鳞片一片一片撕扯下来，露出下面的血肉。青蛇无声地挣扎，最终一寸一寸消失在那些虫子口中，当身体逐渐被吃完的时候，它发出一声悲切的尖叫，把一颗孤零零的脑袋向我转过来。

我看见它长着小倩的脸。

醒来的时候，寒风正吹着满树叶子哗哗作响，周围太过安静了，那些聒噪的乌鸦都不知去了哪里,只剩下一只又老又丑的蹲在我胸口打着盹儿,嘴巴像长长的胡子一样垂下来。

我心里慌得难受,就拼命摇醒它,它睁着两只破碎的玻璃眼珠,声音哑哑地说:“宁哥儿,你怎么还在这里?”

我说:“我该去哪里?”

“去哪里都好。”它说,“鬼街要完了,我们大家都要完了。”

我从树叶中探出头去,看见青灰色的天幕下,有大群乌鸦正在兰若寺上空盘旋,嘎嘎嘎地叫个不停,这是从来没有过的景象。我跳下树,迈开双腿奔跑起来,跑过细细长长的街道,跑过黑洞洞的门和窗,很多鬼都被乌鸦叫声吵醒了,但它们不敢出门,只能躲在门窗的缝隙后面哭叫,像是冬天房屋下的一群蟋蟀。

兰若寺破败的围墙已经被推倒了,很多巨大的钢铁蜘蛛正爬在大殿上,把暗红的琉璃瓦和雕花木梁一块一块扒下来扔在雪地里,它们有着扁平的身子,冒着蓝光的眼睛和锋利的嘴,模样十分丑陋,从它们身体里发出轰隆隆的巨响,就像在打雷。乌鸦们拍打着翅膀上下翻飞,抓起地上的砖瓦向那些蜘蛛砸过去,然而这样微弱的力量并不足以阻止它们,瓦块打在钢壳上,发出零星的空洞回响。

菜园被踩烂了,露出雪地下面的黑泥和一些惨白的块根。我看见苦禅师的一条胳膊从瓦砾堆中伸出来,关节处锈迹斑斑。

我在园子里奔跑,喊着燕赤霞的名字,他听见我的声音,从小屋里慢慢走出来,依旧穿着那身捉鬼降妖的装束,头上戴着斗笠,手里拿着剑。我想要喊他帮忙,让他打跑这些蜘蛛,然而话却含在嘴里吐不出来,像一块又苦又涩的糖。燕赤霞用一双悲伤的眼睛看着我,走过来拉住我的手,他的手像小倩的一样冰冷。

我们并排站着,看着雄壮的大殿一点一点消失、崩塌,化做一堆瓦片、砖石、泥块和木料。

它们把整个兰若寺都拆掉了,围墙、大殿、菜园、荷塘、竹林,还有燕赤霞的小屋,只留下一片泥泞的废墟,然后它们继续向鬼街前进,把青石板的路面挖开,把道路两旁破败的宅院推平,宅子里的鬼怪们被驱赶出来,一边跑一边凄厉地嚎叫,它们身上的皮肤在暗淡的天光下慢慢烧了起来,却没有火焰,只是一块一块变黑脱落,发出刺鼻的焦臭气味。

我跌坐在雪地上,被那气味熏得干呕不止,一边呕一边号啕大哭。

原来这就是鬼街的劫数。

被烧得面目全非的鬼怪哭喊着,奔跑着,挣扎着,在雪地里留下各种脚印,像一些歪歪扭扭的字迹。我突然想起小倩,又迈开腿飞跑起来。

小倩坐在黑洞洞的屋子里,一边梳头一边唱歌,她的歌声在隆隆的雷声中起伏,那样安静,那样透明,像月光下的梦境,她的身上散发出各种花草香气,一层又一层缭绕不去,她的头发就像火焰,在空气里摇摆个不停。我站在那儿一边流泪一边听她唱,直到整个房子都摇晃起来。

屋顶上有各种声响,钢铁声、碰撞声、脚步声,还有燕赤霞的呐喊声,瓦片哗啦啦掉下来,漏下一大片天光,光芒里银色的雪片四处乱飞。我把小倩推到阴暗的角落里,一个人跑出门,看见燕赤霞在屋顶上仗剑而立,寒风吹动他的衣襟,像在撕扯一面灰色的旗子。

他跳到一只蜘蛛背上,用剑刺它的眼睛,蜘蛛挣扎了一阵,把他甩下来,然后伸出两只尖利的脚爪抓起他的身子,送到嘴里去咀嚼,像吃一小块酱菜一样。燕赤霞的身体一块一块从它嘴里掉下来,叮叮咚咚敲打着屋上的瓦片,他光溜溜的脑袋沿着倾斜的屋顶滚下来,落在我脚边,像一枚熟透的鸡蛋。

我捡起他的脑袋,他盯着我死死看了一阵,眼睛里没有泪水,只有恼怒与怨恨的神色。然后他把眼睛用力闭上了,像是不想再看这一切。

蜘蛛把燕赤霞的身子嚼成一堆碎渣,然后从屋顶上跳下来,轰隆隆地向我爬过来,眼睛里面闪着幽蓝的光。小倩从后面扑上来,冰冷的双手抱住我的腰往回拖,我用了一点力气才把她推回屋里,然后我捡起燕赤霞的剑,向着蜘蛛冲过去。

钢铁寒光闪过，我的头骨碌碌地滚落到青石路面上，血溅得到处都是。

整个世界倾斜了过来，倾斜的天空，倾斜的街道，倾斜的雪花在飘。我尽力把眼珠转过去，看见蜘蛛正在咀嚼我的身体，一股暗红色的浓稠泡沫从它嘴里涌出来，星星点点地落在雪地上，它嚼着嚼着，突然就不再动了，眼睛里幽蓝的光芒熄灭了。

像是得到了什么无声的信号一样，它身后其他蜘蛛也一只一只停下来，陷入死一般的沉寂。

雪片无声无息地落在它们身上。

我想要笑，却笑不出声音，因为脑袋和身子分开了，没办法吸气。于是我咧开嘴，让那个笑容停留在脸上。

那些蜘蛛也把我当做了一个活人，把我的身体当做血肉之躯，它们不可以伤害一个活人，伤害了就要死，这也是游戏规则，没有人可以违背。我只是没有想到这些家伙竟这样蠢笨，比鬼还要好骗。

眼前渐渐模糊起来，像是有一层纱从青灰色的天上掉下来，把我的头蒙在下面。我想起那些乌鸦的话，原来脑袋砍掉，真的会死。

我在这条街上长大，在这条街上奔跑，现在我终于要死在这条街上了，像一个活人那样死去。

一双白而凉的手伸过来摸着我的脸。

寒风呜呜地吹，将一些淡红色的雪花吹到我脸上，我知道那不是雪，是小倩的眼泪。

（本文获2010年度中国科幻银河奖优秀奖）

热 岛

夏夜是永恒的夏夜，潮湿的夜风从窗外吹来，令人难以入眠。这种时候我总是想试着给自己讲个故事，简单的故事，随便关于什么。

时间足够了，唯一的听众也是那样沉默而忠实，更何况并不急着把它写出来。只需要开一个头，然后慢慢等待，等待无数碎片从心海深处盘旋上升，像气泡又像鱼群，依照某种逻辑自动组装成形。就如同几亿年前那片温热而又醇厚的原生质汤里演变的一切神迹，原初的有机物组合演变为生命，并最终孕育出灵魂，包裹在细密膜层中，脆弱而又敏感的灵魂。

你看，就像我现在这样，安安静静地一个人缩在墙角，悄悄地说：很久很久以前……然后开始想象一场突如其来的大雨。

很久很久以前，我被困在一座岛上，天气炎热潮湿，每天晚上都会下雨。

说起来不过是去年夏天，却仿佛隔了很久。六月，每个人都似乎在忙，论文，喝酒吃肉，在论坛上灌水，一边灌水一边论文。我每天都去实验室，穿过日渐空旷的校园，爬五层楼，进入走廊尽头一间没有窗户的小房间。几台电脑终年不关，应和着空调笨重的节拍一起嗡嗡作响，时而跳闸。桌子上的书堆摇摇欲坠，除此以外，就是不知从多久之前流传下来的各类生活用品，枕头被子球拍运动鞋，敞开的食品包装袋散发出各种气味，还有一大盒一大盒各种牌子的咖啡。

我用着最阴暗的角落里最破旧的一台电脑，内存老化得连 MATLAB 都带不动，索性该卸的都卸了，没有电影没有游戏，也不上网，反而性能无比稳定。实话实说，我的全部工作在宿舍用笔记本就能搞定，没有必要天天来实验室跟这台破电脑朝夕相处。《北京市大气边界层和通量结构的研究》，看似富有技术含量的课题，不过是跟海量数据搏斗，北京气象观测铁塔十几年的夏季观测资料，加起来 1G 多还附带两本厚厚的大册子，我的工作就是输入这些数据，曲线平滑修正，提取节点，做各种平均，按照时间和高度这两条轴线绘出五花八门的表格来，比较，画图，消除噪点，再做表格画图。“五一”长假结束之后的一个多月里，我每天的生活就是起床给我的 MP3 充上电，出门买个早点，趁着空气还算凉爽冲去实验室，开机，输入，计算，计算，输入，同时戴着耳机听风格诡异的俄罗斯歌曲，脑子里神游八极，吃盒饭的时候玩扫雷，一遍又一遍刷新纪录。

不得不说我喜欢这样原始的生活，在与世隔绝的环境里做着 20 世纪 80 年代的研究工作，我甚至无师自通地用 Excel 自带的函数和代码制作了一整套带运算分析功能的表格，能把海量数据按照我需要的方式变成分门别类的海量表格，日平均温湿压，月平均温湿压，高度平均，年度对比，还有风玫瑰，这个我之后还会讲给你听，风玫瑰，我是多么喜欢这个名字。

进入六月后，那些幽灵一般的研究生师兄就一个个消失了，整个实验室里只剩下我和另外一个本科生。虽然跟着同一个老板干活，但我们之间并不很熟。他是属于“物院传奇”那样的人物，从不上课，但照样有奖学金拿，大二就开始跟着老板做课题，桌上的参考书目没几本是中文的。这种人的世界跟我的之间，就如同他崭新铮亮配置强劲到连型号都叫不出来的电脑和我那台同样没有型号的陈年旧货一样，是从内到外的异次元世界。

时至今日，我甚至都不能确切说出他的名字。初次寒暄是在五月里一个阴雨绵绵的下午，以彼此的课题作为开场白和结束语，他发表了一些很有技术含量的评论，我礼貌地听完，然后问，你在做什么。他说，北京热岛效应建模研究与可控变量相关性分析。我说，哦，并试图在脑海中建立一点对其中关键词的印象。他报以典型的理科男微笑，说，你看，北京是热岛效应很明显的大城市，下垫面植被覆盖率低，反射率高，相比起周边环境就如同陆地较之于海洋的物理特性，会形成类似海陆风那样的局部环流，而且城市本身就是分布不均的巨大热源，这种局部小气候的变化特征很值得研究。

我说，哦，所以你是要建一个模型？他说，建模是第一步，也是最耗时的一步，模型的优质与否取决于方程是否稳定和边界条件是否精确，这需要大量原始变量进行近似度修正，其实我们两个的课题有很多相关性，算是搭档，你处理得到的数据对我的模型很有用，以后多合作吧。

我说，合作不敢当，你是大牛人，以后我搞不定的你要多帮我。他继续报以理科男的微笑。

整个夏天发生许多事，迅速地认识一些人，又和另一些人分开，各种各样的聚会和活动，一次又一次喝醉，一次又一次为预料不到的理由躲在别人看不到的地方哭，一部老电影，几个梦，几个来自远方的电话，一场旷日持久的病，还有一个生日蛋糕。

除这些之外，我仍然在各种爬得起来的时候出发去实验室，一个人坐在阴暗的角落里，面对光线微弱的电脑屏幕，输入计算，计算输入，把自己与外面那个炎热而空旷、响彻蝉鸣的世界隔绝开。

生日过后那一天阳光惨淡，空气凝滞不动，如同一汪距离烧开为时不远的热水。我走进实验室，翻开厚重泛黄的气象资料，发现1989年的这一天同样闷热潮湿，便把它丢在角落里，却意外地发现凌乱的书堆里多了一个不到巴掌大的盆栽仙人掌。

“送你的，生日礼物。”我的搭档转过身来对我说。我莫名被感动，那一小团皱巴巴的仙人掌养在暗红色陶土罐中，有种晶莹剔透的质感，如同收到礼物本身一样显得超现实。我说谢谢，搭档只是微笑。过了一会儿他说，本来是想给你看这个，我的模型初步建好了。

我说，哦。然后凑到他的电脑前。老实说我不是很记得那是什么样子的了，不同的曲线和色彩缠绕一团，确实有些像一座岛。

“这只是简图，还有更多变量可以显示，但是那样显示速度就慢了。”他边说边点击鼠标，图上只剩下了蓝色等压线和红色等温线，这时我才发现模型是三维的，当他拖动鼠标以改变视角的时候，整个图像就像立体地图一样发生了曼妙的改变。当然，所谓曼妙，只是我从纯美学的角度能够得出的判断。

“这是我们所在的地区。”他让模型图视角变为俯视，又让北京市地图在底层呈现出来，指着某个小小的点对我说。我竭尽全力打量了一阵，想象箭头下面那一点上凝滞不动的湿热空气。

“这些只是根据过去十年来的夏季平均资料拟算出的模型，还是死的。”他一边敲打键盘，一边像我们老板上课那样侃侃而谈，“下一步就需要用到这些十年来的数据的日平均变化、月平均变化，以及年际变化，作时空演化推算，还有下垫面拖曳系数的模型，很麻烦的……”

我做出在听的样子，说：“哦，那应该很热吧。”

他看着我，我愣了一会儿才反应过来，说：“你是要我的数据吗？”

“方便吗？”他有点不安，“我请你吃饭。”

我摇头。吃饭就不用了，我说，你帮我作图吧，我的机子上没法画风玫瑰图。

他说好。

风玫瑰图是这样一种东西：把风向分割为十六个方向，计算一段时间内各种风向的出现频率，然后用长度不同的扇形花瓣绘制出来，最长的花瓣表示风出现在这个方向上的频率最大，也就是这段时间内的主导风向。

用 MATLAB 默认绘图程序画出的风玫瑰图非常好看，外面是淡绿色带刻度的圈，里面是红色的圆心，十六个长度不一的花瓣用浅蓝色绘制，宛如一朵银蓝色玫瑰。我甚至写了一首叫做《银蓝色玫瑰》的诗，当然，并没有让别人看见过。

进入六月中旬，天气更加湿热，我开始失眠，为这难以忍受的气候，也为迫在眉睫的论文答辩。感冒好了又犯令人心烦，我早出晚归，终日在空调冷气的笼罩下，披着一条厚厚的毛巾被，手边放着纸巾盒，写啊算啊，画图啊，贴表格啊写综述啊。我的搭档也跟我一样加班加点地熬着，他那种牲口般沉默而剽悍的工作态度几乎令我嫉妒。相比之下，他的课题博大精深他的研究厚积薄发，随时能整出一篇高技术含量的论文来，而我只有表格和图，所有的中英文参考文献都是电子期刊里搜来充门面的。我们就这样背对背埋头工作，咔嗒咔嗒的键盘声回响在幽暗的房间里，只有在给仙人掌浇水的时候我会发一会儿呆，回头看看他，他面前的屏幕上色彩线条变幻莫测，如莲花法相。

答辩前最后一个星期，整个北京开始如同受了诅咒般疯狂下雨，每天晚上七点钟开始，凌晨一点钟停止。大雨瓢泼之后整个校园的道路都被冰冷的波涛淹没，我踩着拖鞋一路跋涉回到宿舍，听到那几个搞定了论文的姑娘抱怨着不能出去夜宵。我冲了冲脚就爬上床睡觉，无数梦境翩然而至层出不穷，醒来的时候看见窗外天光明亮，路边只留下飘着几片落叶的零星水洼，一层氤氲之气刚从土地里被蒸出来，携带草木腐败的气息袅袅上升。

与此同时，实验室的电闸居然开始频繁跳闸，仿佛两台电脑、四盏日光灯、一台空调已经是它的极限，而每次跳闸都将毁掉我少则半天多则一天的工作。我的搭档就不受这种影响，他的电脑强悍无比地带着备用电源。几次吐血涅槃之后，我干脆把自己的笔记本也搬来实验室疯狂奋战，于是唯一的问题只剩下了对心理素质无限循环的磨炼，一片嗡嗡声中突然传来异响，瞬间灯灭了，空调也哆嗦着慢慢停下，我抓紧时间停下来喝口水揉捏一下酸痛的手腕，等待背后某个人站起来去开闸，开空调，然后继续等待下一次。

答辩之前那天夜里，我记得是六月十九号，据说那夜整座校园里有无数实验室和宿舍灯火通明，大雨倾盆而下，一派愁煞惨淡之气。

我坐在笔记本前，最后一次调整了答辩 PPT 的字号和格式，开始慢慢陷入一种迷茫的状态。周围的一切都显得那么不真实，狭小幽暗的实验室，嗡嗡作响的空调，凌乱的隔间沉默的电脑，已然肮脏不堪的枕头毛巾被和纸巾盒，还有架在书堆上小小的盆栽仙人掌，我生活了一个多月的地方，如此熟悉又如此不真实。

“搞定了？”我的搭档转过身问我。

“搞定了，你呢？”我也转过头看他，彼此的声音和面目都是如此陌生，恍惚间我已经想不起上一次对话是什么时候了。

“模型还需要调整，不过足够交论文了。”他眼窝深陷骨瘦如柴，脸色在电脑光下化作一片惨绿，我想我自己此刻应该也是如此。

“如果不是下雨，这会儿应该出去喝酒庆祝的。”我把自己放在椅子里缩成一团，觉得身子很轻脑袋却很沉，“每天晚上都下，一个多星期了吧，热岛效应？”

“很典型。”

不用更多解释，模型在我脑海中自行呈现，仿佛教大气物理学的老头站在面前侃侃而谈，手指挥动处勾勒出风云变幻——白天城市空气受热上升，风携带水汽从周边流入，晚上空气冷却下沉，气团猛烈碰撞，暴风骤雨，释放潜热，雨水渗入地下进入下一轮循环，局部环流，稳定并且循环往复的局部环流，稳定得不可思议。

“让雨停下来吧。”

“什么？”

“让雨停下来，我们出去喝酒。”我懒洋洋地靠在椅子里伸展双腿，“靠你了大牛人。”

不见了理科男的微笑，他疲惫而又沉默地看着我，像是等待着什么。

“最后一天了。”过了一会儿，他自言自语般低声说。

“什么，下雨吗？还是论文？”

“都要结束了。”他站起来说，“一楼自动售货机里不知道有没有啤酒，我下去看看。”

我点头，他推门出去，脚步声在空旷的走廊里逐渐消融。大雨绵绵不绝，我不知道这场雨什么时候才能停，只想用柔软的毛巾被裹住全身，裹住干燥温暖的脚，缩在椅子里一动不动，像一只羽毛凌乱的小鸟。

就在那个时候，跳闸了。

房间里一片漆黑，空调和日光灯管一起安静下来。我坐在黑暗里不想动，只有呼吸声蔓延成一片。

对面的电脑仍然执著地亮着，那个复杂无比的模型呈现在屏幕上，仿佛超现实的艺术作品。我慢慢蹬着转椅靠过去，小心地移动鼠标察看。或许他回来看到会生气，我想，不过看一下也无妨。

模型比半个月前的样子还要令人眼花缭乱，只是地图的精度大大提高了。我慢慢调整视角，仿佛进入一座巨大的城市，四处是闪烁着荧光绿的坐标和下垫面系数，天空中是交织成一片的等高等温线，如层峦叠嶂又如同云山雾海，各种颜色的细小箭头一刻不停地运动着，流场、温度场、散度和涡度、潜热输送和通量输送，彼此间千丝万缕的联系都由最严谨的方程组约束，井然有序一丝不乱，我被这种和谐而纷繁的宏大庄严所震撼，一切的一切都是那么美，美得令我这样隐藏在科研队伍中的文艺女青年都屏住了呼吸。

外面的云团仍在激烈地碰撞，一如我面前气象万千的数字和流线的海洋，我突然注意到了角落里的数字：2006/6/20/2：00。此时此刻，眼前所看到的模型状态正刻画着此时此刻身处的这座城市。我用颤抖的手拖动鼠标，在地图上寻觅，调整比例，放大寻找再放大，我看到了那座熟悉的校园，那座熟悉的楼，流场在低空形成一个闭合低压，如同巨大的涡旋，又如同一只眼，将一切笼罩在其中，我继续放大，楼里有一个光点在闪烁，某个熟悉的位置上，一个小小的、笔法粗糙的 flash 小人缩成一团坐在那里，怀里捧着一团朦胧不清的绿，它抬起头，空白的脸上看不见五官，却又仿佛能看见什么似的向我张望。

就在这一瞬间，灯亮了。

白亮的光充溢着双眼，我用手挡在眼前，回头，他怀里抱着两罐橙汁站在门口。

“没有啤酒。”沉默了很久之后，他用一种幽魂一般的声音开口说话。

我没有回答，只是看着他，既不疑惑也不惊恐，只是看着，像是看到一幅画，记录下来，然后慢慢地从那种茫然的状态中努力挣扎上来。

“我要回去了。”我慢慢地从椅子里站起来，却觉得双腿冰冷僵硬，因为坐得太久而完全失去了知觉。

“雨还没停呢。”他茫然地说，脸色在日光灯下一片惨白。

“我要回去。”我踩住拖鞋，开始收拾电脑，噼里啪啦哐里哐啷。他向我走过来，放下两听罐上已经开始凝结水珠的冰冻橙汁，他的表情变化得很厉害，我努力低头不去看他。

“再过一个小时雨就停了，你等等再走吧。”他说话声音越来越低，“你还生病呢，明天怎么办？”

我固执地抱起电脑包向门外走，我一直很固执，要走的时候从来没人能拦住我，他愣愣地站在那里，空调的嗡嗡声在周围响成一片。

后来的事情我记得并不清楚，像是一组快速拼贴顺序混乱的画面，答辩，病倒，浑浑噩噩，然后毕业，办理各种手续，拍照合影，喝酒吃饭，吃饭喝酒，大大小小的聚会，只记得从答辩那天开始就再也没下过雨，每天都是艳阳高照。

最后一顿散伙饭大家都很放得开，啤酒喝空喝白酒，白酒喝空再叫啤酒，我晕得要命，却一副比谁都清醒的样子坐在角落里。突然发现周围是那么多陌生的面孔，共处四年，却依然陌生。

我的搭档坐在另一个角落里，我几乎把他的存在遗忘了。后来他过来给每个女生敬酒，一杯一杯认真地喝掉。

我举起杯子，笑着说，合作愉快，搭档。

他也笑，说，你病好了吧。

没好，脑子都烧坏了，我说，以后我再也搞不成物理了，转行。

挺好挺好，他说。

我说你呢，留在北京吗？

他犹豫了一下，说，我去四川。

为什么？我确实吃惊了，你没保研吗？

定向生，毕业后就是九院的人，科研继续做，还是热岛。

哦，我作大彻大悟状，九院，工程物理研究院，中国工程物理研究院是以发展国防战略武器和国防尖端技术为主的科研事业单位承担着国家重要和繁重的国防科研任务为向国家培养高科技专门人才于 2001 年 12 月与北京大学签订了《中国工程物理研究院与北京大学联合培养定向本科生协议书》北京大学从 2002 年起为中国工程物理研究院定向培养本科生学制四年。

我想起他那台功能强劲的电脑，想起屏幕上包罗万象的模型图，想起那场绵绵不绝的大雨，雨中小小的、小小的面目不清的小人，我笑着对他说，搞气象武器？

他有些为难地露出理科男的微笑，我举杯，冰凉的泡沫顺着指尖流淌下来，我说，好同志，努力吧，国家需要你。

我们碰了杯，我说，那天晚上……

他看着我。

那天晚上，谢谢你送我回宿舍。

他只是点头，然后借着酒劲拥抱了我一下，在别人还没来得及起哄之前，就转身去跟下一个女生碰杯了。

那天晚上雨水已经漫过大门，淹没了一楼的走廊，我抱着电脑包站在台阶上，他蹬着自行车停在我面前，说，我送你吧。

我坐在后座上，自行车轮划开冰凉深邃的水面，留下一波又一波荡漾的水声，像小时候在公园里划船。

很好听。

后来的事情依然在记忆中模糊不清。收拾东西，能卖的卖该扔的扔，我去了一趟实验室，把那些毛巾被枕头拖鞋杯子纸巾盒没喝完的咖啡还有那罐依然绿着的仙人掌统统塞进一个纸箱里打包带走。离开北京的那天晴空高照万里无云，我想我一辈子也没见过那么蓝的天。

一个人坐上火车，窗外铅灰色的楼群街道和立交桥开始慢慢晃动着后退，城市尽头是一望无际的葱茏麦田，在夏日骄阳下散发出旺盛的气息。六月就这样结束了，七月刚刚来临，我在一片绿色中离开了身后的城市，那座孤零零的、炙热的岛屿，等待再次回来的那一天。

故事讲完的时候，天色微明，喧嚣和暑气一起平息下来。终于，我拥着被角沉沉睡去，电风扇在一旁呼呼吹个不停，而梦里，却隐隐传来了雨声。

我坐在后座上，自行车轮划开冰凉深邃的水面，留下一波又一波荡漾的水声，像小时候在公园里划船。

独自旅行

一

茫茫宇宙，小小的太空船飘浮在无边无尽的黑暗中，像一颗寂寥的星。

飞船里只有一个老人，上了年纪，身体已枯萎，像一根弯曲的藤，眼睛藏在厚厚的老花镜后面。他满是皱纹的脸上有一些深色的淤斑，那是许多年前被宇宙辐射灼烧留下的痕迹。

他是船长，也是唯一的乘客，过去几十年里，他始终在这船上。

他研究星图，制定航线；他定期检修设备，操作机械，整理资料；他挑选一日三餐的菜单，交给飞船的烹饪程序去处理；他坚持每天用健身器械锻炼身体，以防止骨骼在失重状态下流失钙质。他独自驾驶，独自生活，独自旅行。

他是船长,也是唯一的乘客,过去几十年里,他始终在这船上。

闲暇时候，他喜欢泡一壶茶，坐在驾驶舱里与主控电脑下棋。电脑熟悉他的棋路，也照顾他的情绪，所以他有时输，有时赢。

这一次该他赢了，他得意扬扬地将了对方的军，这时候飞船里响起轻柔的嗡鸣声，提醒他，目的地就要到了。

二

飞船降落在一颗荒凉的星球上。

他拿着一本陈旧的旅游手册走出飞船，向四周望去。一片无边无际的红色戈壁，在夕阳下闪着光，那些嶙峋的峭壁和峡谷，仿佛史前动物的骨骼沉默不语。

他驾驶一辆小小的太阳能电动车，慢悠悠地沿着星球表面前进。天空是深紫色的，悬挂着两轮太阳，一个比另一个略微大一些，为电动车投下两道不同的影子，微红的光芒笼罩天地间，有种宇宙洪荒的感觉。

他按照手册的指示，把车停在一座悬崖边，然后从车里搬出一张桌子、一把椅子和一个装满食物的野餐盒。他把这些东西一件一件安置好，铺上桌布，摆好刀叉，自己给自己倒一杯香槟酒。

悬崖边的岩缝中有一小丛淡白色的花，在狂风中飘摇。

他坐在那里，一边吃晚餐，一边看着太阳慢慢落下去，一轮大的和一轮小的，先后掉进深红色的地平线下面，那景色美得惊心动魄。他拿出相机，支好三脚架，定下自拍功能，拍下自己在落日前的样子。

夜幕降临，五轮月亮依次升起，像一串皎洁的珍珠。他收拾了餐桌，取出小小的充气帐篷，支撑，固定，铺好睡袋。

夜里的风很大，他在呜呜的呼啸声中睡去，梦见自己年轻时的一些事。

第二天早晨，他早早起来，坐在帐篷外，看着一大一小两轮太阳升起来。然后他把带来的东西一件一件仔细收好，连垃圾也不留下。他开车，沿着原路返回飞船。

他把拍到的照片冲洗出来，贴在一堵墙上，这堵墙曾经非常空旷，又在漫长的旅途中一点一点被照片覆盖，好像被藤叶覆盖的墓碑一样。

他打开飞船电脑，设定下一个目的地。飞船在一阵嗡鸣声中起飞，向着天空上升，飞到漆黑无边的星辰中间去。

三

他驾驶飞船独自旅行，在不同的星球上降落，拍照，野餐，露营。

他在红色的海洋里垂钓。

他在金色原野上追踪外星怪兽。

他在暗绿夜空下拍摄极光和流星雨。

他在荒寂的环形山里采摘荧光紫的花朵。

他拍摄了许许多多照片，一张一张贴在照片墙上，整面墙就要贴满了，他有些发愁。

飞船上的时间过得很慢，为了打发时间，他总是和电脑下棋，有时输，有时赢。

许多光年的距离，从舷窗外静静划过。

四

一颗小小的陨石擦着飞船划过。

那一刻他正在往墙上贴照片，飞船剧烈地震颤起来，照片哗啦啦掉落下来，像下了一场雨。

一切平息之后，他艰难地跪在地上，将那些照片一张一张捡起来，一张一张重新贴回墙上去。每张照片上都有日期，那些比较靠近墙这头的，是近期拍下的，随着他向墙的另一头慢慢走去，照片上的日期也变得越来越遥远。

用了一整天时间,他终于把那些照片恢复原状。最后被捡起来的是一张褪色的黑白照片,那是一家三口在一座游乐场里的合影:爸爸妈妈,一个小男孩,举着快要化掉的冰淇淋,神采飞扬,背后是一座高高的摩天轮,投下斑驳的影子。

恍惚间,这张老照片勾起了他的某些回忆。

他重新向墙的另一头走去,一边走,一边仔细审视那些照片,一张又一张。很久之后,他终于在墙的另一头找到了那张照片:一片荒凉的红色戈壁,驼背的老人站在悬崖边,深紫色的地平线上悬挂着一大一小两轮太阳。

照片上的日期,就在不久之前。

他把照片放进投影仪里,放大,搜索,透过厚厚的老花镜片,他看见深紫色的地平线上一个朦胧的黑点。继续放大,再放大,黑点逐渐清晰起来。

那是一座废弃的摩天轮。

五

飞船又一次降落在那颗行星上。

按照手册的提示,他驾驶电动车,穿过无边无际的深红色戈壁,向着世界尽头开去,摩天轮从地平线上慢慢升起,两轮太阳照耀在上面,投下斑驳的影子。

车停在一座废弃的游乐场门口,他下车,举起手中的相片。

是的,这确实是当年那座游乐场,尽管现在已经破败不堪,蒙上厚厚的红色尘土。

脑海中,那些鲜活而明亮的景象突然浮现出来,摩天轮缓缓转动,欢声笑语,喧哗繁闹,彩色气球升上天空,噼噼啪啪爆炸,一个小男孩举着手里的冰淇淋向着父母跑去,一个红头发的小丑帮他们一家三口拍照,咔嚓一声，画面定格，褪色，变作手中黑白的照片。

他把那张照片收起来，继续开车前进。

他来到一座废弃的校园，翻出另外一张照片来看，那是他毕业时的景象，穿学士服，站在满头银发的父母中间，满脸阳光灿烂，背后是学校高高的大门。

往日的画面又一次生动起来，像绚烂的花朵，生长，绽放，凋谢，化作眼前的荒凉废墟。

一张又一张照片从相簿里抽出来，唤醒了记忆，唤醒了声音和颜色，唤醒了无数曾经活着的瞬间。

那家商店，他曾在这里买了人生中第一部相机。

那座教堂，他曾在这里跟一位姑娘结婚。

那家医院，他的女儿曾在这里出生。

那间餐厅，他曾在这里给女儿举办生日宴会。

那片墓地，他曾在这里参加许多葬礼。他的父母，他的朋友，他的妻子。

他来到一座太空港，巨大的火箭发射架歪向一边，像一把生锈的剑，直刺苍穹。他想起许多许多年前，父母带着年幼的他，乘坐飞船来到这颗荒无人烟的星球上，期待着在这片土地上建设新生活，又是在这里，他把女儿和女婿，还有年幼的孙子送上飞船，他们要去其他星球，开创属于他们的新生活。

他来到一座房子前，想起女儿一家离开后，他曾在这里住过。

院子里有一棵老树，干枯的枝干在风中猎猎抖动，好像已经死去了很久。他想起许多年前，这棵树曾枝繁叶茂，而妻子也还在世，他和她经常坐在树下，回忆他们年轻时的故事。夏天的夜晚，天空中繁星璀璨，五轮皎洁的月亮洒下月光，穿过繁茂的枝叶洒在身上。

他从树下走过，推开房门，走进自己曾住过的那间房子。一切都保持着原来的样子，仿佛他昨天才刚从这里离开似的。

他坐在破旧的沙发里,看着面前的桌子,桌上还有一壶茶,一盘没下完的棋,棋盘上落满了灰。他拿起一枚棋子,露出下面一个圆而新鲜的印记。

一滴眼泪掉下来,把那个印记浸湿了。

太阳落下,月亮升起,银色的月光弥漫在小屋里。他躺在沙发里睡着了,睡得很沉很沉,连一个梦都不曾有过。

第二天早上太阳升起,又是新的一天开始。

他走出屋子,架好相机,给自己和这栋房子拍了一张合影。

然后他开车回到飞船上。

六

茫茫宇宙,一艘小小的太空船飘浮在无边无尽的黑暗中,像一颗寂寥的星。

永远的白色情人节

后来我一遍又一遍忆起与你相遇的那一天，各种细节清晰得宛如电影——天空颜色，空气温度，玻璃窗上的水汽，还有雪花融在脸上的感觉。是了，那是2010年3月14日，白色情人节，清晨竟然下了很大的雪，纷纷扬扬，盘旋在空中久久不肯落下。

那个清早天色昏沉，路面上积满冰雪，偶尔才有一辆车缓缓开过，整个世界安静得很。我匆匆忙忙跑过街角，去为公司的老板和同事买咖啡，就在那时候你出现了，你，和你的白色宝马。我听见刺耳的声响，然后是那样猛烈的撞击，从后面，撞在腰上，我被撞得飞起来，又落下，像轻飘飘的一片雪花。

我相信你那时踩了刹车，但路上有冰，这不能怪你。你只是不该跑掉，不该用最快的速度把车发动起来，碾着吱吱作响的雪堆从我身边呼啸而去，留下我一个人，像一只小小的蚂蚁在车辙中间爬行。冰天雪地，血把路面泼染作暗红，好长好长的一道痕。

已经是三月，天气却那么冷，好像春天永远不会到来一样。

我在医院里躺了很久，窗外雪一直下，簌簌敲打着玻璃，每个人都在讨论这诡异的天气，笑着说三月飞雪，或有冤情。当我坐在轮椅上被人推出医院时，雪依然在下，一个白茫茫的广大世界。我想就这样不要停也好，总有新的雪花把旧的痕迹掩盖掉，显得那样干净。

那雪果然就没有停，一直下到现在。

冰雪肆虐的十几年里，世界发生了许多变化，然而毕竟科幻电影早拍过类似情境，并不新鲜。我只留意到一件事：冰封的路面上，很少再有人开车，更何况许多专家都跳出来说，汽车是造成这灾难的罪魁之一，于是拥有车也变成不太光彩的事。大家都骑自行车或者步行，把那些巨大笨重的钢铁怪物丢在路边，或者阴暗的地下停车场里。

于是我也再没有见过你和你的白色宝马，你不知道这让我多么失落。

终于那么多年后，在冰车场，你再次出现，那时候我正坐在看台边啜饮一杯热咖啡，一瞬间，我的手剧烈颤抖，咖啡泼洒一身。你潇洒地钻进车里，启动，上路，各色车子在冰封的路面上追逐，有如大群野鸟，轰鸣着从我面前呼啸而过，尖利得像要刺穿耳膜。

你果然会来，我压对了宝。这地下冰车场就像一个巨大黑洞，迟早要把那些为了刺激不要命的男人和女人吸引进来。赛车，在冰壳覆盖的路面上，是非法，也是这世界上最赚钱的地下运动，无数人偷偷把自己的车开来，沉迷在属于旧世界的疯狂速度里。

我仰望大电子屏，视线紧紧跟随你的白色宝马，你开车的技术并未生疏，每一个弯道都处理得极其漂亮，且能抓住每一个合适的机会加速，过程干净利落。

一如许多年前那一天，你从我身边加速离开一样利落。

比赛还未结束，胜负已见分晓，我不用再看下去，转身对吧台后的高个子说："帮个忙，把我车开来。"

离开轮椅，坐进我的奥迪 Etron，我的座驾。经过许多年的改装，它已成为我身体的一部分，不需要脚，只靠双手就能操作，还有眼睛，还有声音，还有心，我是这辆车的心，它是我身体的一部分。

轻点油门，Etron启动起来，无声无息，像一块冰吻着另一块冰。

我就驾着我的Etron去与你比试，去追赶你，在光洁如镜的冰面上，追着你的白色宝马，仿佛一只黑天鹅追着白鸽。转弯，加速，转弯，加速，逼着你加速。你我都知道在这样的路面上，只有加速。冲上终点之前，你永远没有机会踩下刹车，一旦踩下便是打滑，便是翻滚和撞击，便是死亡。

你会感觉到害怕吗？当我一次又一次从后面撞上去，把更多动量分给你的车，直到它的速度超出仪表盘上限的时候，你会开始有一点害怕吗？速度，你爱一辈子、追求一辈子的东西，当它终于开始威胁到你的生命，并且是一点一点，无限接近的时候，你脑袋里会闪过自己死去时的模样吗？翻滚燃烧的白色宝马里，一具焦黑的破损的身体，这画面会一遍又一遍在你眼前播放吗？

加速，撞击，加速，撞击，这样平滑如镜的冰面上，动量会被百分百传递，好像中学生练习的物理题一样简单明快。

我曾听说古时候有一种酷刑，把犯人绑在铁床上，上面悬一只漏壶，每隔几秒钟滴一滴水下来，落在犯人太阳穴上。滴滴答答，滴滴答答，敲打，敲打，永远，永远，永远不会停止，直到他疯掉为止。

这种感觉你喜欢吗？

滴答，滴答，滴，答，滴，答。

我不知道这场追逐究竟持续了多久，或许与许多年前，我在雪地里爬行的时间一样久。我也不记得这一切最终是怎么停下来的，唯一记得的，是他们打开车门，把你从车里拖出来的时候，我注意到你的裤子湿透了。

这样冷的天气里，尿湿的裤子会很快结冰吧。这想法让我嘴角上扬，绽开一个微微的笑容。

雪依然在下，簌簌地敲打着前窗，我把车停到吧台边，重新买一杯热咖啡喝。

“知道吗？今天是 3 月 14 日，白色情人节。”那高个子对我说。

“不知道今年的春天会不会来。”我答非所问。

杀死一个科幻作家

警告1：本故事纯属虚构，也即是说，本文作者不对银河系历史上任何一位被杀死的科幻作家负责。

警告2：本故事是在作者本人创作的一部超低成本科幻短片剧本基础上改写而成，该剧本已先于小说被拍成超低成本科幻短片，想避免被剧透的读者，可提前去围观这部短片，地址是：http：//www.tudou.com/programs/vi-ew/unRadu7pBJE/

警告3：珍爱生命，远离科幻。

以上。

零

亲爱的读者诸君，请试想某一天晚上，你走进自家客厅，看见自己的尸体在地板上横陈，心脏处插着大号牛排刀，血浆像黄石公园的火山爆发一样喷溅满地。面对此情此景，你会作何感想？

尽管身为科幻作家，每日与外星人劫持、机器统治人类、小行星撞击、太阳系量子化一类怪力乱神纠缠不清，但在看见尸体的一瞬间，我依然觉得，这场面未免太科幻了一点。

为避免语无伦次，还是从头讲起。

一

九月，城市刚刚褪去燥热，晚风里有雨后街道湿漉漉的味道。周五下午五点，我开车回家。路过大型连锁超市，我停下来买了一支 1995 年的长城赤霞珠干红和一束白百合。干红用来配牛排，百合用来装饰餐桌，两件事安安都特地打电话叮咛过，绝不可能忘记。

付款时收银员问我是否有会员卡。自然应该有，但翻遍钱包与全身口袋都找不到，大概出门时就忘记带出来。于是想起早上安安也曾就会员卡的事提醒我，却还是忘得一干二净。心情有点沮丧，为这点小事，日后免不了要遭到她持续不断的数落。

人类的可悲可笑之处就在于无法预知未来，如果此刻有一位剧透之神在身边，它大概会慷慨地安慰我，大可不必为那张成本不足一元的薄卡片操心，因为今晚九点钟我将准时看到自己的尸体横躺在客厅地板上。

路上很堵，到家时天色已晚。我怀抱红酒与百合花，不便掏钥匙开门，于是抬起手肘按下门铃。悦耳的电子铃声响过三下，有轻快的脚步声从门后传来。

开门的居然是苏菲，腰间还系着围裙。看见是我，她嘴角立即浮现出女演员般华丽的笑容，像身穿金色比基尼的莉娅公主一样惹人遐想。

“怎么这么晚啊，这都几点了？”她声音娇憨，伸手要接我怀里的花束。近处看，她今天的妆容格外精致。

对于她的热情，我没有立即回应，在别人家里公然做出主妇的模样，未免显得有些招摇。

安安紧跟着从厨房出来,同样系着围裙,头发随意绾起盘在脑后,用一只墨绿色蝴蝶结发卡别住,显得利落又不失女人味。她安静的声音穿过苏菲的身体,好像穿过空气一样飘到近处来。

"是啊,怎么这么晚?"

"堵车堵得要死。"我远远冲她笑,这时墙上的钟表刚刚敲响六下。钟是安安的妹妹送我们的结婚礼物,不知道她为什么想起来送钟,但模样确实精美,有玫瑰花与小天使一类的装饰,每到整点还能以《婚礼进行曲》报时,与新家的气氛相得益彰。

"也没多晚,刚刚六点而已。"我又笑。

将葡萄酒与百合递给苏菲,再脱下大衣交给安安,这样两人都有事忙,我也偷空坐下喘一口气。屋里弥漫着逼人香气,大概是牛尾汤,加洋葱番茄玉米一起煮。

"好香啊,晚上吃什么?"

"等会儿你就知道了。"安安淡淡笑道。

不知为何,有点心神不宁,仿佛不慎走入一间藏有异形或者终结者之类诡异存在的房间。膝盖发抖,背上冒汗。或许剧透之神已经提前在向我发出警告了也说不定。

二

六点半开饭。先端出熏鲑鱼色拉和番茄奶酪做的冷盘,然后上牛尾汤。尽管只是三个人在家吃饭,餐具之类依然摆放得很正式。为了增加气氛,甚至关掉灯,点上蜡烛,组合音响里放出如泣如诉的小提琴四重奏,名字我叫不上来,大概是安安前两天新买的。

葡萄酒倒入水晶杯,烛光下折射出血般嫣红的光。

"碰一个?"我率先举杯,两个女人也将面前杯子拿起。

“等一下，我先来！”苏菲快人快语，“咱们今天吃这顿饭呢，主要是为了庆祝志伟哥新书出版。所以我得先敬志伟哥一杯。志伟哥，祝你新书大卖，卖它个几百万本，从此成功混入畅销书作家队伍！”

几百万！哪有这样的好事，这年头科幻小说能卖三万本就算奇迹，这丫头是存心逗我开心。

“那就借你吉言。”我满脸假笑与她碰杯。水晶杯叮的一声轻响，仿佛往深井里投入一粒石子。

安安在一旁淡淡笑道：“说这么热闹，还不赶紧把你的书给人家送一本。”

“对对。”我点头，去一旁取来散发油墨气息的新书。封面装帧颇为精美，并无一般青少年科幻读物那种低幼化的配图，而是以素色花纹为底，上面印着“时间旅行者的情人”几个白色小字。照例未能免俗地配有腰封，用远比书名大若干倍的字号标出十几位行业泰斗的姓名与推荐语，若仔细分辨，其中一位与科幻有关的人士都没有。很显然，出版商的意图是将其包装为都市青年白领时尚读物，若操作得好，或许真能浑水摸鱼卖上十万本也未可知。

至于小说内容，则无甚新意，大致讲一名男子突然获得时间旅行的能力，于是穿梭于六个不同时代，与七名女子分别相爱厮守的故事。因为这些女子各自有其无与伦比的美丽之处，导致男子最终也无法做出抉择，只能将生命尽量平分给这些女人。男子死去之后，七名女子分别在不同时空里为他举行葬礼，追忆与他曾经度过的似水年华。这是全书中最为煽情之处，据说编辑部的小姑娘们看到这里，无不像被按下按钮一般潸然泪下。

我将书递给苏菲，她接过去掂一掂，仿佛在揣测蛋糕盒子里是否藏有钻戒，随即唇角轻扬，似笑非笑地说道：

“这本书我已经有了呀，志伟哥你忘了？”

诚然，我早在此之前送了一本给她。若要再准确些，便是昨天中午，我开车接她去吃饭时，在车里亲手交付与她，内页中甚至偷偷写有几句肉麻不堪的话，想必她回去后已经看到了。既然如此，何必在安安面前说出来，这丫头存心找事。

我只好假笑，“拿着吧。书嘛，多一本不多。”

边说边翻开扉页签名，即使礼貌客套，此种过场程序也不可少。我用与畅销书作家相称的潇洒字体写下：

“苏菲女士惠存。两情若是久长时，又岂在朝朝暮暮。李志伟赠。”

一边写，一边感到有一只光溜溜的脚在餐桌下偷偷蹭我的腿，自然不会是安安的。我佯装不知，只管埋头签名。

写好递过去，苏菲接过去笑道：“那就谢谢大作家啦。”

安安也在一旁笑，“什么大作家，你就会捧他，捧得他不知道自己是谁了。”

餐桌下那只脚，依然贴在我腿上摩挲。

苏菲收了书，再次举杯道：“安安姐，我还要敬你和志伟哥。祝你们俩下个月顺利结成革命家庭，生个小作家出来。”

安安在烛光里侧脸看我一眼，唇间流露出蒙娜丽莎一般神秘莫测的微笑。我不由自主握住她的手，感觉到纤纤玉指上的铂金订婚戒。

三只水晶杯在空中相碰，又一粒石子，掉入黑洞般深不见底的井中。

安安道：“那我也祝苏菲早日找到一个如意郎君，最好下次能带过来，我们四个一起吃饭。”

苏菲叹气道：“唉，我哪有安安姐这么好福气呢，找到志伟哥这么个好男人，温柔体贴，一表人才，有房有车，还是个作家，说出去多有面子！”

安安道：“以你的条件，什么样的找不到。眼光别放那么高，挑来挑去的，男人没有十全十美的，有时候就是得将就点，能过日子就行，对吧？”

她边说边看我，我也只得顺着往下说道：“要求高点是好事。有机会让安安姐介绍几个青年才俊给你，都是当年她挑剩下的。”

马屁果然拍得及时，安安假意撇嘴，眉梢眼角却满是笑。苏菲也笑，桌下那只脚却狠狠跺下来，杀气力透脚背，连木地板也险些贯穿。

我不禁“嘶——”的一声。

“怎么了？”安安疑惑地看我。

“没事没事……”我咬牙强忍，“那什么，我去趟洗手间。”

三

我迈着轻快的步伐逃离客厅，穿过走廊，走进厕所。房子刚刚装修好不到两个月，高档瓷砖与实木地板散发出白璧无瑕的崭新气息。我喜欢这气息，那些地狱一般的赶稿日里，是它们神圣的光辉在远方地平线上召唤我前进。再写两万字，便可买下一平米厕所瓷砖……再写五万字，可以升级为带清洗与自动烘干功能的高档马桶……科幻作家也得吃喝拉撒，也得在地球上买房买车，我咬着牙写了十年，终于换来今天的一切。有时夜里做噩梦，梦见瓷砖与高级马桶突然间分崩离析，重新变回电脑屏幕上寒酸的科幻小说，一行一行消失不见，于是大吼一声醒来，内裤都被冷汗湿透。所幸只是梦而已，绝对没有刺穿现实薄膜的可能性。

嘴里不由自主哼起《星球大战》主题曲，前进吧，天行者，银河系的历史又揭开新的一页！

我拉开裤链，对准高档马桶撒了泡尿，冲水，扭开洗脸台龙头，洗手，洗脸，顺便从镜子里仔细端详自己。三十岁，相貌只能说是平庸，因为常年熬夜抽烟写稿，所以脸色憔悴，牙齿发黄，最糟的是由于缺乏运动，已经有肚腩顶着腰带上面的衬衫微微鼓出来。尽管如此，与周围其他三十岁男人相比，状态还算不坏。穿上名牌衬衣，坐在咖啡馆一类蛮有文化气息的场所，再请专业摄影师拍照润色，配以“畅销书作家”的头衔登上杂志封面，依然可以吸引过往女高中生们的目光吧。

我一边幻想着，一边用手指蘸水抹平头发，嘴里依旧哼着《星球大战》主题曲。身后马桶一直传来抽水声，好像完全没有停下来的打算。我皱眉过去察看，买来还不到两个月的高档马桶，五万字换来的高档马桶，像爱伦·坡笔下的莫斯肯大旋涡般旋转不停，发出气势磅礴的声响，令人心情甚是不爽快。我将所有按钮依次按一遍，喷水、喷香水、热风烘干，莫名其妙的功能如音乐喷泉一般交错起伏，说也奇怪，折腾一番竟好了。

我哼着歌，满意离去。

四

离开厕所，穿过走廊，向客厅走去，突然感到周围异常安静。安静分很多种，有些平淡无害，有些则是充满怪物口臭一般带有压迫感的死寂。此刻我感觉到的便是后者。墙上的钟表突然响起，庄严肃穆的《婚礼进行曲》，宛如身穿白纱的天使在四周缓缓游荡。

乐声中我缓缓推开门，便看见地板上的尸体。

客厅灯光大亮，一片狼藉，仿佛刚刚有台风刮过，原本应该被精心安置在各处的物品以散漫随意的姿态滚落满地。尸体横躺在受灾现场正中央，脸侧向一边，扭曲的姿态令人想起名画《马拉之死》。胸口插着刀，若要再准确说明，是上周刚买回家的德国进口组合餐具中，最大号的一把牛排刀。整个刀锋足有二分之一长度都深深插入尸体的心脏部位，血不断涌出，将深蓝色衬衣染成近乎紫黑色，并且还在沿着实木地板的缝隙不断向四周蔓延。

因为开头处已经剧透，所以此处不必再卖关子。根据死者的脸与身上衣着，可以轻易辨认出，那人正是我自己。

我！自！己！

《婚礼进行曲》庄严肃穆的旋律恰在此时停止，紧接着响起当当的报时声。我抬头望去，钟的指针指向九点。

整个状况完全超出正常人的理解力范围，只能凭借生物本能行动。我不知道祖先们在漫长的进化过程中，给我的 DNA 链中存留了多少有用的逃生基因。大概仅够我在完全无意识的状态下，像尾巴被烧着的耗子一样逃回厕所吧。

灯光惨白，我将门反锁，随即浑身颤抖地滑坐在地，对着面前崭新光亮的高档马桶发呆。

五

据说当大灾难来临时，厕所是最好的庇护所，此处空间封闭，结构稳固，水源充足，并且有许多毛巾。毛巾的重要性，科幻迷几乎人尽皆知，不必在此浪费宝贵的时间解释。

我用毛巾蘸冷水擦脸，以恢复一点平静，然后鼓起勇气，对着镜子里的自己进行如下提问：

14的平方等于多少？

196。

宇宙飞船上天的速度是？

7.9公里/秒。

群星的尽头在哪里？

川陀。

宇宙、生命以及一切的终极秘密是？

42。

谁是天行者卢克的爸爸？

黑暗武士达斯·维达。

谢尔顿·库珀博士的智商是？

187。

加州理工学院物理系，出生于美国得克萨斯州东部，11岁上大学，15岁去德国海德堡学院做客座教授，研究方向是弦理论，一个硕士学位两个博士学位……

足够了,没有问题,我的神志十分清醒,没有疯,没有失忆,也不是在做梦。为了万无一失,我又捏起手臂上的肉用力拧一下,十分之痛!

门外一点声音也听不到,仿佛整座房子暂时陷入时间的缝隙停滞不动。时间!这个关键词令我想起一个重要细节,看见尸体的一瞬间,客厅里的座钟正敲响九下,而我离开餐桌去厕所的时候,应该尚不到七点。

唯一合理的解释是:我穿越了。

因为穿越,所以能看到另外一个自己。也即是说,七点钟的我穿越到两个小时以后,看见九点钟的我,用科幻小说中的逻辑来思考便迎刃而解。问题是,九点钟的我胸口插着大号牛排刀死在客厅地板上,这样重口味的场景,恐怕任何穿越爱好者都吃不消。

我再次用毛巾蘸水擦脸,将新冒出的冷汗拭去。原地打转思忖良久,终于下定决心,将厕所门拉开一条缝向外张望。走廊光线暗淡,隐隐有熟悉的乐声从客厅飘来。

小提琴四重奏,如泣如诉。

六

再次推门进入客厅,看见一切如故。烛光幽暗,地板整洁,任何像尸体的东西都看不到,也并无一点凌乱痕迹。苏菲与安安依旧坐在桌边,一起扭过脸来看我。或许心理作用使然,总感觉她们眼神闪烁,如同夏夜古井边的鬼火。

“怎么去那么久?”苏菲先开口。我抬头看墙上钟表,七点差十分。

“是啊,汤都要凉了。”安安抽动嘴角勉强笑道。

我胆战心惊落座,看来暂且是回到正常时间里了。喷香扑鼻的牛尾汤果然已经凉透,表面凝固起一层腻腻的油花。

安安起身,去厨房端来主菜。盖子掀开,是上好的澳洲带骨牛排,以颇专业的手法煎至五成熟,尚在滋滋地往外流淌汁液,在跳动的烛光下望去,像许多油光水滑的虫子争先恐后钻出来。我不由得一阵恶心。

苏菲俯身吸气,陶醉道:"这牛排真嫩!安安姐你怎么弄的啊?我每次都弄不好。"

安安笑道:"多试几次你就会了。"

两人边说边动手。切开红嫩的肉,剔去硬脆的骨,未凝固的血浆流淌出来,脂肪层迸裂,喷射出近乎残忍的香气。我坐在那里看她们吃,肉块被送进两张丰满红润的唇里,四排珍珠般的皓齿反复咀嚼,柔软的丁香小舌搅拌舔舐,最后被吞下雪白的喉咙。两人的吃相我都再熟悉不过,却从未像此时此刻看来这般陌生可怖,仿佛看到食肉霸王龙们蹲在白垩纪丛林中心情愉快地大快朵颐。

咯吱咯吱,咯吱咯吱,咀嚼与吞咽声在小提琴四重奏中四处蔓延。

"怎么不吃?"安安停下刀叉看我,"都是按你喜欢的味道做的。来,趁热吃。"

她抬手就把刀伸到我盘子里来,替我切肉剔骨。大号牛排刀,插在尸体心脏处的牛排刀!刀锋上的光芒宛如油滴,随着烛火跳动一颗一颗淌下来。血水四溅,像喷射的黄石公园火山。

"我……我自己来吧……"我勉强开口,喉咙却干涩沙哑。

牛排刀拿在手里沉重得很,我慢慢用力,操纵僵硬的手指紧握住刀柄,刀柄据说是由某种高级木头制成,枫木或者胡桃木?这会儿完全想不起来,总之花费不菲。这样昂贵的刀插进胸口是何感觉?是否如传说中的绝世宝剑,心脏已被剖出,还来不及感到痛?指尖微微用力,刀尖轻易没入五成熟的嫩牛排中,像摩西分开红海,尘归尘,土归土……突然间墙上钟声大作,我手一抖,牛排刀从指间滑落,砰的一声钝响。

《婚礼进行曲》残酷无情地炸开寂静,恍如全副武装的地球部队入侵潘多拉星,把白衣小天使们像扔燃烧弹一样抛满每一寸空间。

我满脸冷汗,背脊冰凉。鼓起勇气抬头看钟,七点整。

"怎么搞的你,心神不宁的。"安安对我皱眉,弯腰去捡刀。我堆起脸上肌肉对她假笑，为避免解释，匆忙从盘子里挖起一大块色拉往嘴里塞，却差点被腌橄榄呛了嗓子。

七

墙上的钟滴答滴答响，弹珠一般飞快流逝。

七点十分，吃牛排。

七点二十，依旧吃牛排。

七点三十，终于撤下牛排，端上新鲜的提拉米苏蛋糕。我趁此机会点燃一根烟猛抽。

七点四十，两个女人依旧吃蛋糕，我依旧抽烟。无论是牛排还是蛋糕，我都几乎没有吃下，尽管如此，却完全没有饥饿感。面前的烟灰缸里，烟蒂不知不觉堆积如山。

“啊呀呀，太好吃了！”苏菲将最后一块蛋糕送进嘴里，猫一般满足地伸出舌尖舔嘴唇，“唉，我还说减肥呢，一不小心又吃多了。”

安安笑道：“你这么瘦，还减什么肥啊。我才是呢，最近又没空去健身房，胖了好几斤。”

“你是要结婚的人嘛，多吃一点也是应该的，结婚可累人呢。”

“结不结婚，还不都是伺候他。”

我半晌才领悟到，安安所说的“他”是指我。因为心不在焉，指间香烟已不知不觉烧掉一半。安安伸手过来，夺下烟蒂摁灭。

“你也少抽一点吧，真是，这么大味儿。来帮我收拾。”

苏菲乖巧地摘下餐巾，“我帮你吧，让志伟哥歇着。”

两个女人起身，收拾桌上残羹冷炙，杯盘相碰叮咚作响，若是换一个环境，也未尝不能当做音乐欣赏。我再次抬头看表，七点五十。

距离九点还有一个小时零十分，大号牛排刀响声清脆。

“我……我再去趟洗手间。”

八

时间旅行究竟是怎样发生的，对此，所有科幻小说都措辞暧昧，语焉不详，像男生谈论自己初次遗精一样隐去所有技术性细节。即便有少数作者厚颜无耻地大谈特谈，也往往会被读者不耐烦地跳过，白白耗费精力与纸张不说，被技术宅挑硬伤的滋味更是不妙。因此我在写《时间旅行者的情人》这本书时，完全不提供任何拗口的科学名词与技术描写，男主角只凭借一系列特殊的动作便能穿越，只不过这些动作极为微妙，且需配合特定的思维活动同步进行，因此正确完成的成功率不高。这也正是他阴差阳错地穿越到六个不同时代、结识七位美女的主要原因。

也许我在瞎编乱造的过程中，无意间勘破了宇宙终极奥义？也许那些会发光、会旋转、会哇哇乱叫电闪雷鸣、会制造虫洞汇聚虚量子修改宇宙弦参数的高科技玩意儿才是真正的无稽之谈？也许时间旅行从来都像把灯泡放进嘴里再拿出来或者舔自己的胳膊肘一样简单，只是从来没有人做到过？

我试图一步一步重复之前做过的动作，拉开裤子拉链，立在高档马桶前，勉强挤出半泡尿，冲水，扭开龙头，洗手，洗脸，审视镜子里的自己。头发蓬乱，眼中有血丝，除此外与之前并无明显不同。

一边用手指蘸水抹平头发，嘴里一边哼《星球大战》主题曲，或许因为紧张，旋律变调得厉害，仿佛联合舰队在布满虫洞的空间里七扭八歪地艰难行进，若是配合此种音乐升起字幕，想必星战迷们非但不感动，反而会手持光剑将我斩成碎片吧。哼到一半，身后的抽水马桶安静下来，连滴水声都听不到。我凑过去，像对着许愿池祈祷一般虔诚地跪下察看，洁白的高级马桶里只剩一汪清水，波澜不惊，令人想起生命出现之前的原始海洋。

九

再次出门，穿过走廊，一步一步走进客厅。钟声响起，堕落天使们奏起《婚礼进行曲》。我抬头看钟，八点整。

叹一口气，说不清庆幸还是焦虑。距离九点还有一个小时。

客厅里空荡荡的，桌上餐具蜡烛都被收走，灯光暗着，小提琴四重奏已停止。从客厅后的厨房里，隐隐传来水声、收拾杯盘声与两个女人说话的声音。

浑身疲倦，像被终结者连续追杀三天三夜。我拖着脚步，慢腾腾地走去卧室。

十

卧室完全按照安安的品位装修布置，白色与深红为主，十分典雅华贵。黑暗中隐约能看见墙上的巨幅婚纱照，高悬在双人床上方，仿佛美国人插上月球的国旗，无时无刻不在宣告对这房间至高无上的领土权。照片上一对男女笑得极为灿烂，像用砂糖与天鹅绒反复打磨过，每个切面都自动反射光芒。

这样灿烂的笑容，是否就能与幸福画等号，我对此毫无概念，就像不知道提拉米苏蛋糕与搜狗拼音输入法之间应该如何换算一样。

懒得开灯，于是直接甩掉拖鞋侧躺在床上。卧室墙上没有钟表，因为安安睡眠很浅，连秒针走动声都不堪忍受。尽管如此，我依然感觉到滴答滴答的声响，从空气中每一粒分子的震颤中流过。子在川上曰，逝者如斯夫。逝去的不仅仅是时间抑或青春，还有生命，货真价实的生命，毫不抽象，毫不形而上，我本人的生命在滴答滴答流淌。

九点钟，火山将准时喷发，携带宝贵的生命离开这个世界。

嘴里发干，想抽烟，然而卧室里并没有烟。客厅或者我自己的书房里随便抽,卧室则一点烟味也不允许,这也是安安的规矩。正在胡思乱想,突然听到屋里有响动,我像被通了电流的科学怪人一样从床上惊跳起来。

屋里静悄悄,看上去毫无异状,然而方才分明是听到声音,错不了。我四下环顾,必然有某人或者某物藏在这屋子里。

先检查落地窗帘背后,然后是衣柜,门一扇一扇猛然拉开,每次都以为会有僵尸迎头扑过来,然而没有,只看见我的高档西装衬衣与安安的连衣裙规规矩矩地悬挂着,感受不到一丝生命迹象。

最终只剩下床。我浑身冷汗,慢慢跪下,地毯很柔软,因为也是高级货。床底下会藏着什么呢?无穷无尽的变态想象翩然而至,我伸手抓住床单一角,正要用力掀开,突然有一只冰冷的手从后面按住我的脖子。

心脏几乎停跳,我惨叫一声,差点瘫软在地。

"你干吗呢?"熟悉的声音从背后传来。

勉强回头,即便光线幽暗,依然凭轮廓认出是苏菲。

"你……你怎么……"我结结巴巴。

黑暗中,苏菲娇媚的笑声宛如魅惑人心的美人鱼。

"我来看看你啊。你是怎么了,一晚上都没精神?"

怎么可能有精神,比起死亡本身,更可怕的是在死期临近前被提前吓死。

"难道……是婚前……纵欲过度?"

"什么乱七八糟的?!"

"真的没有?我搜搜看……"她边说边伸手拉开床头柜,从里面轻车熟路地摸出一盒杜蕾斯。

"这是什么?"她歪着头在我眼前摇晃。

我一股无名火冲上脸,劈手抢过,扔回抽屉里,压低声音怒斥道:"胡闹什么!"

短暂安静片刻。

这丫头大约没料到我会发火,瞪着眼睛呆坐一会儿,反而笑起来。

"好,好呀,现在你就会对我发脾气了……"

她一边说,一边将手伸到背后,慢慢抽出什么。刹那间我魂飞天外,仿佛看见美丽性感的T-X将上半身扭转180度对我说话。悬念终于揭晓,女魔头终于现身,手里拿着刀,锋利沉重的大号牛排刀。

脑海中飘过我们共度的无数美妙时光,像走马灯一般旋转,莫非这就是传说中的濒死体验?美丽的苏菲,娇憨的苏菲,小猫一般软软的身子,生气时凶神恶煞,转眼间又笑得花枝乱颤……一瞬间,我竟然有点庆幸握刀的不是安安,两个女人我都亏欠,硬要挑一个来杀我,似乎还是苏菲更胜任些。理由说不上来,大概就像写小说塑造人物一样,凭借某种直觉吧。

背脊顶着坚硬的床脚,无路可退。

苏菲突然挥手向我砍来,冷风扑面,我举手欲挡,却没有预想中的剧痛与冰凉触感。什么都没有。

从指缝中向外偷看,隐约看到发光物,却不是牛排刀,是苏菲的手机。屏幕上有照片,一男一女,头凑在一起笑得很甜,或者说腻歪也未尝不可,肩膀露在被子外面,显然都没有穿衣服。

"自己睁眼看清楚,啊!"苏菲提高嗓门,声线因愤怒而微微发抖,令人想起被直升机吹过的水面,"你这个婚能不能结成还不一定呢。"

照片上的女人是苏菲,男的自然是我,若仔细端详,从这个角度拍出来的脸形居然还蛮耐看。

问题是,此时她拿出照片,显然不是为了让我欣赏自己的脸。

"你……你想怎么样?"我结结巴巴地说道。

"我没想怎么样,是你想怎么样!"苏菲将手机往床上一摔,顺势抱膝坐下,俨然受气小媳妇模样,"你说喜欢我,离开我没法活,可又答应了安安跟她结婚。你说这么多年来她的梦想就是跟你结婚,做贤妻良母,你说毁了这个婚约就是毁了她这一辈子。好,你们两个,我谁也伤不起,我不破坏你们,我死心塌地当小三行了吧!可你也不用当着她的面欺负我吧,只有她怕受伤害吗?我就不会痛啊?"

说到激动处，她声音由尖厉转为哽咽，眼中泪光闪闪，我见犹怜。

“我……我怎么欺负你了……”

“你自己心里清楚！”

“我哪有欺负你……”我用力叹气，“唉，你们两个，要我的命啊……”

我伸手替她擦眼泪，她咬牙扭脸躲开，一副不共戴天的阶级仇敌模样，不过这种游戏玩得多了，我早有经验。大丈夫风流一世，靠的不过“潘、驴、邓、小、闲”五个字，眼下便是伏低做小的时候。我又不屈不挠伸手拉扯她，往复好几回合，终于她身子一软歪过来，一张梨花带雨的小脸倚在我胸口，连精致的眼妆也不曾哭花。我对准位置，不由分说低头吻下去。无数历史经验教导我们，男女之间平息争吵，这是最佳方案。

十一

记得《时间旅行者的情人》刚写好时，我打印出来拿给安安看。她看完后沉默良久，然后问：“你们男人心里，为什么都梦想身边能有不止一个女人呢？”

我百般辩解说这只是小说，纯属虚构，请勿对号入座。安安不依不饶，一定要听我说心里话。

心里话究竟是什么，实在答不上来。对人类绵延千万年的集体心理做深层剖析，或许并非我一个科幻作家能够做到。

“硬要打个比方，大概就跟你们女人买衣服一样吧。”我最终这样回答，“每次看见好衣服，都骤然生出非它不可的感觉，好像这辈子只买这一件衣服就足够了，一旦拥有别无所求，千真万确，赌咒发誓，连自己也相信是真的。只是买回家穿几次，又开始想要新衣服。旧的依然很好，依然可以隔三岔五拿出来穿，只是……只是这辈子总不能只穿一件好衣服呀，没有这样的道理。对吧，是这样的心情没错吧？”

类似的问题苏菲也问过，我也拿同样的话回答她。苏菲毕竟脾气暴躁,一巴掌甩在我脸上喝道:“衣服不要了还能捐献灾区人民呢,老婆你捐出去试试看?!”

老婆自然是捐不得,我也没能耐穿越时空去跟七个女人谈恋爱。原本以为这辈子有两个女人就能知足常乐,事到如今,却连小命都有可能丢掉,真是天大冤枉。

十二

苏菲小猫一样的身体柔若无骨,皮肤在薄薄的蕾丝连衣裙下发烫,我用手心缓缓摩挲,即便要死,也该做个风流鬼才是。

正吻得酣畅,突然有什么东西在我脑海里响起,好似哥斯拉登陆纽约市前空气里传来的狂啸,或许是剧透之神又在对我发布警报了吧。我一把将苏菲推开。

“什么声音?”

“声音?”苏菲茫然四顾,“没有啊。”

“嘘!”我用一根手指按住她的嘴唇。

四下一片寂静,宛如被废弃的庞贝古城。

“真没有啊。”苏菲压低声音,“你今晚是怎么了,疑神疑鬼的。”

我翻身下床,蹑手蹑脚潜行到卧室门口,耳朵贴在门上听了听。听不到什么声音。

转动把手,突然将门拉开,外面空无一人。

苏菲在身后怏怏不乐地说:“没人吧。”

我终于松一口气,回头低声道:“没人你也别在这儿待着,小心一会儿安安过来看见。”

“切,多稀罕你这破房间似的。”

苏菲身子一拧跳下床,腰身摇摆,像蛇妖一样曼妙地滑走。走到门前又故意回头嫣然一笑,伸一根手指点点嘴巴。

我愣了好一阵才醒悟过来,连忙奔去安安的梳妆台前照镜子。果然,脸上沾了鲜亮的口红印。

十三

刚把脸擦干净,安安就走了进来,手里端一杯热咖啡,香气十分诱人。

咖啡?这么大晚上的谁要喝咖啡?

不等我开口,她先朝我脸上打量。

“欸,你怎么……”

“我……我怎么了?”我做贼心虚,不禁提高音量。

“苏菲呢?”她又环顾四周。

“苏菲?我没跟她在一起啊!”我理直气壮。

安安愈加仔细地看我,我挺直腰板一脸坦然。无意间低头一瞥,却瞥见右手背上残存的口红痕迹,浅浅一抹,有如飞碟落地时留下的烧熔痕迹,将一切行踪暴露无遗。

“你的手……”安安目光也随之移动。

我迅速把手藏到背后,“怎么了?”

“我看看。”

“干吗?!”

越是心虚,越得理直气壮,况且事到如今别无他法,唯有拼死抵抗一条路。安安硬要看我的手,我硬是不让,两人像老鹰捉小鸡一样绕着转圈子。拉扯间,咖啡杯陡然一滑,散发苦香的滚烫液体全洒在手上。

确切地说,是右手。

再确切说,我的右手。

刺痛感沿着神经网络向全身蔓延,尽管远远无法与光速相比,但还是极具破坏力。我像煮熟的虾米一样,整个身子缩成一团,脑门上爆出粗大青筋。

“啊！”

“哎呀，没事儿吧?！”安安惊慌失措。

一整杯滚烫咖啡泼在手上，不是温热，是滚烫，亦不是一两滴，是一整杯。若是谁说没事，我立即将它扭送非正常人类研究所。

安安没头苍蝇一般在屋里乱转，一会儿拿毛巾蘸凉水来冷敷，一会儿找出纱布和药来包扎。我痛不欲生，怒不可遏，一瞬间对两个女人都恨之入骨。这就是我，一个科幻作家的幸福人生，早知如此何必当初！

“靠，轻点儿！”我痛得忍不住骂娘。骂娘这种事与教育程度无关，纯粹祖先遗留在基因中的本能作祟，原始人搬石头砸了自己脚，必然也是暴跳如雷地骂娘。

“忍一下，马上就好。”安安声音低得几近耳语。

她跪在地上，替我红肿发亮的右手裹上纱布，动作十分轻柔，缠了一圈又一圈。不知为何，这让我想起潘多拉替冥王哈迪斯包扎伤口的场面，不禁心中浮现几分伤感。

突然间，一颗眼泪掉下来，落在我缠着纱布的手心里。

我吃一惊，抬头看安安。她哭了。

“怎么了你？”我问。

安安低声啜泣，眼泪像断了线的珠子往下掉。

“你是不是觉得我特别烦？是不是觉得我特别没用？”她的声音极为细弱，仿佛还没孵出壳就要夭折的雏鸟，“其实你讨厌我，恨我，是不是？恨不得我立刻消失掉，是不是？”

“没……没有啊，你这是怎么了好好的？”突然间形势大逆转，变成我理亏。

“我怎么了？”安安凄然一笑，“我不知道自己是怎么了，只觉得我快疯了。每天，每天我都做噩梦，梦见我一个人在教堂里，穿着婚纱，捧着花，等着你，你总是不来，外面雨下个不停，天黑了，来参加婚礼的人也一个一个走了，我一个人坐在黑暗里，一边哭，一边喊你的名字，你在哪儿呢？我不知道你在哪儿……”

我总是不忍看女人哭。尽管安安经常在我面前哭，每次目睹还是心软，像半透明的夹心水果硬糖，外壳融化，里面全是黏的稠的绵软的。我伸手扶住她抽动的肩头，安安突然抬头，眼泪还在眼眶里打转，却露出怨毒的神色。这样的神色，我从来没在她脸上看到过，像美杜莎的蛇眼，令人浑身冰冷，化作石块。

她继续用细弱的声音说着，说着，像是梦呓。

“我找啊找，找啊找，最后终于把你找到了。你猜在哪儿，在一口棺材里面，黑黢黢的大棺材，你躺在里面，像睡着了一样，特别，特别安静，再也没有人能把你抢走了，谁都不行，你是我一个人的……”

她竟然一边说一边笑起来，那神色实在奇怪，像绿芥末配上绵软的草莓冰激凌一样充满诡异的违和感。我不禁惊恐地后退，却退不动。右手被死死握在她手里，这女人，她疯了！

我忍痛一甩，抽出手，身子却失去平衡倒在床上。手碰到羽绒枕头下面冰凉坚硬的什么东西。我将枕头掀到一边。

是刀。

大号牛排刀。

今晚九点时将会插入我胸口的大号牛排刀。

今晚九点时将会插入我胸口的大号牛排刀，原来一直藏在卧室枕头底下。

为什么？

我彻底石化，浑身僵硬冰冷动弹不得。安安眼神怨毒，伸手将刀握住。惊忙之间，我只来得及抓起一只羽绒枕头挡在胸前。

若论价格，大号牛排刀与单只羽绒枕头大概相差无几；至于实用性，如果大号牛排刀的攻击力为100，那么羽绒枕头的防御大约是5，加上我自身战斗力充其量也只有5而已，这样一想，觉得场面十分可笑又十分可悲。

“志伟……”安安带着哭腔喊我的名字。

“你……你不要过来啊！”我也带着哭腔哀求。

人类理智再次失效，只剩祖先遗传的逃生基因进入自动导航模式。我先将防御力为5的羽绒枕头用力扔出，砸中安安的头，自然是不能输出任何实质性伤害，但似乎造成了有效的心理攻击。安安哇的一声大哭起来，我趁此机会跳下床夺门而逃。

十四

客厅里的钟指向八点五十分。

胸插大号牛排刀的尸体如同黑洞，在九点整静静等待，我则一整晚都在不可避免地向那里滑去，终将在十分钟后一脚踏入，可耻而又可悲地完成合体。

老子还没活够！老子还没写出一部真正伟大的科幻小说！老子不能死！

安安一边哭喊，一边手握大号牛排刀向我走来，她早已不是我温柔美丽的未婚妻，而是T病毒侵染的行尸走肉，僵尸，杀人魔！苏菲从厨房里跑出来，当然还有她，两个女人是一伙的。对此我也不必再客气，抓起手边能摸到的一切向她们扔去，大部分都未能砸中，哗啦啦掉落在昂贵的实木地板上碎裂。每扔出一样东西，我的脑海中都飞快闪过它们的价格与标签，水晶杯、骨瓷盘、烟灰缸、洛阳三彩，让它们都见鬼去！

女人的哭泣与呼喊在一声声碎裂中蜿蜒起伏，不知为何，这声音此刻听来分外过瘾，好像在打实战游戏。我且战且退，退出大厅，跑过走廊，一头钻进厕所，将门啪的一声关上。

大灾难来临时，厕所是最好的庇护所，此处空间封闭，结构稳固，水源充足，并且有许多毛巾。

我用力喘息，将氧气泵入肺中。门外哭喊声与脚步声渐渐逼近，时间，时间，滴答，滴答，滴答。宝贵的生命在流淌。

事到如今,逃生的路只剩一条。

我再一次重复那套动作,拉开裤链,对准高档马桶颤抖着撒尿,冲水,扭开龙头,洗手,洗脸,从镜子里端详自己,用手指蘸水抹头发,嘴里哼着走调的《星球大战》主题曲。身后马桶抽水声持续不停,仿佛打算坚持到世界末日宇宙尽头。我飞扑过去,依次按下所有按钮,热水,热风,香水味,我将脸埋在高档马桶中,桃李芬芳,如沐春风。

整个银河系的命运在马桶中旋转,冲刷,终于平静下来。

十五

透过厕所门缝向外窥视,外面的世界是凶是吉,难以预测。

光线似乎比之前明亮不少,气氛也宁静安详,有如世界大战前飞过天际的鸽群,纯洁无瑕,尚未来得及被任何邪恶势力玷污。我小心翼翼走出厕所,穿过走廊,推开客厅门。客厅明亮整洁,没有遍地狼藉,亦没有胸口插有大号牛排刀的尸体。

我连忙抬头看表,五点五十。

我成功穿越回五点五十的世界,天堂一般美妙的,周五下午五点五十的世界。

虽然不便过分张扬,但还是忍不住单膝跪地,摆出各种超级英雄造型,以庆祝自己逃过一劫。此时此刻我必然是被主角光环笼罩着,《2012》早就告诉我们,即便全人类都毁灭,科幻作家也能活到最后一刻。

后面厨房里传来水流声、煤气火焰声与切菜声。我蹑手蹑脚潜行过去,趴在门后偷窥。安安与苏菲正立在料理台前准备晚餐,仅看背影就能认出。案板上堆满各种新鲜食材,汤锅在炉子上小火慢炖,加入洋葱番茄玉米的牛尾汤咕嘟咕嘟。我陡然间感到饥饿,虽然两个小时前刚吃过晚饭,但吃下去的分量不多,此刻腹中空空如也。

“志伟哥怎么还不回来啊,这都几点了?”苏菲的声音透过蒸汽传来。

安安淡淡答道:“大概有点堵车吧。瞧你,怎么比我还着急。”

这样想来,此刻另一个我应该正在回家路上,或许快到楼下了也说不定。

牛尾汤逼人的香气四处弥漫,肚子里咕噜咕噜直响。饥饿宛如太空中旅行的古董飞船,慢悠悠孤零零地穿过亿万光年,目之所及不见星辰,只有比虚空更虚空的无限黑暗。

厨房近在咫尺,各色食物有如黑洞,散发出致命的引力波,然而我却不敢贸然闯入。按照常理,此时我分明不该在这里,毕竟不是每个人都善于接受科幻小说中的逻辑。

我返回客厅,想找些零食充饥,费心寻觅却一无所获。安安对饼干薯片一类的零食恨之入骨,在她心中,唯有健康天然的才配被称作食物,才有权利登堂入室,占据厨房空间,客厅门口则恨不得贴出“零食与狗不得进入”的标牌才合理。

门铃声突然响起。按铃的不是别人,正是我自己。

苏菲的声音从厨房里传来:“欸,是志伟哥回来了吧,我去开门。”

想要去其他房间躲避却已来不及。仓皇间我瞥见餐桌,粉红色印花桌布亦是安安同事送的礼物,十分宽大,一直垂到地面。我顾不得多想,掀起桌布躲进去,旁边随即掠过苏菲踢踢踏踏的脚步声。

门开了,隔得老远听见苏菲笑得娇嗔。

“怎么这么晚啊,这都几点了?”

紧接着,安安的脚步声也从厨房里出来。

“是啊,怎么这么晚?”

“嗨,堵车堵得要死。”一个熟悉又陌生的声音回答道。紧接着墙上的钟奏响《婚礼进行曲》,那个声音自我辩解般说一句:

“也没多晚,刚刚六点而已。”

不知为何,觉得这声音多少有点招人烦。

十六

叫不上来名字的小提琴四重奏如泣如诉，客厅光线黯淡，只有烛火幽幽闪烁。

我蜷成一团躲在餐桌下，像尚未发育完全的胎儿，硬被塞进狭小漆黑的母亲子宫中。实木地板冰凉坚硬，硌得尾巴骨生痛。尤其难熬的是各种食物香气从头顶飘来，我周围却只有三双套在拖鞋中的脚，散发出算不上恶臭、但也绝不能说好闻的气味。

对话声断续传来，像重看熟悉的肥皂剧，只是看不到画面，仅能凭声音猜测剧情。

“碰一个？”

“等一下，我先来！咱们今天吃这顿饭呢，主要是为了庆祝志伟哥新书出版。所以我得先敬志伟哥一杯。志伟哥，祝你新书大卖，卖它个几百万本，从此成功混入畅销书作家队伍！”

“那就借你吉言。”

什么吉言，虚伪！

“说这么热闹，还不赶紧把你的书给人家送一本。”

“对对。”

“这本书我已经有了呀，志伟哥你忘了？”

“拿着吧。书嘛，多一本不多。”

餐桌上传来沙沙的写字声，餐桌下，一只光脚像银鱼般从拖鞋中滑出，一点一点向我的脸逼近。我只好屏住呼吸尽力闪避，勉强为它让出道路。那只脚终于成功抵达目的地，在穿西裤的腿上磨蹭。

“那就谢谢大作家啦。”

“什么大作家，你就会捧他，捧得他不知道自己是谁了。”

银鱼般形状完美的脚，依然得意地在另一条腿上游走。不知为何，突然很想拿刀将这脚利落地刺穿，或许与穿西裤的腿一起钉在地板上，看着血浆汩汩流出，才能令郁结的心情稍微平复。

“安安姐，我还要敬你和志伟哥。祝你们俩下个月顺利结成革命家庭，生个小作家出来。”

“那我也祝苏菲早日找到一个如意郎君，最好下次能带过来，我们四个一起吃饭。”

“唉，我哪有安安姐这么好福气呢，找到志伟哥这么个好男人，温柔体贴，一表人才，有房有车，还是个作家，说出去多有面子！”

祝你全家祖宗十八代都嫁给作家。

“以你的条件，什么样的找不到。眼光别放那么高，挑来挑去的，男人没有十全十美的，有时候就是得将就点，能过日子就行，对吧？”

“要求高点是好事。有机会让安安姐介绍几个青年才俊给你，都是当年她挑剩下的。”

银鱼般的光脚如同雷神之锤，狠狠向下跺在另一只脚上。虽然是另一只脚，我却也隐约感到痛，嘴里忍不住嘶的一声。

“嘶——”

“怎么了？”

“没事没事……那什么，我去趟洗手间。”

十七

穿西裤的腿起身离开，我趁此机会，赶紧将头伸往空出的位置下面，小心翼翼地透过桌布透气。在桌下蹲了快一个小时，此刻四肢麻木头脑昏沉，若是再不赶紧补充氧气，怕就要可耻地闷死在这里。

餐桌上陷入短暂沉默。只有刀叉碰撞声、咀嚼声与喝汤声。

片刻后突然听见安安的声音：“菲儿，咱们认识多久了？”

苏菲说：“从中学到现在，有十好几年了吧。”

安安问：“你和志伟呢？”

苏菲说:“也有三四年了吧。”

安安问:“你觉得他这个人怎么样?”

苏菲说:“他……挺好的呀,我一直都说他挺好的。”

安安问:“好在哪儿?”

苏菲说:“我不都说过吗,有钱,有文化,对人好,长得帅……是个女的都想嫁。”沉默一瞬,她反问,“你觉得呢?”

安安笑道:“呵呵,是啊……想一想,这么好的男人,很快就要变成我老公了。”

苏菲说:“这还不好?”

安安说:“是,挺好……”

又是片刻沉默。我屏息凝神,竖起耳朵聆听,突然听见安安的一声啜泣。

餐桌上异常安静,那是大灾难过后,惨白微弱的朝阳照在城市废墟上的岑寂,此情此景令人无言以对,只好跟随整个世界一起沉默不语。

安安深吸一口气,终于说道:“行了,我都知道了。”

苏菲问:“知道什么?”

安安说:“你知道我知道什么。”

苏菲竟无语。

安安又叹气,一字一句地说:“菲儿,你们过去的事,我不管,以后的事我也不管,眼下我就想好好把这个婚结了,在家里做个好太太,这是我一辈子的梦想。我都快三十了,菲儿,错过这一个,以后还有谁会要我,你说是不是?看在我们这么多年姐妹的分儿上,你成全我好不好,啊,就算我求你了……”

沉默如灰色穹庐,笼罩四野,漫长的灰暗的布满尘埃的核战爆发后的天空。安安细弱的啜泣在这片天空下绵延,仿佛拴着红气球的脆弱丝线。

许久才听见苏菲不无凄楚的声音。

“姐,你别哭了。”

安安努力抑制住啜泣，丝线断裂，红气球向着尘埃满布的天空中飘去。

“别哭了……”苏菲喃喃着，像说给自己听，“安安姐，你放心，我没想跟你争，从来没有。”

沉重的脚步声逐渐逼近，那货上完厕所归来。更确切点说，是刚刚穿越到九点看完自己的尸体仓皇归来。

屋里气氛有一瞬间尴尬，我想象三人面面相觑的模样，突然觉得大家都很可怜。

人类就是这样可笑又可悲的生物，视野被时空所限，如井底之蛙，却兀自狂妄自大。如果有一位全知全能的剧透之神守护在身边，随时拍着肩膀低声告知每一件事的前因后果来龙去脉，好像自宇宙中俯瞰，一眼便能看清整颗地球的形状，那样的世界或许会有所不同吧。至于到底如何不同，身为科幻作家的我却无从推断，想象力在此枯竭，好像搁浅的蓝鲸，在沙滩上被一点一点晒成肉干。

最终是苏菲先开口：“怎么去那么久？”

安安接着说：“是啊，汤都要凉了。”

不过片刻工夫，两个女人已经像科克船长与史波克般结成奇妙的同盟关系，这种神秘的作用力与反作用力，恐怕我一辈子也搞不明白。

主菜端上来，牛排香气绵延百里，我肚子愈加咕噜咕噜狂叫。

咯吱咯吱，咯吱咯吱，咀嚼与吞咽声在小提琴四重奏中蔓延。

“怎么不吃？都是按你喜欢的味道做的。来，趁热吃。”

“我……我自己来吧……”

墙上的钟突然敲响，与此同时，沉重的牛排刀笔直掉落，像杨氏单缝实验的粒子一般，精确地穿过我包着纱布的右手与身体之间的缝隙落地，砰的一声钝响。

我惊出一身冷汗。

“怎么搞的你，心神不宁的。”安安边说边弯下腰来捡刀。我屏住呼吸，慌忙将刀颤颤巍巍递到她脚下。幸好她并未多看,握住刀柄起身。

时钟刚好敲响了七下。

十八

墙上的钟滴答滴答,生锈的弹簧一般逡巡不前。

七点十分,餐桌上的三人吃牛排。

七点二十,依旧吃牛排。

七点三十,撤下牛排,端上提拉米苏蛋糕。餐桌上的志伟点燃一根烟抽,我闻见烟味,除了饥饿外更增添一分煎熬。

七点四十,依旧吃蛋糕,抽烟。

“你也少抽一点吧,真是,这么大味儿。来帮我收拾。”

“我帮你吧,让志伟哥歇着。”

杯盘相碰叮咚作响,如同电影片尾曲。或许因为饥饿与缺氧的缘故,我竟有点昏昏欲睡。

“我……我再去趟洗手间。”

餐桌上的三人依次离开客厅,我偷偷探出半个身子,闻见食物香气,如雨后松林里的蘑菇一般鲜美可人。饥饿感翻涌上来,我再也无法忍耐,趁着黑暗爬出桌布包围。双腿麻木无法站立,只能像小矮人一样可怜巴巴地蹲在桌边,伸出一只手在桌上摸索。

指尖碰到一个冰凉坚硬的东西。又是大号牛排刀,阴魂不散的大号牛排刀!

我握刀在手,对其怒目而视。非得找个办法妥善处理不可,若是没有这把刀,这一连串倒霉事也就不会发生。正在环顾四周思考对策时,突然听见脚步声从厨房走来,本想躲回桌下,又突然想起安安马上会来收拾餐桌。我慌不择路,拖着麻木的双腿向最近的卧室爬去。

钟表当当作响,敲响了八下。

十九

卧室漆黑一片，我没走几步，就狠狠踢到床脚上，身子失去平衡，一头栽倒在床上。

脚趾钻心痛，像被整支沃贡人的拆迁队伍强行碾过。我张大嘴无声地嘶喊，抓过羽绒枕头紧紧咬住。脑海中陡然浮现出一千张黑洞洞的嘴，一起反复高唱“为什么受伤的总是我”。

好不容易等疼痛稍微褪去，门外又突然有人走来，脚步声踢踢踏踏，如同终结者逼近。我几乎抓狂，扔下枕头一个鱼跃跳下床，刚想拉开衣柜门往里躲，脑中却再次响起剧透之神的警报，此处躲不得！原因无暇细想，只得凭借逃生基因的指引，身子卧倒在柔软的高档地毯上，顺势一滚，爬进床下躲藏。

脚步声进来，慢腾腾走到床边，我从缝隙中看到两只脚，该死的我自己的脚。

咯吱一声，有重物压在床上。

房间里一片寂静，我屏息凝神，不敢发出半点声响。

床上那货对我的存在一无所知，依旧安逸地躺着，时间一分一秒在空气中无声流逝。此时此刻，突然有一个关键词，像小行星撞击木星大红斑一样准确命中我的大脑：

刀。

大号牛排刀。

今晚九点时将会插入我胸口的大号牛排刀。

今晚九点时将会插入我胸口的大号牛排刀，被我无意中留在了枕头下面。

原来如此！

脑中轰然一片，涌起数公里长的巨大波涛。我不禁懊恼得猛砸自己脑壳，却忘了被烫伤的右手，剧痛中忍不住发出一声闷哼。

床上那货被声音惊动，噌的一声跳下，鲨鱼一般在屋里逡巡。先是拉开衣柜门搜索，没有发现，又向床边走来。

我尽力往角落里缩了缩。

一双脚停在床边，慢慢跪下，手抓住床单一角，正要用力掀开。

另一双脚悄无声息地走进来，站在那货背后。

螳螂捕蝉，黄雀在后。

寂静的房间里突然爆发出一声惨叫。

我竟幸灾乐祸地松了一口气，暂时安全了。

男人和女人的声音从头顶上方传来。

“你干吗呢？”

“你……你怎么……”

“我来看看你啊。你是怎么了，一晚上都没精神？难道……是婚前……纵欲过度？”

“什么乱七八糟的?!”我趴在床下默默盘算，该如何逃出这个鬼地方。

“……我死心塌地当小三行了吧！可你也不用当着她的面欺负我吧，只有她怕受伤害吗？我就不会痛啊？”

“我……我怎么欺负你了……”

“你自己心里清楚！”

“我哪有欺负你……唉，你们两个，要我的命啊……”

头顶上的床垫发出被挤压的声响，咯吱咯吱，仿佛巨型沙虫在洞穴里蠕动。我无声地叹一口气，开始手脚并用，慢慢从床底下往外爬。

床上的一对狗男女专心缠绵，对周围的一切毫无知觉。我趁此机会潜行到门边，慢慢转动把手。

门无声地打开，我刚松一口气，就看见安安一脸错愕地站在外面。

二十

好巧啊,原来你也在这里。

据说这是自人类发明语言以来,应用范围最广的一句打招呼用语,足以应付任何突发状况,无论是上厕所遇见老板,还是打开衣柜看见没穿衣服的同事。

我曾经写过这样一篇科幻小说,非常短,只有一句话:

“地球上最后一个人坐在屋子里,这时外面传来了敲门声,他拉开门对外面说:‘好巧啊,原来你也在这里。’”

此时此刻,看见安安的脸,脑海里迸出的唯有这句台词。

逃生基因再次切换到自动模式,我上前一步,挡住安安的视线,她刚要开口说什么,我已奋不顾身扑上去紧紧抱住她,顺带反手将门关上。

门内依稀传来说话声。

“什么声音?”

“声音?没有啊。”

“嘘!”

我抱住安安的脑袋使劲往怀里塞,不让她听到这一切。

二十一

趁安安反应过来之前,我硬是将她从卧室门口拉到客厅,一把摁倒在沙发里。

“你……”安安惊诧万分。

“我……我太高兴了!”我表情夸张地挥动双手,“老婆,我终于出书了!你不高兴吗?!”

“不是吧,刚才还好好的……”安安伸手摸我额头,“你没事吧,看你一晚上都不对劲儿。”

我推开她的手，“没事没事，我就是……高兴……”

“你手怎么啦？”安安突然惊叫。

“啊？手？”我这才想起右手上的纱布，连忙将手藏到背后。

“手没事啊！”

“你手受伤啦？什么时候弄伤的？我看看，怎么也不说一声。”

“我手没事，真没事，你看错了！”

突然又有人走进客厅，是苏菲。

“欸?！你？”苏菲大吃一惊，“你不是……”

她迷茫地看看我，又回头看卧室方向。

“我哦哦哦哦哦哦哦啊啊啊啊啊啊啊啊……”我像疯子一样冲上去拦住苏菲，“哦对啦我有个东西要给你看，你，你跟我过来一下，这边，快快快！”

我不顾一切，硬推着苏菲往外走，安安傻呆呆地坐在沙发里看着我。

“志伟你……”

我回头大喊：“你别过来！”

“啊？”

“那什么……”我搜肠刮肚，调动一切脑细胞扯谎，“你去那个厨房……那个……给我泡杯咖啡，对了泡杯咖啡，快！”

二十二

我推着苏菲迅速离开客厅，卧室里还有那货在，只得拐进书房，还好书房里没人。我关上门，猛喘一口气。

“怎么回事？”苏菲声音有点发颤，“你刚才不是才……”她又回头，想出门看个究竟，我连忙一把将她拉回来，为了不让她出声，只好故技重施，抱住她的脸又是一通狂吻。

门外一串轻柔的脚步声经过，应该是安安去卧室找那货了。

苏菲从我怀中挣脱出来。

“你搞什么啊?!”

我按住她的嘴,“嘘!”

“你手怎么了?”苏菲看见我的手,也是一惊。

“手?手没事!真的没事!”

“没事你裹纱布干什么?”

“我……我裹个纱布怎么了?碍着你了吗?这是我家我怎么连裹个纱布的自由都没有了呢?!”

“不对呀,刚才还好好的,就这一眨眼的工夫……”

“我都说了没事没事,你不要想这么多好不好!”

“手给我看看。”

“不给!”

“给我看看!”

“不给不给就不给!”

正相持不下,卧室方向突然传来一声杀猪般的惨叫。

“啊!”

我愣了一下,然后想起另一个关键词。

咖啡。

一整杯滚烫的热咖啡。

我如梦初醒,看着被烫伤的右手,纱布经过一整晚折腾,已经变得又脏又皱,好似木乃伊的裹尸布。

“什么声音?”苏菲满面惊诧。

“声音?没有声音啊!”我颤声说。

“我明明听到有声音!”

“真的没有!”

苏菲还想争辩,我万般无奈之下,只好又上前去企图抱住她。

苏菲再次将我推开,这次力气颇大,我被推得后退好几步。还想不屈不挠再次上前，啪的一声脆响，苏菲直接狠狠甩了我一个耳光。

“我知道了，你故意的是吧？”她一脸愤怒地瞪我，恨不得用目光温度直接将我升华为等离子态。

“谁，谁故意的，我怎么故意了……”我结结巴巴地说。

“靠，当我三岁小孩耍着玩儿呢？啊？至于么整这么一堆，你累不累啊？！”

“我没有啊……”

卧室再次传来带着哭腔的惨叫。

“志伟……”

“你……你不要过来啊！”

我想起被遗忘在枕头下的大号牛排刀。

哭声、惨叫声、砸东西的声音断断续续传来。整个世界如同一根脆弱的宇宙弦，被拉紧，拉紧，拉紧。终于啪的一声，彻底坍缩了。

“靠！”我忍不住喃喃自语。

二十三

“怎么了？到底怎么回事？！”苏菲也声音发抖，她清楚地听见我的声音从卧室传来。

我用力把苏菲按在椅子里，“你你你……你别动，你在这儿待着，我出去看看。”

我握住门把手轻轻转动，将门打开一条缝，呼的一阵乱响，另一个我像发疯的霸王龙一般从面前跌跌撞撞跑过。

我砰的一声把门关上。

“怎么了？”苏菲问。

“没事！”我颤声回答。

喘了一口气，我再次开门，看见安安手拿大号牛排刀，好像女鬼一样披头散发地慢慢走来,边走边呜呜地哭。

我又要关门,苏菲一把将我推到一边。

"安……安安姐……你这是怎么了这是……"她惊诧地向安安走去。

安安哭得上气不接下气,失魂落魄地向客厅里追过去,苏菲紧跟在她身后。客厅里翻天覆地,各种碎裂声砰砰啪啪响起,仿佛有霸王龙破门而入,要将这屋里的一切碾为齑粉。

疯了,整个世界彻底疯了。我抱着头躲在门背后,发出痛苦的呻吟。

闹腾片刻,声音稍微平息,只听见安安的啜泣声愈加凄厉。我慢慢从书房出来,朝客厅内偷看,只见安安瘫倒在一片狼藉中,苏菲在一旁搀扶着她,神情呆若木鸡。

"这……这到底是怎么回事……"

安安凄厉地啜泣着大喊:"这婚我结不成了!"

不知为什么,苏菲也哭了起来。

我趁她们不注意,闪身从客厅门口溜了过去。

二十四

厕所门在眼前砰的一声关上。

我蹑手蹑脚走到门口,耳朵贴上去倾听。各种声音宛如飞船启动程序一般依次响起。拉开拉链,撒尿,冲水,洗手洗脸,哼歌,冲水,冲水,冲水。

终于安静下来。

我鼓起勇气推开门,里面空无一人。

二十五

另一个李志伟消失了。

从这个时间点上穿越回去,回到三个小时之前。此时此刻,我又变成这时空里独一无二的李志伟。

不知为何，我长长地舒了一口气。

结束了。

噩梦一般的游戏，终于结束了。

我走回客厅，听见安安还在梦呓般喃喃自语。

“结不成了，这婚结不成了……”

“安安姐，有话好好说……你……你先把刀放下……”苏菲小声说。

安安怨恨地瞪着手中的刀，长抽一口气，大号牛排刀哐当落地，苏菲连忙把刀踢到一边。刀锋在满地狼藉中一路滑动，刚好停在我脚边。

我低头看着刀，像史前草原上未进化完成的猿猴看着一块黑色碑石，查拉图斯特拉庄严的旋律在耳边响起。世界为何而存在，我为何而存在，时间是什么，宇宙又是什么，如何开始，又如何终结。所有问题与答案统统搅作一团，像大爆炸最初的一瞬，没有上下左右前后，没有起因经过结果，没有答案，没有问题。

我有气无力地笑一笑，弯腰捡起刀，向安安与苏菲走去。

“喂，没事了……”我低声说。

两个女人抬起头，同样用猿猴般迷茫的眼神看我。

“其实……其实都是误会……”

话未说完，我不小心踩到一小块碎瓷片，向后一滑，大号牛排刀脱手而出，被高高抛向天空。

在查拉图斯特拉庄严神圣的乐声中，时间线被无限拉长。我如同慢镜头一般，缓缓地、轻轻地仰天倒下，倒在狼藉一片的高档实木地板上，银光闪闪的大号牛排刀在天空中翻转、上升，然后掉落，几万年时间流逝了，猿猴进化为人，发明武器，发动战争，杀死成千上万无辜的生命，而我即将成为其中一个。

普普通通的一个。

刀锋准确地插入胸口，划破皮肤，割开肌肉，穿过肋骨缝隙间的薄膜，刺中跳动的心脏，血浆四处喷溅，有如黄石公园火山爆发。一个科幻作家就这样被杀死了，死在2012世界毁灭之前。

“啊——”安安与苏菲尖厉的叫声划破长空。

我躺在那里，好像被钉在地板上的昆虫标本，四肢不甘心地抽搐几下，温暖的血浆在身下蔓延，淹没地板上各种碎片，恍如汹涌的洪水，将一片又一片破碎的大陆吞没。

黑暗，黑暗漫天席地向我卷来，仿佛被黑洞吞噬。黑暗边缘的星星逐渐黯淡，光芒向着紫外一端移动。最终我什么都看不见了，黑暗蔓延开来，像遮住眼睛的一块布，把整个世界远远推开。

“志伟！志伟你怎么了志伟！说话啊！”

“快！打电话给医院！”

两个女人的脚步声匆匆远去，这时墙上的钟刚刚敲响了九下，《婚礼进行曲》宛如星云一般旋转，弥漫，缥缈无依。紧接着，我听见另一双轻快的脚步声渐渐靠近。

逐渐暗下去的视域里，一张熟悉又陌生的脸出现在客厅门口，正惊恐万分地向我望过来。

（本文获2011年度中国科幻银河奖提名奖）

【后记以及一点说明】

这篇小说是根据先前创作的一部剧本改编而来。通常小说改剧本比较多，剧本改小说，尤其是作者本人先写剧本再写小说，则似乎比较少见。

为避免语无伦次，还是从头说起。

大约是2009年冬天，北师大科幻协会的会长邓少跟我谈起想拍低成本科幻电影的事。我记得那是在万圣节之夜，一次科幻主题的化妆晚会。

我扮成吸血伯爵，而邓少则身穿绣有斯莱特林徽章的校服，周围各色怪力乱神川流不息：终结者、女超人、桃乐丝、守望者罗夏、史波克、阿拉蕾甚至宇宙墓碑……我被浓烈科幻宅气场所感染，满口答应给邓少写剧本。

经过几次商讨后，我们一致决定，要拍一部超低成本零特效的科幻悬疑室内情景剧，灵感大概来源于当时大热的《关于时间旅行的FAQ》。为了保证“超低成本”与“悬疑”这两点，一度想到许多方案，也推翻了许多方案。直到某一天夜里，我兴奋地将一句话的剧本大纲用短信发给邓少：

“从前有一个科幻作家穿越了，后来，他死咗。”

这大概是我写过的最不靠谱的故事大纲。

2010年初，我终于完成了剧本。英文片名定为《Time Kill》，中文名则迟迟想不出，最终勉强定为《死局》。

年底，邓少克服重重困难将片子拍完剪毕，大约用了三天时间，三千块钱，三位演员，外加一位导演兼摄影兼灯光师，以及担任生活制片的导演弟弟。

听上去似乎效率不高，但毕竟比我们其他许多无疾而终纸上谈兵的伟大理想要靠谱一点点。毕竟，我们没有钱，却想拍科幻片，听上去无异于天方夜谭。

2011年6月，我在一家桌游店里看到邓少带来的成片，画面出乎意料地流畅，演员的表现也很精彩。尽管邓少一直为拍摄时条件简陋而自责，我却认为，这部片至少是蛮好看的。

至于将剧本再改成小说，则纯粹是我个人的心血来潮。若说有什么非如此不可的理由，大概是因为某天突然拍脑袋想到“杀死一个科幻作家”这个标题，觉得不写成小说简直暴殄天物，于是就写了。

此篇后记虽然并非植入广告，但依然希望大家支持身无分文却心怀梦想的科幻电影宅们，假以时日，或许他们真能拍出一两部优秀的“中国科幻电影”也未可知呢。

马　卡

写小说的人住在阴暗的废巷深处,一排排常年滴水的床单掩盖了褪色的金属招牌,上面写着一个古怪的姓名: Z. 马卡。

没有人知道他住在这里多久了,也没有人在乎。他只是一个写小说的人,苍白,卑微,伛偻着身子,小小的黑眼睛藏在眼镜片下,闪着幽暗的光。他从不踏出阁楼一步,大多数人们甚至忘记了他的存在,只是偶尔在茶余饭后的闲聊中听到一点传闻,语焉不详,支离破碎,极少数人被这些碎片勾起了好奇心,于是出发去寻访他。

付一点钱,你就可以得到一个故事,只有开头,没有结尾。

星期一　电子骑士

蓝顿·李爬上阁楼,靴子踏着被潮气侵蚀的木质楼梯,咯吱咯吱作响。

外面阴雨连绵,破旧的街景像水彩画一般在雨窗外绽开。写小说的人蜷缩在扶手椅里，像只姿态古怪的大鸟，他脚边有一个很大的纸篓，里面装满被蓝色墨水玷污的纸团。

“你就是他们说的那个马卡？”蓝顿·李好奇地四下里打量着，房间小而凌乱，三面墙都是书架，一面是书桌，屋子正中有一只浴缸，滴滴答答往下淌水。

“我是。”这间屋子的主人回答。

“我是你的主顾。”蓝顿·李说，他没有说自己的名字，或许是觉得对这样一个人报出姓氏有些不太体面。

“哪一位？”

“你有不止一位主顾？”蓝顿·李问，毕竟他对这个人的工作一无所知。

“是的。”

蓝顿·李突然觉得自己受到了冒犯，“你给我写那个电子骑士的故事。”他语气有些生硬地说，“孤胆英雄，不死不朽，骑着钢铁战马，还有一条狗……”

“狗的名字叫尤利西斯，是的，我记得。”马卡点头。

“那么你是否记住了我的要求？上一次取货的时候，我让仆人替我传达过。”

“记得，你要让你的未婚妻也进入这个系列故事。”马卡用一种低沉的声音回答，“两个人相遇，共历艰险，最终相爱，至死不渝的爱，既要精彩又要感人。”

“我甚至按照你的要求，提供了她的照片和详细资料。”

“我需要知道她的每一件事，她喜欢的，不喜欢的，内心中恐惧的，憎恨的，渴望的，好为她塑造一个真实可信的角色，就如同我为你写那个电子骑士的故事一样。”

“那么，你完成了吗？婚期很快就要到了。”

马卡一言不发，拉开书桌抽屉拿出一个很大的硬纸盒，上面扎着一条缎带。

“这就是我的故事？”蓝顿·李有些错愕地问。在此之前，他从没亲眼见过一本被写出来的小说，都是由仆人读给他听的。

“是的。”马卡说，“付过钱，它就是你的。”

他伸出一只瘦骨嶙峋的手，指关节粗大变形，丑得要命，上面满是可疑的蓝色斑点。尊贵的主顾犹豫了一下，在那只手里扔下一枚金币。

“行了，拿走吧。”马卡说，“你会喜欢它的，拿走。”

蓝顿·李走了，靴子重新踏在楼梯上咯吱作响。

“真是个怪物。”他一边下楼一边喃喃自语，“话说回来，谁会在屋子正中央摆着浴缸呢？”

他走出阴暗的废巷，坐进银白色飞行器，一口气升上三百米的高空。阳光重新涌入舷窗，好像生命的气息在吹拂，而刚才发生的一切就像一场噩梦：那咯吱作响的木质楼梯，那滴水的浴缸，还有写小说的人那张苍白、潮湿的脸……只有终年不见太阳的贱民才有那样的肤色，有钱人都住在高处，每天做日光浴，好让皮肤保持尊贵的棕褐色。

他打了个寒战，同时又隐约感到一丝刺激与满足。不管怎样，他独自去了低矮潮湿的废巷，见过了写小说的人，这件事足以拿来在沙龙上跟朋友们夸耀——更何况他拿到了新的故事。

他打开盒子，里面是一沓用蓝墨水写成的稿纸，字迹潦草，到处是涂抹痕迹。蓝顿·李把这沓纸拿到面前，一个字一个字地读起来：

那是一个没有月亮的暴风雨之夜。

故事用这样的句子开头。

电子骑士蓝顿·李走进古堡大门。走廊里灯火通明，雨水从他亮光闪闪的长靴上流下，散发出铁锈气息。

一个相貌粗野的独眼男人走上来拦住他的去路，“你，进去，你的狗在外面等！”

“让他进去。”蓝顿·李冷冷地回答,“他是我唯一的朋友。”

如往常一样,作为读者的蓝顿·李被这几句话吸引住了。他继续看下去,华丽宴会,珍奇佳肴,月光石,祖母绿和血红美酒,在烛光下闪耀着不祥的光芒,他跳过这些冗长而详尽的描写,跳过餐桌上暗藏玄机的谈话,跳过小丑吟诵的十四行诗,仿佛感应到他的急切心情一般,餐桌边的蓝顿·李站了起来。

“感谢您的盛情款待。”他一边说,一边将手按上腰间的光剑,“但您知道我来此的目的。”

古堡主人哈哈大笑起来,他肥硕的脸上长满疥疮,像一只巨型蛤蟆。

“伟大的电子骑士蓝顿·李,我欣赏你的勇气和直白,但你独自一人来到这里,实在是再愚蠢不过的一件事!”

他从紫金织锦的袍子下伸出两只又小又胖的手,啪啪拍了两下,身后那些黑色的落地帘幕后顿时跳出许多人影,动作整齐优美得好似舞蹈。蓝顿·李认出他们是由能工巧匠打造的机械卫士,有着精铜锻造的四肢和上好的钻石轴承,靠橄榄油传导动力,移动起来不发出一丝声响。他们光滑的脸上毫无表情,红宝石眼睛闪闪发光。

“雕虫小技!”他轻蔑地哼一声,抽出光剑腾空跃起,踏着长长的餐桌冲过去,在飞溅的骨瓷碎片和葡萄酒沫中跳起死亡之舞。他的剑锋是绿色的,划过空气时会发出嘶嘶的声响,好似一条蛇。那些鬼魅般狡猾的机械卫士在他的迅猛攻势中毫无招架余地。他们试图攻击,却发现对手的剑总是先一步指向他们持刀的手腕;他们想要闪避,却发觉自己闪避的步伐也被对手计算在内。他们被接二连三砍掉手脚和头颅,摇摇晃晃倒地,发出暗哑的声响。

蓝顿·李杀得兴起,光剑在手中呼呼旋转如一架风车。突然间有声音从背后袭来,他并不急着招架,而是上前一步劈开面前的敌人,回过头来,便看见他忠实的狗正压在妄想偷袭的机械卫士身上,巨大的爪子拍打着那张毫无表情的铁皮脸。

“很好。”他点点头环视四周。战斗已经结束,那些金属残躯横七竖八倒在地板上,像一堆奇形怪状的虫子,幽蓝的电火花此起彼伏,空气中弥漫着浓浓的臭氧味道。

他们的主人跑掉了,那裹在紫色锦袍中的癞蛤蟆。蓝顿·李皱了皱眉,低头说一声:“尤利西斯,去找他出来!”

黑狗低声咕哝着钻进落地帘幕后面,蓝顿·李紧紧跟上。帘幕后是一条幽长的走廊,两侧冰冷的砖石墙壁上有许多门,每扇门上都镶嵌着一条少女手臂,曲线柔美,栩栩如生,手中举着火把,为他照亮前进的路。

他跟在尤利西斯身后一路前行,沉重的脚步声踏破了寂静。走廊尽头是一扇暗红色的小门,表面粗糙不平,仿佛鲜血凝固而成。黑狗停在门前,犹豫不决地回头看着主人。

蓝顿·李抽出光剑刺穿门锁,一脚将门踹开。门后的房间精致奢华,充满幽甜的香料气息,房子正中悬挂着一只鎏金的鸟笼,里面睡着一位少女。

眼前的一切令无惧无畏的电子骑士吃了一惊。他垂下剑锋,放缓脚步走到近处,仰头凝望少女宁静的睡姿。一层薄如蝉翼的轻纱裹在她金色的皮肤上,像月光裹着蜜糖,随时要流淌到什么地方去。她又长又浓的黑发好似茂密的葡萄藤,从笼子缝隙中垂下来。

他犹豫了好一阵,终于拿定主意,悄无声息地打开笼门钻进去,将少女抱了起来。那娇小的身躯看似一片羽毛般轻盈,抱在怀里却沉甸甸的,直往臂弯里坠。他拨开她额前浓密的长发,看着那张小小的脸,属于女人和孩子的线条在上面奇妙地融合。她湿润的嘴唇半开半闭,缝隙中露出小而白的牙齿。

他深吸一口气,把自己冰冷的钢铁嘴唇压在那些白牙上。仿佛有什么东西哗啦啦碎裂。少女睁开眼睛,绿莹莹的双眸璀璨如玉。

他们对视着，不说一句话，一双绿莹莹的猫眼和一双炭火般暗红的眼睛，一个丝绸般轻柔的呼吸和一个沉重的金属呼吸。他听见她的心跳，觉得自己空旷的胸膛里也有什么东西跳动起来，像一团小小的火焰。

少女嫣然一笑，从轻纱下摸出一把幽蓝的匕首，以迅雷不及掩耳的速度刺穿了他的胸膛。

电光照亮了整座古堡，紧接着是滚滚雷声，从遥远的旷野里翻涌而来。

故事在这一页戛然而止，蓝顿·李放下手中的书稿，长长地舒一口气。是这样的，总是这样，在最紧张的部分突然停下，这是小说写作者老掉牙的把戏，也唯有这样，人们才会继续来买他的故事。

他的心还沉浸在方才的氛围中扑通扑通直跳，终于慢慢平静下来。午后阳光温暖迷人，洒在前方一排白色尖顶上，他想起那个黑发绿眸的姑娘，想她此刻或许正坐在他的客厅里，百无聊赖地望着窗外发呆。晚饭前还有很多时间，他可以坐在她旁边，亲自把这故事读给她听。

他轻快地吹一声口哨，驾驶飞船准备降落。

星期二 国王与小鸟

雨依然在下，空气潮湿，墙壁上挂着一层冰冷的水珠。

女孩身材娇小，坐在一堆书本中间，仿佛一只小鸟落在树叶搭成的窝里一样。她穿着宽大的军绿色外套，被雨水打湿的帽檐遮住脸，露出一牙小而苍白的下巴。

“外面冷吗？”马卡问。

“冷透啦！”女孩子的声音很好听，像青皮的梨子，又沙又甜，“真羡慕你，这样的天气里不用出门。”

“如果愿意，我也可以把故事寄给你。”马卡回答。

“我没有邮箱，也付不起寄信的钱。”女孩子低声说，“再说，谁来帮我读故事呢？”

马卡点点头，却忘了对方并不能看见这个动作。她是一个盲眼歌手，在终年不见天日的地铁站里居住，在那里弹琴唱歌，期望过往行人听了她的歌，能扔下几个硬币在她的琴盒里。

现在，女孩子正把那些硬币从口袋里掏出来，一枚一枚排列在地板上，大大小小的头像闪着光。

“够了吗？”她问，“我就剩下这些。”

“够了。”马卡回答。

“那么，我的故事呢？”女孩子开心地说，“念给我听。”

马卡从桌上拿起一沓纸稿，凑到厚厚的眼镜片前，用沙哑的声音念起来。与电子骑士的故事不同，这篇小说是以一封信开头的。

亲爱的国王陛下：

或许您已经知道了，世界是平的。

在今天的课上，我终于看到了世界的模型。与想象中略有不同，它并不是像石板那样平，而是更像一只薄薄的圆形盘子：最外层是高山和冰川，中间凹下去，里面盛着海水，还有陆地，很多细细的河流从冰川上垂下来，沿着山脉和平原一直流到大海里去。海水被太阳晒热以后，又会蒸发变成云，被海风吹到陆地上，变成雨落下来。

是不是很有趣？

在大地之外是浩瀚的宇宙，漆黑广大，占满整间屋子。我看到天花板上镶嵌着一颗水晶球，那是宇宙的中心，大地被许多透明的细丝悬在它下面，像一只摇篮轻轻摆动，周围还有许多星辰，沿着各自的轨道在转动，有的快，有的慢，有时候出现在大地上方，有时候就沉入黑暗的另一面去了。它们中最大的一颗是太阳，光芒四射，时不时飞溅出暗红色的火星。月亮比太阳小一点。实际上，月亮不是一颗而是两颗，一颗发出比较温和的美丽的光，一颗完全是黑暗的，它们两个相互围绕着旋转，所以我们才会看到月亮有时候是圆的，有时候变成月牙，像是被什么东西挡住了一样。

盖娅老师告诉我们，天上的星星远比我们能看见的多得多，有些很大，甚至可能比太阳还要大，只是它们离得太远，我们看不清，或者看不见罢了。但它们是存在的，它们都被宇宙中心的水晶球牢牢吸在那里，像被不同长短的绳子拴住一样，绕着各自的轨道旋转。

我们的大地，据老师说，处在一个非常美妙的平衡点上。宇宙中心吸引着它，把它悬挂在那里，而在遥远的宇宙边缘，许多看不见的暗物质也像磁铁一样牢牢吸附着它，因此我们站在地面上，会感到有什么力量拉住我们的脚，让我们不至于跳一跳就飞到天空中去。在宇宙中的其他位置，那种力量的平衡都不可能那么精确，所以那些星星才会在两种力量的拉扯下不停地旋转，永远停不下来。

可是我依然有一个问题：这样美妙的位置上，难道只有我们生活栖息的这块大地吗？或许它本来是像蛋壳一样，均匀地包裹着宇宙中心，只是因为发生了什么意外，那一层壳碎掉了，变成无数碎片，而我们的大地，只是其中小小的一片？

那么，在其他碎片上，是否也有人生活着，甚至思考着这些问题？

想到这里，我兴奋得坐立难安，多么有趣又多么神奇啊。到现在为止，我连这座岛都没离开过，却已经想去宇宙中的其他世界看一看了。

国王陛下，您掌管着这个世界上所有的海洋与陆地，会不会想过类似的事呢？我是说，去更远的地方看一看？

这是一个美丽的中午，我坐在高大的菩提树下给您写信，过不了多久，太阳就会从天顶正中经过。那一刻很短暂，但是很美——一切都被照亮了：每一颗沙砾，每一朵花，每一片叶子上的露珠，甚至空气中每一粒飞翔的尘埃。

我喜欢阳光。盖娅老师说，我们能够认识这个世界，是因为这世界上有光明。光赋予一切事物形状和色泽，赋予它们意义，而一切光明的源头都是太阳,从夜间草丛里绿幽幽的萤火,到明亮的火光,它们归根结底都是从太阳里来的。我们的眼睛能看见东西,也是因为眼睛里面有属于光明的物质,但这种光明是不能被别人感知的,只有自己才感受得到。

太阳永远在那里,日复一日从天顶正中经过,把它的光明慷慨无私地赐给万物分享,但我们每个人的眼睛,却只能感受到那么微小的一点,连太阳的亿万分之一都比不上。

我们为什么会被造成这个样子呢?为什么我的眼睛不能分享这世界上所有的光明,甚至,不能分享你的光明?

国王陛下,我们各自有各自的世界。每个夜晚,当我躺在床头小小的一团灯光中,都会幻想着亲眼看一看那属于您的整座世界,浩浩汤汤,无限广大。海洋,陆地,高山,河流,狂风在空中撕扯巨大的云块,雨哗哗地落在平原上,一千一万种鸟和蝴蝶,会跑的和会游的生物。我从未见过,只能想象,它们一定巍峨又雄壮,跟那些精美的图画和模型都不同。

而我的世界只有这座岛,这座小小的、飘浮在邬娜之眼中的岛。

盖娅老师曾给我们讲过那个传说:大神邬娜完成了创造这个世界的全部工作,准备潜入海底沉睡,但她又担心这个精致脆弱的世界会在她沉睡期间崩溃,于是她取下自己的一只眼睛扔在海面上。那巨大的眼睛旋转不停,卷起了周围的海水和空气,变成飓风,终年在海上飘荡,而眼中的一粒砂子就变成了夏阳岛,悬浮在风眼中平静的海面上方。千万年来,只有飞得最高的鸟才能越过那些云雾和海水铸成的墙,到岛上来栖息,它们带来了植物种子,于是岛上长出了树,在水汽和微弱的阳光中缓慢生长。又过了许多年,我们的祖先乘坐大鸟来到岛上,世世代代繁衍生息。

然而我还是有些不明白:既然邬娜留下她的眼睛是为了监视和守护这个世界,又为什么要用飓风在周围铸造一道坚不可破的风暴之墙呢?这样她就看不到外面了呀,就像我们生活在岛上,看不见外面的世界一样。

这个问题我不敢问,我想老师们是不会愿意回答的。

中午十二点的钟声响起来了,我看到了太阳,从头顶上方的风眼经过，那么明亮，那么耀眼。我鼓起勇气盯住它看，一瞬间，光明充满了我的眼睛。

如果能让我看到这世界上的全部光明，哪怕只是那么短暂的一刻，啊，就是从此献出我的生命也愿意。

不能再写了，眼里充满了各种颜色的光点，像是快要燃烧起来。国王陛下，祝您身体健康，下次我再写信给您。

又：关于我之前跟您提起的飞行器的事，目前为止一切顺利，但我依然很害怕长老们会发现。如果那样的情况发生，我们就永远没有机会见面了。

祈祷吧，为您，也为我。

您的 小鸟

诺尔斯伯爵躺在浴缸里读完了这封信。信纸是用他所不熟悉的技术制作的，纵然被揉搓、折叠，甚至浸泡过海水，上面的字迹依旧清晰可辨。

最初发现这封信的是一个渔夫的孩子，他在退潮后的海滩上捡到了一个小小的玻璃瓶，并把它交给自己的父亲，再通过层层关系一直送到这片土地的领主手中。信上的文字属于一种十分古老的语系，但依然可以根据古籍中留下的线索进行破译。

如果信中所描述的一切属实，那么它必然来自于某个神秘的种族。一个在大海上飘荡了几千年，掌握着极高的知识和文明，却始终不曾被世人所发现的世外桃源，像托马斯·莫尔笔下的乌托邦。

想到这里，他拉动铃绳，叫来仆人为他擦拭更衣，然后手持一支烛台独自穿过长长的走廊。走廊尽头是一间密室，任何妄图窥测的人都将受到严厉惩罚。

他掏出一把小小的钥匙开门进去。屋里很暗，一个轮廓奇特的物体静静地躺在那里。它有一个细长的身子和三对翅膀，仿佛鸟和蝙蝠的混合体，轻捷的竹木骨架上绷着半透明的生绢，烛光跃动中，有一层柔润的光泽在上面流淌。

诺尔斯伯爵叹息一声，苍白的指尖从那飞行器上抚过，这是他多年来的心血。总有一天，他会乘坐它飞上天空，像一只鸟儿，去茫茫大海里寻找那个神奇的岛屿，以及那个女孩。

“谁都知道，世界是圆的。”黑暗中，他垂下头低低说一句。

故事到此为止，马卡放下手中的纸稿，抬头望向对面的女孩。她听得入神，帽檐从短发上不知不觉滑落下去，露出一双琥珀色的大眼睛，美丽，却没有神采。

“就到这里吗？”她的样子像刚从梦中醒来。

“就到这里。”马卡回答。

“真美啊，我好像真的可以看见你说的那些东西：暴风眼里飘浮的小岛，岛上的女孩，还有世界的模型，还有他们想要制造的飞行器。”

“你喜欢就好。”

“当然，喜欢极了。”女孩子笑起来，“可是后来呢，国王陛下有没有给小鸟回信，他们最终有没有见面？”

“那都在之后的故事里。”马卡说，“下星期这个时候你再来吧，我会把下一章节读给你听。”

“太好了。那么，如果我为这故事写一首歌，你不会介意吧？”

“当然不会，它是你的。”

“谢谢你。”

盲眼歌手抱着她的琴盒离开了，留下一线婉转的歌声在楼梯里回荡。马卡听着那歌声，继续趴在桌前开始写作，任由那些大大小小的硬币排列在地板上闪着光。

星期三 普兰星是个疯狂之地

摩叶先生打开信箱,看见一只厚厚的信封躺在里面。他的心怦怦地跳了起来,像个第一次收到情书的少年。

这是他的故事,全世界独一无二、只属于他一个人的故事。

当他还是一个小孩子的时候,曾无意中从阁楼里翻出一摞泛黄的杂志,里面的内容令他久久不能忘怀。那些虚构出来的故事就那样躺在纸页上,好像地层中的化石,散发着古老而迷人的气息。当他的指尖从上面划过,并尝试把它们念出来时,就好像有什么活生生的东西在空气中绽放开来,五光十色,编织出一个又一个无比奇妙的世界。

不知从什么时候开始,这个世界上再没有什么人写小说了,没有人知道究竟是为什么。小说家似乎变成一种危险而卑微的职业,像传说中那些在死人头骨里种植大麻的巫师,大多数人不清楚他们的存在,少数人厌恶或者憎恶他们,还有更少数人偷偷与他们做交易,为了各种各样的目的。

他抽出那个信封藏在大衣下,沿着一条小路快步走进花园。阳光很好,照在精心培育的玫瑰、风信子和尖角樱草上,各种芬芳混杂在一处。他一直走到园子角落那棵高大的橡树下,这里很安静,就算有人找过来,也不容易被发现。

风从树叶间吹过,哗啦哗啦作响,像许多小小的风铃,摩叶先生迫不及待地从信封里取出那沓稿纸,开始低声念出属于他的故事。

在宇宙里形形色色的世界中穿行,你需要时刻保持冷静。

眼下摩叶正提着几件简单的行李,独自一人站在银白色的金属平台上向外望。空气清新甜美,一派生机勃勃的绿色,航空港如同一只草草堆砌而成的鸟巢,掉落在无边无际的丛林中。普兰星的植被覆盖率是百分之百,他想起宣传手册上那句话,心中突然生出一丝隐隐的不安。

周围的景色宛若童话，那些根系、枝干、灌木和藤条纠结成一团，一刻不停地扭动着，敲打着，舞蹈着。天空被分割得支离破碎，一排巨型向日葵从高空中整齐庄严地飘过，金灿灿的花盘在阳光下熠熠生辉。他只顾着抬头仰望，没有注意到几只硕大沉重的南瓜正蹦蹦跳跳迎面而来，将他撞翻在地。

他躺在那里，脑袋里突然冒出来几个大而友善的字：不要恐慌。

脚步声由远及近，一双小巧的黑皮靴子停在他面前，紧接是一个银铃般清亮的女声：

“先生，您不要紧吧？”

摩叶缓缓抬起头，首先映入眼帘的是靴子上方光洁圆润的膝盖，在黑色蕾丝裙摆下若隐若现，然后是纤细的腰肢和露在绉纱领口外的脖颈，金色长发整整齐齐垂落在肩头，象牙般的脸蛋上，镶嵌着一双晶莹剔透的绿眸，像是把这颗星球上所有的绿色都凝聚到一起了似的。

一位从天而降的女神，年轻漂亮，适合作为所有英俊侦探一见钟情的对象，如果硬要说有什么美中不足，那就是看上去太过年轻了一点。

“你多大了？”摩叶脱口而出。

女孩看上去相当疑惑。

“按照你们地球的算法，十五岁，有什么问题吗？”

摩叶暗暗在心中叹了一口气。

“没有问题。”他绅士地微笑着，从地上爬起来。

“欢迎您来到普兰星。”女孩一边说话，一边从背包里掏出色彩鲜艳的地图，“请问您需要一位向导吗？”

“向导？哦，抱歉，我不是游客。”摩叶神情严肃地回答，“你能告诉我，去哪里才能找到这里的特别行政长官呢？”

“行政长官？”女孩极为可爱地把头歪向一边。

“我是……嗯，有些事需要见他。或者你能带我去游客聚集地吗？情况很紧急。”

“明白了，您就是他们派来的那位侦探。”女孩微笑着将地图装回背包，然后向摩叶伸出一只手，“我就是行政长官，等您很久了，很高兴您能来。”

身为见多识广的侦探，不能为这种小事半天合不住嘴。极力掩饰住心中的惊异后，摩叶拿出训练有素的绅士风度与对方握了一次手。

“‘穿越黑洞无所不能星际侦探社’，一级探员摩叶，很高兴认识你。”

“桑玛。”女孩点点头，“我的名字。”

“听说……这颗星上的行政部总共只有一名工作人员？”

“对，就是我。”桑玛帮摩叶提起一件行李，优美地甩了一下长发，“所以我也将是您在普兰工作期间的助手。请这边来，摩叶先生，我送您去旅馆。”

摩叶跟在后面，仍旧半信半疑。

“请问……”

“您尽管问。”

“或许有些冒昧。”

“您不用这么客气。”

“呃……好吧……只是我不太明白，您为什么要假扮成向导呢？”

“瞧您说的，不过是兼职嘛。”桑玛回头嫣然一笑，“我是说，行政长官只是兼职，向导才是主业。毕竟，在这颗星球上搞建设，靠的还是旅游业。”

他们来到金属平台尽头，暗绿色的竹龙早已等候多时，正不耐烦地喷洒着潮湿芬芳的气体。它光滑坚韧的表皮凉丝丝的，好像真正的爬行动物，半透明的身体里隐约透出纵横交错的维管束，多节的躯干向两边逐渐变细，几乎分辨不出首尾，每一节下都生有灵活有力的脚爪，模样颇有点威武吓人。

摩叶再次告诫自己不能随便大惊小怪，跟着向导，哦不，是行政官爬上龙背。随着一道风声呼啸，竹龙展开身体两侧巨大的膜状翼，扭动着身躯掠过丛林上方，在灿烂的阳光下展翅翱翔。

“瞧，我本来是打算安排一株蛇麻藤来接你的。”桑玛悠然自得地向着迎面扑来的和风张开手臂，像一只展翅欲飞的小鸟，“可是我想，您是第一次来，一定很想体验一下从空中鸟瞰普兰的感觉。要知道，乘坐竹龙可是大多数游客都梦寐以求的，当然它有点喜欢上下扭动，那是为了更好地利用上升气流和阳光，除此以外简直完美极了，一切美景尽收眼底。啊，看见那片紫红的火箭莲了吗？很漂亮，不过我们最好绕一下路，它们发射的速度可比子弹还快。差点忘了提醒您，现在是成熟季节。还有我们右前方，那些吵死人的敲击斛，多有意思，您一定没见过植物也会像人喝醉了酒一样噼里啪啦地乱闹腾。是的，我知道您很想一次都看个够，放心，以后有的是机会，眼下我们得急着赶路。”

摩叶一边听着对方像个兴奋的小姑娘一样（而实际上她就是）叽叽喳喳地说个不停，一边用双腿紧紧夹住龙背，竭力把自己想象成一位中世纪的威武骑士，正与心爱的公主一起周游世界。是的，骑龙毫无疑问是一件令人神往的事情——如果不是他有恐高症的话。

一路上他们躲过了一丛蒸汽百合喷射出的花粉，又差点被巨型马鞭草嚣张的叶片甩个正着，最后是一片绵延几里长的木蝴蝶云，噼噼啪啪拍打着两扇豆荚飞过，还不时把熟透了的蝴蝶豆弹到他们脸上。

着陆的时候还算平稳。摩叶苍白着脸在角落里蹲了半天，才摇摇晃晃地走到明亮处，心中那丝不安在慢慢扩大，变成一片惨淡的愁云。

“这边来，摩叶先生，我已经替您在龙璜宾馆订了房间。”身后传来桑玛欢快的声音。

摩叶回头望去，同时做好今晚要睡在一只土豆或是茄子里的准备。结果，在看到普兰唯一的一座五星级宾馆时，他的反应与所有普通游客一样：张大着嘴，抬头向上看，向上，向上，再向上，直到下巴几乎脱臼。

龙璜粗大的树干直刺云霄，成百个晶莹剔透的花朵像灯笼一样倒悬在树冠下，仿佛无数流光溢彩的圣诞节彩灯。除此以外，还有许多色泽碧绿可爱的豌豆藤散布在方圆几公里的土地上,从地面一直通向枝干间,叶子像是小小的台阶,整整齐齐地呈螺旋状排列着。

他们选择了一株豌豆,沿着叶片一级一级向上爬。摩叶胆战心惊地抓紧粗大的藤萝,尽量平视前方。好在龙璜树虽然树冠宽大,高度却并不惊人——大约再爬个几百级也就到头了。就在他走得头晕眼花膝盖发软之际,一对衣着体面的中年夫妇乘坐着旁边另一株豌豆藤平稳快速地垂直升了上去,并向惊奇不已的摩叶微笑致意。

"这个……这个东西难道可以自己升上去吗?"

"当然。"桑玛回答道,"可是电梯哪儿都有,您难道就不想体验一下杰克与豌豆的童话故事吗?机会难得啊。"

"不,我想,下次吧。"摩叶有气无力地回答道,"电梯比较适合我……"

谢天谢地,房间看上去非常完美。

实际上,最开始摩叶并没有反应过来。他们突然间就来到一朵几人高的龙璜花旁边(!),沿着倒悬的花柄爬进半透明的水蓝色花瓣包围中(!!),发现里面有一张花药铺成的、芬芳柔软的、生平所见最舒适的床(!!!)

能够睡在花里,这或许是许多孩子(不管男孩还是女孩)都有过的梦想。幸运的是,宇宙那么大,总有些地方可以实现你的梦。

"请先好好休息吧,晚饭前我会来拜访您。"桑玛说完这句话,行了一个完美无瑕的屈膝礼,便退了出去。

摩叶在房间里转了一圈。整个房间像是一个巨大的吊篮,飘荡在高空中。空气清新甜美,丛林的喧嚣声从脚下很远的地方隐隐传来,四周是上上下下的豌豆藤,以及其他色泽柔美的花房,绯红、粉紫、柠檬黄、苹果绿……

他躺倒在床上,感觉自己仿佛身处色彩斑斓的童话中,直到一件微不足道的小事重新回到心头,破坏了来之不易的满足感。

他——"穿越黑洞无所不能星际侦探社"的一级探员,连续三年荣获

《立方光年人物志》推选出的年度最迷人微笑奖,摩叶先生——并不是一位幸福的游客,而是来破案的。

那桩震动整个星系的游客连续神秘失踪案。

故事在这里停下了,尽管一切才刚刚开始。

午后阳光从摇曳的树影间跌落下来,照着纸页上潦草的蓝色字迹,为它们增加了几分神秘色彩。风在花园里穿行,草木哗啦啦摇摆,像是有无数看不见的精灵在窃窃私语。摩叶躺在草丛里,望着头顶上方无数闪耀的光点,心头涌动着一股明媚的忧伤,仿佛少年情窦初开。

如果真有那样一颗星球该多好:神奇的丛林,美妙梦幻而又暗藏危险,一位无所不能的英俊侦探,以及谜一般的金发少女……

一阵轻快的脚步声由远及近,有人出现在他面前,一双小小的手撑在光洁的膝盖上,金色的长发在阳光下一闪一闪。

"爸爸,你躲在这里干什么?妈妈让我喊你吃饭呢。"

"知道了。"摩叶先生点点头坐起来,并趁女儿不注意的时候,把那沓纸稿偷偷藏进草丛下面。

星期四 Jumper

少年们从来不走楼梯,他们蹲在外面砰砰地敲窗户,像一群莽撞的鸽子。马卡不得不停下笔,开窗放他们进来。

几双脚踩在破旧的木地板上,留下一个一个淌着泥水的脚印。

"已经是星期四啦,我们的故事怎么样了?"为首一个十五六岁的男孩说,看样子像是这群孩子的头儿。

"先洗手。"马卡回答,"把脚也洗一洗。"

少年们嘻嘻哈哈地跑到屋子中央,把他们脏兮兮的手和脚伸进浴缸里涮了又涮,再从旁边扯下一条破毛巾擦干。一切就绪后,他们并排坐在浴缸边缘，几条腿在半空中晃悠着。

马卡拿起桌上那沓纸稿，递给其中一个女孩子，她是几人中唯一识字的。

“Jumper…”女孩有些费力地读出这个标题，“这是什么意思，会跳的人吗？”

“念下去就知道了。”马卡回答，“念吧。”

女孩子低头念起来，屋子里安静极了，只有浴缸在滴答滴答往下漏水。

窗外细雨蒙蒙，污浊的街景在刻满裂痕的玻璃外绽开，像是用最肮脏的颜料随意涂抹出的图画。

几个少年窝在阴暗的废仓库里，周围几乎没有什么光，雨水一股又一股从裂开的天花板往下淌，有一种湿漉漉的味道。迪克坐在高处，盯着指尖最后半截潮湿的烟卷，思考怎么重新把它点燃。卡斯嘉靠在角落里看一本残破不全的旧杂志，她是从来不懂什么叫黑暗的。小狼则挑衅地瞪着始终在他旁边爬来爬去的威。威每到下雨天就会很不安，像那些常年生活在下水道里的老鼠一样。

“我们一定得带这家伙来吗？”小狼终于开口了。他年纪最小，还没学会忍耐，嘴角故意撇向一边，亮出锋利雪白的獠牙。

卡斯嘉啪的一声合上杂志，两只电子眼像摄像机镜头般嘶嘶转动。她只有下面半张脸，小巧圆润的下巴和丰满的嘴唇，嘴唇以上的部分全被掩在一堆电子传感器后面，代替了鼻子眼睛和耳朵。实际上她对自己的上半张脸一直很自豪，甚至绘了一些红黑相间的狰狞纹饰在上面。

“我带她来的。”她简短地回答，她的声音也是电子合成的，透出冷冷的金属质感。

小狼继续露出獠牙，卡斯嘉又补充一句：“迪克也同意了。”

迪克还在研究那半截烟卷，下面的两人对视了一阵，觉得没有必要为这种小事惊动他。威还在绕着圈子爬来爬去，突然间，她一屁股坐在地上，忧伤地号叫起来。

像是得到了什么信号般，迪克站起身，低头问另外几个人：

“都准备好了吗？”

他们简短地回应了一声。

“出发。”迪克下令道，随手扔掉手中的烟卷。

雨还在淅淅沥沥地下着。迪克第一个跃出残破的窗框，在他脚尖踏上地面的一瞬间，雨滴停住了，在空中凝成一颗一颗闪闪发光的扁圆形珠子。

周围寂静无声，迪克看着脚下，一朵大而浑浊的水花正凝滞在那里，像一只张开的手，姿态优美，又有一丝狰狞。他把脚从水花里挪开，赤裸的脚踝从水中穿过，冰凉滑腻，却完全没有被浸湿。水花依旧保持着那个形态，仿佛是用水晶或者其他更加黏稠的透明胶质做成的。

有人拍了拍他的肩膀，是卡斯嘉。迪克点点头，拇指向下，其他人也向他点头示意，谁都没有说话。当一切都静止时，连声音都无法在空气中传播。那些空中飞翔的尘埃，那些晶莹剔透的雨滴，那些楼群缝隙中的鸽群，还有姑娘被风掀起的裙角，它们统统一动不动。

只有这群少年除外，四个闯入时空缝隙中幽灵一般的少年。在这短暂而又漫长的一瞬间，整个冻结的城市只对这四个人开放。

迪克蹲下系鞋带，整个小队中只有他一个人穿了双破旧的运动鞋，其他人都是打赤脚。他仔细地把鞋带一根一根拉紧，时间足够，或者说，在比赛正式开始前，最不需要担心的就是时间。当他站起身时，其他人已经等得有些不耐烦了。他向他们笑了一下，做出准备就绪的手势。

大家屏息等待着，迪克摸出一枚硬币向上抛去，像以往一样，这枚硬币永远落不了地。当它被冻结在最高点的一瞬间，四个少年一跃而起，几乎同时冲了出去。

启动速度最快的是小狼,他有一个向前弯曲的膝关节,可以手脚并用,像真正的野兽那样跳跃奔跑。紧跟在他后面的是威,这一点谁也无法解释,她的脑子像婴儿一样简单,身体却比耗子还灵活。迪克和卡斯嘉暂时落在后面,一切都在预料之中。

他们从城市边缘的这条废巷里出发,终点是城中央最高的那座钟楼顶端。不管是从平面,还是从高度上来看,这都是一段不可思议的旅程。这座城市艾罗斯特拉特,如同一座森林——有钱人是鸟,在最高的枝头筑巢,享受最好的阳光,呼吸最干净的空气;普通人是猴子和松鼠,从这棵树跳到那棵树,为了找一口食物上上下下奔忙;穷人是老鼠,在阴暗的地面上找地方藏身;至于这些少年,则是地下的居民。他们因为各种原因被社会遗弃,被剥夺了在阳光下行走的权利,只能像白蚁一样在树根下面做窝,钟楼对他们来说,是毕生可望不可即的空中楼阁。

唯独这短暂而又漫长的一刻,所有的禁忌都不复存在。时间的缝隙里,四个少年将要比赛穿越这座城。

迪克沿着一截水管向上爬,途中经过一座又一座阳台。破旧的花盆挤挤挨挨,有些空了,只剩浑浊的雨水,有些里面开着不知名的花儿。灰色的鸽子展翅欲飞,像许多栩栩如生的雕塑。

他从其中一个阳台上跳进去,像一阵风般从客厅里穿过。一家人正围坐在餐桌旁吃饭,汤和炖肉的热气凝固成一道道白色烟柱,一个孩子打翻了饭碗,晶莹的饭粒泼撒在半空中,旁边的电视上有一对男女在深情拥吻,像是某部电影中的一幕。迪克迅速看了一眼桌边那些人:一个四五岁的小女孩正瞪大眼睛紧盯着电视屏幕,一旁的父母面露尴尬,而年纪更大一点的那个男孩则露出一丝不怀好意的笑。

他意识到自己被这些琐事分散了注意力,连忙加快脚步跑出客厅穿过走廊,从另一扇窗户跳出去,落在街对面一座楼房的屋顶上。一排不知是谁忘了收的床单和衣服晾在雨里,被风吹成奇怪的形状。他继续向前跑,跳跃,穿行,攀爬,并把沿途经过的每一处细节都牢牢记在心里。这是一条他精心设计的路线，最直接，最便捷，最省力，威和小狼就是不会在这上面动脑筋，他们还在那些道路与屋顶之间绕来绕去，局势对他相当有利。

现在他已经跑了快一半路，钟塔越来越近，巨大的指针像黑色的铅锤，低垂在暗沉沉的浓云下一动不动。迪克放慢脚步看一眼脚下的城市，它们和他平时看到的样子很是不同，如同一些精巧的玩具，在雨中闪闪发光。无数房顶、街道、台阶、桥梁、空中隧道，彼此连结咬合，好像一台大机器上的齿轮和轴承。这样的景色他原本一辈子都没机会看到。

他感觉到自己的心跳，一下一下敲打着胸膛，像是这寂静世界里唯一的活物。

一座小小的花园出现在前方不远处，像一盘悬在半空中的绿色盆景，那是某个贵族的私人领地。迪克脱下上衣挂在一根锈迹斑斑的钢索上，抓住衣服两端滑了过去。花园里有芳草和绿树，有修剪得整整齐齐的玫瑰花丛，有一座大理石的喷水池，潺潺清水从少女石像的水壶里流出来。

他继续向前跑，然后惊讶地发现树下一架秋千上坐着一个女孩，穿一条火红的塔夫绸裙子，微黑的膝盖露在裙摆外面，脚上是一双金色的凉鞋。迪克放慢脚步，最终停在她面前。雨滴从树枝缝隙中落下来，凝在她漆黑的头发上，像一粒一粒的珍珠。

迪克站在那里仔细端详。女孩有一张新月般圆圆的小脸，眼睛是非常漂亮的绿色，盯着前方很远的地方，像在思考某个十分严肃的问题。她的膝盖上放着一本金色封皮的书，书上的字他一个都看不懂。

他还想再凑近一点看，那双眼睛却突然眨了一下，一滴雨水从乌黑发亮的睫毛上滑落，啪的一声落在书本上。

“你是谁？”女孩开口说话，她的声音明亮铿锵，像擦亮的银罐子。

“没有啦？”许久之后，那个名叫迪克的男孩子问。

“没啦。”卡斯嘉回答。

"后来呢？后来怎么样了？那个红裙女孩呢？"

"我怎么知道。"卡斯嘉没好气地把脸侧向一边。

"我想知道后面的故事,多少钱都可以。"迪克抬头对马卡说,他从裤子口袋里掏出一只怀表,上面镶嵌着一颗很大的猫眼石。

"你疯啦？"卡斯嘉瞪着他,"这个值好多钱呢。"

"反正是偷来的。"迪克满不在乎地回答。

马卡接过那只怀表,在手心里掂了掂,又还给迪克,"下次再来吧,等下次来,你就可以看到后面的故事了。"

"我把表留下,做押金。"迪克一边说,一边把怀表扔在桌子上。

他弯腰穿上那双破旧的运动鞋,拉紧鞋带,轻轻跳上窗台。外面雨还在下,淅淅沥沥敲打着玻璃窗。

"要是下次我来的时候你还没把故事写好,我就杀了你。"他像个骄傲的皇帝一样说出这句话,然后转身跳了出去,几个少年跟在他后面接二连三地消失,像他们来时一样迅捷。

星期五 永留岛

每天睡觉前,总要来一点小小的娱乐。

德尔努王躺在床上,半闭着眼睛打量今晚送进来的女孩,一张小而苍白的脸,纤细的手脚和腰肢,几乎还是个孩子。

"过来。"他命令道。

女孩怯生生地走过去坐在床头。他从睡袍袖口里伸出又小又胖的手,放在女孩单薄的大腿上慢慢蠕动,满意地欣赏着对方脸上惊恐的表情,像在看一只落入网中的小鸟。

"你知道我的规矩。"他用一种懒洋洋的声调说,"天亮之前,如果你不能令我满意,我就拿你来试验我新发明的刑具——那样我起码可以通过另一种方式得到满足。"

“我有一个故事。”女孩子浑身颤抖着回答，“专门献给您的故事。”

“故事？”德尔努王的脸上流露出惊诧，紧接着变成一丝笑意，“我似乎听那些家伙提起过，这城里有个写小说的人。”

“是的。”女孩急急忙忙抬起头，“我从他那里买了这个故事，您会喜欢它的。”

“曾经有一个贱民想把他的故事献给我，那是很多年以前的事了。”德尔努王眯起眼睛，像在回味着什么，“那是个又无聊又恶心的故事，富人看过后会厌恶自己的财富，而穷人们看过以后只想造反。我只好把他和他的同行都关进大牢，斩断他们的双手，割掉他们的舌头，这样他们就没法讲故事了。”

女孩嘴唇惨白，浑身冰冷得像条死鱼。

“也罢，今晚是应该先享乐的。”德尔努王又恢复了那种懒洋洋的语气，“就把你的故事讲来听听吧。”

女孩子竭力不去理会那只还在她腿上抚弄的手，用稚嫩的声音慢慢讲起来。

我不只一次听过有关永留岛的种种传说，它坐落在遥远的南海深处，由三座山组成，从高处俯瞰，好像一条被剖成三块的鱼，大的那块是鱼头，鱼身子被沿着中线均匀地分割为两半。三座山靠近海的一侧都是又高又陡的峭壁，无从攀附，想要上岛，只能从鱼尾之间的海沟划船进去。

他们说三座山交会的地方有座小村子，落潮的时候露出水面，涨潮便消失，进去的人从不见回来。岛上有一种白色水鸟，终日绕着岩壁四下飞散，发出奇异的悲鸣声，因为它们的叫声酷似“留！”“留！”的呼喊，岛便得名“永留”。

上岛的时候正是傍晚，暮云像一大块闪闪发光的金子，衬着黑黢黢的岩壁，令它显得分外森严。我们放下小船，慢慢划进那一大片幽深的阴影中，像进了一座山洞，只有头顶上方还有一线薄弱的天光，一寸一寸褪色消散。

空气冰冷潮湿，大家燃起船头的鲸油灯，摇曳的火光照亮前方一小块冰冷的波涛。船走了许久，终于在一片浅滩停下，我们惊奇地看见一道古老粗糙的石堤，上面爬满贝壳与海藻，石堤内正是那座传说中的村庄。低矮的建筑物挤挤挨挨，有些似乎在常年海浪侵袭下崩塌了，有些还依然矗立着。从那些幽深的街道和洞开的窗户中，竟飘来了缥缈的乐声。

一位曼妙的女子从天而降般出现在我们眼前，身体近乎赤裸，如金色细沙一般柔滑，如没药一般芬芳。她的头发似乎总是飘浮在潮湿的空气中，尽管周围一丝风也没有。

"你们来得正是时候，异乡客。"她亲热地上前挽住我的手臂，"每年只有这短短一夜，我们的村子才会从波涛中显现。这是盛宴与欢爱的黄金之夜，所有人都在期待你们的光临。"

她在前面带路，轻盈得像一尾金色海鱼，我们梦游般跟在后面。四处散溢着无可抗拒的诱惑气息，如同一层闪闪发光的薄纱，蒙住人的眼睛与心智。

道路蜿蜒曲折，我们进入一间大厅，里面有喷出蜜酒的喷泉，有爬满地板和墙壁的鲜花，有丝绒、兽皮、刺绣和羊毛的垫子，有无数火把和蜡烛，把那些奇形怪状的影子投向四面八方。酒池里漂浮着盘子和碟子，盛满各色美味佳肴。还有女人，许多女人，拨弄乐器，追逐嬉戏，把蜜糖和奶油涂在对方身上。

"你们是海里的女神吗？"我昏头昏脑地问身边谜一般的尤物，"或者是海妖？"

"何必多问呢，年轻人。"她无瑕地微笑着，把炽热的双唇贴近我耳边，"人生苦短，及时行乐。"

于是，我们便醉倒在那片花与蜜的海洋中，亲吻无数闪闪发光的嘴唇、乳房与大腿，身体融化了，消失了，只剩下梦一般的呻吟飘浮在空中。

这是无比漫长而销魂的一夜，之前生命中所有夜晚堆积在一起，都显得尘埃一样微不足道。

“整个生命不过是一夜或两夜。”我叹息着。

“你说什么？”怀中的女人转头望向我，眼睛在黑暗中闪闪发光。

“没什么。”我吻一下她的额头。

“那是一句诗吗？”

“什么？”

“你刚才说的，‘整个生命不过是一夜或两夜’。”

“是的，很多年前，我从一个行吟诗人那里听来的。”

她慵懒地轻抚我的胸膛，过一会儿说：“你会一直想着我吗？”

“想着你。”我说。

“一辈子都想着？”

“一辈子。”

“或者，”她狡黠地眨眨眼睛，“你想说你爱我？”

我犹豫了一下，她咯咯低笑着，送上比蜜酒还要甜美的嘴唇，把我的回答压回牙齿中间。

“你太好了。”她轻声说，“我决定把你留下。”然而我已经目眩神迷，听不清她在说什么了。

墙上的火把越烧越短，周围一片寂静，仿佛连呼吸声都掩盖在浓重的睡梦中。女人在我耳边悄声说：“跟我来。”于是我站起身，像来时一样迷迷糊糊地跟随她轻盈的脚步，穿过满屋连绵起伏的赤裸身躯，出门，走街绕巷，夜色开始有一点稀薄，像是水冲淡了蜜糖。我们来到村庄正中的一座高塔下，潮湿的石阶缝隙里散发出海腥气，依稀还有破碎的鱼鳞在闪闪发光。

“你去塔上等我。”她转身对我说，海藻一般柔软的双臂搂着我的脖子。

“等多久？”

“不会很久。”她像小孩子般娇声低语，“听话，我都是为你好。”

我听她的话上了塔，我本不该这样做，然而那样迷醉的气息中，哪里还有别的选择呢。

我爬上塔，望着她离去的背影，只是短短一夜，她的身形已经开始臃肿起来。黎明前的夜还是很凉，我找到一张床钻进去，很快就睡得像初生婴儿般香甜。

梦中我又看见那些女人，那些海妖一样的女人。她们手拉手飘浮在海水中，齐声高唱着古老陌生的歌谣。水漫过她们赤裸的身体，漫过她们紧绷圆润的腹部，像一串苍白的珍珠随波漂浮。

我梦见她们越来越高亢的歌声，梦见她们混合痛苦与喜悦的呻吟，她们身下的海水被染红了，许多鱼一样的生物源源不断地涌出来，成千上万，散布在弥漫着血腥气的泡沫中。它们游得很快，偶尔有一些跃出水面，发出清脆的啼哭声。

似乎是太阳从岩壁后面升起来了，穿透浓浓的晨雾，带着一丝温暖落在海面上。女人们停止歌唱，带着圣母般无瑕的微笑一个一个游上来，湿漉漉的手臂搂住我的脖子，亲吻我冰冷的嘴唇。然后她们化作洁白的大鸟，拍打着翅膀飞起来，落下雪片般细碎的羽毛。

我孤零零地坐在那里，望着海面之上翱翔的白色鸟影。她们唱歌给我听，为我送来一日三餐。天气好的时候，阳光透过窗台下起伏荡漾的波涛，时不时传来细碎的嬉笑和啼哭声。

歌声惊扰了我的梦境。

我睁开眼，歌声从四面八方传来，连成一片绵延不绝。我挣扎着爬到窗口向外望，海水已经涌了上来，从黑色岩壁之间的海沟一波一波拍击而来。那些粗糙的石堤、蜿蜒的街道，以及飘散着酒与蜜香气的庭院，一点一点消失在浑浊的泡沫中，消失在刚透出一点淡白色的天幕下。

整座岛像条鱼一样沉了下去，沉向漆黑冰冷的海底。

"没了？"德尔努王睁开眼睛。

"今晚就到这里。"女孩低着头轻声说,"如果您喜欢这个故事,我很乐意明晚继续为您讲下去。"

沉默片刻,德尔努王哈哈大笑起来。他肥硕的身躯在笑声中震动,好像一只蛤蟆。

"这也是那家伙教给你的吧!你们这些贱民,以为区区一个故事就能随意摆布我,真是可笑!"

女孩脸色更加苍白,小小的身子颤抖着,犹如风中的叶子。

"也罢,我今晚就不杀你,看你还有什么花招。"笑累之后德尔努王说道。游戏要慢慢玩儿才有意思,他有的是时间。

女孩叩头谢恩,娇弱的身躯像一朵小花,随时可以捏在手里揉碎。德尔努王趁机把她拉入怀里,想要像平时那样在那身子上好好发泄欲火,但刚才故事里那些画面始终在脑子里盘旋,令他对女人的身体突然产生了几分厌恶之情。

他挥手把她甩到床下,"明晚这个时候,带着你的故事来见我!"

星期六 万古尘

暗夜里,一个漆黑的人影立在窗前。

"我的故事写好了吗?"一个低哑的声音传来。

马卡摸索着,从床头拿起一沓纸稿递过去。来客就站在那里读了起来,屋里几乎没有一丝光,他却能毫不费力地看清那些细小的字。

出发去刺杀嬴政的前一天,韩凌回到那座小村庄,去见他多年未曾谋面的妻子。

月娘正在井边埋腰绞一桶水,突然看见地上一双男人的大脚,破布鞋面上沾满泥土,她一惊,手里的桶也掉了,那人却一把捞起来递到面前,敏捷得像事先排练过许多遍似的。

“阿凌！”她情不自禁叫出声来，抬起头，却被眼前那张脸吓了一跳，满面疮疤，像被火烧过，还有一道巨大的刻痕从右边眉梢直到左唇角，深得几乎要见骨头。那人身上衣衫褴褛，少了右边一条胳膊，仅有的一只左手紧紧抓住桶把，手指因为太过用力，一节一节泛出白色。

月娘又惊又怕，双手用力一推，木桶砰的一声落地，清冽的井水四下飞溅。她提着湿透的裙角跑进屋，一边喘着粗气一边反手要掩门，身后却突然传来一个清脆甜嫩的女声：

“你就是安月娘吧。”

一个白衣小姑娘从那陌生男人背后跳了出来，十一二岁年纪，黑发梳成两个光亮饱满的丫髻支在耳边，更显得脸盘小巧，眼睛黑白分明，笑起来甜丝丝动人。

“你怎么知道我名字？”月娘颤声问一句。

小姑娘笑嘻嘻答道：“自然是有人告诉我的。”边说边偷偷推一把旁边呆立的男人，压低声音道，“说话呀。”

那男人抬起头来，眼睛里翻涌流动的种种神色突然间就隐去了，像沉船后静静的海面。他躬身行一礼，沉声道：“在下阿九，受你家韩先生之托，来给夫人带个话。”

月娘立在那里，竟一时间怔住了。

“真有阿凌的消息？”许久，她声音轻颤着问一句。

“是。”那男人依旧低着头，“韩凌让我来跟夫人说一声：他已在别处安了家，也另娶了妻室，不能再回来了。这么些年来夫人过得不容易，家里一点薄产，请夫人自行处置，今后就算再无干系了吧。”

这一番话说出来，像打翻的井水，淅沥沥淌入草丛里，只是寂静无声。许久，月娘咬着牙轻声道：“这话……韩凌亲口跟你说的？”

“是的。”

“他还活着？你亲眼看见的？”

“活着。”

“好……好……我知道了。”她说着，一个人慢慢进了屋，吱呀一声，门被轻轻掩上了。

屋里隐隐传来啜泣声，越来越高越来越响，最后竟变成尖厉的抽泣，一声一声，如受了伤的野兽，又如细韧的钢丝勒进肉里。

那男人呆立了一阵，弯腰捡起地上的木桶放回井台边，慢慢向外走去。走到门边，脚下却一绊，是那小姑娘从后面拉住了他的衣襟，一双黑白分明的眼睛像着了火似的，仰头死瞪着他看。

“你是不是脑子有问题啊！”她强压着音量，语气却激动得变了调，“成天说要见要见，好不容易见到了，这一通胡言乱语的叫什么事儿？”

韩凌眼神涣散，许久才嘶哑着嗓子说一句：“不关你的事。”

“是，不关我的事！”小姑娘气哼哼说道，“可做人要对得起天地良心，你伸手自己摸一摸，还有没有良心啊！”

“良心？做人？”韩凌苦笑一声，“我现在这样子，还算人吗？”

“你！”小姑娘跺了跺脚，“那也不带这么骗人的！”

“你不懂，我是为了她好……”

“什么我不懂，你才不懂呢！我知道，你这样子没法跟她相认嘛，又不能说自己死了，怕人家想不开寻短见是不是，苦想一夜就想出这么一套鬼话来。可你自己将心比心，要是你苦等一个人那么多年，突然有人跑来说她跟别人好了，早把你忘了，你心里什么滋味？今后再无干系？呸！”

“我……我能怎么办……”韩凌喃喃着，高大的身躯竟然支撑不住，双膝一软跪倒在地。

“你啊，真没用！”小姑娘叹一口气，弯下腰来拍了拍他的肩，“好了好了，在这儿等着，我去替你说。”

她跳起来就向院子里跑去，一只晒成蜜色的纤瘦脚踝上挂着条泛旧的细银链子，把碎玉般的声响洒了满地。韩凌本想拦她，却觉得一副身躯沉重如山，再也驱遣不动半寸。

只见一个白色身影粉蝶般飘进柴门里去了，里面哭声渐息，不过片刻，门又吱呀一声打开。安月娘拉着女孩的手出来，脸上泪痕未干，却已然挂上了笑意，梨花带泪雨后霁晴，说不出的明艳。

"这么一说，我才算放心了点。"她抚了抚女孩的头发，声音柔柔地说，"真是辛苦你们了，也没什么可答谢的。"

"答谢什么，都是顺手。"女孩笑意盈盈。

"这年头，兵荒马乱的，大家都不容易。"月娘叹一口气，眼睛幽幽地向外瞟一眼，低头问，"还没问呢，你叫什么名字？"

"软儿。"

"软儿，好名字。你娘给起的？"

"我爹。"

"外面站着那个是你爹吧？"

女孩不回答，只对她深深鞠一躬，"我们得走啦，你自己要保重。"说完便一溜烟跑了出来。

韩凌在外面看得呆了，一把抓住女孩的手问："你跟她说什么了？"

"想听？"

"快说！"

"女人的事，才不告诉你！"

女孩边说边把身子一拧，背对他只顾大步向前走，还不忘轻轻"哼"一声，又得意又轻快，像一缕粉紫花香袅袅娜娜向上飘。韩凌愣了愣，最后看一眼那柴门后绿影幽浓的小院，依稀还是那个纤弱的背影，低着头在井边绞水，浸湿的轱辘吱呀吱呀作响。

他叹一口气，跟在那个蹦蹦跳跳的白色影子后面走了。

他们回到夏伯阳的茅屋，这位黑衣的术士正坐在炉火前，对着那一大套闪闪发光的铜管和瓶瓶罐罐发呆。

"夏先生。"韩凌轻轻唤一声。

"回来了？"夏伯阳抬头微笑，"家里可好？"

“好,都好。”

“可还有什么未了的心事?”

“没有了。”韩凌摇头。

“好。软儿,你先去院子里坐一下,我与韩先生交代一点事情。”

白衣的身影蹦蹦跳跳跑出去了。夏伯阳站起身,从袖子里取出一个小小的陶土瓶子,放入韩凌仅有的那只左手中。瓶子做得精致,不过拇指大小,瓶口用蜜蜡封住。

“这就是……长生不老药?”韩凌诧异地问。

“是生命之药,青春之药。”

“可有名字?”

“我取的名字,叫‘万古尘’。”

“只要吃下去,就能返老还童吗?”

夏伯阳转身向炉火边走去,瓶罐里有药水沸腾的声音,还有各种颜色的蒸汽冒出来。沉默片刻后,他回头轻轻一笑。

“先生可知道人为什么会衰老死去?”

韩凌摇头。

“是因为我们身体中,有看不见的灵魂之火,一刻不停地在燃烧,把那些热量、光明,那些烧过的灰烬,都散到空气中,再也不会回来。”夏伯阳低头说道,一张看不出年龄的脸在火光中被映得发亮,像玉石的面具,“不仅你我,这世间万物,每一朵花,每一只鸟,每一块石头,每一条河流,所有会动的,不会动的,有情的,无情的,统统难逃此劫。所以新人会老,新衣会旧,花开花谢,有生有灭。哪怕万里长城,将来也有毁圮的时候,日月星辰,也有熄灭的一天。”

韩凌默然不语,心中被这图景所感,一时透彻悲凉。

“天地一逆旅,同归万古尘,说的就是这个道理。”夏伯阳回头道,“其实那万物烧尽之后的尘埃,并不会凭空消失,只是它们太过细小,凡人看不见又摸不着罢了。我训练那些同样细小而又灵巧的妖精,去替我收集那些尘埃,它们不吃不睡,只靠阳光就能过活。一万只妖精工作整整一年,才收集来这样一瓶,吃下去,便能还你一年的青春。"

"一年。"韩凌重复道,左手微微颤抖一下。

夏伯阳轻轻一笑,"嬴政生性多疑,你上殿献药,他必然会让你亲自试药给他看。你当着他的面吃下去,便又是一年前那个天下无敌的剑客韩凌。"

韩凌看一看自己空荡荡的右边袖管,哑着嗓子道:"我会一剑取他狗命,为天下人除害。"

"既然一切就绪,就请先生上路吧。"夏伯阳点一点头,"软儿在外面等你。"

韩凌出门,这时候太阳刚刚升起来,夏末的白花开在荒草中,随风一阵阵摇晃。那个白衣小姑娘正坐在井边梳头,用木梳浸了清冽的古井水,顺着一头缎子样的黑发梳下去,梳过的长发垂在膝盖上,湿漉漉闪着光。

水声淅淅沥沥,洒落在幽静的小院里。韩凌默然看着,心中无悲亦无喜。

软儿梳好了头发,站起来走到韩凌面前,仰起脸问道:"这就要出发了么?"

韩凌点头。

软儿把一只白而凉的小手放入韩凌的左手,身子轻轻跃起在空中,化作一把透明的长剑,剑身细窄,薄如蝉翼,像绷紧的绢纸在空气里颤动。韩凌低头,将它插入自己的脊柱。冰冷的剑身逐渐融入血肉中,他的身子成了一把剑鞘,藏住剑的辉光。

夏伯阳站在门边,向韩凌深鞠一躬,道:"韩先生走好。"

韩凌点头出门,晨光照着一条寂寥的小路,他耳边又依稀传来了吱呀吱呀的轱辘声。

故事到此中断,来客放下手中纸稿,一双眼睛在黑暗中闪着光。

“为什么你的故事从来不写完？”他低声说，“我看过许多开头，却从没看过一个结尾。”

“各行各业都有规矩。”马卡用这样模棱两可的话回答他。

“说的也是。”那人点头，“可是我依然很好奇，如果你写出结尾又会怎样，会弄假成真吗？像那个古老传说里讲的，一个画师为他画好的龙点上眼睛，那条龙就在一声霹雳中飞走了。”

马卡在黑暗中轻轻摇头。

“这世上，真有万古尘这样的东西吗？”那人又问，“返老还童，起死回生？”

马卡仍是摇头。

“好吧，你跟我一样固执。”那人似乎轻轻笑了一声，从口袋里掏出一只黑色丝绸的钱袋放在桌上。

“太多了。”马卡说。

“你也有嫌钱多的时候？”那人轻声叹息，“放在你这里吧，今夜我将出门去杀一个老贼，如果能活着回来，再来听你的故事。”

他像一阵风般无声无息地离开了，屋里又恢复了寂静。

星期天 逃婚俱乐部

星期天没有工作，马卡一个人打扫房间，拖了地板，掸了灰尘，清空了字纸篓，把书一本一本塞回书架上。做完这一切后，他往浴缸里放满热水，脱光衣服躺进去。

窗外依旧阴雨连绵，他一边泡澡，一边看一本以描写恶劣天气作为开头的骑士小说，苍白消瘦的身体在泡沫里沉浮，像一条鱼。

刚看了几页，却被楼梯上突然传来的一串脚步声打断。马卡抬起头，看见一个身穿白纱的年轻女人出现在阁楼里，正瞪着一双闪闪发亮的眼睛四处环顾，像是在搜寻猎物。仓促间，他只来得及扯过一条破毛巾盖在浴缸上，遮住自己赤裸的身体。

“你就是那个家伙，对不对？ Z. 马卡！”这个突然闯入的女人气势汹汹地喊叫着。雨水从她乱蓬蓬的头发里淌下来，像一条条小河，她的裙摆也湿透了，露出赤裸的双脚，在刚拖干净的木地板上留下一摊一摊痕迹。

“你是谁？有什么事吗？”马卡的声音不禁有些颤抖。

“你的小说！你该死的小说！”女人从一只新娘专用的小手袋里掏出一张折成小方块的纸，几下展开来在空中挥舞着，上面依稀有蓝色的潦草字迹。

“我……我写的小说？”

“除了你还有谁?！你写给我的小说，《逃婚俱乐部》！”女人一边狠狠瞪他，一边把那张纸举到面前，用一种快而尖厉的声音读起来：

贝妲第一次知道逃婚俱乐部是在二十岁生日那天晚上，她和一群朋友酒足饭饱，坐在光线幽暗的酒吧里玩一种叫作“风流人生”的纸牌游戏。这种游戏设计得相当邪恶，每个玩家面前都有一张电子卡片，标示出各项数值：健康、魅力、金钱、喝酒、抽烟、嗑药、家庭背景、社会威望、宗教信仰、性经历等等，多达二十几项。在游戏过程中，玩家轮流抽牌，每张牌代表不同的社会行为，可以对电子卡上的数值产生各种微妙的影响。

牌面是千奇百怪的，比如你抽到一张牌，提示你的角色在某个酒吧遇见了一位举止优雅的神秘异性，一曲共舞后邀请你回家过夜。打出这张牌就意味着接受了邀请，结果却是难以预料的：也许从此共坠爱河，也许亏掉一笔钱，也许染上危险的隐疾，甚至可能一觉醒来，发现枕旁多出一袋金币来。

每个玩家都以享受人生之后成功结婚作为游戏目标，大家彼此交往，发展关系，找一个目标求婚，一旦结了婚就不能再抽牌，只能把手里已经摸到的牌打掉。当所有牌都出完后，会有一套复杂的评判机制，对已经配对成功的玩家们打分，进行一个胜负判定。

那天，他们一直玩到凌晨一点多，喝了数不清的混合鸡尾酒，一瓶琼尼·洛克，还有一瓶绿莹莹的迷幻绿妖。这时，贝妲发现自己摸到了一张从来没见过的牌，牌面上画着一个穿白纱的女人，赤裸着双脚站在悬崖边上。她的双眼被一条红丝带蒙住，一只手扣在心口，另一只手无力地垂在一旁，手中是一捧即将凋谢的花，白色百合配红玫瑰，在狂风中摇摇欲坠。

贝妲仔细看了看，牌的名字是“逃跑新娘”，下面还有一行暗红色的花体字说明：使用这张牌可以逃避一次婚姻，但全部既有属性将自动归零。

换句话说，一旦使用，你将一无所有。

酒吧里音乐低迷，贝妲垂着头，假装在整理手中的牌，眼角却从浓厚的睫毛掩护下偷偷望出去。周围都是跟她差不多年纪的男男女女，衣着光鲜妆容精致，双颊盛开着酒精烧出的醉人红晕。身穿黑色双排扣制服的侍者悄无声息地穿梭往来，角落里一个男人正在弹奏钢琴，纤细的手指穿过绿色光束，宛如抚弄情人的长发。

没有陌生面孔。这地方她不是第一次来，不管是谁搞了这一手，他或她必须在这么多人的眼皮下做得天衣无缝。

其他玩家还在等，贝妲收回目光，漫不经心地抽出另一张牌，压在右手边那个暗金色头发的男人面前。

“分手。”她说。

周围响起一片暧昧的笑声，这里每个人都知道她和蓝顿·李的婚约，这正是游戏刺激的地方：玩家之间真实的人际关系被各种夸张变形，制造无穷无尽的八卦空间。

蓝顿·李对她笑了笑，轮廓分明的脸上半是无奈半是娇纵。他抽出另一张牌放下，说：“我拒绝。”

“扔骰子！扔骰子！”一群人开始兴奋地起哄，两只骰杯分别塞进他们两人手里，谁扔出的数字大，谁就是赢家。贝妲抓起来狠狠摇着，嘴角洋溢着必胜的微笑，一只骰子被晃得飞了出去。她弯下腰去捡，顺手把那张“逃跑新娘”塞进高筒皮靴和丝袜之间的缝隙里。

“全是诸如此类的鬼话！”那个名叫贝妲的女人抬起头，眼睛里像要喷出火来，“发现纸牌的秘密啦，获得提示啦，‘神秘的逃婚俱乐部，拯救所有渴望自由的灵魂’，呸！那个地址根本就不存在！根本没有逃婚俱乐部，对不对?！”

马卡一声不响地仰头看着，他认出了那张脸，他怎么可能会认不出呢。年轻而又光洁，带着几分孩子气，藏在被雨水打湿的黑色长发后面，脏兮兮的，却那么美丽，那么生动，一双绿莹莹的眸子璀璨如玉。

他懂得那张脸上的表情，懂得关于她的一切，她喜欢的，不喜欢的，内心中恐惧的，憎恨的，渴望的。她总在他的笔下出现，一遍又一遍，她几乎就是他故事中的人物。

“你想怎么样?”他可怜巴巴地回答，“那只是小说呀。”

“借口！”贝妲在屋子里面走来走去，像一只生气的野猫，“你以为小说就只是小说吗？就和这个世界一点关系都没有吗？你以为只是躲在这里不停地写，就能躲开外面的一切吗？你这没种的家伙，你这个骗子！”

她一边转圈一边恶狠狠地咒骂着，然后突然停下脚步，伸长脖子望着窗外。远方屋顶上有飞行器的嗡嗡声传来，像一大群黄蜂。

“他们在找我，该死！”她低声说一句。

马卡呆呆地坐在浴缸里抓紧那块破毛巾，像抓着最后一根救命稻草。

“你要对我负责！”贝妲低头死死盯着他。

“我……我不行……”

“你可以！”贝妲双手握拳，“你必须做到，除了你以外还有谁呢?！”

他看着她绿莹莹的猫眼，里面有那么多愤怒，那么多绝望，那么多决然，还有一丝恳求，湿漉漉地泛着光。一滴泪水滑出来，落进浴缸里，落进他的心里，声音竟然那么响亮。

他最终还是投降了。是的，除了他这个写小说的人外，还有谁能改变这座城市呢，还有谁敢反抗命运呢，还有谁能拯救走投无路的逃跑新娘呢?

"给我纸和笔，在桌上。"他沙哑着嗓子说，"还有那块木板，都给我。"

他把木板架在浴缸上，就那样趴在上面写了起来。苍白起皱的手指紧紧握着笔，像在纸上跳舞，起初还有一点僵硬，但很快就找到了属于自己的节奏。词语和句子像蓝色的泉水，从他心里面涌上来，沿着笔尖流到纸上，开出一簇簇细碎的花儿。

"你平常都是这样写小说的吗？"贝妲好奇地问，"在浴缸里？"

"嘘——"马卡轻轻竖起一根手指，"不要说话。"

他跳过中间许多情节，直接开始写结尾，屋顶上的嗡嗡声还在逼近，时间一分一秒流逝。

贝妲匆匆忙忙跑在阴暗的废巷里。这座城市总是在下雨，路边水潭弄湿了她的鞋子。她索性把它们都甩掉，光着脚跑在冰凉的路面上。

俱乐部应该就藏在这里，逃婚俱乐部，拯救所有不自由的灵魂。

她跑了又跑，终于找到了那个卡片上的地址，一排排常年滴水的床单掩盖了褪色的金属招牌，上面只有一个古怪的名字：Z. 马卡。

"难道你就是那个家伙，那个可以帮助我的人？"她站在阁楼里打量面前那个男人，瘦小而苍白，蜷缩在椅子里，黑眼睛藏在厚厚的镜片下，闪着幽暗的光。

"是的，正是在下。"自称马卡的男人回答。

贝妲疑惑地环顾四周。房间里只有三面墙和一面窗，墙上有书架，窗下有书桌，桌上躺着几页写有蓝色字迹的稿纸。

"你有什么能力？"贝妲问，"毒药？巫术？还是神秘的东方咒语？"

"不，我只是一个写小说的人。"

"写小说的人？我好像听说过。"贝妲脸上露出失望的神色，"躲在阴暗的阁楼里，只写开头，不写结局。一个胆小如鼠的骗子。"

"不，那肯定不是我。"马卡回答，"我只写小说的结局。"

“结局和开头有什么不同？都是骗人的。”

“恰恰相反，如果说开头是魔术师骗你上当的手法，结局则是这手法背后隐藏的谜底。”马卡说，“结局里有一切你想要的东西。”

贝妲还是不明白，这个苍白瘦小的男人看上去不太靠谱。

马卡脸上浮现出一丝古怪的微笑，从桌上拿起那沓稿纸递过去。贝妲一张一张接过来看，上面写着各种各样的结局：

……从此他们幸福地生活在一起，直到永远。

……银河帝国的历史又翻开了新的一页。

……那之后他再没有见过她，也没有听过她的消息。

……好人上天堂，坏人下地狱，没有灵魂的人在世间游荡，直到永远。

……小船载着最后的希望在海上飘荡，驶向无尽远方。

……死去的人永远死去，活着的人也早晚将死去。

……好一个食尽鸟投林，落得个白茫茫大地真干净。

“不，不，这都不是我想要的。”贝妲低声说。

“没有你想要的吗？”

“完全没有。从这些结局里我看不到自由。”

“自由？你想要自由？！”

“是的，我想要真正的自由。”

“自由，这是一个太宽泛的词汇。”马卡回答，“你想要什么样的自由？逃跑的自由？离开的自由？主宰命运的自由？选择的自由？”

“是的，是的，选择的自由！”贝妲一边说一边在屋子里转圈，“一旦结局来临，就没有了选择的自由，这才是让我苦恼的问题！”

“这也是让我苦恼的问题。”马卡点点头，“每个开头都是一个问题，而每个结局都是一个答案；开头是一切可能性诞生的地方，而结局则把你带往那些可能性消失的终点。”

“那为什么你还要写结局？”

“这是另外一个问题。”马卡回答，“很久很久以前，小说还是一种自然形成的东西，像阳光里盛开的花朵，每个人都能看到它的艳丽，闻到它的芬芳；那时候人们为了寻找意义去阅读小说，而不是把它们当做逃避这个世界的精神鸦片；那时候每一个小说都有开头和结局，人们为之微笑流泪，目眩神迷。小说的开头千变万化，结局却只有两种：男女主人公饱受磨难，要么结为夫妻，要么双双死去。一切小说最终的含义都包括这两个方面：生命在继续，死亡不可避免。”

“我还是不明白。”贝妲不耐烦地摇摇头，“我到底要怎样才能自由？”

“结局，我已经说过了，所有的秘密都在结局里。”

“可你又说结局里没有自由。”

“普通的结局里当然没有，只有那全世界独一无二的结局里，才有你梦寐以求的自由。”

“哪里才能找到它？”贝妲咬住嘴唇，绿眼睛里闪着焦灼的光。屋顶上的嗡嗡声越来越近，那些追兵很快就会找到这里。

“别担心，那只是写小说的人为了营造紧张气氛，没听说过‘最后一分钟的营救’吗？”马卡微笑着说，“去书架上找吧，那里有你想要的结局。”

贝妲走到墙边，手指从泛旧的书脊上匆匆划过。她很快找到了那本书，好像自己很早以前就知道它放在什么位置似的。

黑色封面上有两个烫金的小字：马卡。她有些失望地发现故事的主人公不是自己，而是面前这个苍白瘦小的男人，不过她还是把书翻开看了下去。里面有七段不同的故事，从星期一名叫蓝顿·李的男人爬上阁楼，到此时此刻，一个叫做贝妲的女孩站在同一个地方，在越来越响的嗡鸣声中匆匆翻阅这本书。世界摇摇晃晃，一缕又一缕烟尘从天花板上掉下来。这时候她突然意识到，自己或许不该再看下去了，这小小的阁楼将成为一切终结的地方。

然而已经太迟了。

整个房间剧烈地晃动着，连同屋子正中的浴缸，连同书架上的书，连同书桌和桌上的纸笔，连同雨窗外破旧的街景，连同无数还没有结局的故事，一切的一切在巨大的嗡鸣和咆哮声中升上天空。写小说的人带着美丽的绿眼睛姑娘消失在这座城里，他的故事也就以这样独一无二的方式完结。

【后记】

“Z. 马卡”这个名字，来自巴尔扎克的同名小说，小说主人公是个不容于世的天才，历经种种挣扎后极悲惨地死去。小说写好后，主人公的名字却迟迟未定，因为始终找不到一个合适的名字，一个足以涵盖某种宿命与悲剧的名字。为了找到这个名字，巴尔扎克和朋友一起去巴黎的街头读遍店铺的招牌，最后他们终于在布洛瓦街一扇歪斜的门口，找到了一个裁缝的姓氏：马卡。

许多年前，当我开始构思一篇有关写小说的人的故事时，就决定主人公的名字必须叫做“Z. 马卡”，他必须住在一条阴暗的废巷里，门前褪色的金属招牌上写着他的姓氏，像他的外貌一样，扭曲，苍白，透出不祥的气息。除此以外，我对他一无所知。他是谁？过着什么样的生活？写着什么样的小说？他的小说又是怎样影响了周围人的生活？他是如何出生，又如何悲惨地死去？

我一度为这个家伙着了魔。柳文扬在《邂逅》的开头写道：“叫我以实玛利吧。”那是《白鲸记》里一个水手的名字。至于我，叫我 Z. 马卡吧，我只是一个写小说的人。无数个阴雨连绵的日子里，我独自坐在阴暗的阁楼上，手指上沾满蓝色墨水，脚边放着一只很大的字纸篓……

许多年后，我终于写完了这篇小说，它像卡尔维诺的《如果在冬夜，一个旅人》一样，由许多未完成的开头组成，每个开头都以充沛的热忱和华丽的笔墨勾勒出一个尚待展开的空间，然后以一种厚颜无耻的方式戛然而止。必须承认,七个开头都来自于那些被我放弃的陈年旧坑,科幻的,奇幻的,甚至什么都不是。纠结多年之后,我终于找到这样一种特殊的方式来放弃它们,放弃的同时也是成全它们。我决定不再把那些故事写下去了,或者因为找不到合适的结局吧,但谁说那些未完成的开头就一点价值也没有呢?短短三千字的开头,好像《爱丽丝梦游仙境》里那扇通往神秘花园的小门一样,让人短暂而又贪婪地向另外一个世界里窥视。那种可望不可即的迷醉,是不是比你真正抵达那里还要更幸福一些?这我并不清楚,但愿意试试看。或许更重要的事情在于,只有在这种游戏般的写作与并不确定的嵌套结构中,我才能让我的主人公,那个不幸的Z.马卡,逃脱属于他自己的既定宿命。

写小说真的可以改变这个世界吗?可以拯救自己吗?可以让一文不名的穷宅作家遇到萌妹子吗?可以逃离现实吗?答案只能去写作自身中寻找。

最后,请允许我以此文献给所有活过、爱过、写过的人。祝愿你们都能找到自由,找到属于自己独一无二的幸福。

天上

海笛十五岁的时候，一个人在船上住。

船不大，从头到尾只有十五米长，从左到右是六米宽。虽然不大，却很结实，各种生活设施应有尽有。这船是海笛的父母留给她的，十年前，他们把岛上的房子卖了，买了这条船，从此一家三口就在船上生活。挤是挤了一点，但是不寂寞。后来父母上了年纪，先后去了岛上养老，只留她一个人在下面。

这个地方原本是有一座城市的，叫做厦门。厦门是个岛，跟周围的陆地之间有三座大桥相连。后来海面一天一天上涨，厦门岛也就一天一天地沉到水里去了。城里原本住的几十万人，大多数都搬去别的地方生活，少数人舍不得走，就住在船上。起初水淹得不深，还有很多高楼矗立在水面上，像钢铁与水泥的群岛，小船就在这些岛之间穿行，还有人试着在楼顶上种些粮食蔬菜聊以维生。后来整座城都沉了，方圆几百公里只剩下空荡荡的一片海，那些船上的人家也就各自散去了。

在厦门岛西南面，原本还有另一座小巧玲珑的岛，叫做鼓浪屿。岛上环境优美，气候宜人，有许多漂亮的老房子，有古木奇花，是个全世界闻名的旅游胜地。大概因为这岛太美了，人们舍不得让它跟着厦门一起被淹掉，于是就把它升到了空中，小岛一年四季都在云端飘浮，沐浴阳光雨露，去过的人都说，那简直就是仙境了。但原本就住在岛上的人是看不见这些的，他们都被赶到下面来了，跟厦门岛上的居民一样，有的搬走了，有的住在船上。

这世界上的事情，原本大多如此。

海笛一个人在船上住惯了，并不觉得有什么不方便。运输船半个月来一次，各种吃的用的都能买到。喝水也不用愁，因为天天下雨，船上的贮水箱总是满的。她也有工作，她的工作是潜到海底下，帮人从被淹没的城里打捞东西。这工作有一定危险，所以挣得也多，每隔十天半个月潜一次，就够应付日常花销了。潜水是海笛父亲教她的，以前一家三口住在船上，全靠父亲一个人养活。现在海笛自己养活自己，她对钱不贪心，够吃饱穿暖就行。如果运气好多挣了钱，就藏在床底下一个小盒子里。她相信总有一天，可以靠这笔钱去做一件从来没做过的事情。只是这件事到底是什么，她还没有想好。

除了父母以外，海笛还有一个哥哥。哥哥很多年前就离开了厦门，在北方一座城市里生活，听说已经结了婚，有了小孩。哥哥长什么样子，海笛有点记不太清楚了，只记得他很会画画，以前在厦门大学念书。她还记得厦门大学里有个湖，湖边有一座小石桥，桥旁有几座青铜像。其中有一个身材高大的青年，抱着胳膊站在那儿，脸上似笑非笑的模样。很多年前，哥哥领她在湖边写生，曾经敲着铜像的头对她说："没关系，可以把他画丑一点。"这一幕给海笛留下了很深的印象。后来她才知道，那人是厦大雕塑系的一个学生，因为生得一表人才，被拉来做了这雕像的模特。听说哥哥和他曾经是好朋友，只是后来为一个女孩子闹翻了，再也没有来往。

一天夜里，海笛突然被电话铃声惊醒。她拿起听筒等了很久，终于听见一个沙哑疲惫的嗓音传到耳朵里，她就知道那是哥哥打来的了。

“他死了。”没头没脑的三个字。

她差点就想开口问是谁，话到嘴边却哽住了，心中浮现很多熟悉又陌生的面孔。沉默很久之后，又突然听见哥哥说：“有机会去厦大，你替我祭一杯酒吧。”然后就挂掉了。

起初她以为那是梦，但窗外哗哗的雨声和海浪声在暗夜里翻涌，像潮湿绵密的一张网，把所有回忆都拖上岸来。梦是不会这样残酷无情的。她起来披了一件防水外套，独自走到甲板上去。无边无际的世界里没有月亮，也没有一点灯光，只隐约看到阴惨惨的海在下面起伏，像古老而狂暴的兽群。在这层峦叠嶂的波涛底下，沉睡着多少街道，多少楼房，多少深邃的湖泊，多少错落的桥梁？还有多少人记得它们的名字，美丽而又荒凉？

“厦门。”她在舌尖轻轻念了一遍。大海沉默依旧，那两个字像暗色的珠子掉进水波里去了，连一点浪花都不曾溅起。她又抬头望向阴云密布的夜空，夜空中什么也看不见，只有万千雨丝隐约闪着光。

再没有了，看不见也听不见了。她出生的地方，她梦里的桃源乡，如今一大半沉在水里，一小半在天上。

多少鸟语花香，多少被遗忘的旧时光。

她又想起哥哥的朋友，那个身材高大的青年，她连他的名字都不知道，只知道他在这个夜里刚刚死了。谁知道是怎么死的呢？或许是一场事故，或许得了什么病，又或许自己选择从高高的楼上跳下去……她依然记得那张青铜雕成的脸，嘴唇微闭，似笑非笑的模样。那张脸是多么俊朗啊，事到如今，她才想起自己当年是怎样默默地爱慕过他。如今他却死去了，尸体被送进炉子里烧成灰，只留下一尊青铜雕像，在冰冷的波涛下面静静矗立着。其实这又有什么关系呢，画像、照片或者雕像，这些艺术品被创造出来，不就是为了比活生生的人存留得更长久吗？

海里有海里的热闹，或许还有漂亮的人鱼公主会爱上他吧。

想到这里，她心里稍微平静了一点，于是重新回到屋里去睡觉。小小的床在海浪里摇晃，她却睡得像个婴儿，梦里没有风雨声，也没有海浪咆

再没有了,看不见也听不见了。她出生的地方,她梦里的桃源乡,如今一大半沉在水里,一小半在天上。

哮,只有无边无际金灿灿的阳光,像又甜又浓的蜂蜜往外淌。

早上依旧下着雨,云幕低垂,好像伸手就能摸得到。海笛起来打水洗漱,然后烧了第一泡茶,水刚刚沸,就看见不速之客蹒跚地爬上小船,手里提着一只湿漉漉的旧旅行袋,像拎着一条落水的老狗。

难道是客人吗?已经一个多月没有客人来了。她一边在心里猜测,一边仔细打量对方。藏在雨帽下的脸非常苍老,然而更引人注目的是那脸上深黑的肤色,像是晒了许多年的太阳光,这是有钱人才能享有的特权,但他的穿着举止却又不太像。

她找出父亲留下的好茶叶,沏了一杯大红袍请老人喝。

"好茶。"老人把茶碗端到嘴边,一口气喝完了,"在船上还能泡这么讲究的功夫茶,可是不容易。"

功夫茶也是海笛的父亲教她泡的。

"水从哪里来,是雨水吗?"

"是雨水。"

"看来,船上的生活也不像他们说得那么苦。"

他说话的语调,总让海笛觉得熟悉。这个地方的人,"灰"和"飞"不分,无论走到什么地方,老乡之间都是很容易相认的。

"老先生,您从哪儿来?"

她以为老人跟她哥哥一样,搬到一座还没有被海水淹掉的内陆城市里去生活了。老人却把手往天上指了指。海笛吃了一惊。

"您是从岛上来的?"

"是的,我从岛上来。"

"您是游客吗?"

"游客?你看我哪里像?"老人笑着摇头,"我在岛上工作。"

"什么工作?"

"邮递员。"

“邮递员？”

“就是送信的。”

海笛终于想起来，鼓浪屿上以前是有个邮递员的，每天挎着邮包，穿街走巷挨家挨户地送信。岛上的路纵横交错，比迷宫还要复杂，加上路窄坡陡，汽车自行车都无法通行，去哪里都只能靠走路。要在这里把信准确按时地送到，并不是一件容易的事情，所以这唯一的邮递员每天都工作，刮风下雨从不休息。

后来呢？听说是被批准留在岛上继续工作了，大概物以稀为贵吧，竟慢慢变成一处很受游客欢迎的特色风景，连旅游手册上都有专门介绍，但她也有很多年不看那些印刷精美的小册子了。

“你呢，小姑娘，你是哪里人？”老人问。

海笛嗓子哽了一下。

“我以前也住在岛上。”

“怪不得，我猜也是。”老人点点头，“你家在哪里？”

“公平路。我家在公平路 2 号。”

“公平路……是的，在日光幼儿园对面，区政府旁边，往山上去的一条小路。”

“没错。”

“公平路 2 号，过去是栋老房子，院子里种了好些炮仗花，一直爬到墙外面。”

“是我父亲种的。”

“这么说，我应该见过他。”老人眯起眼睛，像在努力回想，“个子不高吧，老是一张笑脸……好像有一条腿不太好。”

“是的，以前干活受过伤。”

“是个好人。”

“谢谢。”

茶壶依旧在电磁炉上咕嘟咕嘟地煮着，白气顶着壶盖，发出有节奏的啪啪声。

“现在不在了吧，公平路2号？”

“早就不在了。”老人回答，“一整条路上的房子都拆了。”

“盖了别墅吗？”

“别墅、酒店、游泳池……盖了好大一片。”

鼓浪屿，那座永远阳光普照的岛，那座仙境一般飘在天上的岛，现在完全是一个属于游客的地方了。海笛有点好奇它现在的模样，会有云雾汇聚的波涛拍打着沙滩吗？会有雄伟壮丽的飞艇载着游客停靠在港口吗？那些迷宫一样曲折的小巷深处，依旧藏着卖鱼丸汤与海蛎煎的小吃店吗？古老的音乐厅里，依旧每晚会有人弹奏钢琴吗？

只是属于她的家已经不在了，公平路2号，小小的种满花草的院子，都没有了。海笛闭上眼睛，炮仗花的金黄橙红仿佛烧到身上来。

“所以，你是在岛上长大的喽？”老人又问她。

“嗯，我在岛上长大。”

“现在呢，一个人住在船上吗？”

“一个人。”

老人眯起眼睛向四周打量。小小一艘船，漂浮在无边无际的海天之间，海面上哗啦啦落着雨。

“你的家人呢？”

“有一个哥哥，搬走了。父亲和母亲年纪大了，又舍不得老房子，就去了岛上养老。”海笛一边说，一边把挂在墙上的照片指给老人看。

照片上是两只猫，一只大个的虎斑，另一只瘦小的是灰黄白三色。神态都是懒洋洋的，一副看破红尘的模样。

“很多年没联系了，不知道现在过得好不好。老先生，您有没有见过他们？”

老人仔细盯着照片看了一阵。

“有点眼熟，但也不好说，岛上的猫太多了。”

海笛点点头。当年离开岛上的居民都签过一项协议,年满五十岁可以搬回岛上养老,也是落叶归根的意思。只是,必须放弃自己原来的身体。因为小小一个岛上是挤不下那么多人的。

“也是没办法。现在的鼓浪屿,哪儿是我们这种老百姓住得起的。相比之下,做猫比做人轻松多喽,不用工作,不用交房租,每天晒太阳睡懒觉,还有游客给喂东西吃,不挨饿不受冻,神仙的日子也不过如此呀。”

“像您这样,能一直留在岛上工作几十年的,大概没几个人吧?”

“都不容易啊。”老人叹口气。

水沸了,海笛又起来换了一泡茶。外面依旧大雨倾盆,哗哗地砸在甲板上。

“既然如此,您又怎么会从岛上下来的呢?听说下来一趟也不便宜。”

老人沉吟了一阵,开口说道:

“其实……我上个月刚刚退休。”

“退休?”

“干够了年头,不走不行啊。”

“意思是……不会再回岛上去了吗?”

“回不去了。”

“那……为什么不留在岛上养老呢?”

“就算是神仙一样的日子,也不是每个人都喜欢哟。”老人嘿嘿地笑了笑,“再说,做了猫,就不能从岛上离开了吧,可我还有很多地方想要去呢。”

“您想去哪里?”

“就比方说,这里。”老人边说,边伸手往脚底下一指。

“您是说……水下面?”

“对喽,我想潜下去看一看,看看厦门现在的模样。”

“可是……潜水很危险的,您这把年纪……”

“年纪怎么了?”老人边说边把袖子挽起来,露出黝黑精瘦的胳膊,“每天上上下下地走路爬山，更别说晒了几十年太阳，谁的骨头有我结实？”

“可是……”

“小姑娘，你知道吗？”老人打断她的话，“我是在厦门岛上长大的。”

海笛愣了一愣。

“后来去了鼓浪屿上工作，就很少回去。当年厦门沉下去的时候，我是不想走的，可是没办法，人已经上了岛，只能每天趴在岸边，透过云中间的缝隙往下看，看着自己当年住过的房子，一天一天被海浪淹没。这么多年在岛上，我没有哪天夜里不梦见这座城，虽然被水淹了，可是该在的应该还在吧。我总想着，等有一天退休了，我一定要下去看看，看看我梦里的那些地方。”

梦里的地方吗？海笛在心里想，原来每个人都会有个梦里的地方。就好像她睡在船上，夜夜梦见天上的岛；老人睡在天上，却夜夜梦见海里的城。

过了好一阵她才回答：

“那好吧，我陪您一起去。”

他们两个换了潜水服，戴了蛙镜脚蹼，背着沉重的氧气罐，一起潜到冰冷的海水里面去。没有阳光，水下昏沉一片，像浑浊的玻璃溶液。然而四面八方却很安静，让听惯了雨声的耳朵有些不适应。

海笛想起许多年前，父亲第一次带她潜水，那种感觉是多么神奇啊，像在深蓝色的夜空里飞翔，前后左右上下都空落落的。那时候水还不深，父亲的工作也很繁忙，每天都要下潜到那些幽暗的废墟中间，为客人们打捞遗落的东西：一把钥匙，一本旧相册，一枚订婚戒指，一只装满玻璃弹珠的铁皮盒子……有些是离开时来不及带走的，有些是某年某日突然间回想起；有些轻而易举便能找到，有些却要费一番工夫。

看着那些东西，海笛心中总是充满好奇，它们的主人都是什么样的人，背后又有什么样的故事呢？有时候她真想问问那些客人，但是父亲不让她问。于是，她只能看着一个个客人带着曾经属于他们自己的东西离开，而他们的故事也就像轻盈的水泡一样，飘到阳光下面，破掉了，不见了。

一辆生锈的脚踏车，一本纸页泡烂的书，一只孤零零的高跟鞋，一头藏在床底的毛绒玩具熊……

水压逐渐增大，鼓膜生痛，胸口也有些憋闷。于是海笛知道，厦门越来越近了，那沉在水底的一整座荒城。

像是从飞机上向下俯瞰，山峦湖泊、街道房屋都历历在目，却被海水染上各种奇异的色调，从豆青到群青，从银蓝到琉璃蓝，从雀灰到铁鼠灰，从茶绿到松烟绿，从胭脂红到铁锈红……那些曾经活着的树木全都死了，然而死去的木石与砖瓦上又生了活物，郁郁葱葱，影影绰绰，随着暗涌一波一波流淌。那样的景色是普通人无法想象的，也是语言无法形容的。

死去的城，活着的城，被遗忘的城，记忆中的城。

无数人梦中的水乡。

又或者只是无数人共同的一个梦。

距离他们最近的山顶上，隐约有层叠的飞檐顺着山势起伏，海笛认得，那是南普陀寺。山下面便是厦门大学了，那个年轻人的铜像依旧站在湖边吧。对不起，这次不能去看你了，海笛在心里想着。下次吧，你会一直站在那里等着我，对不对，或许一直站到海水枯干的那一天。

沿着厦门大学南边的环岛路，向东边不多远，便到了曾厝垵。海笛记得这里以前是个渔村，有很多好吃又便宜的海鲜大排档，夏天的夜晚，许多人坐在路边喝啤酒吃烧烤，香气绵延好几里路。现在那些大排档的巨幅招牌依然高高耸立着，只是上面的字全都看不清了。

他们潜得很低很低，一直钻到那些高低错落的屋檐下面去，像鱼一样从窄窄的街道中间游过。无数空落落的门和窗，像无数只向外瞪着的眼睛，大大小小的鱼儿游进游出，把这里当成了珊瑚礁垒成的城堡。

终于，他们在一座普普通通的小屋前面停下，于是海笛知道，这就是老人的家了。

墙壁与门窗都被绿茸茸蓝森森的海藻爬满了，像一层厚重的膜，小心翼翼地将整座屋子裹在里面。海笛和老人一起费了很大工夫，才总算弄开一扇窗，许多鱼儿惊慌失措地逆着探照灯光游出来，像磷光闪烁的鬼魅。

他们一前一后钻了进去。

屋里面很是幽暗，各种轮廓模糊的物件在水里沉浮，却辨认不出是什么。海笛突然觉得悲伤，许多年前父亲对她说过，房子也像人一样，会呼吸，会生长，有喜怒哀乐，有生老病死。这一栋，怕是已经死去很久了。它的最后一丝魂魄刚刚随着鱼群散去，剩下的只是空壳，壳里弥漫着坟墓一般的死寂。

老人跌跌撞撞，盲人般伸出双手，隔着潜水服手套细细触摸每一件家具。那些水藻与锈迹的覆盖下，到底藏着多少故事，大概只有他自己知道吧。海笛心里暗暗下定决心，若是可能，一定尽量帮他多带走几件东西。

一只烟灰缸，一套茶具，一把椅子，甚至一只暖水瓶……

终于，老人在屋子正中央停下了。他放下那只始终紧紧拎在手里的旧旅行袋，从里面掏出一个四四方方的东西，像是一个盒子。海笛心里奇怪，却又不能开口问，只好在一旁默默地看着。老人围着盒子摆弄了好长一会儿，用一个支架状的东西小心翼翼地将盒子固定在地上。接着，他招手让海笛到他身边来。

她还是没有明白过来，老人却紧紧地拉住她的手，然后拉下盒子旁边的一个手柄。

盒子表面发出青幽幽的光，一闪一灭，将一种嗡嗡的震动扩散在水波里。忽然，整个房子都在那嗡嗡声中颤了一下，仿佛一个沉睡太久的人，在梦中发出一声不经意的叹息。

一波又一波沉闷的声响，像滚雷一样从脚下传来。是地震吗？海笛本能地想要往外逃，然而老人却紧紧握住她的手不放。震颤越来越剧烈，屋里的一切都在水里摇摆不停。突然间,轰地一阵巨响,然后安静下来,只有汩汩的水波声在屋里回荡。海笛向窗外望去,发觉对面的房屋街道正在缓缓下沉,她惊恐地挣扎到窗边,将半个身子都探出去张望。过了好一阵她才明白过来,不是城市在下沉,而是整座屋子正在上升。

像是一个轻盈的水泡,小小的房子载着两个人向海面上漂去,脚下的城市就这样渐次远去。那些破旧的招牌、狭小的街道,那些爬满水草与海葵的红房顶,那些山峦湖泊、亭台楼阁,那些耸立的高楼与蜿蜒的桥梁,一点一点隐没在越来越黯淡的水色后面,化作波涛下连绵起伏的暗影。

头顶上方渐渐有了光芒,一缕一缕,像许多柔软的手臂随波摆动。终于,小屋穿破海面浮到空气里面了,海水哗哗地沿着窗户与门缝往外流淌,仿佛大大小小的瀑布。

房子悬在幽蓝的波涛上,只有雨点一粒一粒敲打着屋顶,像是一个梦。

海笛帮助老人摘下蛙镜和呼吸管,两个人像搁浅的鱼一样,坐在湿漉漉的地板上大口喘气。

"这……这是……"海笛牙齿不停地打战,说不出完整的句子,只能伸手指指天上,又指指老人面前那只黑色的盒子。盒子依旧一闪一闪,发出嗡嗡的声响。

"是的。"老人点点头。

"你……买的?"

"我自己组装的……当然大部分零件都是买的。"

那张苍老而黝黑的脸冻得发青,然而眼睛里面的光芒却像个十几岁的少年。

当然,人们有办法让鼓浪屿飞到空中去,自然也能让沉在海里的房子飞起来,只是这样不可思议的事情,究竟是怎么想到、又是怎么做到的呢?

"贵吗?"

“贵得很，一辈子存的钱都花光了。”

就是为了这一刻吗？就是为了这么一座小小的荒废多年的房子吗？谁又知道这么破旧的房子是否真能飞得起来？万一散架怎么办，万一掉到海里怎么办？最终是打算飞到哪里去呢，能飞去天上吗，能环游世界吗？

然而她又觉得这些问题都没必要问。就在这一瞬间，她觉得自己像个大人一样，忽然明白很多以前不明白的事情了。

她再一次把头探出窗外，雨不知什么时候停了，阳光从浓云缝隙中落下来，海面上粼粼地闪着金光。她甚至看见了自己那艘小小的船，在无边无际的海面上孤零零地漂着，像一粒芥子。现在房子已经飞得很高了。她又抬起头向天上望去，依旧看不见鼓浪屿，然而她知道，那座岛就藏在低垂的云幕后面。

她一边仰头看，一边想起很多事情来：想起爸爸妈妈，想起公平路2号的老房子，想起金黄橙红的炮仗花，想起哥哥和他的朋友，想起海底下那座沉默的青铜像，想起许多熟悉又陌生的名字，想起自己早上做的那个梦。她想着想着，不知怎么就呜呜呜地哭了起来，眼泪流到嘴边，像海水一样，又苦又咸又涩。

“不哭，孩子，不哭。”老人轻轻摸着海笛湿漉漉的头发。结果她却哭得更凶，终于惹得老人也在一旁抹起眼泪来。

【后记】

请允许我将这篇非常短的小说献给厦门这座城市，以及鼓浪屿，以及几座非常美丽的老房子，以及几位在这里认识的朋友，以及岛上所有的猫。

以及一位迄今为止依然不知道姓名的，英年早逝的男人。

愿海天之间，所有人都能诗意地栖居。

你无法抵达的时间

一、蜗牛与黄鹂鸟

我从来没有问过，你是如何发觉自己与其他人不同的，大概总比我先知先觉吧。小孩子对时间原本就没什么概念，一个人蹲在大树下看蚂蚁搬家，一下午时间不小心就咻地过去了，而每天晚上坐在电视机前等动画片时，又觉得几秒钟的广告那么漫长。眨一下眼睛，玻璃杯就从桌上掉下去，碎片与水珠像水银般撒落一地，却从来不见它自己跳回桌上，变回完整的一杯水。

在我们出生的那座南方小镇，时间过得很慢。每天早上太阳从东山后爬上来，把薄薄的晨雾照亮，于是公鸡先醒了，一遍又一遍打鸣，除此以外就是鸟鸣声、狗吠声，还有河水哗哗流淌的声音，人们依然在屋里睡着，直到太阳已经升得很高了，才慢腾腾地起床，穿衣洗漱，张罗早饭，开始一天的生活。

那时候我住在爷爷家的老房子里，客厅角落里有一台座钟，不知道放在那里有多久了，不过上了漆的表面依旧光亮亮的，玻璃也明净如新。黄铜钟摆看上去那么沉重，却又那么轻盈地左右摆动着，滴答、滴答、滴答。

一个人在家的下午，我总会搬一把椅子坐在黄铜座钟旁边，阳光透过玻璃罩子，照着里面的指针和发条闪闪发光，好像一个魔法做成的盒子。那里面住着的东西到底是什么，为什么总这样滴答滴答走着，却对周围的一切不理不睬？为什么你在一旁盯着它看，它就老老实实一格一格跳动，一旦你把注意力转向别处，它就时而快时而慢，变着法和你捣鬼？我总想亲自解开这个谜，所以没事就坐在旁边观察，却总是不知不觉脑袋抵在膝盖上睡着了。醒来时天色早已暗下来，空荡荡的屋子里，只有那滴答滴答的声音依然响着，好像在以实际行动嘲笑我的傻气。

你呢？是不是也做过这样的事？一个人坐在角落里，对着滴答作响的钟表发呆？

我还记得跟你第一次见面，虽然已经过去了很多年，那些回忆却始终被我珍藏着，像电影拷贝一卷一卷，依旧明艳清晰。我时不时会把它们拿出来，在内心深处某个漆黑的小房间里播放，自己既是放映员，也是唯一的观众。上映场次，时间，座位号，全由自己说了算，哪怕坐在那里看一整天也没关系。

通常我会挑出最经典的片段，以最慢的速度一帧一帧摇过去，好把每个细节都看清楚。放完之后还不满足，于是祈求放映员：

"麻烦再来一遍好吗？"

"差不多了吧，今天已经看得够多了。"

"再来最后一遍吧。"

"……好吧，最后一遍。"

也有时候，为了节约时间，我不得不用好几倍的速度一口气从头播到尾，于是原本忧伤的回忆统统变得好笑起来，人物急匆匆地东奔西走，手脚在空中乱摆,好像默片时代的滑稽喜剧。这场面总让我不由自主大笑起来,同时也不禁想到,你和我眼中的世界,就是这样的天差地别。

于是一边笑着,一边流下泪来。

那一年我十岁,你大概七岁吧,我上小学四年级,你还在家休学。每天下午放学后,我从学校出来,都会去附近那所少年宫,跟其他孩子一起学拉小提琴。教琴老师是我父亲,据说年轻时曾在一个小有名气的交响乐团里拉过琴。后来在一次巡回演出途中,他爱上了另一个文工团里的舞蹈演员,再后来她成了我的母亲。尽管如此,我却完全没能继承父母的艺术细胞。音准、节奏、情绪,这些我统统把握不准,事实证明,这种先天不足再怎样努力也无法弥补。但在那时,我却像所有的音痴一样活在自己世界里,每天放学后便乖乖提着琴盒去少年宫,挥舞琴弓卖力练习,渴望得到一句表扬。当班上那些年纪比我小得多的孩子已经开始尝试拉一支完整的协奏曲时,我却依旧坐在教室最后一排,拉着和最初学习时差不多难度的曲子。有时候我会感受到父亲的目光,穿过几十根整齐如一的琴弓飘过来,然后飞快移开,像是看到什么不忍目睹的东西。

有一次我听到爸爸对妈妈说:“这孩子乖是乖,就是反应总比别人慢半拍。”

许多年后我才明白过来,自己确实生来比别人慢,说话慢,走路慢,学东西更是慢。别人十分钟能背下来的课文,我要用二十分钟甚至半个小时;别人早早做完了作业可以出去玩儿,我却一整晚都趴在桌前一笔一画写着。上课时,哪怕打起全部精神,还是跟不上老师讲课的节奏,偶尔被点名回答问题,也要迟疑好几秒钟才能反应过来是在叫我。平时说话,只要别人语速稍快,我就听不清楚,往往对方一大段话说完后,我只能嗯嗯地点头,假装自己都明白了。渐渐地,不再有人找我聊天了,课间休息时,我一个人坐在座位上,听着四周叽叽喳喳的说话声,感觉自己好像水族箱里的鱼,孤零零地睁大眼看着外面的世界。

所以,这就是我了,总是慢半拍的我。这样的差距,原本终其一生也没办法弥补，是吧？

如果不是因为那时候，我遇见了你。

那天下午练完琴，父亲留几个学生谈话，似乎是布置去省里比赛的事情，我像往常一样在旁边擦黑板、扫地，收拾琴谱。打扫完毕，父亲还没讲完，便对我说："你去林叔叔那里等我一会儿。"林叔叔是我父亲的朋友，在城里公安局当警察，时不时会来镇上度假，人很风趣，喜欢下棋，每天下班后都要来少年宫找教围棋的老师切磋。有时候爸爸忙，就让林叔叔带我回家。

我乖乖点头，提着琴盒走出教室。

傍晚，走廊上空旷无人，只听见我自己的脚步声。围棋教室在二楼尽头拐角处，我低头慢腾腾走着，心里默默数着脚下水泥砖拼成的格子，一个人走路时，这已不知不觉成了我的习惯。

一、二、三、四……

数到一半，突然听见钢琴声从附近传来，断断续续毫无章法，像是小孩子在练习。我被这声音吓了一跳，抬头看看墙上的钟，这个时间，钢琴课也早该结束了才对。

钢琴教室在走廊另一头，我以前曾去过一次，学着别人的样子把手指放在黑白分明的琴键上按过两下，聆听厚重外壳里面传来的声响。那个身穿黑色丝绒长裙的女老师，脖子像天鹅一样纤细，每次看到她坐在钢琴前运指如飞的样子，我都会幻想她是一个女巫，用魔法指挥面前的庞然大物发出天籁之音。

我向钢琴教室走去，门没有关严，阳光透过窄窄的门缝泻出来，把幽暗的走廊劈成两半。透过那道门缝，我小心翼翼地向里面看，夕阳把薄薄的窗帘染成了金子一样的颜色，于是屋里其他东西都变成了剪影，好像舞台上的布景。在那起伏绵延的光影中间我看见了你，你正坐在钢琴前面，虽然背对窗户，但象牙琴键上反射出的光映在你脸上，连鼻梁上一颗小小的黑痣都看得很清楚。你脸上有种严肃而又认真的表情，看上去更像一尊雕像，而不像一个七岁的小孩子。

因为隔得远，我看不清你面前的乐谱，只听见杂乱无章的音符，像许多珠子东一下西一下散落，打在褪色的木地板上。你显然是连指法都不会，只用两根食指来来回回敲，姿态虽然幼稚，却有种惊人的敏捷与准确，仿佛满地七零八落的珠子被你一颗颗捡起来，串联成一个小节又一个小节，然后它们又被随随便便丢下去，等待与其他小节碰撞在一起，连缀成更完整的旋律。

我就这样站在门口听了很长时间，凌乱而奇妙的乐声持续着，越来越齐整，仿佛一张巨大拼图渐渐有了形状。突然间，所有音符都落在地上静止不动，你交握双手，默然凝视面前的乐谱，眉间微微蹙着。周围一片寂静，只隐约听见窗外有鸟儿在夕阳的余晖里啁啾。

清澈、明净的钢琴声重新响起，终于，我听到了完整的旋律。

先是几个八拍简单的和弦，然后其他音符一颗一颗溅落，像水滴融入溪流里，潺潺地，汩汩地，起伏，跳跃，回旋，重复。我被那流水般的乐声推涌着一起前进，于是周遭的一切都慢了下来，仿佛电影画面一帧一帧闪过。初夏傍晚的风把窗帘吹起来，云朵在天边卷舒，雨水落下来，草叶沙沙地响。你一个人走在路上，寂静悠长的一条路，鲜花盛开着，开着又谢了，遥远的世界尽头，有一条河水哗啦哗啦流淌的声音，没有开始也没有结束，没有过去也没有未来。

我站在那里静静地听你弹奏，旋律依稀有一点熟悉，只是想不起名字。这时，外面的天光更加黯淡了，我不知不觉向前走了几步，想要看清你弹琴的双手。你的手还很小，却像大人一样纤长笔直，两根细细的食指起起落落，像蜂鸟在花上跳舞，像雨珠敲打着草叶，如露如电，如火如荼。刹那间我头晕目眩，以为不小心看到了真正的魔法。

你把那首曲子弹完了，最后几个音符轻颤着沉入地下，很久之后，我才感觉到血液重新在自己身体里流动。

你把头转过来看着我，突然笑起来，之前的严肃沉寂不知哪里去了，只有一个七岁小孩子的笑，像朵小小的火焰无声绽开。然后你开口说了什么，我却完全没听明白，不知是你说话太快，还是我太紧张。

于是，我只好咧开嘴也对你笑。

身后，有急促的脚步声传来，一个人影从我身旁飘进教室，留下的风里有淡淡的香水味。我茫然抬头，那个穿黑色长裙、脖颈如天鹅般修长的女老师走到你身边，头发优雅地盘在脑后，我后来知道她是你的母亲。傍晚最后一抹余晖里，她耳畔的珍珠耳环闪着光。

她将你搀扶起来，放进旁边一把轮椅里，这时候我才注意到，你一条腿上打着石膏。然后，她推着轮椅从我旁边走掉了。一切发生得太快，我什么都来不及说也来不及做，只傻呆呆地目送你坐在轮椅上离去。短短一瞬间，我甚至不能确定你有没有斜过眼来看我一眼，就算是有，以我这样的迟钝也未必能察觉到吧。只记得擦肩而过那一瞬间，你正抬起头来跟母亲说话，嘴角微微上扬，像个骄傲的王子，你的眼睛里有那么多光芒，随时随地都在向外流淌，却不管它们落在地上会变成什么。

我看着你们消失在走廊尽头，消失在我看不见的地方。这时候，天已完全黑了下来。

那天晚上，你弹奏的旋律始终在我脑海中盘绕，时断时续，时隐时现，像个没关好的水龙头，滴滴答答响个不停。我试着伸手去将它拧紧，却一不留神搞错了方向，乐声大作响彻暗夜，每一个音符都闪闪发光。那一定不是普通的曲子，我躺在床上默默地想，你一定施了魔法在里面。

我没将这件事向任何人提起过，你成了我心里的谜。你是谁？从哪里来？为什么感觉那样神秘，好像来自另外一个世界的王子？

第二天下午练琴时，我一直心不在焉，连最简单的和弦也拉错。上课到一半，我终于按捺不住，假装上厕所从后门溜了出去。走廊里依旧空荡荡的，只隐约从前方传来钢琴声，流水一样起伏错落。我的心跳得厉害，一口气跑到钢琴教室门口，砰地推开门。

里面灯光明亮，坐在钢琴旁边的人转过头来看我，是那个穿黑裙的女老师，旁边还有几个和我年纪差不多大的学生，其中并没有你。

我扶着门框气喘如牛，整张脸涨得通红，四下里尽是怪异的目光，仿佛细小的芒刺扎在身上。我用几乎听不见的声音说了句对不起，然后赶紧将门关上，转身跑走。

之后几天，我每天练完琴后都要找机会去钢琴教室看一看，却一直没有再见到你。你像个幽灵，凭空出现然后消失，只留下那支有魔法的曲子，夜夜在我脑海里回荡。

那之后过了大约一个星期，我终于见到你了。你依旧坐在轮椅上，由那个女老师推着慢慢穿过走廊。我胸口像被子弹击中一样砰砰地响，于是偷偷摸摸跟在后面。

女老师推着你进了钢琴教室，然后她独自出来，急匆匆下楼。我等待她高跟鞋的声音在楼梯上消失，才轻手轻脚走过去，教室里静悄悄的，半晌也没有声音发出。我疑惑地凑近门缝往里看，只见你依旧坐在钢琴前，然而你的眼睛并没有在看乐谱，而是望着窗外。初夏傍晚的光芒照在你脸上，也照在旧钢琴与木地板上。

窗户开着，一只蝴蝶飞进来，在钢琴上方翩翩地舞蹈，黑色翅膀上有荧蓝鳞片，美得有几分不真实。你仰头凝望，目光紧紧跟随。终于蝴蝶落下来停在琴键上，双翅翕动，像被风吹落的一朵花。你轻轻伸手，只一下，就把它扣在手心里。

我在门后看着，竟紧张得喘不上气，这辈子我还从来没亲手抓住过一只蝴蝶。你把双手合拢，一只眼睛凑到指缝中间往里看，看了很久，然后举起双手，打开。蝴蝶在你手心里微微颤抖，终于晃晃悠悠拍打着翅膀飞走了，不见了。

许多年后我依然记得这个画面，你总是这样伸出手，去捕捉那些稍纵即逝的美丽，譬如青春，譬如爱情，譬如生命，抓住然后放走。

又过了一个星期，我早早放了学赶来少年宫，你果然在钢琴教室，双手在琴键上百无聊赖地敲打。我盼望你再弹那首曲子，但是你没有。

终于我忍不住，慢慢走到你身边，你像对我视而不见，只管蹙着眉头胡乱地弹，那七零八落的琴音里有种暴躁的东西，随时会轰然倒塌。

“你在弹什么？”我低声怯怯地问。

“自己不会看？”你冷冷地回答。

我小心翼翼地靠近，看清了你面前那份琴谱。

“《蜗牛与黄鹂鸟》？这个很好弹呀。”

你双手停在琴键上，“你会弹？”

“我不会弹，但是我会唱。”

“怎么唱？”

“啊？”

“你唱，我给你伴奏。”

你一边说，一边用两根食指叮叮咚咚地弹出前奏。我脸颊发热，终于鼓起勇气小声地唱了起来。

门前有棵葡萄树
嫩绿嫩绿刚发芽
我要背着那重重的壳
一步一步往上爬

还没唱完，钢琴声戛然而止，你侧过头轻轻说了句：“没意思。”

这回我依稀听明白了。

然后你用双手推着轮椅两侧的轮子，径自从门口离开。我呆在原地好一阵，连忙跟在后面追了出去。

走廊里光线暗淡，四面八方传来各种乐器声。我远远跟在你后面，默不作声地走着,前方轮椅发出吱吱的声响。你在走廊尽头停了下来,抬头望着墙上巨大的钟面,金色的秒针在斜阳里嗒嗒走着,这声音突然让我想起来,马上就要上课了。

要不要赶紧回教室呢,如果被爸爸发现我迟到,不知道他会怎么说……我正犹豫着,却突然听见你开口说话:

"喂——"

"啊?"我一愣。

"你能不能推我下楼?"你回过头,一字一句对我说。

"下楼?"

"这里闷死了,我想出去。"

我慢慢上前,握住轮椅把手,手心里全是凉凉的汗。

"走吧!"你下命令。

我小心翼翼地推着轮椅,沿着长长的残疾人通道向一楼大厅走去。轮椅比我想象中要重,尽管滑坡并不很陡,我还是出了一身汗。

我们穿过少年宫大门,初夏傍晚的风吹在身上,从大厅里传来报时的钟声,刚好是下午五点。这时候父亲应该像平时一样,穿着白衬衣戴着金丝眼镜,夹着琴盒乐谱走进教室。不知他要过多久才会发现我不在那里呢?

"去哪儿?"我怯怯地问。

"去河边吧。"你似乎想也没想就下令道。

天空依旧澄蓝,但是,西边太阳落下的地方已经有了几抹金红的云,好像半透明的水彩画。我推着你向那片云走去,路上没遇见什么人,只有暖风静悄悄地吹。我一边走一边想着,该怎样跟你提起那支钢琴曲。

走了好一阵,我终于鼓起勇气开口问:"你喜欢弹钢琴吗?"

"嗯?"

"钢琴。喜欢弹吗?"

"不喜欢。"你不假思索回答。

我的双颊烧得滚烫。

“钢琴也不喜欢，小提琴也不喜欢，黑管也不喜欢，手风琴更不喜欢。”

“那……你喜欢什么呢？”

“统统都不喜欢。”

“是吗……”

“没意思，打发时间罢了。”你望着远方的云叹一口气，裹着石膏绷带的右腿随着轮椅前进摇摇晃晃。

“腿好之前，哪儿也不能去。”

“你的腿怎么了？”

“在战斗中负伤了。”你回答。

“战斗？”

“为了拯救女神雅典娜，在闯十二宫的时候，被对手的闪电光速拳打中了，所以现在没法参加战斗。不过对方也中了我的钻石光速拳，伤得应该比我厉害。”

我对你的话似懂非懂，但也大概知道那是动画片里的情节。但你的语气那样肯定，让我有点疑惑。

“真的吗？”

“当然，不然等我腿好了打给你看。”

夕阳从远方的天空照过来，把我们的影子拖在后面，细细长长的一条。

我们过了一座桥，又走了一小会儿，来到一面陡峭的斜坡顶端。斜坡下面就是河了，傍晚的天空倒映在河水里，粼粼地闪烁着，草丛里隐隐传来野猫的叫声。

“走，咱们冲下去！”你突然回头对我说。

“啊？”

“使劲推我，一边推一边跑，然后你跳上来，我们一起沿着坡往下冲！”

我愣住，从这么陡的斜坡顶端往下冲？那可是太危险了，万一摔到河里怎么办？

“快推嘛！很好玩的，快呀！快呀！”你不耐烦地催促着，眼睛里有一种兴奋的光芒。我抓着把手，心里犹豫着，手心的汗更多了。

看我迟迟不动，你突然双手握住两边轮子，使劲往前一推，轮椅把手从我手里滑出去，你大叫一声，跟随轮椅一起向前冲了出去。

我愣了好一阵子，才想起来撒腿去追，却使尽浑身力气也追不上。你双手飞快地推着轮子，一把又一把，轮椅像一辆失去控制的战车般呜呜尖啸，渐渐加速，向着天边那片金色云霞坠落下去。我跌跌撞撞地追在后面，撕扯着嗓子大喊：

“等等我——等等我——”

你那时有没有听到我喊你呢？我始终都不知道。你像疯子一样大声叫着，听不出是快活还是恐惧，风从河对岸吹来，卷着我们的叫喊声飘向更远的地方。我迎着那风拼命跑，脚尖踏着地面，几乎要腾空而起。终于啪的一声，我失去平衡，狠狠摔倒在乌黑的柏油路上。

世界天旋地转，你的身影越来越远，消失在光芒里。

我浑身火辣辣地痛，躺在那里大哭起来。

不知道哭了多久，终于有一双手把我抱了起来，是林叔叔。

“怎么了？”他诧异地问我，一边帮我擦着脸上的泪。

我哭得上气不接下气，一个字都说不出来。

“乖，不哭。叔叔送你回家。”

至于后来是怎么回去的，爸爸妈妈是怎么责骂我，又是怎么帮我清洗身上伤口，诸如此类的其他事情，几乎全都记不清了。

现在回想起来，这辈子我哭过许多次，却唯独那一次留下的记忆最深刻。从空中撞到地面的一瞬间，整个世界仿佛一场梦一样碎了，碎成无数沙砾，在最后一丝余晖里面闪闪发光。

那之后我有许多年没有见过你。日子平淡无奇过去，我一天一天长大，从十岁到十八岁，几乎没有什么变化。依旧那样迟钝、缓慢，做什么事都比别人多用一倍时间，慢腾腾地走路、吃饭、说话、写作业、回答问题，慢腾腾地生活。

上初中以后，父亲不再让我练琴了，大概是怕影响学习吧，我也很少再去少年宫。琴盒被闲置在衣柜顶上，落了一层灰。没有事情做的下午，我一个人慢慢走到河边，周围无比安静，没有什么人经过。我会抬起手，假装架着一把看不见的小提琴，拉出听不见的旋律。

风从遥远的地方吹来，带来或甜或苦的气息，还有粉白朱紫的花瓣随波逐流，它们的姿态是如此慵懒，从不急着要到哪里去。我会站在那里很久很久，反反复复拉同一首曲子，那首你曾经弹过的曲子，现在我已经不想知道它的名字了，就好像我从不知道面前那条河的名字一样。我会放缓看不见的琴弓，让旋律融入河水的节拍中，自己也仿佛随之而去，一同前往遥远的世界尽头，没有过去也没有未来的地方。

因为没有什么朋友，我把空闲时间都拿来看书和发呆。学校附近有一座小小的图书馆，我喜欢坐在二楼靠窗的角落里，没有别人打扰，也听不到钟表滴答声，不知不觉几个小时就过去了。

有一次我从一本书上读到，人类对时间的感知与大脑里某个区域有关，那里藏着一只看不见的钟表，控制我们的心跳、脉搏、呼吸频率，告诉我们又有多少时间从身体里面流淌过去了。然而这钟表也并非永远准确，古人说黄粱一梦，或者一日不见如隔三秋，都足以证明我们对时间的感觉随时会变化。因此上天造人时，时常粗心大意地将有些人的表调快些，有些人调慢些，于是天生就分了迅捷与迟缓、敏感与驽钝、急先锋与慢郎中、杀伐决断与优柔寡断。

就好像蜗牛与黄鹂鸟。

二、盈盈一水间

十八岁那年我离开家乡，去北方一座城市上大学。临行前，父母反复商量要不要送我去学校，我坚持说一个人没问题，心里知道能考上那所大学，肯定是连他们也吓了一跳。在火车站送别时，母亲絮絮叨叨叮嘱，最后父亲宽慰她说："不怕，这孩子踏实，就算没有成就，也出不了什么大乱子。"我笑着乖乖点头。自那个夏天之后，小镇上每家父母说起"勤能补拙"，都要习惯性拿我做例子。

来到新的环境里，第一个感觉就是时间变快了。波涛汹涌的人群，川流不息的车辆，变幻的灯光与嘈杂的声音，每个人都在急匆匆奔跑着、追赶着、拥挤着、叫喊着，没有片刻安静。总有陌生人撞在我身上，又在我还没反应过来时，转眼间消失得无影无踪，总有人叫喊着我听不懂的方言，在耳边此起彼伏。从火车站到学校的路上好像一场战争，当我终于拖着行李、跌跌撞撞走进学校大门时，感觉自己像一条逆流而上的鱼，已经耗尽了几辈子攒下的力气。

这样的生活，我真的可以适应吗？

最初的新奇与紧张感过去之后，我渐渐发觉，大学生活并没有想象中那么不一样。依旧每天起床，去食堂，去教室，去图书馆，吃饭，上课，自习。校园很大，但我一直没有学会骑自行车，所以依旧慢腾腾从一个地方走到另一个地方。依旧没有什么朋友，没有课余爱好，依旧把空闲时间都用来泡图书馆与发呆。

我也曾想过要改变自己，于是偷偷收集了很多社团传单，晚上一个人带去图书馆角落里一张一张钻研。这所学校里社团众多，无论音乐、绘画、舞蹈、登山、武术、运动、棋牌、戏剧、轮滑……只要是年轻人感兴趣的活动，几乎都有专门的社团。我连续研究了好几晚，却终究没挑出一个合适的来。运动是一定不行的，高中一百米都测了好多次，因为老师放宽标准才勉强及格；乐器之类也早已证明了没有天分；其他方面呢……像我这样笨手笨脚，大概做什么都只有丢脸的份吧……就这样犹犹豫豫过了好多天，终于把所有社团报名的时间都错过了，于是也就放弃了这个念头。

九月底，学校按照惯例要举行一场新生舞会，同宿舍的女生撺掇着要一起去。我对跳舞这种事原本退避三舍，经不住好奇心，还是答应去了。那是周末的晚上，我把长发洗好吹干披在肩头，换上唯一一条连衣裙，舞鞋是借来的，银灰色，半高跟。同去的女生个个打扮得花枝招展，我跟随她们走进舞厅，看见黯淡的光芒里，一对对男女牵着手旋转摇摆，突然觉得双腿发软，好像随时都要瘫倒在地上似的。

我躲在最僻静的角落里，看各色人影从面前掠过，好像暗夜里的萤火。同宿舍的女生都被邀请去跳舞，只剩我一个，我反而暗暗松了一口气。就这样，一个人安安静静待着也好。

墙上的钟滴答滴答，也不知道过了多久，缠绵的舞曲里我独自坐着，一口一口喝面前那一小杯橙汁。这时候，突然有个中年男人出现在我面前。

“跳支舞可以吗？”

我抬起头，脸在黑暗中烫得发红，想说句拒绝的话，却连嘴也张不开。

中年男人等了一会儿，见我坐着不动，干脆伸手来拉。还没等我反应过来，一只又凉又滑的手已经把我的手捉了起来。我吓了一跳，向后猛一闪，手臂啪的一声把桌上的橙汁碰翻在地，冰冷的液体如雨点乱洒，洒在我的裙子上、腿上和借来的舞鞋上。

中年男人愣住了。我跳起来说句对不起，然后低头慌慌张张跑出舞厅。

夜风有点凉，吹着道路两边的白杨树哗啦哗啦响。我一个人在黑黢黢的路上跑着，鞋子里的橙汁越来越黏稠。突然间，背后咯吱咯吱一阵怪响，我想要回头，却脚下一滑摔倒在地上。

腿上火辣辣地痛，我坐在那儿，紧紧咬牙忍住。不能哭，再怎么疼也不能哭。

“同学,你没事吧?”

我怔怔回头,微弱的路灯光下,有个男生推着自行车站在那里。

“喂,我应该没撞到你吧,你跑这么慢。”他的声音听上去有几分慌乱,又有几分疑惑。

我咬住牙摇头,竟有点想笑。当然,你没撞到我,是我自己笨,是我自己摔倒的。

那人停稳车走近来,弯下腰看我,橘红色的灯光照亮了一张熟悉又陌生的脸。那是你,即便不看鼻梁上那颗小小的黑痣,我也认得出来。是你。你样子变了很多,个子那么高,五官与脸颊轮廓也变得分明,看上去比一般大学新生还要成熟一些,眉毛微微蹙着,却又显出几分孩子气。

这么多年以后,我竟在这里重新遇到了你。

我仰望你的脸,呆呆地不知道该说什么好。你会把我认出来吗?虽然过了八年,但我样子其实没什么太大变化,还是一张圆鼓鼓的娃娃脸,你认得出来吗?

你打量我一阵,挠挠头问:“不要紧吗?要不要送你去医院?”

我愣在那里好一阵,终于摇摇头。看来你是认不出我了。

“那,要不要送你回宿舍?”

犹豫片刻,我点头。

“能站起来吗?”

我抓住你伸过来的手,摇摇晃晃从地上爬起来。你的手依然那么烫,那么有力气,细长的手指匀称优美,比起当年那双弹琴的手大了许多倍。

我斜坐在你的车后座上,你说声“坐稳”就把车子蹬起来。自行车在暗哑的夜色里向前冲,耳边尽是呼呼的风声,我吓得紧紧抓住你的衣角不放,没想到过去那么多年,你性子还是一样急匆匆的。

“你住哪个楼?”

“31 楼。”

“哦,新生吧?”

“嗯。”

“来参加舞会？”

“嗯。”

“好玩儿吗？”

“还行。”我勉强回答。

你笑一声不再说话，只有风吹起你的外套，像大鸟拍打着翅膀。

我忍不住问：“你呢？没去舞会吗？”

“没意思。”你回答。

那么长一段路，居然很快走完了。到宿舍楼下，你一个急刹车停稳，伸手扶我下车。我一瘸一拐狼狈不堪，浑身都在夜风里颤抖。宿舍门前绿树婆娑，许多情侣在阴影中搂着抱着，依依惜别。

你大概有点尴尬，低头轻笑一声说：

“突然感觉自己特别像个好人。”

我忍不住也笑了。

“晚安。”你说，“做个好梦。”

好不容易回到宿舍，脱下沾满橙汁的裙子去水房泡着，又找湿纸巾和消毒药水处理伤口，痛得龇牙咧嘴。

后来我才知道，你在学校里可谓风云人物，名声早就传遍全校，只是我迟钝不曾留意罢了。他们说起你的保送成绩，说起你在各种体育比赛中的表现；说你从不上自习，考前看一夜书就能拿满分；说你游戏也打得出神入化。甚至传说期末有一门考试很难，你一个人写了十几份考卷，神不知鬼不觉换给周围同学，老师硬是没有发现，你成了整个班上的英雄。

也有人说起你的真实年龄，但大多数时候人们并不相信，你相貌英挺，个子又那么高，怎么看也不像十五岁。每次有篮球比赛，总有很多女生围在操场旁边看，都是为了看你。你用几秒钟的时间从底线晃到对方篮下上篮，把气喘吁吁的对手晾在半途，助威尖叫的声音无比响亮，连我坐在附近教室里都能听到。

你参加辩论队,参加英语演讲比赛,当过新生代表对着全校师生发言,也竞选过学生会主席。每个能出风头的场合里都有你,每次你都是绝对焦点。聚光灯打在你身上的时候,我总默默地在附近看着,脑海中又浮现出你弹的那首曲子——这么些年来,那首曲子从没有真正被我忘记。

光芒太过耀眼了,我闭上眼睛深呼吸。这就是你啊,发光体一样的你,我要怎样才能穿过这熙熙攘攘的人群,一直走到你面前去呢?

大二那年,你带领一群人成立了一支乐队。第一次登台表演前一个星期票就卖光了。我挤不到前面去,只能站在角落里远远地看。你抱着电吉他玩 solo 的时候,整个现场的观众都尖叫欢呼起来,隔得那么远我什么都看不见,只听到各种颜色的音符纠缠厮杀,好像要把空气都点燃似的。

“统统都不喜欢。”

我突然想起许多年以前,你坐在轮椅上对我说过的话。

你记不记得有一个学期,我们一起上政治课。我每次都早早去教室,拣最后一排靠窗的位置坐,这样无论你从哪里进来,我都能从后面看到你。可你很少来上课,偶尔几次课间休息的时候进来,坐不了十分钟又偷偷从后门溜走了。唯独有一次,我走进教室时,看见你正趴在桌子上睡觉。尽管脸埋在胳膊中间,可我还是一眼就把你认出来了。

我轻手轻脚走到你身旁,因为害怕座椅发出咯吱咯吱的声音把你吵醒,我用了整整一分钟的时间才慢慢坐下去。我把书和本子拿出来放在桌上,假装复习上节课的笔记,却一直偷偷侧过头看你。你死死趴在那里不动,只有结实的肩背随着呼吸轻轻起伏。你连睡觉时呼吸都那样急促,我偷偷摸着自己的脉搏计算,竟比我要快好几倍。

中间你动了一下,我以为你要醒了,但你只是侧过身子继续睡。多幸运,你侧过来的正好是我坐着的这一边。于是我可以仔细看你睡着的脸,认识你这么久,我很少有机会能这样清楚地看着你,你太难得安静下来了。你的脸色有些疲惫,下巴和嘴唇上已经有了胡茬儿阴影,你的睫毛轻轻颤抖,眼皮跳动得厉害,大概在做着什么紧张激烈的梦。

下午的阳光照在身上,一寸一寸移动,周围的人们来来往往,把空荡荡的教室逐渐坐满。但那仿佛是另外一个世界的事,在我和你之间,时间变慢了,静止了,风里依稀有熟悉的音乐传来,那样短暂的一瞬间,那样漫长的地老天荒。

就这样停止吧,我默默祈祷,就让你这样睡着,我这样看着你,如果人生真能定格,我祈祷就在这一刻。

突然间,上课铃响起来,你睁开了眼睛。

我毫无防备地对上你的视线,你清澈的眼睛里盛满阳光,让人无法直视。那一刻,我不知道有多久,只感到呼吸困难,胸口闷痛。

"同学,上课了吗?"你声音哑哑地问。

我点头。你又没有认出我来,当然没有。

"能不能借你的笔记看看?"

我又点头。

你伸手拿过我桌上的笔记,哗哗地翻起来。我多么希望你能翻慢一点,不要那样心急火燎,不要那样一目十行,或许你可以带回去看,或许拿去复印,下节课再带来还我,这样下节课我又能见到你了。然而就在我动这些念头的时间里,你已经把笔记看完了。

"谢谢。"

你把笔记扔回桌上,然后用闪电般的速度收拾完东西,书包往背上一甩,轻轻跳过最后一排座位椅背,三步并作两步就从后门溜出去消失不见了。

整整一节课里,老师讲的内容我一个字也没听进去,胃里满是冰冷又温热的黏稠液体,随时都要翻涌出来。你又这样跑掉了,你总是这样跑掉,我却追不上你。

我要怎样才能让你注意到我?怎样才能跟你好好说几句话?怎样才

能跟你提起那支曲子，怎样才能让你记起我？无数个难以入眠的夜晚，这些问题在我心头纠缠厮杀，杀得心口绞痛。像我这般慢腾腾的一个人，究竟怎样才能追上你的脚步，让你愿意停下来，回头好好看我一眼？

我无法吸引你的目光，我知道，我太平凡，太迟钝，像路边一块石头般不起眼。在校园里，我经常看见你骑车载着各种女孩子招摇过市，长发或短发，娇小或修长，清秀或妖娆，羞涩低头或者大方地紧抱住你的腰。你风驰电掣骑车穿过人群，炸起身后一片艳羡的叹息。但很快她们又依次消失，换成其他新鲜的面孔，长则一个月，短不过几天。你换女孩子的速度已经破了纪录，于是又以另一种方式，为你的传奇故事增添了色彩。

有一次我出门，迎面看见同宿舍的一个女孩正从你车后座上跳下来，刚要上台阶，你又猝不及防把她拉住，俯身在额角上轻轻吻一下，画面干净美好如同青春偶像剧。直到你跟她道了别，转身骑远了，我依然站在树后面傻傻地看着。那时大概是五月吧，满天杨絮白而透明，飞雪一般飘满整座园子。

那几天，我一直在偷偷观察那个女孩，她的表情、声音、动作、姿态，是不是充满喜悦，是不是流淌着幸福的光彩？每天晚上她回到宿舍，我都会猜测你们去了哪里，做了些什么。我嫉妒她，不愿跟她说话，但看到她笑的样子，却又莫名其妙跟着一起笑，好像她的甜蜜她的幸福不知不觉就蔓延到我身上，生根发芽，抽枝长叶开花。

那之后一个周末，我在宿舍窗户里看见了你，你立在一棵丁香树下，两条长腿横跨自行车两侧。你是在等那个女孩子，我知道，可她还在对着镜子梳妆，嘴里轻轻哼着小曲。我不禁替她焦急，她不知道你在等她吗？为什么还是不紧不慢的，你有多么性急，多么不耐烦等待，难道她一点也不在意吗？

终于我忍不住，小声说了句："你男朋友好像在楼下等你呢。"

说出"男朋友"这三个字时，我的整张脸都快烧透了。那个女生从镜子里瞥了我一眼，轻轻说声："是吗？"然后继续刷着睫毛。我默不作声坐在一边偷偷看表，秒针一格一格地跳，一时快一时慢。你还在树下等着，手上不知什么时候夹了一根烟——这是我第一次注意到你抽烟。

终于她梳妆完毕，施施然出门去，我赶紧趴在窗户边上看，看见她走到你面前。你似乎没说什么，只是把烟掐灭，载着她脚一蹬地骑远了。我长长喘出一口气，却说不清欣慰还是失望。

那天之后，你却再也没有出现在我们宿舍楼下。我心里面隐隐有预感，却始终不敢开口问。直到有一天大家在食堂吃饭，一个同学说起你现在又跟谁在一起了。我偷偷看对面女生的脸色，她显然是生气了，啪的一声扔下筷子，恨恨说道：

"那人有病！"

那一瞬间我竟然呆住了，像无声处听惊雷。不错，你那些所谓的特立独行风驰电掣，其实都是病，就好像我的迟钝缓慢冥顽不灵一样。我们身体里那些小小的钟表，被造物主事先调错了节奏，于是虽活在人群中，却始终用与别人不同的频率说话做事，像被隔绝在不同时间之河里两尾小小的鱼儿。

只可惜，我永远也无法抵达你的时间。

盈盈一水间，脉脉不得语。

那之后，我努力让自己不再去留意你，你的锋芒，你的光彩，我只视而不见听而不闻，不看不听不想，这种事原本我就擅长。宿舍，食堂，图书馆，实验室，每天四点一线有规律的生活，经过运动场会低头加快脚步，假装那些欢呼与尖叫声都不存在。

我又躲回自己的小小世界里了。

转眼间大四，我顺利保了研，面试时全系老师一致通过，都说这样踏实用功的学生实在难得。日子变得有点清闲，我受一个师兄之托，去广播台待了一阵子。工作很简单，每晚六点钟准时放音乐，念一点事先准备好的稿子，不需要什么创意，只要不出错就行。

“你音质蛮好。”师兄说，“最难得是语速慢。今年新招进来那几个大一小朋友，说话叽叽喳喳，让人怎么听得清？”

想不到语速慢也能成为优点，我有点受宠若惊，于是竟把这份工作坚持了下来。一个人对着机器说话，反而不太容易紧张。

广播台在校园西边一座古色古香的小院子里，五月，紫藤花开了，深深浅浅的紫从墙头倾泻而下，宛如梦幻。每天我从花下经过，都要仰头矗立良久，这样的美景从盛开到衰败，不过短短一两个星期，谁也不知道下次来的时候还在不在。

原来姹紫嫣红开遍，却这般付与断壁残垣。则为你如花美眷，似水流年。

“又到了毕业季。”师兄对我说，“我打算找些毕业生做做访谈，要找有话题的，有个性的，每周末录一辑，你来当主持人，行不行？”

我本打算拒绝，对机器说话是一回事，对着真人是另一回事，但他紧接着就把你的名字说了出来。

最终还是没能拒绝。

你来的那天，我早早就在广播台等。清早太阳出来，把叶子上的露水晒干，蜜蜂嗡嗡地在花丛下面唱，围墙外面隐约有孩子喧闹声传来，一只野猫慢悠悠地踱到院子里来觅食。

阳光一寸一寸挪动，把余温留在空气里，你终于来了，高高的身影穿过院门进来，我坐在二楼窗前，等待你的脚步声逼近。

“不好意思，迟到了，有点事耽误。”你道歉，“等很久了吗？”

“还好，本来也没什么事。”我泡一壶茶放在桌上。

“哦。”你点头，眼睛却在四下搜索，我拉开抽屉取出烟灰缸递给你，你点烟，顺便把烟盒向我递过来，“抽吗？”

“不抽，谢谢。”

“你几年级？”你吐出一个烟圈问。

“大四。”

“是吗？看起来挺小啊。哪个系？”

“生物与信息工程。”

“还有这个系？”你笑一笑，“以前没见过你。”

“我见过你。”

你又笑，几口把烟抽完掐灭，“要不这就开始吧。”

访谈很顺利，我对着事先准备好的稿子问你问题，你想也不想就回答，挥洒自如，妙语连珠。大学四年里你经历过的故事太多，随便哪段讲出来都精彩。我在一边静静地边听边笑，墙上钟表滴答滴答跳动。

录了大约一小时，稿子上的问题差不多问完了。我起身烧水续茶，你又点燃一根烟。

“放点音乐？”我问。

“好啊。”

旋动按钮，几个音符浅浅响起，像水珠溅落进这一片安静时光里，然后渐渐错综缠绕，汇成潺潺的旋律。

“啊，这首。”

“你听过？”

“很耳熟，叫什么来着……”

“《卡农》。”我回答，“这一版是钢琴与小提琴合奏。”

“不错。”你指尖轻轻地在膝盖上打着拍子，“你喜欢古典音乐吗？”

“算不上，就是喜欢这一首。”

“《卡农》？”

“嗯。”

傍晚的流光在音乐里穿行，周遭一切像是慢了下来，暖风轻软，带来紫藤花凋谢的气息。

“你很安静啊。原本以为电台主持人都很能说的。”

“听你说就好了，你是主角。”

“我最怕不爱说话的人。”

“是吗？”

“一安静下来，就觉得时间很漫长，那种感觉挺难受的。所以我话多，一有空白，我就不由自主要想办法填补上。”

“听说一群人讲话的时候突然安静下来，是因为上空有天使飞过呢。”

“是吗？那我就是天使终结者。”

我笑了。

“现在好多了，小时候话更多，语速又快，周围人都不愿意理我。我一开口，他们就假装去忙别的事情，把我一个人扔在那里自言自语。后来我母亲对我说，想让别人听你说话，就得慢下来，慢到对方能听懂为止。我练习了很多年。”

“欲速则不达。”

“对，欲速则不达。”你点头，“像你这样安安静静的反而好。”

我的胸膛像被什么东西刺穿，逝去的时光从那里汩汩地淌了出来。

“想起一个故事。”

“讲来听听。”你点燃第三根烟。

“有没有听过‘孤独的鲸鱼’的故事？”

“孤独的鲸鱼？”

“好吧，这是一件真事。”我说，“1989年，美国的海洋学家在太平洋里发现了一头鲸鱼，他们对它进行了很多年的跟踪录音，发现一件奇怪的事：这头鲸鱼没有一个亲戚或者朋友，唱歌的时候也没有同类听见，难过的时候也没有谁搭理它。你知道是为什么吗？”

你夹着烟微笑摇头。

“因为这头鲸鱼唱歌的频率有五十二赫兹，而正常鲸鱼的频率只有十五至二十五赫兹。它的频率自始至终都是错的。”

“这样啊。”

光线太暗，看不清你脸上转瞬即逝的表情，但我觉得你是有点累了。

音乐放完了，你掐掉烟。

“录完节目你怎么安排？”

“没什么事啊。”

“要不要一起吃饭？”

“好啊。”我没有犹豫。四年里，这是第一次，大概也是最后一次。

“走吧，我知道有个地方不错。”

我们出了门，紫藤花的香气在暮色里愈加绵密。你几步走到路边一辆车旁，打开车门钻进去。

“你的车？”我愣一下。

“当然。认识这个牌子吗？”

“不认识。”我对车一窍不通。

“飙起来很过瘾的，你马上就知道了。”你嘴角轻扬，那一瞬间我又看到你眼里有光芒流淌出来。

我笨手笨脚钻进车里。

“记得系好安全带。”

你把车发动起来，开出校园，上了三环后便开始加速，我伸手在座椅下死死抓住裙角，手心满是汗——太快了，已经超出我能适应的极限，难怪我看你上车，心里就本能地拉响警报，只是等反应过来已经晚了。我不敢看窗外疾驰而过的景色，只好僵尸一般双目平视紧盯前方，道路两旁灯火连绵，像金红的光雨扑面而来，一瞬间我竟以为自己正乘坐时间机器，向着过去或者未来进发。

下车时我晕得厉害，用力掐着手腕才没有呕出来。四周几点零星灯光，像是已经出了城区。

“饿死了！走，吃饭！”你跳下车高声宣布。

我跟着你进了一座农家院子，迎面有条健硕的黑狗汪汪吠了两声，见到你又懒懒卧下去。女主人很热情，领我们去葡萄架下坐好，又泡了茶。初夏，已经能听见草丛里的虫鸣，四下里一片花草蔬果香气。

主菜是鱼，据说城里吃不到。一条三斤重的鱼做了四个菜：香菇鱼片，椒盐鱼排，红烧划水，还有一个鱼头豆腐煲。我胃里一直抽搐，为了不扫兴勉强举举筷子。你胃口倒是很好，闷头把菜吃了个精光，还叫了两瓶啤酒。

“你不是还要开车吗？”

“不怕，这点酒。”你自斟自饮自得其乐，“保证把你安全送回去。”

当然不怕，就算真的撞死也不怕。

我不会喝酒，你把两瓶啤酒都喝下去了。

“没想到我这么能吃吧。”你得意的笑容充满孩子气，让我想起你其实还很年轻。

“嗯，看不出来。”

“我新陈代谢快，所以吃得多，小时候一天吃五顿都不够，体温也比一般人高。”你边说边把一只手伸过来，滚烫的指尖贴在我手背上，像要把皮肤烧出一个洞。

“你的手真凉。”

“嗯，我是冷血动物。”

“你一定不爱运动吧，性子也慢，像乌龟。”你笑着缩回手去摸烟盒，“乌龟好啊，乌龟活得长。像我这样的，一定比别人早死。”

我又感到胸口闷痛。

“开玩笑的，别生气。”你点着了烟，“今晚这顿吃得怎么样？”

“挺好的。”

“整座城也就这家的鱼还能吃吃，其他都不像样子。小时候我们家附近有条河，我是吃那条河里的鱼长大的，捞上来用河水煮了现吃，那是真正的鲜啊。自打到了北方，就再也吃不到了。你是哪里人？”

“我也在南方长大的。”我含糊其辞，知道你不会追问。

“我爸爸喜欢钓鱼，我不行，没那个耐心，不过经常会去河里玩。河边有个大斜坡，我喜欢从坡顶一口气冲下去，到了岸边收不住脚，就直接往河里跳。挺奇怪的，小时候总觉得那是一种考验，如果到了岸边能收住，就算我赢了，但每每到了最后还是忍不住要往下跳，跳到水里的一瞬间，又过瘾，又有点负罪感，就这么自己跟自己较劲儿。”

我在黑暗里点头，突然莫名其妙鼻子酸胀。那条闪闪发光的河，太过耀眼，仿佛幻觉。

“我喝了酒是不是话多？”你又掐灭一根烟。

“不喝酒话也多。”

“说得对。”你笑着起身，“不早了，走吧，送你回去。”

我们一前一后出了院门，初夏夜风清朗，天幕上繁星璀璨，这样的景象，如今也只有在郊县才能见到了。我们不约而同立在那里看星星。突然间，远方天空中升起一团一团巨大的烟火，像五色鎏金的花朵依次绽开，片刻之后，才有隆隆的声响远远传来。

“快看。”你低声说。

我微微点头。

只有那时，不用说什么话，我也能明白你的心思。这样刹那的光华，无论在你的还是我的眼中，都是一样转瞬即逝吧。随开随谢，随生随灭，却又偏偏不是幻觉。

你转身看我，绯红妖绿的色彩在脸上流淌，突然一团金光炸开，连鼻梁上那颗小痣都照得分明。我睁大双眼，生怕错过这一刻，唯独这一刻，我们是同样朝生暮死的卑微生命，未来过去都太漫长，能记住的只有当下。你用发烫的指尖托起我下巴，嘴唇落下来。我浑身僵硬，牙关紧咬，然而最终站在那里没有动。无论如何，这个吻是我应得的。

片刻之后你抬头吸气，我不知道这吻算是长还是短，但唇间的炙热却迟迟没有消散。

“突然觉得自己像坏人。”你自嘲地笑。

天边的烟火都灭了，寂寂无声。

“还想去哪里坐坐吗？”

“不用了。”我声音发哑。

“那好，回去吧。”

回去的路上下起了小雨，雨刮器摇摆着，把城市灯火抹成湿漉漉的水彩画。你打开音响放起了音乐，是朴树的曲子，沙哑如男孩般的嗓音一声声唱着：

也不知在黑暗中究竟沉睡了多久
也不知要有多难才能睁开双眼
我从远方赶来恰巧你们也在
痴迷流连人间我为她而狂野

我是这耀眼的瞬间
是划过天边的刹那火焰
我为你来看我不顾一切
我将熄灭永不能再回来

我在这里啊
就在这里啊
惊鸿一般短暂
像夏花一样绚烂

你手指一边在方向盘上打拍子，一边在乐声中加速。我紧紧抓住安全带，额头贴在冰凉的玻璃窗上。夜太长了，那样短暂的光芒终究无法填补。

车停在宿舍楼下，你熄掉前灯。这个季节依依惜别的情侣依旧很多，一对一对在伞下缠绵，却不知道有几对与四年前相同。

“据说人死之前，会把一生的记忆在眼前过一遍，像放电影一样。”你突然说，“到时候你会记得这个晚上吧。我希望你记得，因为那时候我一定死去很久了。”

我说我会记得。

但我知道你会忘。

“晚安。”你说,“做个好梦。”

转眼就是毕业典礼,但你没有参加。听说你出国了,没人知道去了哪里。

礼堂里奏着庄严的进行曲,毕业生代表上台发言,据说那个人原本该是你,连发言稿都是用你事先写好的那一稿修改成的。你的传奇故事就以这样的方式终结,留下一个充满悬念的句号给人猜。

我穿着学士长袍站在人群中,目光茫然地掠过大片陌生面孔,一张张嘴唇翕动,说着我听不懂的语言,不时有闪光灯亮起,将种种姿态与情感定格。四年竟就这样过去了吗?分明还有那么多事没来得及做,那么多话没来得及说。你那首曲子又在脑海中盘旋回荡,那首《卡农》,为什么会在此时此刻,配合此情此景,为什么,我想不通,分明以为忘记了,却又还要回来。

你不知道我把那首曲子听了多少遍,钢琴独奏版的《卡农》,还有小提琴与钢琴的合奏版。你不知道我在河边架着那把看不见的小提琴反反复复练习,明知这辈子也未必有机会与你合奏。

你不知道高三时,我去一个老师家上补习班,看到书架上有他和几个学生的合影,我一眼就认出了你。你手拿一张证书抬头看着远方,眼睛里那么多光芒。

“这孩子啊,聪明得不行。”老师骄傲地说,“才十五岁就保送上重点大学了。”

那时候我才第一次知道你的名字。你在省里最好的中学读书,种种光辉事迹在我们小小的镇上流传,我时常听闻,却一直没能把你的名字和那个坐在轮椅上弹钢琴的小男孩联系起来。

你不知道我是为了老师那句话才考来这里的,不知道整个高三我是怎样豁出命来学习,不知道我一个人千里迢迢离家北上,来到这座陌生城市陌生校园,只是为了能再次看到你。

你不知道大一那年新生舞会,我傻傻地以为你会去。你不知道我独自在没有人的角落里练了多久,梦想能和你共跳一支舞,却那样狼狈地摔倒在你自行车前。

你不知道我用各种办法打听你上的课,然后跑去坐在后排听,偶尔你来上课,我就雀跃一整天,好像有神光笼罩在额头。

你不知道我偷偷关注你,浏览你BBS上发表的每一篇帖子。你参加过的社团我都去过,你喜欢的东西我都尝试过,你组乐队的时候,我一个人去学校附近的琴行报了名学吉他,用笨拙的手指按那些硬硬的弦——好不容易指尖结出一层厚厚的茧,却传来你解散乐队的消息。

你不知道我还是坚持把那些课上完了,尽管连老师都坦白说我没有学吉他的天分。

你不知道春天开运动会,我厚着脸皮混在你们系体育部里帮忙,只为了能帮你拿衣服借跑鞋。

你不知道夏天一场大雨把你堵在图书馆门口,我好不容易冒着雨去借了一把伞,想要和你一起撑,你却脱下上衣往头上一搭跑走了。

你不知道那年秋天,你每晚都在我们宿舍楼下弹吉他,我因此失眠了一个星期,直到有一晚你们两个吵架,她当着众人的面甩了你一巴掌。从此你不再来了,我也终于能睡着了。

你不知道冬天你在湖上溜冰,我也去溜冰,结果扭伤了脚,在宿舍躺了一个月。

你不知道两个月前为了做那次访谈,我不眠不休准备了多少资料。

你不知道那天晚上你把车开走后,我一个人在漆黑的校园里像个小孩子一样,呜呜呜地仰头大哭,细细的雨丝从空中落下,路灯里千万道金光。

半夜雨停了，只有虫鸣低语，鸟声零星响起，又渐渐有了成串的啁啾。天亮时我慢慢走回宿舍，以为这辈子不会再哭了。

从礼堂出来，看见夏日骄阳，晴空万顷，大朵云彩像被点燃似的，那样刺目的光芒，晃得人睁不开眼睛。记忆里的青春年华，那些葱茏与金黄、雪白与桃红，那些微凉的清晨与忧郁的夜，那些月色里的灯光与灯光里的月色，全在这光芒下渐渐失了颜色，寂寂无声，随水而去。

流水落花，天上人间。

我低下头，独自一个人向前走，二十二岁这个宁静的夏天，就这样过去了。

三、夜深忽梦少年事

转眼又是八年过去。

我读完博士，留在研究所工作，生活依旧没什么变化，四点一线，乏善可陈。父母开始催我嫁人，三天两头安排各种相亲，我乖乖遵照指令去见那些陌生男人，坐在桌子后面听他们滔滔不绝讲话，听不懂处就用微笑掩饰，或者低头去喝面前那一小杯花草茶。

最终都会先被对方回绝掉。介绍人传达的理由不外乎："太闷了。""没有个性。""不太成熟，不像会过日子的人。"也有人直截了当地说："长得又不漂亮，装什么仙女！"我愣了很久才明白过来这话里的逻辑，却不知该如何辩解。

谈过一场恋爱，大概是二十五岁的时候吧，相处两年多，以为到了谈婚论嫁的时候，对方却突然移情别恋。"生理决定你爱一个人不会超过十八个月。"这就是他的理由，我犹豫了许久，最终还是把杯里的水泼在他身上走了。

参加过一次同学聚会，大家都聊买车买房结婚生孩子的话题，我却独自坐在角落里吃菜，那些对我原本就是另一重时空里的事。后来有女同学过来跟我碰杯,热络地拉着我的手说:“真羡慕你,这么多年都没怎么变。”我怀疑那或许是讽刺,但不得不跟着笑。

喜欢一个人看电影,尤其是有关公路与逃亡的片子。看到那些角色开车在旷野里奔驰,最终绝尘而去消失在朗朗晴空下,我会无比开心;如果他们落网或者死了,我会哭成一团。我一遍又一遍看《杀手莱昂》,看《末路狂花》,看《天生杀人狂》,还有那部经典的《邦妮与克莱德》。

一个人生活,每天都像水一样平静。

终于有一天,我开车进一处加油站,加完油后顺便去旁边自动贩卖机上买冰冻橙汁喝。七月炎炎夏日,空气浓稠如汽油,一颗火星落进去就能烧起来。我投币按了按钮,橙汁却不出来,无论怎样摇晃敲打都没反应。正在懊恼,背后突然有风声响起,一只大手从肩头越过,嘭地重重敲在铁皮外壳上。橙汁乖乖应声而落,落进开口处的凹槽里。

我弯腰捡起冰凉的饮料罐,回头,看见一双轻便运动鞋,一条速干长裤,一件纯白短袖衫,标准旅行者打扮。巨大的墨镜盖住半张脸,另外半张湮灭在午后耀眼的光芒中,但我还是一眼把你认出来了。你一手撑着自动贩卖机外壁,胸前热气散发出来,炙烤着我的脸。

“谢谢。”我侧过头低声说。

八年过去,我新剪了短发,你更认不出我了。

你点头,掏出纸币买了一瓶矿泉水和一包烟。我们一起向停车处走去。

“这是你的车?”你在我的蓝色保时捷旁停住脚步。

“是。”

“你车开得很猛啊。”

“你怎么知道?”

“一路上看见你好几次,我还专门超过去从车窗看了一眼,没想到是个女孩子。”

“别笑我，我刚拿到驾照没多久。”

“刚上路就开保时捷？车可不像新车。”

“租来的。”

“哦？”你低下头，从墨镜上缘的空隙打量我，“为什么要租跑车？”

“想体验一下飙车的感觉。”

“感觉如何？”

“很好。”

“有多好？”

“像被死神在后面追赶着一样。”

你嘴角轻扬，墨镜后面双眼闪烁一下，是我再熟悉不过的光芒。

“你去哪儿？”

我说了一个地名。

“哦，跟我同路。”你点头，“再见吧，也许路上还能遇见。”

我钻进车里点火，冷气机发动起来，把周身的灼热一点一点驱散。你开着改装过的福特野马从我面前驶过，电影里的英雄与亡命之徒都爱这种车。

当天晚上我果然又遇见了你，你在一家小饭店靠窗的座位自斟自饮，看见我从窗口经过，你举起酒杯示意。

我走进去坐在你对面。小饭店里客人不少，这个沉闷的夏夜，人们熙熙攘攘，不知从何处来又往何处去。

“开了一天车，累吗？”你掏出烟来点燃。

“还行，扛得住。”

“吃了吗？没吃跟我一起随便吃点。”

“好啊。”

你叫服务员拿菜单来点菜，又多加一副餐具。窗外天光暗淡，我隔着一张桌子看过去，你卸了墨镜，面孔疲惫苍老，像快四十岁的人，恐怕随便换一个人来认，都不敢当面叫你的名字吧。

放下菜单你问我:“抽烟吗?”

“不抽,谢谢。”

“喝酒吗?”

“不会。”

“你不会没成年吧?”

我微笑摇头。虽然模样依旧没什么变化,但我确实上个月刚过完三十岁生日。

“一个人出来旅行?”

“嗯。”

“真潇洒啊。”

“你不也是吗?”

“我?我可潇洒不起来。”

“你的野马不错,是自己的吗?”

“算是吧,你也喜欢车?”

“偶尔关注一下。”

菜很快端上来,青椒炒腊肉,家常豆腐,回锅肉片,葱爆羊肉,冬瓜蛤蜊汤,味道居然都不坏。你又是埋头吃得一干二净,米饭接连要了好几碗,像饿死鬼转世。

“好多年没吃到这样的菜了。”你说,“多吃点,出门在外饭要吃饱,吃饱了才有力气玩儿。”你好像不知不觉就把我当成小孩子了。

我确实饿,但是吃不下,开了一天车,胃里依旧有晕眩感一阵阵翻涌上来。

举手叫结账时,你故意把一瓶半空的啤酒碰翻,我下意识伸手,在瓶子落地之前抓住放回桌上。你假装没有看见,眼神如刀尖般一闪即逝。一旁的服务员毫无察觉,只管拿了账单递过来,你低头看一眼。

“算错了,应该是九十八,多算了七块钱,拿去重算。”

我感觉芒刺在背。

出了门，夜风迎面袭来，隐约有淡淡水汽。你问我："晚上住哪里？"

我告诉了你那家旅馆的名字，提前在网上预订的。

"听上去不错，要不也带我去看看，应该还有房间吧。"

我们一起驱车前往，镇子不大，很快就到了，是一家简陋的连锁旅店，但在附近已经算最像样子的一家。你下车去前台询问，服务员说刚刚住满了。

不等你露出为难表情，我便坦然开口："不介意的话，可以跟我一起住，反正是标准间。"

你饶有兴致地歪头打量我，我故意不理会，填了入住单领了钥匙径自上楼。几秒后你尾随而来，两串脚步在幽长楼道里踢踏踢踏响。

我进屋放下行李，翻出洗漱包与干净衣物。烈日下奔波一整天，身上一层黏膜般的汗。

"我先去洗澡。"

"好。"你又摸出打火机来点烟。

打开水龙头时，突然几点嫣红滴落在浴室地板上，被热水一冲绽成花朵形状，我连忙抬头，喉咙里咽下大口腥咸温暖的液体。

反胃，晕眩，耳鸣，心律不齐。我伸手抹去镜子上的水汽端详自己，眼睛里满是血丝，脸色苍白如鬼。还能再坚持多久呢？我不知道。浴室外面隐隐有电视声传来。

吹干头发从浴室出来，看见你赤着上身，一边抽烟一边倚在床头看电视，似乎是相亲的节目，你边看边笑。

"洗好了？"

"嗯，你要洗吗？"

"当然。"

你摁灭烟起身，房间很小，我们在走廊正中狭路相逢，屋里没开灯，只有电视蓝幽幽的光在你脸上身上闪烁。你鼻梁上那颗黑色小痣不见了，大概做手术去掉了吧，这样看起来就更显得陌生。你身上还剩下多少我认得的东西?

“我见过你吗?”你突然哑声问。

“你说呢?”

“也许见过吧,我记性不太好。”

“我也不记得了。”

“那就当做没见过吧。”

“我想应该没有。”

你笑一笑,侧身走进浴室,留下皮肤上的灼热在空气里散开。你背上有一片文身,黑暗中墨墨一团看不真切。

趁你洗澡时,我迅速检查自己带来的行李,果然被动过了,但估计你没发现什么,就算把我的秘密武器直接摊出来,一般人也只会视而不见吧。我也如法炮制检查了你的包,又迅速一一复原,女人做这种事原本就比男人擅长,你应该无法察觉。

洗完澡出来又看了一会儿电视,你脸上浮现出倦意。我拿过遥控器关掉电视,房间里一片幽黑的寂静。

“晚安,做个好梦。”我低声说。

你像是嗯了一声,翻个身钻到被子里睡去。

凌晨四点钟我醒来,从床上坐起,听见你鼻息匀净。我轻手轻脚下床,从枕头下摸出一只沉甸甸的绒布袋子和一条干净毛巾,赤脚开门出去。

走廊上空寂无人,我走到尽头,推开一扇亮有安全出口标志的小门,沿着楼梯拾阶而上。空气厚重陈腐,零星有老鼠跑动的声响。我走到顶楼,推门出去,果然是通往屋顶的。夜色阑珊中几盏小灯远远亮着,与零落星光混在一起。天上像是有云。

我掏出绒布袋子里的东西,乍一看与一只普通MP3无异,只是体积略大,分量也重得多。这是用实验室偷出来的零件改装的,技术上还不成熟,但已基本可以实现我需要的功能——通过声波制造生物电流,给大脑错误的信息,将生物钟短暂地拨快或者调慢。这实在不是什么新技术,“二战”时，纳粹军队就做过类似实验，甚至现在很多商场和餐厅使用的背景音乐，也是运用同样的原理。只不过那些方法都太粗糙了，就好像妄图通过敲敲打打的笨办法来改变一只精密的瑞士钟表一样。

八年的时间，我始终在做这个课题。其实大脑真的很像乐器，只要你足够耐心去聆听它独特的声音，就会知道该如何与它对话。就好像每一把小提琴都有不同的共振频率，真正杰出的工匠知道如何在琴身与琴弦上做出微妙调整，改变它们的音色。在实验室，我记录那些小白鼠的脑波，借助程序编出合适的波形与频率，然后用极低的音量播放给它们听。效果出乎意料地显著，小白鼠穿越迷宫的速度比起对照组提高了三到四倍，但同时退化也很快，大约三十到四十小时就会恢复到原先水准。最糟糕的是，经过提速的小白鼠绝大多数会在一周内猝死，活下来的也会伴随各种后遗症，比如狂躁或者失明，解剖之后找不到任何原因，只发现大脑有轻微充血的症状，因此到目前为止也没有任何解决方案。

我戴上耳机，按下播放键，朴树那首曲子邈邈响起，仿佛来自天边，那里面有我亲手录入的波形，无声无息，蜿蜒潜行，像白蛇在月光下舞蹈，像墓地里的藤蔓爬上死人嘴唇。我手指按在加速键上，两倍，三倍，四倍，乐声逐渐缭乱高亢。

也不知在黑暗中究竟沉睡了多久
也不知要有多难才能睁开双眼
我从远方赶来恰巧你们也在
痴迷流连人间我为她而狂野

我是这耀眼的瞬间
是划过天边的刹那火焰
我为你来看我不顾一切
我将熄灭永不能再回来

我在这里啊

就在这里啊

惊鸿一般短暂

像夏花一样绚烂

眼前各色光影纷繁，天魔群舞，这是濒死时才有的体验，一个无始亦无终、坠入便永不超生的无间地狱，意识脱离肉身，孤零零在这地狱中飘浮。

起初一秒钟对我来说，有一年那样漫长，绝大多数实验对象会在这一秒钟里崩溃。还好这一秒终于熬了过去。

接下来的一秒有三个月那样长。

然后一周。

然后一天。

然后一个小时。

然后一分钟。

最后终于在四秒钟附近稳定下来，这是反复试验后最理想的曲线。

音乐停止，我睁开眼睛，发现自己像摊烂泥般倒在粗糙的水泥地上，牙齿死死咬着那条毛巾，嘴里和鼻子里流出来的血已经将它染红了。

一时间无法再动弹，我静静地躺在那里仰望天空，现在这个世界已经不一样了，远处传来的汽车声显得缓慢幽长，除此以外，还有各种低沉的隆隆声摩擦着耳膜，大概是一般人听不到的次声波吧。星空的颜色倒没什么变化，这点微小的加速，对光波来说并不明显。

我慢慢感受自己的身体，现在血流和心跳速度应该都是原来的四倍，但自身感觉还是差不多的，因为生物电穿过细胞膜的速度也同时变快了。手脚难以控制，好像沉睡太久而忘记了它们的存在一样。我一根一根与自己的手指对话。

动起来，是的，就这样，动一下给我看，你可以的，快一点，抓紧时间……

“你在这儿——干什么——”

我心脏骤停，费力地抬头望去，谢天谢地，不是你，是个身穿保安制服的年轻人，远远地站在安全通道门口，脸上表情半是疑惑半是警惕。在我眼中，他的样子好像一张定格照片。

“说你呢——半夜跑到——楼顶上——干吗——”

我在他慢腾腾的语速里迅速思考对策，他正把手伸向腰间，那里挂着一个对讲机，如果叫来值班经理就麻烦了，三更半夜在楼顶把自己搞成这副样子，怎么看都可疑，如果报警那就更糟糕。把他打晕呢？早晚还是会被发现，而且走廊上都有摄像头，不管再怎么提速，回房间时还是会被拍下影像，而影像是可以被逐帧分析的。眼下不能增添麻烦。

保安正把对讲机慢慢举到嘴边——

“我睡不着。”我突然说。

“啊——”他有点愣。

“失眠。”我慢慢露出一个微笑，“感情的事，怎么也睡不着，想找地方一个人待一会儿。”

他半信半疑，目光缓缓飘过来，从上到下打量，我把手里的毛巾藏到身后。

“你失眠过吗？”

“我……”

“一整晚躺在床上，想着另外一个人，眼睛睁开，闭上，怎么样都不行。这种时候出来透透气反而好些，你说是不是？”

我坐在那里仰望着他，眼泪不知不觉就流了下来，以前从不知道自己这么会演戏。为什么大学时没有参加话剧社呢？

保安的眼神在慢慢变化，他的脸实在非常年轻。

“算了——回去吧——”终于他开口说，“以后——别这样了——这种地方——不安全——”

我松了一口气，捡起地上的东西离开，原路返回途中，顺便去公共洗漱间用凉水洗了把脸，将弄脏的毛巾扔进垃圾桶里。

回到房间，我用钥匙开门，一点一点扭转把手，推门闪身进去。刚刚将门关严，突然间背后有风声袭来，心里知道不妙，然而已经迟了。

你如饿虎扑食般逼近，一手捂住我的嘴，一手从后扭住手腕，轻轻一甩按在床上，冰凉坚硬的金属抵住脖子，是刀锋。我的脸被压在枕头中间，喘不上气。

“别出声。”你喉音低沉，却依旧不紧不慢，“不然你死在这里也不会有人发现。”

当然，如果我死在这里，不会有人知道是谁杀了我。我们萍水相逢，连旅店前台也没留下你的名字。

“刚才你去哪儿了？”

我心跳如鼓，脸颊涨红，浑身每个毛孔都在冒着冷汗。

“快说！”刀尖上力道更重。

“我没报警！”我嘶哑着嗓子小声说，“我连手机都没带！”

话一出口我就后悔，“报警”两个字，怎么能在这个时候说出来？原来我终究还是这么笨。

沉默半秒，你凑近我耳边低语：“问你去哪儿了，说实话。”

炙热的呼吸吹拂在脸上，每一寸肌肤都感受到杀意。我像无辜的猎物被咬在猛兽牙尖，再轻轻加一分力，就要变成无生命的血肉。

我剧烈地喘息着，指尖在床垫下摸到一个冰冷坚硬的东西，于是轻轻啊了一声，趁你分神，我闪电般将它拽出来对准你。是一把枪，你的枪。在我昨晚洗澡时你就已将它藏在床下，但还是被我发现了。

“你?!”你愣了一瞬，接着居然笑了，“知道怎么开保险吗？”

我啪的一声拉开保险栓，双手渐渐不再颤抖。射击俱乐部我只去过两次，但足以学到一点皮毛。

你慢慢扔下刀,双手举过头顶,嘴角竟依旧上扬微笑。真是一副亡命之徒的样子。

“你是谁?”你一字一句问。

我深吸一口气,用只有你能听懂的语速回答:“我们是同类。”

我相信你一定明白。

天不亮我们就启程出发,行李扔进车里后,双双坐在门口台阶上,就着矿泉水分食一大袋饼干。清早的空气终于有了一点凉意,东方天际显出半透明的青白色。

起身时,发现昨晚楼顶上的保安幽灵般出现在大厅里,我隔着玻璃门默默对他微笑,他面无表情,像是看不明白眼前这出戏。晨光下他的脸显得那样年轻,或许还不到二十岁吧,仅这一点就让人嫉妒。

我们各自上车,点火,启动,向着朝阳升起的方向驶去,保时捷与野马像一对鸟儿,一前一后紧贴路面滑行。今天要走的路也很漫长。

沿途稻田葱茏,原野广阔,阳光一时在云后闪烁,一时又蓦地出现。尽管恶心晕眩,我依然紧跟着你,渐渐把速度加了上去。午后路面上热气如水波一般蒸腾,不时有小虫迎面撞上前窗,无声无息留下几朵青绿污迹。中途休息时,我泼一点矿泉水,开雨刷器想将污迹抹去,水很快蒸干,依然看得见淡淡的斑点,像一个一个冥顽不化的冤魂。

你远远坐在车里望过来,墨镜依旧遮着脸,看不清表情。

傍晚我们终于抵达目的地,那座偏僻、宁静的南方小镇,我和你出生长大的地方。你开车径自往东山上去,进了半山腰一座墓地。这个季节没有什么人,四下里风静悄悄地吹,松柏浓郁挺拔。山下就是镇子,细小的街道房屋好像玩具,再西边就是河了,夕阳下静静流淌。

你手提祭品,沿草丛中一条青砖小路拾阶而上,在一方洁白的墓碑前站定。我默念碑上陌生的名字,竟觉得似曾相识。

“是我母亲。”你说,“月初刚去世,心肌梗死,很突然。”

碑上镶有瓷砖烧成的照片，虽然是黑白的，却依旧秀丽动人，脖颈细长，头发优雅地盘在脑后，耳畔有小小的珍珠耳环。

“你来就为看她？”

“是。我离开家很多年，一直没再见过她，想不到最后竟然是这样子的。”

许久我才说：“你母亲……很漂亮。”

“父母在我出生没多久后就离婚了，是母亲把我一手带大。听起来就像小说里的情节，是不是？”你笑一声，“她靠弹钢琴挣钱，一直没再结婚。曾经有个男人想娶她，是在外地做生意的，相当有钱，但我不愿意他们在一起，就一直闹——那时候我真任性得厉害。”

“后来呢？”

“后来闹得没法收场，母亲就把我关在厕所里，我趁她不注意往窗户外面跳，把一条腿摔断了，那是三楼。之后我在家里躺了三个月，可把人憋闷坏了，不过那件婚事从此也就搁浅了。”

“那时候你多大？”

“六七岁吧，大概。我从小就不是个好孩子。”

“七岁的事记得这么清，还说你记性不好。”

你摘下墨镜来揉一揉双眼，脸上表情依旧很平静。

“人一辈子也就那么几件事，到死也记得，其他该忘的就忘了。”

我沉默良久，说：“是的。”

“你呢？”你又掏出烟来抽，“我的故事都讲给你听了，你的我还一点不知道。”

“我没什么好说的。”

“你身上一定有故事，我看得出来。我们这样的人不可能没故事。”

“我很普通。以后想到再跟你说吧。”

“好，我记得。你别想跑。”

希望这次你是真的记得。

你抽完一支烟，把带来的纸钱放在一只铁皮桶里点燃，最后展开一挂一百响的鞭炮，大红油纸在残阳里凝固如血。

“小心。”你说着，把鞭炮扔进尚未熄灭的火焰里。

爆炸声密密匝匝响起来，我跳起来躲在你背后，两手紧紧捂住耳朵。从小我就害怕放炮，不过这声音现在听上去沉闷缓慢了许多，好像来自很遥远的地方。

“不怕。”你张开手挡住我，“不就是鞭炮嘛，不怕。”

多奇怪，我在你面前竟又变成了小孩。

一挂鞭炮炸完，四周寂寂无声，唯有方才的回响还留在耳朵里。你面向墓碑，深深鞠三个躬，我也跟着一起行礼。

“走了，妈。”你低声说，“这次再不回来了，你自己保重。”

我们开车下山，停在一片树林里。

“接下来去哪儿？”我问。

“想在镇上转转。”

这也正合我意。

傍晚天色依旧晴明，几缕云丝沉浮，如羽毛般空灵。我们肩并肩走着，一样的步伐，一样的频率，连脚步声竟都叠在一起。每走到一处，你都不由自主对我说点什么。

“这条街上，以前有一家糕团店，是老字号，现在好像搬走了。”

“这棵大树，我小时候经常坐在上面往远处看，能看到河对岸。”

“这里有一口古井。”

“这是我以前住的地方。”

“这是镇上的幼儿园，小时候我最讨厌来这里，别的孩子都不跟我玩儿，老师也讨厌我，嫌我淘气。”

“这里有一家卖漫画的书店。”

“这是小学。我没上过小学，在家待了几年以后，直接考取了省里的中学。”

“这是少年宫,妈妈以前就在这里教钢琴。”

不知不觉就走过了大半座镇子。

我说:“这里真安静啊。”

你说:“是的,时间好像特别慢。”

我们过了一座桥,在斜坡顶端停住,远远的河水波光潋滟,二十年来始终如此,几乎毫无改变。

你说:“这座斜坡……”

沉默片刻你又无声地笑了,转头对我说:“走,我们去河边。”

夕阳向着河对岸缓缓滑去,把我们的影子拖在身后,一样细细长长的两道。我回望来时路,又凝视前方,一切都与记忆中相同,唯独你在我身边闪闪发光,恍若幻觉。

河水哗啦哗啦响着,岸边绿草白茅,随风起伏轻摆。我们并肩在草丛中坐下,你掏出烟叼在嘴上点燃,喷出的烟雾也沾染了金红色,逆着光线缭绕生长。

不知哪里又传来野猫叫。

“你喜欢这条河吗?”我问。

“说不上,有时候喜欢,有时候看腻了有点烦,有时候简直……也不是恨,也不是恼,就是看它一直这么哗哗地流着,不管过去多少年,还是这么流,你在旁边来了又走了,对它来说简直什么都不是。它只管流它的,一转眼就把你忘了。”

“就像时间。”

“是的,就像时间。”你点头,“你永远不能踏入第二次。”

太阳终于沉入河水中。满天金橙粉紫的云,一丝一丝开始散去。

天黑后我们回到镇上,随便挑一家馆子吃饭。你专门点了鱼,兴高采烈地向我推荐。

河水煮活鱼,鱼肉白皙鲜甜,鱼汤浓郁如牛奶,上面飘一把碧绿的葱花。

“还是过去的味道!”你很满足。

我突然觉得,有点想不起来这鱼原本是什么味道了。

酒足饭饱,找一家旅店投宿,房间狭小逼仄,然而从窗口竟能看到少年宫,夜色中漆黑朦胧,只隐约有一点窗灯,好像孤零零的星。

我坐在窗台上抱着双臂凝望,你洗完澡出来,用毛巾擦着头发上的水珠。我把那盏灯指给你看。夜风里,依稀有熟悉的旋律如泣如诉。

“呵,还有人没走呢。”你笑着开一罐冰镇啤酒。

那是钢琴教室的位置。

“你小时候去过那里吗?”我声音微微颤抖。

“不常去。”你说,“有点讨厌那个地方,一群家长把孩子送过去,假模假样学这个学那个,就好像我妈妈那些学生一样。谁问过孩子真心喜欢什么了吗?”

“学过弹钢琴吗?”

“没学过,兴趣不大。真要学应该也不难,但就是不想学。现在想一想,大概有点逆反心理吧。”

我胸口疼痛,几乎要窒息,伸手夺过你手里的啤酒,仰头灌进嘴里。冰冷苦涩的泡沫翻涌,似乎暂时压住了喉咙深处的血腥味。

“怎么,想把自己灌醉?”你笑。

我又灌下一大口,转头去看窗外的夜色,一群小孩子从街上跑过,欢笑声明亮脆响。

你不再说话,默默立在一旁。

一罐啤酒转眼下肚,世界变得朦胧,仿佛被一块轻纱蒙住了双眼。

“喝完了吗?”

我点头。

你夺过空罐向窗外掷出,滚烫的指尖握住我手腕,将我狠狠压在墙上亲吻。

窗外人声欢腾,竟又有烟火璀璨,一蓬一蓬在暗夜里绽放,琳琅的光影倾泻进来,在褪色的粉墙上乱晃。我紧紧握住你的臂膀,生怕放手便会失去。过去与未来都不存在,唯独这一刻永存。

又或者此时此刻才是幻觉。

你的皮肤炙热,嘴唇焦灼,像一挂嫣红的炮仗,噼噼啪啪烧上身来,我将身体发肤五脏六腑骨髓牙齿经脉血液都奉献出来,以迎合你的节奏。黑暗里光芒流转,乐声沉浮,你用食指弹奏黑白琴键,我怀抱看不见的小提琴,地老天荒里渐渐找到同一个频率,终于琴瑟和鸣。

半夜你把头埋在我胸前,喃喃低语道:“你好安静。”

我不知该如何回答,只好说:“安静不好吗?”

“安静很好。只是我没想到,你可以这么激烈又这么安静。那句话怎么说来着? ‘静若处子,动若脱兔’。”你笑了,“我就不行,一安静下来,觉得时间格外漫长。”

“漫长又怎么样?”

“你还年轻,你不明白我们这种人的生命燃烧起来有多快。像烟火,一瞬间就烧完了,不飞到天上去,就只能埋在地里静静等死。所以不能安静。”

我想起你说过,死的时候要记起你,因为那时候你应该早就死了。

“不怕。”我抱住你的脑袋,“不就是死嘛,不怕。”

也许我会死在你前头。

“你打算什么时候告诉我?”你鼻息渐缓。

“告诉你什么?”

“你的故事啊。”

“这么想听?”

“越来越好奇。”

“明天吧，路上有很多时间。”我说，“今晚我累了。”

“好吧，晚安。”你亲吻我额角，“做个好梦。”

凌晨四点我又醒来，最近几天都醒得很早，而且醒来就再睡不着。你依旧在我身边，薄薄夜色里，眉梢眼睫鼻梁嘴唇都清晰分明，不是幻觉。想起多年以前，看你趴在课桌上睡觉的样子，彼时只祈祷时光能定格在那一刻，却不知道那一刻之后还有这一刻。

也许剧本里早就写好了吧。

过了一会儿你睁眼醒来，那么多星星点点的光芒散逸出来。我把目光错开，生怕承受不住。

“做了一个梦。”你的声音里仍有睡意。

“梦见什么？”

“记不清了，太长，情节又复杂。”你伸出一只手遮住眼睛，“不喜欢这种感觉，梦太真，醒来的时候很难受，好像在另一个世界里死了一回似的。”

“也许真梦见前世的记忆了呢。”

“不是前世，好像是小时候。”你喃喃地道，“在梦里，好像我从小就认识你了，我们一起在这里长大，一起奔跑，一起离家去远方，一起比翼双飞，浪迹天涯，老了以后一起手牵手在夕阳里散步，最后躺着一起死掉，谁也不争先，谁也不落后。”

我又胸口疼痛，若真能那样该多好。

“也许真的早点认识就好了，不用一直寂寞。”你叹息，“不过，世界这么大，能找到与自己频率相同的，原本就是亿万分之一。就算再迟到也比错过好，是不是？”

迟到当然比错过好。

所以我才豁出性命来与你相遇。

你的皮肤依旧滚烫，我慢慢用手心感受那温度，想要用身体记住。

“你背上是什么？”

“嗯？”

“那个文身。”

“哦，你觉得是什么？”

“看不清，黑糊糊一团。”

“是条鲸鱼。”

“鲸鱼？”

“你没见过鲸鱼的文身吗？”

“从来没有。”

“我在纽约一家小店里刺的，他们什么文身都能刺。你身上有刺青吗？”

“没有。”

“对，你是好女孩。”你笑一声，“下次带你也去刺一个。”

“我不要。还是刺在你身上吧。”

这样它们才不会孤独。

长夜漫漫，我听见你腹中咕咕空响。

“饿吗？”

“有点。你也饿了吧，刚刚运动过。”你坏笑，“包里还有饼干吗？”

“路上吃完了，要不我出去买点回来吧。”

“现在？三更半夜去哪里买？”

“说不定有二十四小时便利店呢，昨天路上好像看到一家。”

“是吗？我都没留意。果然，这么多年没回来，变样子了。”

“总之出去找找吧。”我起身穿衣。

“我陪你去。”

“不用，你再睡一会儿，天亮了还要赶路。”

你眯起眼睛看我，突然咧嘴一笑，伸手一把将我头发揉乱。

“疯丫头……路上黑，一个人小心别走丢了。”

我独自出门，夜风里隐约有栀子花的甜香。走到楼下回头仰望，许多黑洞洞的窗口，窗帘低垂。你在那窗帘后又睡去了吧，像个孩子般，梦见在阳光下奔跑，一片无边无际的天地，永远不用停下来。如果我真能去那梦里有多好，短短一夜中与你共度一生，从此不再醒来。

浮生若梦。所谓一辈子，也不过眼一睁与一闭之间的幻觉。

记忆里这镇上确实有家二十四小时小吃店，卖鸡汁汤包与牛肉粉丝汤，只是不知还在不在。不愿再开车，我选择步行，脚步声在幽长的小路里回荡。掐表算了一下，现在步速已明显慢下来，也许天亮前还需要再加速一次。

这种事就像吸毒，次数越多，效果越不明显，但还是让人欲罢不能。我不抽烟，不喝酒，连咖啡都不碰，如今却毒瘾深重，明知自己随时会倒下死去，形神俱灭。

走到小吃店附近，果然还亮着灯，里面空荡荡没有一个客人。我走到柜台前，捡起一张菜单研究，这时身后门铃响起，有人走进来站在我旁边。我不由得回头一看，中等身材，深色T恤，外面披一件褪色的格子衬衣，略微花白的头发剃得很短，给人精悍利落的感觉。

他转头看我，我立即认了出来。

“林叔叔！”

“小嫚。”他笑着，却叹一口气，“果然是你。”

“你怎么在这里？”我很是惊诧。明明很多年没在镇上见过他了。

“说来话长。”他眼睛微微眯起，“小嫚，过来坐一会儿，我们聊两句。”

心中有警报声轰然响起，我想起来了，他是个警察。

他领我到一个靠窗位置坐下，我环顾四周，方才还在柜台后面打瞌睡的两个服务员已经不见了，窗外夜色里，隐约有一两个人影在街道转角处静静伫立。看来我一路都被跟踪着却毫无察觉,真是笨到家。

林叔叔抓过桌上的烟灰缸点烟,电影里的警察大多这样。我低头默不作声,双手在桌下紧紧交握。

"什么时候回来的?"他问。

"昨天刚到。"

"哦。去见过你父母了吗?"

"他们两年前搬去城里了,不在这边住。"

"那你……怎么想起回来的?"

我知道他要问什么,不如就势把话说下去。大脑里飞快运转,种种事实与虚构组合、排列、筛选、拼凑。

"我就是……回来看看……"

"没别的?"

"嗯。"

林叔叔沉默良久,一个一个烟圈在空气中袅袅上升。

"你不是一个人回来的,对吧?"他突然发问。

"嗯?"

"你跟这个人一起回来的。"他笃定地点一点头,干脆利落地掏出一张照片拍在我面前。我低头,正撞上照片里你寒星般的眼睛。胸中如钟鼓齐鸣。

"他是谁?"

我做慌神状。

"是谁?"

"我们是……大学同学……"我嗫嚅道,"他家也在这镇上,我们在路上遇见的……"

"什么时候?"

"前天。"

"之前没有联系吗?"

“没有。他大学毕业就出国了，我们很多年没见。”

“那你……”他声音低哑了一瞬，转而说，“你们看上去很亲密。”

我双颊烧红，随时都要融化成一摊水洒在地上。

“他是……我初恋男友……”我用极低的声音说，“大学里相处过一阵，不过很快就分手了。那时候年轻，不懂事。”

林叔叔微微点头。你大学里交往过那么多女孩子，自然他们不会一一查清。

“所以这次他回来，你们就在路上遇见了？”

“是。”我迟疑抬头，“他……出什么事了吗？”

林叔叔沉默良久，把烧尽的烟头掐灭。

“本来这件事跟你没关系，但现在这个情况，需要你配合。小嫚，叔叔从小看着你长大的，不想骗你，也不想看你被别人骗。”

于是，他把你这些年的事讲给我听。

大四那年，那个五月，你深夜在二环路上飙车，把一个横穿道路的行人撞飞了，行人当场死亡，技术检测显示，当时的车速应该超过两百五十码。

原本那未必是你的全责，那人当时也喝醉了，但超速这件事一定瞒不过去，不然尸体不会难看成那个样子。没有人知道你那晚做了什么，有没有愧疚痛苦，有没有想过去自首。但比起法律裁决，我想你更害怕的是在牢狱中度过余生，那会令你生不如死。于是最终你逃走了，幸运的是附近没有一个目击证人，直到第二天早上清洁车经过时才报了警。

警方花了极大精力来追查这桩惨案，舆论风波也持续了很久，范围逐渐被锁定，一些有过恶性飙车记录的青少年被列入嫌疑人名单，其中大多数家庭背景非富即贵。你早晚会被找到，只要追查每一辆名贵跑车的购买与流通记录，撞人的那一辆就不难被查出。然而这项调查工作毕竟受到很多阻力，你就趁这个时候办好了出国手续。名校的 offer 你早就拿到了，一切顺顺利利，没有引起什么怀疑。

至于你在国外的生活，那是另外一个故事，林叔叔没有讲，不过我多少也知道一些。你在 facebook 上有一个账号，名字是 lonely whale，孤独的鲸鱼，我第一次看到，就直觉般认出那是你。你很少贴自己的照片，不过偶尔讲一点生活琐事，无数个深夜里我独坐在电脑前，凭借那些只言片语拼凑你的生活状态。从中我隐隐嗅到危险的气息，你在国外的生活一定不简单，虽然不知详情，但可以猜想，属于这个世界的种种规则制度在你面前如同浅浅溪流，轻轻一跳就过去了。其实那晚从广播站出来，我看到你钻进那辆崭新的跑车时就该有所预警，以你母亲弹钢琴挣来的钱，怎么买得起。

直到在你床下看到那把冰凉沉重的手枪，才终于证实了我的怀疑。

多么傻啊，那时只看到你的炫目光辉，却对背后的浓黑阴影毫无觉察。

只是，当我得知你要回来时，依然决绝地收拾行囊，请假，寄养猫狗，剪掉长发，去银行取钱，租车，黎明时独自在公寓天台上戴上耳机，按下加速键，把自己的节奏调快。

如飞蛾扑火，豁出性命来与你相见。

晕眩，耳鸣，呼吸困难，泪水滴滴答答淌在桌子上。

林叔叔叹一口气，递过桌上的纸巾。

“你不能回去了。我们部署了一夜，一定要在这里抓到他，之前迟迟不动手，就是怕他劫持你。你留在这儿，会有人保护你的安全，不用怕。”

我咬紧牙关，绷直肩背，却无法平息身体内部爆发出的啜泣。那个委屈的小孩子，总是一个人偷偷地哭，你从来没有见过她的眼泪。

“不哭了，乖。”林叔叔在一旁坐下，轻拍我的肩膀。

偏偏他越是温柔，我越哭得停不下来，像迷路的孩子终于见到了父母。

音乐声突然响起，钢琴与小提琴合奏的《卡农》，是我的手机铃声。

我拿出手机，是你从旅馆打来的电话。

“嘘，等一等，平静一下再说话。”林叔叔双手紧按在我肩上，“别让他怀疑。”

我抹掉眼泪，调整呼吸，让声音恢复正常。这个电话不能不接。

“喂。”

“喂，是我。”听筒里传来你的声音。

“你怎么用这个电话打给我？”

“我没有手机啊。”你轻笑，“幸好你有。”

“睡得好吗，还有没有再做梦？”

“嗯，又是很长一个梦，等你回来讲给你听。你在哪儿？”

“我找到一家小吃店，有各种点心。想吃什么我带回去给你。”

林叔叔露出赞许的神色，在纸巾上匆匆写几个字递给我：让他在屋里等你。

“嗯——”你拖长鼻音，竟像小孩子撒娇。我一只手挡住话筒，在那声音里低低说一句：“快跑。”语速很快，并且用的是这座小镇上冷僻的方言。林叔叔原本是北方人，又离开这里很多年了，我说的话只有你能听明白。

电话里你愣了片刻，但这片刻在普通人听来几近于无。

“快说，你不是饿了嘛。”我也拖长尾音。

电话里同时传来你的声音，同样的语速同样的方言：

（“你是谁？”）

“都有什么，你念给我听听。”

（我：“警察要抓你，快跑！”）

“我看看单子——有鸡汁汤包、牛肉粉丝汤、赤豆酒酿元宵、蜜枣红豆粽、鲜虾小馄饨、五香茶鸡蛋，还有现磨豆浆，你想不想喝？”

（你：“你在哪儿？发生什么事？警察都跟你说什么了？没把你怎么样吧？”）

“听上去都好吃。你挑容易带的各样买点回来吧,我好多年没吃南方的小吃了。”

(我:“我没事,你快跑。”)

“好,你在屋里等我,很快就回去。”

我挂了手机。

林叔叔坐在一旁,眯起眼睛看我。这样拙劣的表演能否骗过他的眼睛和耳朵?我全无信心。

许久他掏出一根烟,叼在嘴上,打火点燃。

“委屈你了,小嫚。”他哑声说,“等这件事结束,我送你回家。”

墙上钟表嗒嗒跳动,四点四十五分,时间过得分外缓慢。突然桌上对讲机响起,林叔叔接起来,我分明听到里面嘶嘶的说话声:

“现场清理完毕……狙击手也已就位。”

我心如刀绞。

“你们打算怎么抓他?”

“最好他自己乖乖放下武器走出来。”林叔叔狠狠吸一口烟,“这家伙很机灵,跟耗子一样,之前美国警方几次要抓他都失败了。不过这次应该万无一失。我们昨晚就陆续把旅馆里的人撤出来了,现在整栋楼里就剩他一个,周围全是我们的人,他插翅也难飞。”

怪不得我出门时回望,看见整座旅馆窗口都黑暗无光。如果早点察觉该多好。

“让我去当诱饵吧,把他骗出来。”我低声哀求。

“不行,太危险!”林叔叔皱眉,“这不是拍电影,你乖乖待在这里,哪儿也别去。”

对讲机又一次响起:

“一切就绪,随时可以行动!”

“问问狙击手能看清目标吗?要不要等天再亮一点?”

短暂又漫长的沉默。

“狙击手说可以。”

“好,行动!”

我连呼吸都停止。

“A 组已进入旅馆,没有异常!”

“已占据所有楼道与出口,没有异常!”

“已到房间门口!”

“破门!”林叔叔下令。

嘭的一声巨响。我几乎要惊跳起来。

“屋里没人!”

“什么?!”

又是片刻沉默。

“已彻底搜查过,目标失踪!”

“混蛋!”林叔叔咬牙切齿,脖子上青筋暴起。

漫长的沉默后,我站起来小声说:“我去一下洗手间。”

林叔叔立在窗口,急匆匆按住对讲机说话,随便向我点一下头。

我拿起随身挎包迅疾溜走。

卫生间里光线幽暗,一股淡淡的消毒水气息。我走进隔间反锁上门,从挎包里取出那个绒布袋子。戴上耳机,播放,加速,朴树的歌声又响起来,两倍,四倍,八倍。

这是一个多美丽又遗憾的世界
我们就这样抱着笑着还流着泪
我从远方赶来赴你一面之约
痴迷流连人间我为她而狂野

我是这耀眼的瞬间

是划过天边的刹那火焰

我为你来看我不顾一切

我将熄灭永不能再回来

不虚此行呀

不虚此行呀

惊鸿一般短暂

开放在你眼前

生如夏花般绚烂。

死如秋叶般静美。

但此时此刻我还不能死,为了你。

睁开双眼时,满地都是暗褐色的黏稠液体,散发出酸腐腥臭的气息,不知吐了什么东西出来。

林叔叔在外面砰砰敲门,他的声音变得幽长缓慢,仿佛坏掉的磁带。

“小嫚——没事吧——小嫚——”

我匆匆捧一把凉水洗脸,将随身物品收好,打开门出去。

“你怎么了?”他紧张的神情显得异常僵硬可笑,你把激烈严肃的警匪片放慢八倍播放,就会是这种效果。

“我没事,有点不舒服。”我尽量放慢语速,却忍不住想要哈哈大笑。现在我的脸色一定像个疯子。

我慢悠悠地跟着林叔叔回到座位上,周围的一切都显得有些不真实,好像被一个透镜扭曲变形了似的。头晕得厉害,视线也有些模糊,但现在谁也拦不住我了。

我缓缓打量四周。不远处停着一辆警车,距离门口大约一百米,钥匙应该在林叔叔身上,把他击晕,拿到钥匙和枪,出门,跑上车,点火,启动,大概不到十秒钟就够了。劫持他做人质没有意义，会拖慢我的速度，而且我不想伤到他。

我计划已定，抄起桌上的酱油瓶刚要站起来，想一想又坐下，在纸巾上写了“对不起”三个字，放在他面前，等他好不容易看明白诧异抬头时，我绕到他身后，轻轻扬起手挥了下去。

林叔叔沉重的身躯晃一晃，像电影里的慢动作一样倒下去，我在空中接住，将他脸朝下放平在地上，摸一摸脖子，脉搏还在。掀开衬衣摸到枪和钥匙，正要向门口跑去，远处突然响起砰砰的枪声。

我抬起头，看见微薄晨光里，你那辆黑色野马从街道尽头出现，像一只燕子般轻盈地朝小吃店驶来。我推门跑出去，你稍微减速，将一侧车门打开，探头大喊一声：

“快，跳上来！”

我呆立在那里许久，野马徐徐从面前滑过，姿态优美而舒缓。是你，你竟回来了，像王子驾驶南瓜马车从灰姑娘面前经过。

“愣什么？快！”

我终于回过神来，使出全身力气追在野马后面飞跑，一步，两步，三步，脚下像要燃烧起来，等等我，等等……穿过凝固的热浪与烟尘，我终于抓住你那只滚烫的手，纵身一跳，一头栽进车里。

野马绝尘而去，很久之后才听见后面的警笛与枪声。

“给，拿着枪。”你把枪塞到我手里，“看着点儿，谁朝我们开枪就打谁。”

“我……不会……”我喘息得像要炸裂开来。

“这有什么不会的？看着！”

你左手猛打方向盘，半边身子探出窗外，举手啪地一枪，后面一辆警车像玩具一般慢悠悠地飘起来，姿态优美地旋转了一圈又一圈，最后终于在路中间歪歪斜斜地停了下来。

“不想伤人，就打轮子！”你又把枪一把塞过来，“拿着！子弹多的是，随便打!”

我不由自主握紧那支枪,另一只手抓着你的胳膊。你的脉搏急促跳动着蔓延到我身上。现在我在你的世界里了,我什么都不怕。我们是世界上速度最快的两个人。

你是怎么逃出重围的,那至今是个谜。或许就像小孩子玩游戏吧,你一个一个绕到他们身后,然后在他们回头察觉前跑掉。第一次加速后我也玩过这种游戏,在这个慢腾腾的世界里,我们就像隐身人一样畅通无阻。

“让你赶快跑,为什么又回来?”

“说什么呢,我能扔下你吗?”你咬住白生生的牙笑着,“扔下你不又只剩我一个了吗?”

“你本来不就打算一个人来,一个人走吗?”

“那是本来!现在咱们俩得一起走!”你嗓音低哑,“我去哪儿你去哪儿,你别想一个人跑!”

不知为什么,我突然想放声大哭。

一起离开这里去远方。

一起浪迹天涯,比翼齐飞。

一起生,一起死。

“你打算怎么走?这么多警察。”

“交给我。比这更大的阵仗我都闯过。”

“可是他们会把公路封锁的……”

“五点零七分会有一班火车经过。”你打断我,“是运货的,不会停,但会减速。我们去铁路附近等着,火车开过的时候就跳上去,这样谁也截不住我们。火车是去东北的,沿途都不停,我们随便在哪里跳下车都可以,找个消息闭塞的地方住一阵,保证谁也找不到。”

我怔了一怔。

“等这阵子风头避过去,我再想办法带你走。放心好了,天地这么大,总有我们能自由的地方。”

自由吗?

多好啊,自由。

像风一样无拘无束。

像云一样忽东忽西。

明日何在,但随我意。

我紧紧抓住胸前的安全带,野马向着渐渐明亮起来的晨曦咆哮而去,身后的警笛声已渐渐听不见了。

我们过了河,来到铁路边上。你找个隐蔽处把车停好。我们跳下车,日出之前空气里有股肃杀之气,天空有如一块透明玉石。铁轨四周,荒烟蔓草随风婆娑,不远处依稀有潺潺水流声。

我跟着你跳下一个斜坡,并肩坐进草丛里。低头看表,距火车开来还有一分钟。

这一分钟对我来说,是多么漫长而又多么短暂啊。

“冷吗?”你揽住我肩膀。

我摇头。我的皮肤和你一样滚烫。

“对了,我带了吃的给你。”我从随身挎包里掏出皱巴巴的塑料袋,“在小吃店里随手拿了几个粽子,还热着呢。”

“你啊,真乖。”你笑着揉乱我的头发,“不着急,上车慢慢吃,先收起来。”

“你拿着。”

“好好。”

我把头慢慢靠在你肩上,心跳声在耳边回荡。

“现在可以告诉我了吧。”你低声说。

“什么?”

“你是谁?”

“真的要听吗？”

“当然，你打算一直瞒下去吗？”

“那，你答应我一件事。”

“什么？”

“把烟戒了。”

“哦？”

“不答应我就不说。”

“好，我戒。”

“这么干脆？”

“我是那种哼哼唧唧的人吗？”

“说话算话？”

“说话算话。”

“好，也等上车我慢慢讲给你听。”

你点头，于是又没什么话，时间一秒一秒，那么悠缓地溜过去。

我把手伸进包里，摸到那个沉甸甸的绒布袋子，从里面掏出耳机戴上。

“听什么？”你问我。

“嘘，别说话。”我拉住你的手，“我想记住这一刻。”

打开播放键，熟悉的曲子响起来，甜蜜，苦涩，温柔，残忍，炙热，冰冷，瞬间，永恒。

我闭上眼睛，泪水终于夺眶而出。

我是这耀眼的瞬间

是划过天边的刹那火焰

我要你来爱我不顾一切

我将熄灭永不能再回来

一路春光啊
一路荆棘呀
惊鸿一般短暂
如夏花一样绚烂

我睁开眼睛看你，泪水在脸上冻结，你像一尊雕塑静静坐在那里，眉梢眼睫鼻梁嘴唇都如此分明，不是幻觉。你的手在我手里，你的眼睛看着我的眼睛，你的光明凝固在这一瞬，凝固在我身上，我哪里也不去，只在这尘封的时光里久久看着你。

我看了你一年。

我看了你三个月。

然后一周。

然后一天。

然后一个小时。

然后一分钟。

然后一秒。

这是一个不能停留太久的世界。

火车汽笛声远远而来，你拖着我的手跳起来。

“来了，快跑！”

我的泪水恰巧在此时落地。

你跑着，像悬崖上的闪电，像野火地里的风，我跌跌撞撞跟在后面，是冬天早上的雪花，以每秒五厘米的速度坠落。火车轰隆隆开过，巨大的钢铁与火焰气息四散开来。你轻轻一跃，跳上最后一级台阶，回头向我伸手：

“快！”

我对你微笑，然后放开了你的手。

你惊诧的神情像一幅画定格在那里,连同僵在空中的手,连同手上那个皱巴巴的塑料袋,火车黑黢黢的车厢好像一幅画框,上面是逐渐亮起来的天空。

我想我临死之前,一定还会再记起这幅画面。

你呢?你也会记起我吧。我留给你这个谜,希望你用尽一生也解不开。

你就这样,向着远方而去,火车汽笛响了一声又一声,听上去格外幽长。我渐渐停下脚步,站在铁轨中间向你挥手作别,眼泪随风流淌,嘴角却在笑。你的身影在视野里又持续了一阵,终于消失不见。

再见吧,再见。

相濡以沫,不如相忘于江湖。

你的世界,是我注定无法停留的世界。

追赶了你这么久,现在终于可以停下来歇一歇。

然后回到我自己的世界里。

回到你无法抵达的时间里。

我掏出那个沉甸甸的绒布小袋子,握在手心里最后看一眼,然后助跑几步,挥手将它扔进河里。黯淡天光下,只听见沉闷的一声咕咚,就再没有别的动静。

然后转身,沿着铁轨朝另一个方向慢慢走去。

周围太过安静了,我一边走着,一边用沙哑的嗓音唱起歌,那首熟悉而又陌生的童谣,那首多年前没有唱完的曲子。

门前有棵葡萄树
嫩绿嫩绿刚发芽
我要背着那重重的壳
一步一步往上爬

树上有只黄鹂鸟
嘻嘻哈哈在笑它
葡萄成熟还早得很呀
现在上来干什么

黄鹂鸟儿不要笑
等我爬上它就成熟啦

风从河对岸吹来，卷着我的歌声不知要往哪里去。远处依稀有警笛声，但我没有回头。

太阳终于升起来了。

后记:

假如时间足够……

一

1992年,7月某天

我在夏日清晨的阳光里爬起来,趿上塑料凉鞋,沿着一条弯弯曲曲的小路跑去我最好的朋友家里。那时候还没有空调,我们两个头顶着头,趴在她小小的床上看书,窗外风吹着梧桐树影哗啦啦摇晃。

我们总是分享彼此所有的藏书,如果看上同一套书,便会各自央求父母一本两本地买回来,直到终于凑齐整。我们彼此约定,长大后一个要当科学家,另一个要当作家,只是究竟如何分工,却一直没能决定好。我们都爱着那些怪力乱神天马行空的故事,把郑渊洁与郑文光并列推举为我们第一喜欢的作家。

我们在洁白的打印纸上画漫画,机器猫,花仙子,美少女战士……我们也在那些印着红绿格子的稿纸上写各种小故事。清晨的风里吹来断断续续的钢琴声,我们肩并着肩,头挨着头,把自己的故事读给对方听。

作者与读者,读者与作者。许多年后回想起那一幕,仿佛开天辟地之初浑然天成的一粒小宇宙。

后来我们合写的一篇小故事,被亲戚推荐去一家杂志发表了。那是我们人生中发表的第一个故事,名字叫做《稀奇古怪国历险记》。

正午太阳光变得热辣,我又趿上塑料凉鞋,沿着来时路噼噼啪啪跑回家吃饭。路边篱笆上的牵牛花被晒了一上午,一朵朵无精打采地垂下脸来。这梦一般漫长的炎炎夏日,才刚刚过去一半。

二

1998 年,1 月某天

父亲出差回家,带了一张光盘给我,样子普普通通,上面用马克笔写着潦草的四个字:“科幻小说”。

现在回想起来,那八成是他学生帮忙刻录的水木清华 BBS 科幻版精华区全部文章的合集。但那时我并不知道“水木清华”或者“BBS”都是什么,只是第一次惊讶地发觉,竟有那么多看也看不完的小说,像堆满宝藏的山洞一样等我去探险。

于是整个寒假都坐在电脑前,沿着作者名字一个文件夹一个文件夹地扫荡过去:阿西莫夫、威尔斯、海因莱因、倪匡、黄易、星河、杨平、王晋康、潘海天……

印象中最深刻的,竟是潘海天的一篇《我们脚下的土地》。许多年后当面跟他提起时,自己也觉得有几分羞赧,因为彼此心里都知道,那并不是他最好的作品。

还有《生命之水》。

还有《为了凋谢的花》。

还有《握别在左拳还原之前》。

有时候甚至想不起来，最初一见钟情被打动的究竟是哪一点。或许某处细节，或许一两个句子，又或许是少年心性，梦想原本就该在宇宙深处群星的尽头，在可望不可即的亿万光年之外。

夜里，我蜷缩在被子里面沉沉睡去，却梦见自己在深紫色的夜空里飞翔。

三

1999年，10月某天

语文老师在黑板上写下大大一行字：假如 ×× 可以移植。

全班同学骚动起来，我和几个好友相视窃笑，脑袋里已浮现出千百万个词语，像一群鸟儿快乐地追逐盘旋。

记忆、爱情、青春、命运、风、阳光、星辰、宇宙、时间、大海、云、死亡、噩梦、山水花草力热光电……

这无边无际无限可能的世界里，又有什么是不能移植的呢？

回家路上开始构思，然后坐在桌前一口气写到凌晨一点，八千字的小说，硬生生撑爆一个作文本，后面还用胶水粘了六页纸。

《白鹿原》的开头写道："白嘉轩后来引以为豪壮的是一生里娶过七房女人。"

我也曾把那六页作文纸，当做人生中最豪迈的瞬间时不时拿出来跟别人说。

《假如梦可以移植》。

在这个故事里，我把我的梦，移植给了几百年后的另一个女孩。她生活在一个核战之后满目凋敝的世界里，那里的人们从不做梦。

我写她醒来之后号啕大哭，像狗一样痛苦地在地上打滚。

因为我的梦，是她一生中所见过的最美丽的东西。

四

2000年，4月某天

“如果说布拉德伯里的《火星编年史》和特德·姜的《巴比伦塔》，是充满文学和宗教气息的‘软科幻’的话，你这篇《大洪水》，或许就是带有童话色彩的‘稀饭科幻’吧。Any way, you are always a wonderful girl！”

这是最好的朋友留在我作文本上的一句批语。

我们谁都不曾想到，几年后，这四个字在科幻迷中间引起了怎样激烈的争吵与论战。

但不管怎样，我都会把她的鼓励放在心头，继续写下去。

软也好硬也好，稀饭也好馒头也好，包子花卷萝卜白菜满汉全席珍珠翡翠白玉汤也好，只要是自己喜欢的故事，我都会一直写下去。

五

2001年，12月某天

清晨，我踏着霜冻的地面一路小跑进教室。天色尚早，黑蒙蒙的黎明在窗外沉浮，凝满水汽的玻璃上，画满各种弯弯曲曲长长短短意义不明的线条。

一个厚厚的牛皮纸袋横躺在我课桌上，上面印着几个醒目的红色小字：《科幻世界》编辑部。

我在各种目光围观下，假装若无其事地拆开纸袋，心却怦怦怦怦怦怦怦怦跳得厉害。

一个月前寄出的几篇小说，全都退了回来。

却多了一张印着“SFW 审稿笺”的薄薄纸片，上面用红色圆珠笔密密麻麻写了许多小字，都是些赞许与鼓励的话。

还有几张印着科幻画的书签。

还有一本薄薄的《星云》。

如果那时，有一位剧透之神正在四周徘徊，它一定会凑过来按着我的肩膀，在耳边窸窸窣窣地悄声低语：“记住这一刻吧，孩子，记住这一刻。”

好好珍惜，好好保存。

它们将是你去往另一个世界的船票。

六

2002 年，7 月某天

拿到语文试卷，先翻作文题。

《心灵的选择》。

青年在登雪山途中遇到落难的老人，一番纠结后，他搀扶着老人共同走出险境回到人世间。

不知为什么，我总觉得人生是没有那么多所谓选择的。

就好像米兰·昆德拉在《生命中不能承受之轻》中写道，特丽莎像睡在摇篮里顺流而下的婴儿，漂到医生面前时，医生便伸手抱起。每个人的生命都仿佛曲折的故事在被讲述，到了某一页某一行，便自然会有某种转折。聪明的读者可以提前猜个八九不离十，愚钝者则茫然不自知。但无论如何，那些顺流而下漂到手边的神秘礼物，都必须等待许多页之后的某时某刻，才会向你豁然敞开，揭示其中真意。

我想起那些偷偷租漫画藏在课桌下一口气看完的日子。

我想起那些周一的清晨，我穿着校服走出家门，却不去学校，而是鬼使神差地偷偷爬上楼顶，看脚下一整座忙碌而又安静的城市。

想起那些夜晚，躲在被窝里，就着干电池和灯泡串联起的简易电灯的光芒读书。

想起那本“距离高考还有 ×× 天”的日历，我在每一张后面都画满了画。

想起陪伴我度过整个高中的杂志、小说、漫画，还有偷偷写在笔记本空白页的故事片段。

想起十八岁那天下午，我逃课去网吧，看清韵的天马行空论坛里，那些仰慕的作者热热闹闹地掐架、讨论，好像一群生龙活虎的土匪。

想起那些焦虑、恐惧、迷茫、希望与绝望、纠结与挣扎、冲动与挫败。

想起我在梦里看到的过去与未来。

我想着那些凌乱的记忆碎片写我的高考作文。我写一个老人倚在床头行将就木，死神带着镰刀翩然而至，像老朋友一样与他促膝谈心，回顾一生中曾做过的选择。

你得到，你失去，你种因，你得果。你向死而生，求仁得仁。

交卷铃响，我画下句号放下笔，走出考场，走到明亮而空旷的世界里去。炫目的白光笼罩天地，看不清前路，辨不明方向。但我依然只管向前走。

那篇作文后来得分甚低，而许多更后面发生的故事，也就由此暗暗埋下了伏笔。

七

2003年，6月某天

那是瘟疫肆虐的日子，那是我十九岁生日的前一天。一个人蜷在客厅沙发里看《玩具总动员》，突然间无法抑制地大哭起来。

蠢头蠢脑、自以为是的巴斯光年，我一直以来都不喜欢的巴斯光年，为了证明自己是真正的太空英雄，雄赳赳气昂昂地爬上栏杆扶手。

为什么，整个世界都知道它不过是玩具，为什么偏偏自己还不愿承认呢。

“飞向宇宙，浩瀚无边！”

只有真正的傻瓜，才能在梦想被真相撕碎之后，还能豪情万丈地说出这样的话。

它展开塑胶的双翼，向着前方明亮的窗口奋力一跃。

我号啕大哭了许久，却拒绝向惊诧赶来的父母做出任何解释。

依旧讨厌巴斯光年，这个方头方脑的家伙，这个不会飞翔的家伙，这个自以为可以拥有一整个浩瀚无边的宇宙的家伙。

就如同讨厌得不到宇宙的自己。

那之后没过几天，突然得知郑文光先生逝世的消息。

想起一年前刚拿到录取通知书时，曾喜滋滋地对所有人宣布：“我要去北京见我喜欢的科幻作家！我要去见郑文光！”

八

2003年，9月某天

在宿舍楼下的旧书摊，发现一本 1998 年 2 月份的《科幻世界》，里面有潘海天的《偃师传说》。

蹲在路边跟卖书的师兄聊了半个小时，终于他大手一挥道："既然同是科幻迷，书送你啦！"

一个星期后路过三角地，突然又在社团招新的火爆队伍里看见那位师兄，他守着一张小小的桌子，头顶上的蓝色横幅印着"北京大学科幻协会"几个大字。

于是又把省下的五块钱交了会费。

九月阳光飒爽，一切百废待兴。我突然间认识了各种各样奇奇怪怪的科幻团体，好像砍怪跑地图跑到柳暗花明又一村，面前哗啦啦展开好大一片绚烂斑驳的新天地。

清韵、大江东去、太空疯人院、雨城、北大与清华的科幻协会，还有北航、北师大，还有星河，还有吴岩老师……

原来"找到组织"便是这样的感觉。

我想把每个记忆中闪耀的名字都写下来，但这里空白真的太小了，无论怎样也写不下。

那其中许多人，直到现在我也记不住他们的真名实姓，只能以网上代号称呼。每次在电话里眉飞色舞地对母亲大人讲述那些人那些事，她总会忧心忡忡地打断我说："怎么连人家名字都不知道，不会是骗子吧？"

在大江东去的每月擂台赛里，我写了《关妖精的瓶子》。一个名叫 Storyman 的奇怪 ID 跳出来问我联系方式。

"为什么？"我警觉而又好奇地问。难道传说中的网络骗子终于现身了吗？

另一个人跳出来哈哈一笑道："此人名叫说书人，是《科幻世界》的编辑。既然是被他看上，姑娘你便速速从了吧。”

九

2003年，12月某天

走进座无虚席的电教报告厅，看着下面密密麻麻的脸，一颗心紧张得怦怦直跳。

更紧张的是看见那些活的嘉宾走进来，一个个在熟悉的名牌后面坐下。星河、凌晨、杨平、苏学军……

电教里暖气很差，握话筒的手一直忍不住哆嗦。然而，当我依次介绍那些作家的时候，心里却反反复复念着另一句话。

总有一天，我会和你们坐在一起的。

十

2004年，3月某天

“认识一下吧，我是中文的，姓陈名楸帆，上上届的会长（汗……没干过什么事）。很喜欢你的风格，最早在科幻世界论坛里看见的，确实不一般，比杂志上的强百倍。我自己也写，但是写得不好，希望多多交流。”

如果把那之后吃过的饭、吹过的牛、吐过的槽、灌过的水、拍过的马屁、讲过的冷笑话、开过的会、发过的言、领过的奖、合过的影、做过的访谈、上过的节目，全都算在一起，再加上那些豪情万丈共同策划却最终烂尾的剧本，讨论得热火朝天却没能写出一个字的小说，或许还有千百年难得一遇的两三句发自内心的鼓励与夸赞。

那么至少“多多交流”这一点，还算是做到了吧。

十一

2005年，5月某天

《关妖精的瓶子》得了银河奖最佳新人奖。

客观来看，我至今也不觉得那是一篇多么优秀的小说，能够被认可，或许更多是某种阅读趋势造成的吧。年轻读者不再满足于看老科学家一二三四地解释反粒子或者宇宙波，也不再满足于一正一邪两个师兄弟追求小师妹的故事。他们喜欢这样轻松幽默，东拉西扯却又假装一脸严肃正经的小故事，也欢迎其他多姿多彩的尝试方向。

不管是出生于80后的“后新生代”，还是其他风头正健的前辈作家，都在这种时代大潮中摸索和探寻着。那确实是一个生机勃勃百花齐放的好时候。

所以我要感谢那篇不足八千字的小故事，感谢麦克斯韦夫妇和他们家憨厚的妖精，让我有机会走上“科幻作家”这条不归路，和其他人一起昂首阔步，说说笑笑热热闹闹一同前进。

前进，前进，前前进！

十二

2007年，7月某天

曾经不止一次被人问：“为什么要叫‘夏笳’？”

那时候总摇摇头说忘记了，现在却终于想起，那是因为柳文扬曾在《偶遇》的开头，引过的《白鲸记》里面的句子。

“叫我以实马利吧。”

“夏甲”和“以实马利”一样，都是《圣经》里的流散民。

一首小诗，献给柳文扬：

宇宙依旧在膨胀，
熵依旧在增长，
群星依旧在燃烧，
扩散，冷却，熄灭，
变做闪闪发光的银。

每一朵玫瑰会凋谢，
每一座城市会毁灭，
每一个故事会讲完，
如同每一颗善良的灵魂会飞去天上。

每一个女孩都嫁了人，
每一个男孩长出络腮胡，
只有你，你永远不曾老去，
不用担心皱纹，眼袋，胆固醇，
你的眼睛永远清澈，
Comment vous êtes heureux！

你坐在那颗星星上遥望地球，
如此英俊，如此绝代风华，
像个身穿白衣的小小王子。
这个宁静的七月夜晚，

我抬头仰望，
好像所有的星星上都开满了花。

十三

2007年,8月某天

立在峨眉山顶,抬头望见巨大鎏金的大象与佛头,低头望见茫茫云海。

2007年世界科幻大会,热闹的大会,团结的大会,胜利的大会。

至此终于快要接近尾声。

总觉得还有很多酒没来得及喝,很多藏在街角的美食没来得及品尝,很多话没来得及仔细思量,很多人没来得及好好拉住诉一诉衷肠。

那些骄阳似火,那些风雨大作,那些如火如荼,那些共襄盛举。那些汹涌的人潮年轻的脸,那些亮闪闪热辣辣的目光。

我们来自五湖四海,我们来自同一颗星球。

前一天夜里,在峨眉山中,在璀璨的群星下,我们三五个人就着烤肉喝啤酒,聊着强子对撞,暗能量,引力波,聊着宇宙的终极意义。

每当这种时刻,我总会忍不住想象,如果这时候一颗星星落下来将整座山砸平,会对中国科幻的未来造成什么影响呢?

曾在一篇叫《断层》的小说里写过这样情景,所有科幻的骨干力量都睡去了,只剩下四个不靠谱青年摸爬滚打,挑起大梁。潘海天也写过一篇文章,叫做《中国幻想和恐龙,谁更坚忍?》

总觉得相比起恐龙来说,科幻作家们应该更像小强才对。不管世界末日降临一千次还是一万次,我们都能不怕艰险排除万难,带领人类逃过一劫。

我们的征途是星际大海，够胆量的，就一起来！

十四

2010年，8月某天

灯光亮起，麦克风递到手边，发言稿早已念得滚瓜烂熟，PPT也已准备好。

陌生的土地，陌生的语言，陌生的听众。

我和伙伴们不远万里来到日本，来到东京科幻大会，来把中国科幻的近况介绍给异国他乡的阿宅们。

我们讲《科幻世界》与《新科幻》，讲各种翻译与出版状况，讲科幻迷自己创办的电子杂志《新幻界》，讲形形色色的民间活动，讲42工作组，讲帝都科幻大讲堂，讲我主持的42科幻写作班，更详细介绍了那些最优秀的科幻作家与作品。

那时候《三体》还只有2没有3；那时候《地铁》和《火星照耀美国》还未出版；那时候科幻写作班还只开了一期；那时候我还没有入学，不曾想过会把中国科幻与文化当做我攻读博士期间的课题。

当PPT上出现一张在高校讲座的照片时，一位日本友人禁不住发问：

"每次讲座都有这么多人吗？"

"差不多吧，几十到上百不等。"

听众们发出低低的赞叹，都是平日看动漫听熟了的词句，不需要翻译也能明白。

"诶……真的吗？"

"好厉害！"

"了不起！"

那一瞬间，莫名其妙觉得鼻子发酸。

感谢你们，我的朋友，我的同胞，感谢所有为中国科幻做出贡献的人。感谢你们的努力，让我们可以在异国的土地上，在这短短一个半小时里，怀着满满的骄傲之情，滔滔不绝地介绍你们的成就。

大会落幕的那天夜里，看着奇装异服的科幻迷们逐渐散去，消失在霓虹闪烁的夜色里，我心里突然冒出一句话。

一个人宅不可耻，可耻的是一个人宅。

十五

2011年，4月某天

我的偶像潘海天经常把他得过五次银河奖的事挂在嘴边。是啊，五次银河奖，换成你能忍住不炫耀吗？

“总有一天我要超过你！”我曾这样气势汹汹地对他说。

“好吧，总有一天。”他笑笑回答。

迄今为止，我在《科幻世界》上发表了八篇小说，《百鬼夜行街》是第七篇。现在回头看，很难说有什么长进，唯一能肯定的，是这么多年来一直在尝试用自己喜欢的方式写科幻小说，并且也写出来了一些作品。写小说对我来说，最大的乐趣在于自由，凭借一杆笔一张纸去探寻所有的可能性，而不用管“现实是什么样的”以及“本来应该是什么样的”，这就够了。

小说本身没什么可说的，不过是我一直着迷的那些东西：人物、环境、气氛，一点点模糊暧昧，一点文字和叙事上的琢磨。看到一则评价说：“这绝对是一篇骨里宅的科幻小说，非常明显，作品骨子里的气场就是一个死科幻宅。”非常欣慰这位同学看出了我的死科幻宅本质，正是因为写作渐渐让我明白自己是谁，爱着什么，才能心安理得宅在这个很小又很大的世界里，至死不悔。

希望你们也一样。

十六

2011年，9月某天

阿姨您好：

冒昧写这封邮件，希望不会占用您太多时间。

之前我的朋友告诉我说，您的孩子要参加一个科技创新比赛，需要花钱请人代写一篇科幻小说投稿，据说得奖中考可以加五分。我最初得知此事，并且愿意将联系方式给您，一方面是想帮朋友的忙，另一方面更多是出于好奇和好玩的心理吧。像我这样从小喜欢科幻的人，却从来不曾想到科幻可以跟中考挂钩。这种事听起来，原本就十分科幻。

然而就在今天，突然之间，我脑海中仿佛听到一个声音对自己说："你有没有想过，如果你提供的作品真的获奖，对其他那些自己写科幻小说来参加比赛的孩子不公平。"

诚然，"公平"这个词在如今这个世界，是一个过于天真而不切实际的词汇。或许没有比赛是公平的，或许唯有合目的的手段才是唯一真正的游戏规则。然而这个世界上毕竟有一些人，愿意相信天马行空的想象力应该无关是非功利的，愿意相信在那些无法被打破亦无从逃避的现实法则之外，有另一个乌托邦可以暂且寄身。换句话说，就是因为喜爱科幻这件事本身，跟分数、金钱、权力，或者任何实实在在的"好处"没有半毛钱关系，它才值得我们如此喜爱，一直喜爱，并且永远喜爱。

或许如您所说，参加这个比赛的孩子，"没有一个人是自己写的"。但如果有一个孩子，仅仅一个孩子，因为喜爱科幻而自己亲手写了一篇小说去参赛，却因为这种不公平的竞争而没有得到任何奖励。只要想到这种可能性，我就由衷感到难过。这种难过，与我对于科幻的爱一样，都是听上去无法理解，但却实实在在存在的情感。

基于以上原因，请原谅我无法为您的孩子提供这样一篇科幻小说。作为补偿，我愿意提供我本人写的一些有关科幻写作的教程，和我发表过的几篇科幻小说。如果您的孩子当真对写科幻小说感兴趣，希望这些东西会有帮助；如果在写作过程中遇到任何困难，我也愿意提供我个人的一些建议和指导。这些材料都是免费的，我最初写它们也不是为了钱。

其实，我很能理解为人父母的心情，也充分明白中考加五分对一个孩子的前途来说意味着什么，毕竟，我自己也亲历过那些残酷的竞争。但同时，这些年来的成长经历也无比清晰地告诉我，只有用自己的眼睛去认识这个世界，认识种种现象与规则，去学会该怎么做，为什么这样做，尤其最重要的，学会认识自己是谁，爱着什么，为了什么目标来这人世间走一回，这才是一个孩子成长过程中所能获得的最重要财富。

希望您能把这封邮件转给您的孩子看一看，初中生已经不是小孩子了，或许应该给他自己选择和判断的机会。

最后，祝您全家幸福平安。也祝孩子中考成功，健康成长。

顺颂秋祺。

夏　笳

就让尘归尘，土归土，恺撒归恺撒，基督归基督。

爱分的得分，爱钱的得钱，爱科幻的穷宅得科幻。

十七

2012年，6月某天

91岁高龄的科幻大师雷·布拉德伯里，在一个清晨离开了人世。

美国总统奥巴马为他致辞：

“对于很多美国人而言，雷·布拉德伯里逝世的消息，立刻将有关他作品的印象带到眼前，那些深植于心中的印象，常常来自于孩童时期。他讲述故事的天分重塑了我们的文化，拓展了我们的世界。但雷知道，我们的想象力可以用作增加理解的工具、改变世界的手段和对于我们最珍视价值的表达。毫无疑问，雷将以其作品继续启发一代代的人，向他的家人和朋友致以哀悼和祈祷。”

我开始翻译他的小说，为了悼亡，也是为了致敬。翻到《万花镜》的结尾，突然感动得要哭。

失事的宇航员向着地球坠去。

他越落越快，像子弹，像卵石，像沉重的一块铁，终于物我两忘，超脱时间之外，无悲亦无喜，无欲亦无求，但他依然想着能为这世界带去点什么，这是最后的念头，也是全部的念头，哪怕微不足道的一点点，只要他自己知道就好。

坠入大气层的一瞬间，我会像流星那样燃烧吧。

“不知道，”他轻轻说，“会有人看见吗？”

乡村小路上，一个男孩抬头仰望夜空，突然兴奋地叫起来。

“看，妈妈，看哪！一颗流星！”

璀璨的银白星光，坠入伊利诺伊州暮霭沉沉的天空。

“许个愿吧，孩子。”妈妈说，“许个愿。”

8月底要去芝加哥参加科幻大会。去使馆签证时，面签官看过邀请函，抬起头问我：“你是科幻小说家吗？”

“是的。”

“出过书吗?”

“今年会出第一本科幻选集。”

“你的小说是讲什么的?”

“嗯……麦克斯韦的妖精,时间旅行,永生者,被鬼收养的机器人小孩……”

“你最喜欢的作家是谁?”

“Ray Bradbury。”

“最喜欢他什么作品?”

“The Martian Chronicles, Illustrated Man, Fahrenheit 451……”

“Cool, have a nice day.”

领了薄薄的黄色通过票出来,忍不住一口气跑到大街上,仰头望向夏日晴空。

真的很酷,不是吗,老布?

十八

2012年,7月某天

曾经写过一篇《七年,十八个瞬间》,讲我与九州之间片片断断的故事。那时候心情很凄惶,以为所有会飞的孩子都会长大,所有梦都会醒来,所有年少时的一见钟情都会沦为笑谈,所有闪闪发亮的星辰,都会被冰冷的物理法则隔绝在亿万光年之外。

我在那篇文章里写道:“那时候柳文扬还活着,大角还没结婚,世界上还没有一本关于九州的杂志,而那些男人,他们还彼此相爱。”

我写:“其实路是有尽头的,只是那时候,我们谁也看不到。”

也曾经想过应该写一篇有关科幻的,但那故事毕竟太长,我总担心说不清道不明，担心遗漏些什么至关重要的细节，担心结局不能尽善尽美。

现在我依旧担心，却依旧一鼓作气写下来。

因为新的篇章又要开始了，那些闪闪发亮的字句如同星辰滑落，顺流而下漂到我的手边。令人满心欢悦，恨不得立即重整行囊，带上翅膀出发，去漫漫前路上大好天地里闯荡。

因为任何美妙的科幻，看上去都与初恋无异。

因为历史不会终结，梦不会做完，只要还有旅伴，路就走不到尽头。

因为世界末日同时也是创世纪之日，而创世纪日就是每天每日。

假如2012不是一切的终点，假如时间足够，那么我的故事，你的故事，所有人的故事，都可以无始无终无穷无尽地讲下去。